# Año uno

Biblioteca

# NORA ROBERTS

## Año uno

Traducción de
**Nieves Calvino Gutiérrez**

DEBOLS!LLO

Papel certificado por el Forest Stewardship Council®

Penguin
Random House
Grupo Editorial

Título original: *Year One*

Primera edición en Debolsillo: abril de 2024

*Printed in Spain* – Impreso en España

ISBN: 978-84-663-5184-3
Depósito legal: B-1.824-2024

Compuesto en Comptex & Ass., S.L.
Impreso en Liberdúplex
Sant Llorenç d'Hortons (Barcelona)

P 3 5 1 8 4 3

*Para Logan, por el consejo*

# EL DESTINO

Es la queda vocecita a la que el alma escucha, no a las ensordecedoras explosiones del destino.

WILLIAM DEAN HOWELLS

# 1

Cuando Ross MacLeod apretó el gatillo y mató al faisán, no podía saber que se había matado a sí mismo. Y a miles de millones de personas.

Un día frío y lluvioso, el último del que sería su último año, salió a cazar con su hermano y su primo recorriendo el congelado campo bajo el invernal cielo azul. Se sentía rebosante de salud y en buena forma, un hombre de sesenta y cuatro años que iba al gimnasio tres veces por semana y era un apasionado del golf, lo que se reflejaba en un hándicap de nueve.

Junto con Rob, su hermano gemelo, había levantado una exitosa empresa de marketing con sedes en Nueva York y en Londres, y continuaba al frente de ella. Su mujer, de treinta y nueve años, y las esposas de Rob y de su primo Hugh no les acompañaron, sino que se quedaron en la preciosa casa.

Ellas prefirieron cocinar y esmerarse en preparar la fiesta de Nochevieja mientras el fuego crepitaba en las chimeneas de piedra y la tetera no dejaba de hervir.

Declinaron con sumo gusto la invitación a pisotear el campo con sus botas de agua.

La granja MacLeod, que pasaba de padres a hijos desde hacía más de doscientos años, tenía una extensión superior a las ochenta hectáreas. Hugh la amaba casi tanto como a su esposa, a sus hijos y a sus nietos. Al este, más allá del campo que cruzaban, se alzaban las montañas. Y al oeste, no muy lejos de allí, se extendía el mar de Irlanda.

Los hermanos y sus familias viajaban juntos a menudo, pero esa cita anual en la granja seguía siendo para todos el plato fuerte. De niños solían pasar allí un mes en verano, corriendo por el campo con Hugh y su hermano Duncan, a quien la vida de soldado que eligió le había llevado a la muerte. Ross y Rob, los chicos de ciudad, siempre se lanzaban de cabeza a realizar las tareas de la granja que su tío Jamie y su tía Bess les mandaban.

Aprendieron a pescar, a cazar, a dar de comer a las gallinas y a recoger los huevos. Recorrieron los bosques y los campos a pie y a caballo.

En las noches sin luna solían escabullirse de la casa y caminar hasta el mismo terreno que recorrían en esos momentos para realizar encuentros secretos y tratar de despertar a los espíritus que habitaban dentro del pequeño círculo de piedra que los lugareños llamaban *sgiath de solas*, escudo de luz.

Nunca lo consiguieron, y tampoco dieron con los espíritus ni las hadas que los jóvenes sabían que deambulaban por el bosque. Si bien, durante una aventura de medianoche, cuando hasta el aire contenía la respiración, Ross juró que había sentido una oscura presencia, había oído el susurro de sus alas e incluso olido su fétido aliento.

Siempre afirmaba que había sentido el roce de ese aliento.

Llevado por el pánico adolescente, tropezó con las prisas por escapar del círculo y se raspó la palma de la mano con una piedra del interior.

Una gota de su sangre cayó en la tierra.

Ya de adultos, seguían riéndose y bromeando sobre aquella lejana noche y atesoraban esos recuerdos.

Y ya de adultos, seguían realizando ese peregrinaje anual a la granja con sus mujeres e hijos que comenzaba el día después de Navidad y terminaba el 2 de enero.

Sus hijos y sus nueras se habían marchado esa misma mañana a Londres, donde se reunirían en Año Nuevo con unos amigos y pasarían unos días más por cuestiones de trabajo. Solo la hija de Ross, Katie, que estaba embarazada de siete meses y esperaba gemelos, se había quedado en Nueva York.

Planeaba dar una cena de bienvenida a sus padres que nunca llegaría a celebrarse.

Aquel estimulante último día del año, Ross MacLeod se sentía tan en forma y alegre como el muchacho que fue. Le sorprendió el escalofrío que recorrió su espalda, y los cuervos que sobrevolaban y graznaban sobre el círculo de piedra. Pero mientras apartaba eso de su mente, un faisán macho alzó el vuelo en una ráfaga de color que destacaba en el pálido cielo.

Levantó la escopeta del calibre 12 que su tío le había regalado por su dieciséis cumpleaños y siguió el vuelo del ave.

De pronto sintió un breve escozor en la zona de la mano que se había raspado hacía más de cincuenta años. Luego, la cicatriz le palpitó durante un instante. Pero aun así...

Apretó el gatillo.

Los cuervos graznaron cuando el disparo resonó en el aire, pero no se dispersaron. En vez de eso, una de las aves se alejó del grupo, como si quisiera atrapar la pieza. Uno de los hombres rio mientras el negro pájaro colisionaba con el faisán en plena caída.

El ave muerta aterrizó en el centro del círculo de piedra. Su sangre embadurnó la helada tierra.

Rob agarró el hombro de Ross con una mano y los tres hombres sonrieron de oreja a oreja cuando uno de los alegres perros labradores de Hugh corrió a por la pieza.

—¿Habéis visto ese cuervo loco?

Ross rio de nuevo mientras negaba con la cabeza.

—Este no va a cenar faisán.

—Pero nosotros sí —dijo Hugh—. Tenemos tres para cada uno, suficiente para darnos un festín.

Los hombres reunieron sus piezas y Rob sacó un palo selfi del bolsillo.

—Siempre preparado.

Posaron así —tres hombres de mejillas enrojecidas por el frío, con los ojos del intenso tono azul característico de los Mac-Leod— antes de emprender el agradable regreso a la granja.

A su espalda, la sangre del pájaro empapó la helada tierra, como calentada por una llama. Y palpitó mientras la capa se afinaba, se agrietaba.

Los cazadores marcharon triunfantes en tropel por los campos invernales que el ligero viento apenas agitaba, mientras las ovejas pastaban en una loma. Una de las vacas que Hugh reservaba para engordar y vender mugió de manera indolente.

Mientras caminaban, Ross, un hombre satisfecho, se creía afortunado por acabar un año y comenzar otro en la granja, rodeado de sus seres queridos.

El humo brotaba de las chimeneas de la recia casa de piedra. Cuando se aproximaron, los perros se adelantaron para pelearse y juguetear, terminada ya su jornada laboral. Los hombres, que conocían bien la situación, se desviaron hacia un pequeño cobertizo.

La mujer de Hugh, Millie, esposa e hija de un granjero, era inflexible en su negativa a limpiar las piezas, así que se pusieron manos a la obra en una mesa de trabajo que Hugh había construido con ese propósito.

Charlaron distraídamente sobre la caza y sobre la comida que se avecinaba, mientras Ross cogía un par de tijeras afiladas para cortarle las alas al faisán. Lo limpió como le había enseñado su tío, despiezándolo. Las partes que se utilizarían para hacer sopa fueron a parar a una gruesa bolsa de plástico que luego llevarían a la cocina. Otras acabaron en una segunda bolsa para tirarlas la basura.

Rob cogió una cabeza cortada y soltó algunos graznidos. Ross no pudo evitar reír al tiempo que echaba un vistazo. Se hizo un corte en el pulgar con un hueso roto.

—¡Mierda! —masculló, y utilizó el dedo índice para taponar el hilillo de sangre.

—Ya sabes que debes tener cuidado con eso —dijo Hugh, y chasqueó la lengua.

—Ya, ya. Échale la culpa al bobo este. —La sangre del ave se mezcló con la suya mientras la desplumaba.

En cuanto terminaron, lavaron las piezas en agua helada que sacaron del pozo y después las llevaron a la casa.

Las mujeres estaban reunidas en la gran cocina de la granja, caldeada por la lumbre que ardía en la chimenea e impregnada de los aromas de los alimentos que se hacían al horno.

A Ross aquella estampa le pareció tan hogareña, un cuadro tan perfecto, que se le encogió el corazón. Dejó las aves sobre la ancha encimera y estrechó a su esposa en un gran abrazo que la hizo reír.

—El regreso de los cazadores. —Angie le dio un rápido y sonoro beso.

Millie, la mujer de Hugh, con su rojo cabello recogido en lo alto de la cabeza, asintió con aprobación al ver el montón de aves.

—Hay más que suficientes para nuestro banquete y para servir en la fiesta. ¿Y si preparamos unas empanadas de faisán y nueces? Si no recuerdo mal, te gustan mucho, Robbie.

Este sonrió y se palmeó la panza, que le sobresalía por encima del cinturón.

—Puede que tenga que salir y cargarme a otros cuantos faisanes para que haya bastante para los demás.

La mujer de Rob, Jayne, le hundió un dedo en la barriga.

—Ya que te vas a dar un atracón, te daremos trabajo.

—Eso vamos a hacer —convino Millie—. Hugh, los chicos y tú llevad la mesa grande al salón para la fiesta y usad el mantel de encaje de mi madre. También quiero los candelabros buenos. Y coged sillas del armario y colocadlas.

—Las coloquemos donde las coloquemos, seguro que querréis que las movamos otra vez.

—Pues entonces será mejor que empecéis. —Millie miró las aves y se frotó las manos—. Muy bien, señoras, echemos a los hombres de una patada y pongámonos a trabajar.

Disfrutaron del banquete como una familia feliz; faisán asado con estragón, relleno de naranjas, manzanas, chalotas y salvia, cocinado sobre un lecho de zanahorias, patatas y tomates. Guisantes, pan integral recién horneado y mantequilla casera.

Buenos y viejos amigos, además de la familia, compartieron la última comida del año con dos botellas de Cristal que Ross y Angie habían traído desde Nueva York para la ocasión.

Una ligera nieve caía al otro lado de las ventanas mientras recogían y fregaban, disfrutando aún del trabajo bien hecho, a la espera de la fiesta que iban a celebrar.

Las velas brillaban, la lumbre crepitaba y las mesas estaban repletas de comida, el resultado de dos días de trabajo. Vino, whisky y champán. Licores tradicionales, junto con panecillos, *haggis* y quesos para celebrar la Nochevieja.

Algunos vecinos y amigos llegaron temprano, antes de medianoche, para disfrutar de la comida, la bebida y los cotilleos, meneando el pie al son de la música de gaitas y violines. La casa se llenó de sonido, de melodías y de camaradería mientras en el antiguo reloj de pared sonaban las campanadas de medianoche.

El año viejo murió con la última campanada y el nuevo fue recibido con vítores, besos y voces que cantaban en alto *Auld Lang Syne*. Ross atesoró todo aquello en su corazón con gran emoción, con Angie apretada contra él y el brazo de su hermano enlazado con el suyo.

Cuando terminó la canción y se alzaron las copas, la puerta principal se abrió de par en par.

—¡El primer visitante! —exclamó alguien.

Ross miró a la puerta, esperando que entrara uno de los chicos de los Frazier, o tal vez Delroy MacGruder. Todos jóvenes, morenos y de naturaleza bondadosa, tal como exigía la tradición. El primero en entrar en la casa en Año Nuevo debía ser así para garantizar la buena suerte.

Pero lo único que entró fue el viento, la fina nieve y la intensa oscuridad del campo.

Como era el que más cerca estaba, Ross fue hasta la puerta, miró afuera y salió. Achacó el escalofrío que le recorrió el cuerpo al viento y al extraño silencio sostenido que imperaba por debajo del vendaval.

El aire contenía el aliento.

¿Era aquello un batir de alas, una sombra alargada; oscuridad en la oscuridad?

Con un súbito estremecimiento, Ross MacLeod, un hombre que no volvería a disfrutar de otro banquete ni daría la bienvenida a otro año, entró de nuevo, convirtiéndose así en el primer visitante.

—Se nos ha debido de olvidar echar el pestillo —dijo cerrando la puerta.

Aún helado, Ross caminó hasta la chimenea y acercó las manos al fuego. Había una anciana sentada junto a la lumbre, bien abrigada con su chal y con el bastón apoyado contra la silla. Sabía que era la bisabuela de los hijos de los Frazier.

—¿Le apetece que le traiga un whisky, señora Frazier?

Ante el ofrecimiento, la mujer alargó su mano delgada, cubierta de manchas de la edad, para coger la de él con sorprendente fuerza. Clavó sus negros ojos en los de Ross.

—Hace tanto tiempo que se escribió que la mayoría lo ha olvidado.

—¿El qué?

—Que la sangre de los Tuatha de Danann rompería el escudo, rasgaría el velo. Así que ahora llega el fin y la pena, la lucha y el miedo... El principio y la luz. Nunca imaginé que viviría para verlo.

Ross posó una mano sobre la suya con delicadeza e indulgencia. Sabía que algunos afirmaban que era clarividente. Otros decían que estaba un poco senil. Pero sintió de nuevo el escalofrío, como un picahielo en la base de la espalda.

—Empieza contigo, hijo de los antiguos. —Sus ojos se oscurecieron, su voz se tornó más profunda, provocando un nuevo estremecimiento de temor que le recorrió la espalda—. Así que ahora, entre el principio y el fin de los tiempos, de su largo sueño el poder despierta, tanto el de la oscuridad como el de la luz. Comienza ahora la sangrienta batalla entre la luz y la oscuridad. Y con el relámpago y las contracciones de una madre llegará la Elegida, que blandirá la espada. Muchas serán las tumbas, la tuya la primera. Larga es la guerra, cuyo final no está escrito. —La pena se reflejó en su rostro al tiempo que su voz se debilitaba de nuevo y sus ojos se aclaraban—. Pero nadie tiene la culpa y las bendiciones llegarán cuando la magia, oculta desde hace mucho, cobre vida de nuevo. Puede haber felicidad después de las lágrimas. —Con un suspiro, le dio un pequeño apretón en la mano—. Me tomaría un whisky, te lo agradezco.

—Por supuesto.

Ross se dijo que era una tontería inquietarse por sus palabras sin sentido, por aquellos inquisitivos ojos. Pero tuvo que tranquilizarse antes de servirle un whisky a ella... y otro para él.

Todo el mundo guardó silencio, expectante, cuando llamaron a la puerta con entusiasmo. Hugh abrió a uno de los chicos de los Frazier —Ross no sabría decir cuál—, que fue recibido con aplausos y gran regocijo cuando entró con una amplia sonrisa y una barra de pan.

Aunque el momento de traerles suerte ya había pasado.

Pese a todo, cuando el último invitado se marchó casi a las

cuatro de la madrugada, Ross había olvidado su inquietud. Tal vez había bebido demasiado, pero era una noche para celebrar, y lo único que tenía que hacer era llegar tambaleándose a la cama.

Angie se tumbó a su lado —nada le impedía retirarse el maquillaje y embadurnarse de crema de noche— y exhaló un suspiro.

—Feliz Año Nuevo, cielo —murmuró.

Él la rodeó con su brazo en la oscuridad.

—Feliz Año Nuevo, cielo.

Ross se quedó dormido y soñó con un faisán ensangrentado cayendo al suelo junto al pequeño cerco de piedra, con cuervos de ojos negros volando en un círculo tan denso que tapaba el sol. Soñó con el aullido del viento, un frío cortante y un calor abrasador. Lágrimas y lamentos, el tañido de campanas marcando el tiempo que corría a toda velocidad.

Y luego, un repentino y terrible silencio.

Despertó bien entrado el mediodía, con la cabeza a punto de estallarle y el estómago revuelto. Se había ganado a pulso la resaca, así que se obligó a levantarse, se arrastró hasta el cuarto de baño y buscó una aspirina en la pequeña bolsa de medicinas de su mujer.

Se tomó cuatro y se bebió dos vasos de agua para intentar aliviar la irritación de su garganta. Probó a darse una ducha caliente y, cuando se sintió un poco mejor, se vistió y bajó.

En la cocina, los demás ya se habían reunido en torno a la mesa para disfrutar de un almuerzo a base de huevos, panecillos, beicon y queso. El olor, tanto como la vista de la comida, le revolvió el estómago.

—Se ha levantado —anunció Angie con una sonrisa. A continuación ladeó la cabeza y estudió su rostro mientras apartaba su rubio cabello, que le llegaba a la altura de la barbilla—. Tienes mala cara, cariño.

—Sí que pareces un poco fastidiado —convino Millie, que se levantó de la mesa—. Siéntate, te traeré algo de beber.

—Para sus males lo mejor es un vaso de ginger ale —le recetó Hugh—. Es mano de santo para la mañana después.

—Todos bebimos bastante. —Rob tomó un sorbo de su té—. Yo tampoco me encuentro del todo bien. La comida me ha venido de perlas.

—Voy a pasar de eso por ahora. —Cogió el vaso de ginger ale que le ofrecía Millie, le dio las gracias en un murmullo y se lo bebió con cuidado—. Creo que voy a salir a tomar el aire, a ver si se me despeja la cabeza. Y a recordarme por qué soy demasiado viejo para beber casi hasta el amanecer.

—Habla por ti. —Y aunque él también estaba un poco pálido, Rob le dio un mordisco a un panecillo.

—Siempre seré cuatro minutos mayor que tú.

—Tres minutos y cuarenta y tres segundos.

Ross se calzó unas botas de agua y una gruesa chaqueta. Se abrigó el cuello con un pañuelo, pensando en su garganta irritada, y se puso una gorra. Salió y respiró el aire fresco, con el té que Millie le ofreció en una resistente taza.

Tomó un sorbo del fuerte y abrasador té y se puso en marcha mientras Bilbo, el labrador de color negro, le acompañaba con paso tranquilo. Recorrieron un buen trecho y decidió que se sentía mejor. Tal vez las resacas fueran una mierda, pensó, pero al final se pasaban. Y no quería dedicar sus últimas horas en Escocia a darle vueltas a que había bebido demasiado whisky y vino.

Una resaca no podía echar a perder una vigorizante caminata por el campo con un buen perro.

Se sorprendió cruzando el mismo campo en el que había abatido el último faisán de la cacería y se acercó al pequeño círculo de piedra en el que había caído.

¿Era su sangre aquello que se veía en la pálida hierba invernal bajo la capa de nieve? ¿Era negra?

No quiso acercarse más, no quería verlo. Oyó un susurro al dar media vuelta.

El perro profirió un grave gemido mientras Ross se volvía para contemplar la arboleda de viejos y nudosos árboles que delimitaban el campo. Había algo allí, pensó al tiempo que le recorría otro escalofrío. Podía oírlo moverse. Oyó un crujido.

No es más que un ciervo, se dijo. Un ciervo o un zorro. Tal vez un excursionista.

Pero Bilbo enseñó los dientes y se le erizó el vello del lomo.

—¿Hola? —dijo Ross en voz alta, pero solo escuchó que algo se movía de manera furtiva—. El viento —afirmó—. Solo es el viento. —Pero sabía, igual que lo había sabido el muchacho que un día fue, que no era eso. Así que retrocedió varios pasos, escudriñando los árboles con la mirada—. Vamos, Bilbo. Venga, vámonos a casa.

Se dio la vuelta y se dispuso a alejarse con paso rápido, sintiendo que se le encogía el pecho. Al mirar hacia atrás vio al perro inmóvil y con el pelo erizado.

—¡Bilbo! ¡Vamos! —Ross dio una palmada—. ¡Ahora!

El perro volvió la cabeza y sus ojos se mostraron casi salvajes, enloquecidos y fieros, durante un momento. Después echó a correr hacia él, con la lengua colgando alegremente.

Ross no aflojó el paso hasta que llegó al borde del campo. Posó una mano, un tanto temblorosa, en la cabeza del perro.

—Vale, los dos somos bobos. No lo mencionaremos jamás.

La jaqueca se le había pasado un poco cuando regresó y parecía que el estómago se le había asentado lo suficiente como para permitirle comer una tostada con otra taza de té.

Convencido de que lo peor había pasado, se sentó con los demás hombres a ver un partido por la tele y se quedó dormido, sumiéndose en fragmentos de siniestros sueños.

La siesta le ayudó, y el tazón de sopa que tomó para cenar le supo a gloria. Luego hizo sus maletas mientras Angie preparaba su equipaje.

—Me voy a acostar pronto —le dijo—. Estoy bastante hecho polvo.

—Pareces... enfermo. —Angie posó una mano en su mejilla—. Estás caliente.

—Creo que estoy incubando un resfriado.

Angie asintió con rapidez, fue al cuarto de baño y rebuscó. Regresó con dos pastillas de color verde chillón y un vaso de agua.

—Tómate esto y acuéstate. Son pastillas antigripales para tomar por la noche, así que también te ayudarán a dormir.

—Estás en todo. —Se las tomó—. Diles a los demás que les veré por la mañana.

—Tú duerme.

Le arropó, haciéndole sonreír, y le dio un beso en la frente.

—Puede que tengas algo de fiebre.

—Se me bajará mientras duermo.

—Más te vale.


Por la mañana pensó que lo peor había pasado. No podía afirmar que se hubiera recuperado al cien por cien —aquel persistente dolor de cabeza había vuelto y había vomitado hasta la primera papilla—, pero se tomó un buen desayuno a base de gachas y fuerte café solo.

Un último paseo y cargar el coche a continuación hicieron que se activara su organismo. Le dio un abrazo a Millie y otro a Hugh.

—Venid a Nueva York en primavera.

—Es posible que lo hagamos. Nuestro Jamie se puede ocupar de todo aquí durante unos días.

—Despídenos de él.

—Lo haremos. Seguramente volverá a casa en breve, pero...

—Hay que coger un avión. —Rob les dio un abrazo.

—Os echaremos de menos —les aseguró Millie al tiempo que abrazaba a las mujeres.

—Que tengáis un buen vuelo y cuidaos.

—Venid a vernos —insistió Angie cuando se montó en el coche—. ¡Os quiero! —Les mandó un beso mientras se alejaban de la granja MacLeod por última vez.

Devolvieron el coche de alquiler, contagiando al empleado y al empresario que lo alquiló después. Infectaron al botones que se hizo cargo de su equipaje cuando le dieron la propina. Cuando llegaron y pasaron por el arco de seguridad, la infección se había transmitido a más de dos docenas de personas.

Contagiaron a más personas aún en la sala de espera de primera clase, donde se tomaron un Bloody Mary y rememoraron momentos de las vacaciones.

—Es la hora, Jayne. —Rob se levantó, abrazó y palmeó a su hermano y le dio un apretón y un beso en la mejilla a Angie—. Nos vemos la semana que viene.

—Mantenme informado de la cuenta Colridge —le pidió Ross.

—Lo haré. El viaje a Londres es corto. Si surge alguna cosa, lo sabrás cuando aterrices en Nueva York. Descansa un poco en el avión. Sigues muy pálido.

—Tú tampoco tienes buena cara.

—Pronto estaré mejor —respondió Rob, que agarró su maletín con una mano y le dio un rápido apretón con la otra—. Nos vemos, hermano.

Rob y Jayne MacLeod llevaron el virus a Londres. Por el camino se lo transmitieron a los pasajeros que se dirigían a París, Roma, Frankfurt, Dublín y otras ciudades. En Heathrow, lo que se conocería como el Juicio Final se propagó a los pasajeros con destino a Tokio y Hong Kong, Los Ángeles, Washington y Moscú.

El chófer que los llevó a su hotel, padre de cuatro hijos, se lo llevó a casa y condenó a toda su familia durante la cena.

La recepcionista del Dorchester los registró con mucho gusto. Se sentía feliz. Después de todo, iba a marcharse por la mañana a pasar una semana de vacaciones en Bimini.

Se llevó el Juicio Final con ella.

Esa tarde, mientras se tomaban unas copas y cenaban con su hijo y su nuera, su sobrino y su esposa, propagaron la muerte a más familiares, además de contagiar al camarero con una generosa propina.

Esa noche, achacando la irritación de garganta, la fatiga y el estómago revuelto a un virus que le había contagiado su hermano —y no se equivocaba—, Rob tomó GripaNait para ayudar a que se le pasara mientras dormía.


En el vuelo trasatlántico, Ross trató de enfrascarse en un libro, pero era incapaz de concentrarse. Optó por la música, con la esperanza de conciliar el sueño. A su lado, Angie se relajó con una película, una comedia romántica tan ligera y chispeante como el champán de su copa.

Despertó en mitad del océano con un fuerte ataque de tos que hizo que Angie se apresurara a darle unas palmadas en la espalda.

—Te traeré un poco de agua —comenzó, pero él meneó la cabeza y levantó una mano.

Se desabrochó con torpeza el cinturón, se levantó y corrió al cuarto de baño. Se agarró al lavabo con las manos mientras expectoraba una densa y ardiente flema amarilla que parecía salir directamente de sus pobres pulmones. Tuvo un nuevo ataque de tos mientras trataba de recuperar el aliento.

Durante un segundo se le pasó por la cabeza la ridícula imagen de Ferris Bueller especulando sobre echar un pulmón al toser mientras expulsaba más flemas y vomitaba un poco.

A duras penas le dio tiempo a bajarse los pantalones cuando le sobrevino un intenso y agudo retortijón. Se sentía como si hubiera cagado los intestinos mientras un sudor abrasador le cubría la cara. Mareado, apoyó una mano en la pared y cerró los ojos mientras su cuerpo se vaciaba con violencia.

Podría haber llorado de alivio cuando cesaron los retortijones y el mareo. Agotado, se limpió, se enjuagó la boca con el colutorio del avión y se lavó la cara con agua fría. Se sentía mejor.

Examinó su rostro en el espejo y reconoció que todavía estaba un poco ojeroso, pero pensó que también parecía tener mejor cara. Concluyó que había expulsado lo que fuera que se le había colado dentro.

Cuando salió, la auxiliar jefe de vuelo le dirigió una mirada de preocupación.

—¿Se encuentra bien, señor MacLeod?

—Eso creo. —Un tanto avergonzado, disimuló con un guiño y una broma—. Demasiado *haggis*.

Ella rio con educación, sin ser consciente de que menos de setenta y dos horas después ella enfermaría con la misma virulencia.

Ross regresó con Angie y se sentó en el asiento de ventanilla.

—¿Estás bien, cielo?

—Sí, sí. Creo que ya sí.

Tras examinarle con ojo crítico, le acarició la mano.

—Tienes mejor color. ¿Te apetece un té?

—Puede. Sí.

Se bebió el té y notó que tenía el suficiente apetito como para intentar comer un poco de pollo y arroz que había en el menú. Una hora antes de tomar tierra tuvo otro ataque de tos, vómitos y diarrea, pero le pareció que había sido más leve que el anterior.

Se apoyó en Angie para pasar por la aduana y el control de pasaportes, y para conseguir empujar el carrito del equipaje hasta donde les esperaba su chófer.

—¡Me alegro de verles! Permita que coja eso, señor Mac.

—Gracias, Amid.

—¿Qué tal el viaje?

—Ha sido maravilloso —respondió Angie mientras zigzagueaban entre la multitud del aeropuerto Kennedy—. Pero Ross no se encuentra demasiado bien. Ha cogido un virus por el camino.

—Siento oír eso. Le llevaremos a casa lo antes posible.

Para Ross, el trayecto a casa fue un viaje borroso por culpa del agotamiento; atravesar el aeropuerto hasta el coche, cargar el equipaje, el tráfico, llegar hasta Brooklyn y la bonita casa donde habían criado a dos hijos.

Una vez más, dejó que Angie se ocupara de los detalles, agradeciéndole que le rodeara la cintura con un brazo para cargar con parte de su peso mientras le conducía escaleras arriba.

—Derecho a la cama.

—No pienso discutir, pero antes quiero darme una ducha. Creo que... necesito una ducha.

Le ayudó a desvestirse, lo cual le resultó muy tierno. Apoyó la cabeza contra su pecho.

—¿Qué haría yo sin ti?

—Tú intenta averiguarlo.

La ducha le sentó bien e hizo que creyera que ya había pasado lo peor. Cuando salió y vio que ella le había abierto la cama y le había dejado una botella de agua, un vaso de ginger ale y su teléfono móvil en la mesilla, lágrimas de gratitud le anegaron los ojos.

Angie bajó las persianas con el mando a distancia.

—Bebe un poco de agua o el ginger ale para no deshidratarte. Y si por la mañana no estás mejor, irá usted al médico, señor.

—Ya estoy mejor —afirmó, pero obedeció y bebió un poco de ginger ale antes de meterse en la cama con mucho gusto.

Ella le arropó y le puso una mano en la frente.

—Es evidente que tienes fiebre. Voy a por el termómetro.

—Luego —dijo—. Primero déjame dormir un par de horas.

—Estaré abajo.

Él cerró los ojos y suspiró.

—Solo necesito dormir un poco en mi propia cama.

Angie bajó, sacó pollo del congelador, además de unos huesos que había guardado en una bolsa, y lo pasó todo por agua fría para que se descongelara más deprisa. Prepararía una buena olla de sopa de pollo, su cura para todo. A ella tampoco le vendría mal tomar un poco; estaba agotada y ya se había tomado un par de pastillas para la irritación de garganta sin que Ross la viera.

No había necesidad de preocuparle mientras él se encontraba tan mal. Además, ella siempre había tenido una constitución más robusta que su marido y seguro que se lo quitaría de encima antes de que empeorara.

Mientras trajinaba, conectó el altavoz de su móvil y llamó a su hija Katie. Charlaron animadamente a la vez que abría el grifo del agua fría y se preparaba un té.

—¿Está papá por ahí? Quiero saludarle.

—Está durmiendo. Ha pillado algo en Año Nuevo.

—¡Oh, no!

—No te preocupes. Estoy preparando sopa de pollo. El sábado, cuando vengáis a cenar, ya estará bien. Estamos deseando veros a Tony y a ti. ¡Oh, Katie, les he comprado a los niños los trajecitos más monos del mundo! Vale, unos cuantos trajecitos monísimos. Ya verás cuando los veas. Pero tengo que dejarte. —Hablar le estaba afectando mucho a la garganta—. Nos vemos en un par de días. No vengas hoy, Katie, y lo digo en serio. Seguro que lo de tu padre es contagioso.

—Dile que espero que se ponga mejor y que me llame cuando se despierte.

—Se lo diré. Te quiero, cariño.

—Yo también te quiero.

Angie encendió la tele de la cocina para sentirse acompañada y decidió que una copa de vino le vendría mejor que el té. Metió los huesos a la olla con el pollo y después corrió arriba a echar un vistazo a su marido. Más tranquila después de comprobar que roncaba con suavidad, volvió abajo para pelar patatas y zanahorias y picar apio.

Se concentró en la tarea, sin prestar demasiada atención a la animada charla de la televisión, y se empeñó en hacer caso omiso de su incipiente jaqueca.

Si Ross se encontraba mejor y le había bajado la fiebre, dejaría que bajara a la sala de estar. Y por Dios que ella se pondría el pijama, ya que también estaba hecha polvo, y se acurrucarían a comer sopa de pollo y a ver la televisión.

Realizó todo el proceso de preparar la sopa de forma mecánica, retirando los huesos ahora que ya habían cumplido su función, cortó la carne de pollo en trozos de tamaño generoso y añadió verduras, especias y su propio caldo de pollo.

Lo puso a fuego lento y volvió a subir para echar otro vistazo a su marido. No quería molestarle, pero sí estar cerca, así que fue al que había sido el dormitorio de su hija, que ahora servía de habitación para cuando sus nietos los visitaban. Tuvo que pasar al cuarto de baño de invitados a vomitar la pasta que había comido en el avión.

—Maldita sea, Ross, ¿qué has pillado?

Cogió el termómetro, lo encendió y puso el extremo en su oreja. Cuando pitó, contempló la lectura con desaliento: 38,5.

—Pues ya está: una bandeja con sopa de pollo en la cama para los dos.

Cogió un par de pastillas de ibuprofeno y bajó a servirse un vaso de ginger ale con hielo. Después de entrar de puntillas en su dormitorio, cogió una sudadera y unos pantalones de franela, junto con unos gruesos calcetines, pues preveía que iba a tener escalofríos. De nuevo en el segundo dormitorio, se cambió, se tumbó en la cama, se arropó con el bonito edredón que estaba doblado a los pies y se quedó dormida casi de inmediato.

Soñó con rayos y pájaros negros, un río con burbujeante agua roja.

Se despertó sobresaltada, con la garganta ardiendo y la cabeza a punto de estallar. ¿Había oído un quejido, un grito? Escuchó un golpe seco mientras trataba de librarse del edredón.

—¡Ross! —La habitación le dio vueltas cuando se levantó a toda prisa. Maldijo entre dientes y corrió al dormitorio.

Gritó cuando entró. Ross estaba en el suelo junto a la cama, entre convulsiones. Vio un charco de vómito, otro de excrementos acuosos, y había sangre en ambos.

—¡Ay, Dios mío, Dios mío! —Corrió a su lado y trató de ponerle de lado; ¿acaso no era eso lo que había que hacer? No lo sabía con seguridad. Cogió el móvil de Ross de la mesilla y llamó al 911.

—Necesito una ambulancia. Necesito ayuda. Dios mío. —Recitó del tirón su dirección—. Mi marido, mi marido. Está sufriendo un ataque. Está ardiendo, ardiendo. Ha vomitado. Hay sangre en el vómito.

—La ayuda está en camino, señora.

—Dense prisa. Por favor, dense prisa.

# 2

Jonah Vorhies, un paramédico de treinta y dos años, olió la sopa y apagó el fuego antes de que su compañera, Patti Ann, y él sacaran a MacLeod en camilla de la casa y lo subieran a la ambulancia.

Su compañera se subió delante y conectó las sirenas mientras él se quedaba detrás tratando de estabilizar al paciente bajo la atenta mirada de la esposa.

La mujer aguantaba, pensó Jonah. Sin histerismos. Casi podía oírla rogar con fervor para que su marido despertara.

Pero Jonah reconocía la muerte cuando la veía. A veces incluso la sentía. Procuraba no hacerlo, pues podía interferir en su trabajo, e intentaba bloquear esa certeza. Como cuando sabía que un hombre que le rozaba en la calle al pasar tenía cáncer. O que un chico con el que se topaba se caería de la bicicleta esa misma tarde y acabaría con una fractura en tallo verde de la muñeca derecha.

A veces hasta sabía el nombre del chaval, su edad y dónde vivía.

Así de específico podía ser, de modo que durante una temporada lo convirtió en una especie de juego.

Con MacLeod, la certeza le llegó rápida y potente, imposible de bloquear. Peor aún, llegó con algo nuevo. Una visión. Las convulsiones habían cesado cuando Patti Ann y él llegaron, pero mientras trabajaba y narraba los detalles para que su compañera los transmitiera por la radio, Jonah podía ver al paciente en la cama, dándose la vuelta y vomitando en el suelo. Pidiendo ayuda antes de caerse y empezar a convulsionar.

Podía ver a su esposa entrar a toda velocidad, oír su voz mientras gritaba. Podía oírlo y verlo todo como si estuviera en el cine.

Y no le gustaba ni un pelo.

Cuando llegaron a la zona de ambulancias, hizo cuanto pudo para apagar esa pantalla y ayudar a salvar la vida que sabía que ya se había extinguido.

Recitó del tirón las constantes vitales, los detalles de los síntomas y del tratamiento de urgencia que se le había administrado hasta entonces mientras la doctora Rachel Hopman (estaba coladito por la médica) y su equipo llevaban a toda velocidad al paciente a una sala de curas.

Una vez allí, cogió a la esposa del brazo antes de que pudiera atravesar las puertas dobles. Y la soltó como si quemara; había visto que ella también estaba muerta.

—Ross —murmuró la mujer, que puso la mano en la puerta con intención de empujar y abrirla.

—Señora. Señora MacLeod, tiene que quedarse aquí. La doctora Hopman es la mejor. Hará todo cuanto esté en su mano por su marido.

«Y muy pronto, también por usted. Pero no será suficiente.»

—Ross. Tengo que...

—¿Por qué no se sienta? ¿Le apetece un café?

—Yo..., no. —Se llevó una mano a la frente—. No, gracias. No. ¿Qué le ocurre? ¿Qué ha pasado?

—La doctora Hopman lo averiguará. ¿Quiere que llamemos a alguien?

—Nuestro hijo está en Londres. No volverá a casa hasta

dentro de un par de días. Mi hija... Pero está embarazada de gemelos. No debería disgustarse. Esto la disgustará. Mi amiga Marjorie.

—¿Quiere que llame a Marjorie?

—Yo... —Bajó la mirada al bolso que agarraba, el que había cogido de forma automática, igual que había cogido su abrigo, igual que se había calzado—. Llevo mi móvil.

Lo sacó y se quedó mirándolo.

Jonah se alejó y llamó a una enfermera.

—Alguien tiene que estar pendiente de ella. —Señaló a la señora MacLeod—. Su marido está ahí y es grave. Creo que ella también está enferma.

—Hay muchos enfermos por aquí, Jonah.

—Tiene fiebre. No puedo decirte cuánta. —Sí que podía; 38,5 y subiendo—. El paciente tiene fiebre. Tengo que volver a la ambulancia.

—Vale, vale. Estaré pendiente. ¿Es muy grave? —preguntó señalando con la cabeza hacia la sala de curas.

Jonah miró dentro en contra de su voluntad y vio a la mujer a la que no había tenido el valor de pedirle una cita formal mirar el reloj y establecer la hora del fallecimiento.

—Muy grave —dijo, y escapó antes de que Rachel saliera a decirle a la esposa que su marido había fallecido.


Al otro lado del East River, en un ático de Chelsea, Lana Bingham gritó mientras se dejaba llevar por un prolongado e intenso orgasmo. A medida que el grito se tornaba en gemido y el gemido en suspiro, sus dedos soltaron las sábanas y levantó los brazos para rodear a Max mientras él se corría.

Ella suspiró de nuevo, como una mujer saciada, relajada y satisfecha al sentir el peso de su amante sobre ella, su corazón latiendo desbocado contra el suyo. Le acarició el negro cabello con los dedos en un gesto perezoso. Necesitaba un corte, pero le gustaba cuando lo llevaba un poco largo, cuando podía enroscar las puntas con el dedo.

Hacía seis meses que se habían ido a vivir juntos y las cosas iban cada vez mejor, pensó.

En la quietud posterior, cerró los ojos y suspiró de nuevo.

Después gritó cuando algo, algo salvaje y maravilloso, estalló dentro de ella, en ella, sobre ella. Más potente que el orgasmo, más profundo, y con una feroz mezcla de placer y sorpresa que jamás sería capaz de describir. Como una explosión de luz, un rayo directo a sus entrañas, una flecha flamígera a su corazón, que se propagó por todo su ser. Prácticamente sentía que su sangre resplandecía.

El cuerpo de Max se sacudió, aún encima de ella, dentro de ella. Oyó que contenía el aliento durante un instante, que se ponía duro otra vez.

Después todo se tranquilizó, se calmó, tornándose en un mero destello tras sus ojos, hasta que también eso se desvaneció.

Max se apoyó en los codos y la miró a la luz de una docena de velas titilantes.

—¿Qué ha sido eso?

Lana exhaló una profunda bocanada de aire, todavía un poco aturdida.

—No lo sé. ¿Los espasmos poscoitales más intensos del mundo?

Él rio y bajó la cabeza para rozarle los labios con los suyos.

—Me parece que tendremos que comprar otra botella de ese vino nuevo que hemos abierto.

—Vamos a por una caja. ¡Uau! —Se estiró debajo de él, levantó los brazos y los llevó hacia atrás—. Me siento genial.

—Y se nota. Mi preciosa bruja.

Ella se echó a reír. Sabía, lo mismo que él, que era una aficionada, como mucho. Y le parecía estupendo seguir siéndolo, probar con pequeños encantamientos y rituales con velas, celebrar las fiestas.

Desde que conoció a Max Fallon en el festival del solsticio de invierno y se enamoró perdidamente de él antes de Ostara, se había esforzado por practicar la magia más en serio.

Pero le faltaba la chispa y, para ser sincera, no conocía a muchos que la tuvieran. La mayoría, más bien casi todos, a los que conocía o con los que se encontraba en festivales, rituales y encuentros, eran aficionados, igual que ella. Algunos, en su opinión, simplemente estaban un poco chalados, y otros estaban demasiado obsesionados.

Hasta era posible que algunos fueran peligrosos si tuvieran poderes de verdad.

Después..., ah, sí..., después estaba Max.

Él sí poseía esa chispa. ¿Acaso no había encendido las velas de la habitación con su aliento, algo que siempre la ponía a cien? Y si se concentraba de verdad, podía hacer levitar objetos pequeños.

Una vez había hecho que una taza llena de café atravesara flotando la cocina y se posara en la encimera, justo delante de ella.

Alucinante.

Y la quería. Esa era la clase de magia que le importaba a Lana por encima de todo.

Max la besó de nuevo y se bajó de encima de ella. Cogió una vela apagada.

Lana puso los ojos en blanco y profirió un gruñido exagerado.

—Siempre lo haces mejor cuando estás relajada. —Le recorrió el cuerpo despacio con la mirada—. Pareces relajada.

Lana estaba tumbada, cómoda con su desnudez, con los brazos detrás de la cabeza y el largo cabello dorado esparcido sobre la almohada. En su boca, cuyo labio inferior era más carnoso, se dibujó una sonrisa.

—Si estuviera más relajada, estaría inconsciente.

—Pues inténtalo. —Le asió la mano y le besó los dedos—. Concéntrate. La luz está en ti.

Era algo que deseaba porque él lo deseaba. Y dado que detestaba decepcionarle, se incorporó y se apartó el cabello.

—Vale.

Cerró los ojos para prepararse y reguló su respiración. Tal y como él le había enseñado, intentó sacar la luz que él creía que ella guardaba.

Podía parecer extraño, pero creyó sentir que algo se alzaba dentro de ella y, sorprendida, abrió los ojos y exhaló.

La mecha desprendía luz.

La miró boquiabierta mientras él sonreía de oreja a oreja.

—¡Fíjate! —exclamó con orgullo.

—Yo... Pero si ni siquiera... —Había conseguido encender algunas velas tras un par de minutos de intensa concentración—. Ni siquiera estaba lista para empezar y... Lo has hecho tú. —Divertida, y un poco aliviada en el fondo, le clavó un dedo en el pecho—. ¿Intentando alimentar mi autoestima?

—No he sido yo. —Max posó la mano libre en su rodilla desnuda—. Yo no haría eso, y jamás te mentiré. Lo has hecho tú solita, Lana.

—Pero yo... ¿De verdad que no has sido tú? ¿No has... qué sé yo... no me has dado una especie de empujón?

—Tú solita. Prueba otra vez. —Sopló la vela y esta vez se la puso en las manos a Lana.

Nerviosa, cerró los ojos, más para tranquilizarse que para otra cosa. Pero cuando pensó en la vela, en encenderla, sintió ese despertar dentro de ella. Cuando abrió los ojos y pensó en la llama, esta apareció.

—¡Ay, Dios mío! —La luz de la vela se reflejaba en sus ojos, del intenso azul del cielo en verano—. De verdad lo he hecho.

—¿Qué has sentido?

—Ha sido... como si algo se alzara dentro de mí. Se alzara, se propagara... No lo sé con exactitud. Pero parecía natural, Max. No un gran destello ni una explosión. Simplemente como respirar. Y también un poco espeluznante, ya sabes. Mantengá-moslo en secreto, ¿vale?

Le miró a través de la luz.

Vio orgullo e interés en su apuesto y poético rostro, de marcados pómulos y barba incipiente después de todo un día sin afeitarse.

Vio ambas cosas en sus ojos, de un gris puro a la luz de las velas.

—No escribas sobre ello ni nada. Al menos hasta que estemos seguros de que no ha sido de chiripa, algo que solo ocurre una única vez.

—Dentro de ti se ha abierto una puerta, Lana. Lo he visto en tus ojos, igual que vi el potencial en ellos cuando nos conocimos. Lo vi antes incluso de amarte. Pero si quieres que esto quede entre nosotros, queda entre nosotros.

—Bien. —Se levantó y dejó la vela con las de él. Un símbolo de su unidad, pensó. Se dio la vuelta y la vela titiló a su espalda—. Te quiero, Max. Esa es mi luz.

Él se puso en pie, ágil como un gato, y la estrechó contra sí.

—No puedo imaginar cómo sería mi vida sin ti. ¿Te apetece más vino?

Ella inclinó la cabeza hacia atrás.

—¿Es un eufemismo?

Él sonrió y la besó.

—Estoy pensando en el vino y en pedir comida, porque me muero de hambre. Luego ya veremos eso de los eufemismos.

—Me apunto. Puedo cocinar yo.

—Claro que puedes, pero ya lo has hecho todo el día. Tienes la noche libre. Hemos hablado de salir...

—Preferiría quedarme en casa. Contigo. —Se dio cuenta de que le gustaría de verdad.

—Genial. ¿Qué te apetece?

—Sorpréndeme —dijo, y se volvió para coger los pantalones negros y la camiseta que vestía debajo de su chaquetilla de chef (ayudante de chef, para ser exactos) que él le había quitado cuando llegó a casa del restaurante—. Esta semana he tenido dos turnos dobles, así que estoy encantada de quedarme en casa y comer algo, cualquier cosa, que haya cocinado otro.

—Hecho. —Se puso los vaqueros y el jersey oscuro que llevaba para trabajar: escribir en su despacho del ático—. Abriré el vino y te sorprenderé con el resto.

—Enseguida salgo —prometió, de camino al armario.

Cuando se mudó con Max, intentó limitar su espacio a la mitad del armario, pero... le encantaba la ropa, adoraba la moda, y como pasaba gran parte de su tiempo con una chaqueta blanca y unos pantalones negros, fuera del trabajo se daba el capricho.

La ropa informal podía seguir siendo bonita, incluso un poco romántica para una velada en casa, pensó. Eligió un vestido azul marino con ondas en rojo que flotaban justo por debajo de la rodilla. Y podía preparar su propia sorpresa —algo de ropa interior sexy— para cuando llegaran a la parte eufemística de la noche.

Se vistió y después contempló su rostro en el espejo. La luz de las velas resultaba halagadora, pero... Se llevó las manos a la cara y realizó un pequeño encantamiento, algo que se le había dado bien desde la pubertad.

A menudo se preguntaba si la chispa que tenía, fuera la que fuese, estaba más supeditada a la vanidad que al verdadero poder.

A Lana eso le parecía bien. No le avergonzaba lo más mínimo ser o sentirse más guapa que poderosa. Sobre todo desde que lo que poseía de ambas cosas había atraído a un hombre como Max.

Se dispuso a salir y se acordó de las velas.

—No las dejes encendidas sin supervisión —murmuró y se giró para apagarlas. Se detuvo y reflexionó. Si podía encenderlas, ¿podría apagarlas?—. Es justo lo contrario, ¿no?

—Mientras lo decía, mientras lo pensaba, señaló una con intención de acercarse e intentarlo. Y la llama se apagó—. Oh, vaya... ¡Uau!

Iba a llamar a Max, pero se dio cuenta de que lo más seguro era que se dejara llevar por el entusiasmo y acabaran practicando y estudiando en vez de cenar tranquilamente en casa.

En vez de eso, pasó de una vela a otra en su mente hasta que la habitación quedó a oscuras. No podía explicar lo que sentía ni cómo esa puerta de la que hablaba Max se había abierto de repente.

Más tarde tendría que pensar en ello, decidió.

Quería tomarse ese vino.

Mientras Lana y Max disfrutaban del vino y de un aperitivo de queso brie fundido sobre unas rebanadas de pan tostado que Lana no pudo evitar preparar, Katie MacLeod Parsoni entraba corriendo en un hospital de Brooklyn.

Todavía no había llorado porque no se lo creía. Se negaba a creer que su padre estaba muerto y que su madre se había puesto de repente tan enferma que la habían ingresado en la UCI.

Con una mano en el vientre y el brazo de su marido alrededor de su inexistente cintura, siguió las indicaciones hasta el ascensor que conducía a la unidad de cuidados intensivos.

—Esto no está pasando. Es un error. Te digo que he hablado con ella hace unas horas. Mi padre no se encontraba bien, tenía un catarro o algo así, y ella estaba preparando sopa.

Había repetido lo mismo una y otra vez durante el trayecto al hospital. Tony se limitó a rodearla con el brazo.

—Todo va a salir bien —dijo. No se le ocurría nada más.

—Es un error —repitió.

Pero cuando llegaron al puesto de enfermeras no pudo articular palabra. No le salía nada. Levantó la vista hacia Tony con impotencia.

—Nos han dicho que Angie... Angela MacLeod, ha sido ingresada. Esta es su hija, Kathleen, mi esposa, Katie.

—Necesito ver a mi madre. Necesito verla. —Algo en los ojos de la enfermera hizo que el pánico le atenazara la garganta—. ¡Necesito ver a mi madre! Quiero hablar con la doctora Hopman. Ha dicho que... —Y eso era algo que Katie no podía decir.

—El doctor Gerson está tratando a su madre —comenzó la enfermera.

—No quiero ver al doctor Gerson. ¡Quiero ver a mi madre! Quiero hablar con la doctora Hopman.

—Vamos, Katie, vamos. Procura calmarte. Tienes que pensar en los niños.

—Voy a llamar a la doctora Hopman. —La enfermera rodeó el mostrador—. ¿Por qué no esperan aquí y se sientan mientras tanto? ¿De cuánto está?

—De veintinueve semanas y cuatro días —dijo Tony.

Las lágrimas rodaron despacio por su cara.

—También cuentas los días —consiguió decir Katie.

—Por supuesto que sí, cielo. Pues claro. Vamos a tener gemelos —le dijo a la enfermera.

—Qué entretenidos van a estar. —La enfermera sonrió, pero su rostro se tornó serio cuando se dio la vuelta para regresar a su mesa.

Rachel respondió a la llamada lo antes que pudo y evaluó la situación con rapidez cuando vio al hombre y a la mujer. Estaba a punto de tener que enfrentarse a una embarazada afligida.

Pese a todo, creía que era mucho mejor que ella hubiese llegado antes que Gerson. Él era un internista magnífico, pero podía ser franco hasta rayar en la grosería.

La enfermera del mostrador le hizo un gesto de asentimiento a Rachel. Se preparó y se acercó a la pareja.

—Soy la doctora Hopman. Siento mucho lo de su padre.

—Es un error.

—¿Usted es Katie?

—Soy Katie MacLeod Parsoni.

—Katie —dijo Rachel, y tomó asiento—. Hemos hecho todo lo que hemos podido. Su madre ha hecho todo lo que ha podido. Llamó pidiendo ayuda y le trajeron enseguida. Pero estaba muy enfermo.

Los ojos de Katie, del mismo verde oscuro que los de su madre, se clavaron en los de Rachel. Le suplicaron.

—Tenía un catarro. Un virus leve. Mi madre le estaba preparando sopa de pollo.

—Su madre ha podido darnos algo de información. ¿Han estado en Escocia? ¿Usted no viajó con ellos?

—Yo tengo que guardar reposo moderado en cama.

—Gemelos —dijo Tony—. Veintinueve semanas y cuatro días.

—¿Puede decirme en qué lugar de Escocia?

—En Dumfries. ¿Qué importa eso? ¿Dónde está mi madre? Necesito ver a mi madre.

—Está en aislamiento.

—¿Qué significa eso?

Rachel cambió de posición, con la mirada tan serena y firme como su voz.

—Es por precaución, Katie. Si su padre y ella contrajeron una infección o uno se lo contagió al otro, tenemos que protegernos. Puedo dejar que la vea unos minutos, pero tiene que estar preparada. Está muy enferma. Tendrá que ponerse máscara, guantes y un traje protector.

—Me da igual lo que tenga que ponerme; necesito ver a mi madre.

—No podrá tocarla —añadió Rachel—. Y solo puede verla unos minutos.

—Yo voy con mi esposa.

—De acuerdo. Primero necesito que me cuenten todo lo que sepan sobre su estancia en Escocia. Su madre ha dicho que han llegado hoy y que estuvieron allí desde el día después de Navidad. ¿Sabe si su padre estaba enfermo antes de que se fueran?

—No, no, estaba bien. Celebramos la Navidad. Siempre vamos a la granja al día siguiente. Vamos todos, pero yo me quedé porque ahora mismo no puedo viajar.

—¿Ha hablado con ellos mientras estaban allí?

—Por supuesto. Casi todos los días. Le digo que estaban bien. Puede preguntarle a mi tío Rob, el hermano gemelo de mi padre. Estaban todos allí y se encontraban bien. Puede preguntarle. Está en Londres.

—¿Puede darme su número de teléfono?

—Claro. —Tony agarró la mano de Katie—. Lo comprendo y le daré lo que necesite. Pero Katie quiere ver a su madre.

Una vez que estuvieron vestidos y les pusieron los guantes, Rachel hizo cuanto pudo para prepararles.

—Estamos tratando a su madre por deshidratación. Tiene mucha fiebre y estamos intentando bajársela. —Se detuvo delante de la habitación con una pared de cristal, tras la que se encontraba una mujer de complexión delicada con lo que habría sido una explosión de rizos negros si no los llevase bien recogidos. La fatiga dominaba sus oscuros ojos de color chocolate, pero su tono seguía siendo vívido.

—La cortina de plástico es para proteger de infecciones.

Katie no podía hacer otra cosa que mirar a través del cristal, de la película de plástico dentro del cuarto, a la mujer que ocupaba la angosta cama de hospital.

Es como una sombra de mi madre, pensó.

—Acabo de hablar con ella. Acabo de hablar con ella.

Agarró la mano de Tony y entró.

Los monitores pitaban. Verdes garabatos y picos surcaban las pantallas. Una especie de ventilador zumbaba como un enjambre de avispas. Por encima del ruido, oyó la respiración trabajosa de su madre.

—Mamá —dijo, pero Angie no se despertó—. ¿Está sedada?

—No.

Katie se aclaró la garganta y habló más alto, con voz más nítida.

—Mamá, soy Katie. Mamá.

Angie se movió y gimió.

—Cansada, muy cansada. Haz la sopa. Día libre por enfermedad, todos tendremos un día de baja por enfermedad. Mami, quiero mi pijama. Hoy no puedo ir al cole.

—Mamá, soy Katie.

—Katie, Katie. —Angie movió la cabeza a un lado y a otro sobre la almohada—. Mamá dice: Katie, atranca la puerta. Atranca la puerta, Katie. —Angie abrió los ojos y su mirada, vidriosa a causa de la fiebre, recorrió la habitación—. No dejes que entren. ¿Los oyes, en los arbustos? ¡Katie, atranca la puerta!

—No te preocupes, mamá. No te preocupes.

—¿Ves los cuervos? Todos los cuervos vuelan en círculo.

La brillante mirada vacía se posó en Katie, y en ella apareció algo que la joven reconoció como su madre.

—Katie. Mi pequeña.

—Estoy aquí, mamá. Aquí mismo.

—Papá y yo no nos encontramos muy bien. Vamos a cenar sopa de pollo en una bandeja en la cama y a ver la tele.

—Eso está bien. —Las lágrimas le anegaban la garganta, pero se obligó a hablar—. Pronto te sentirás mejor. Te quiero.

—Tienes que agarrarme la mano cuando crucemos la calle. Es muy importante mirar a los dos lados.

—Lo sé.

—¿Has oído eso? —Angie bajó la voz mientras se le aceleraba la respiración—. Algo se agita en los arbustos. Algo nos vigila.

—Ahí no hay nada, mamá.

—¡Sí que lo hay! Te quiero, Katie. Te quiero, Ian. Mis pequeños.

—Te quiero, mamá —dijo Tony, comprendiendo que ella

42

creía que era el hermano de Katie—. Te quiero —repitió, pues la quería.

—Más tarde haremos un picnic en el parque, pero... No, no, se acerca la tormenta. Viene con ella. Un rayo rojo, arde y sangra. ¡Corred! —Se incorporó—. ¡Corred!

Angie sufrió un violento ataque de tos que roció la cortina de esputos y flemas.

—¡Llévesela! —ordenó Rachel al tiempo que apretaba el botón para llamar a la enfermera.

—¡No! ¡Mamá!

Tony sacó a Katie por la fuerza de la habitación a pesar de sus protestas.

—Lo siento. Lo siento, pero tienes que dejar que hagan su trabajo. Vamos. —Le temblaban las manos mientras la ayudaba a despojarse del traje—. Se supone que tenemos que quitarnos esto aquí, ¿recuerdas?

Le quitó los guantes, luego hizo lo propio con los suyos y los desechó mientras la enfermera entraba corriendo en la habitación.

—Tienes que sentarte, Katie.

—¿Qué le ocurre, Tony? Decía cosas sin sentido.

—Debe de ser por la fiebre. —La condujo de nuevo a las sillas; la sentía temblar contra él—. Le bajarán la fiebre.

—Mi padre ha muerto. Está muerto y no puedo pensar en él. He de pensar en ella. Pero...

—Está bien. —No dejó de rodearla con el bazo, le apoyó la cabeza en su hombro y acarició su rizado cabello castaño—. Tenemos que pensar en ella. Ian llegará en cuanto pueda. Tal vez ya esté de camino. Él también va a necesitarnos, sobre todo si Abby y los niños no pueden venir con él, si no encuentra pasajes suficientes en un vuelo de regreso. —Habla, pensó Tony, habla y distrae a Katie de lo que acaba de pasar al otro lado de esa horrible cortina de plástico—. Acuérdate de que me escribió que había conseguido plaza en un autobús hasta Dublín y que tiene vuelo directo desde allí. ¿Te acuerdas? Y está intentando conseguir vuelo para Abby y los niños desde Londres lo antes posible.

—Ha pensado que eras Ian. Te quiere, Tony.

—Lo sé. No pasa nada. Ya lo sé.

—Lo siento.

—Ah, venga ya, Katie.

—No, lo siento. Tengo contracciones.

—Espera, ¿qué? ¿Cada cuánto?

—No lo sé. No lo sé, pero las tengo. Y me estoy...

La cogió en brazos cuando se tambaleó en la silla. Se puso en pie, con su mujer y sus bebés en brazos, sintiendo que el mundo se abría bajo sus pies, y pidió ayuda a gritos.

La ingresaron y, después de una hora llena de tensión, las contracciones cesaron. El calvario que siguió a la pesadilla y su posterior ingreso para que guardara reposo en cama y tenerla en observación los dejó exhaustos a ambos.

—Elaboraremos una lista de lo que necesitas coger de casa e iré a por ello. Esta noche me quedo aquí.

—No puedo pensar con claridad. —Katie no podía cerrar los ojos a pesar de que le parecía que los tenía llenos de arenilla.

Tony le asió la mano y se la cubrió de besos.

—Improvisaré sobre la marcha. Y tú tienes que hacer lo que dice el médico. Tienes que descansar.

—Lo sé, pero... Tony, ¿puedes ir a ver? ¿Puedes ir a ver cómo está mi madre? No creo que pueda descansar hasta que lo sepa.

—Vale, pero nada de levantarte y bailotear por la habitación mientras no estoy.

Ella se las arregló para esbozar una pequeña sonrisa.

—Lo juro.

Tony se levantó, se acercó y la besó en el vientre.

—Y vosotros estaos quietecitos, peques. —Miró a Katie y puso los ojos en blanco—. Siempre con prisas.

Cuando salió, se apoyó contra la puerta y combatió la acuciante necesidad de desmoronarse. Katie era la dura, la fuerte, pensó. Pero ahora tenía que serlo él. Así que lo sería.

Atravesó la zona de cuidados especiales —el lugar era un laberinto— y encontró las puertas que se abrían a la sala de espera, el mostrador de recepción y los ascensores. Tony sospechaba que Katie se quedaría lo suficiente como para que él tuviera que aprenderse el camino.

Mientras caminaba hacia los ascensores, salió una guapa y delgada mujer de color con una bata blanca y unas zapatillas Nike negras.

Se le despejó la mente.

—Doctora Hopman.

—Señor Parsoni, ¿cómo se encuentra Katie?

—Llámeme Tony, y mi mujer está intentando descansar. Todo va bien. No ha tenido contracciones en la última hora y los bebés aguantan. Quieren que se quede esta noche, probablemente unos cuantos días. Pregunta por su madre, así que iba a subir a ver cómo está.

—¿Por qué no nos sentamos aquí?

Tony había trabajado en la tienda de deportes de su familia desde que era un crío y ahora dirigía la rama principal. Sabía calar a la gente.

—No.

—Lo siento mucho, Tony. —Le asió el brazo y le condujo hacia las sillas—. Le he dicho al doctor Gerson que iba a bajar, pero puedo hacer que le llamen y que venga a hablar con usted.

—No, no le conozco, no es necesario. —Se sentó y apoyó la cabeza entre las manos—. ¿Qué está pasando? No entiendo lo que está pasando. ¿Por qué han muerto?

—Estamos haciendo pruebas, buscando la naturaleza de la infección. Creemos que la contrajeron en Escocia, ya que su suegro mostraba síntomas antes de marcharse de allí. Katie dijo que se alojaron en una granja en Dumfries, ¿no es así?

—Sí, la granja de la familia... la granja de un primo, en realidad. Es un lugar estupendo.

—¿Un primo?

—Sí, Hugh, Hugh MacLeod. Y Millie. Dios mío, tengo que decírselo. Tengo que decírselo a Rob, a Ian. ¿Qué le digo a Katie?

—¿Le traigo un café?

—No, gracias. Lo que me vendría bien es un buen copazo, pero... —Recordó que tenía que ser fuerte y se secó las lágrimas con las manos—. Me conformaré con una Coca-Cola.

Rachel le puso una mano en el brazo y se dispuso a levantarse.

—Yo se la traigo. ¿Normal?

—Sí.

Fue hasta las máquinas expendedoras y buscó cambio. Una granja, pensó. Cerdos, gallinas. ¿Una posible cepa de gripe porcina o aviar?

No era su campo, pero conseguiría la información y la difundiría.

Le llevó la Coca-Cola a Tony.

—Si me facilita el contacto de Hugh MacLeod y del hermano de Ross MacLeod, podría sernos de ayuda.

Lo guardó todo en su móvil. El primo, el hermano gemelo, el hijo, incluso los sobrinos. Tony se lo facilitó todo.

—Apunte mi número. —Cogió el teléfono de Tony y lo añadió a su lista de contactos—. Llámeme si hay algo que pueda hacer. ¿Tiene pensado quedarse con Katie esta noche?

—Sí.

—Lo organizaré. Lo siento, Tony. Lo siento mucho.

Él exhaló un profundo suspiro.

—Ross y Angie eran... Los quería como a mis propios padres. Es bueno saber que al final estuvieron con alguien bueno, alguien, ya sabe, que se preocupa. A Katie también le ayudará saberlo.

Regresó a la habitación de su mujer a paso lento e incluso

se equivocó a propósito una vez para darse un poco más de tiempo.

Cuando entró y la vio ahí tumbada, mirando al techo, con las manos de forma protectora sobre los bebés que llevaba dentro, supo lo que tenía que hacer.

Le mintió por primera vez desde que la conoció.

—¿Mi madre?

—Está durmiendo. Tú tienes que hacer lo mismo. —Se acercó a la cama y la besó—. Voy a ir a casa a recoger algunas cosas. Como seguro que la comida de aquí es un asco, compraré lasaña en Carmines. Los peques tienen que comer. —Le dio una palmadita en el vientre—. Y necesitan un poco de carne.

—Vale, tienes razón. Eres mi roca, Tony.

—Tú siempre has sido la mía. Volveré antes de que te des cuenta. Nada de fiestas salvajes en mi ausencia.

Katie tenía los ojos llorosos y una sonrisa temblorosa. Pero su Katie siempre había sido valiente.

—Ya he contratado a los strippers.

—Pues diles que no se quiten nada hasta que vuelva.

Salió y fue hasta su coche. Empezaba a caer una leve nevada que apenas sentía. Se montó en el monovolumen que habían comprado hacía solo dos semanas, anticipándose a la llegada de los gemelos.

Apoyó la cabeza en el volante y lloró con toda la fuerza de su roto corazón.

# 3

Al final de la primera semana de enero, el número oficial de muertes superaba el millón. La Organización Mundial de la Salud declaró una pandemia que se propagaba a una velocidad sin precedentes. Los centros para el Control y Prevención de Enfermedades la identificaron como una nueva cepa de la gripe aviar, que se transmitía a través del contacto humano.

Aunque nadie era capaz de explicar por qué las aves examinadas no mostraban signos de contagio. Ninguna de las gallinas, pavos, gansos, faisanes o perdices confiscados o capturados en un radio de cien kilómetros de la granja de los MacLeod reveló infección alguna.

Pero las personas, la familia MacLeod en Escocia, sus vecinos y la gente de los pueblos, murieron en masa.

La OMS, los Centros para el Control y Prevención de Enfermedades y los Institutos Nacionales de Salud mantuvieron ese detalle en riguroso secreto.

En la lucha por las vacunas, la distribución se realizó a través de complejos y desesperantes cauces. Los retrasos incitaron revueltas, saqueos y violencia.

Poco importó, ya que las vacunas resultaron ser tan ineficaces como las fraudulentas curas que se vendían por internet.

Los jefes de Estado del mundo entero pidieron calma y llamaron al orden, prometieron ayuda y hablaron de política.

Los colegios cerraron, e innumerables negocios clausuraron sus puertas cuando se animó a la gente a limitar el contacto con los demás. La venta de mascarillas y guantes quirúrgicos, medicamentos con y sin receta para la gripe, lejía y desinfectantes se disparó.

Aquello no sirvió de nada. Tony Parsoni podría habérselo dicho, pero murió en la misma cama de hospital que su suegra menos de setenta y dos horas después que ella.

¿Protectores de plástico, guantes de látex y mascarillas quirúrgicas? El Juicio Final se burló de todo y propagó alegremente su veneno.

Durante la segunda semana del nuevo año, el total de muertos alcanzó los diez millones y no daba señales de remitir. Aunque no se informó de su enfermedad y su muerte se mantuvo en secreto durante casi dos días, el presidente de Estados Unidos también sucumbió.

Los jefes de Estado cayeron como fichas de dominó. A pesar de extremar las precauciones, resultaron ser tan vulnerables como las personas sin hogar, y el pánico dominó a los feligreses, los ateos, los predicadores y los pecadores.

A su paso por Washington, en la tercera semana del Juicio Final, más del sesenta por ciento del Congreso estaba muerto o moribundo, junto con más de mil millones de personas por todo el mundo.

Con el gobierno sumido en el caos, surgieron nuevos temores de ataques terroristas, pero estos estaban igual de ocupados muriéndose que el resto.

Las áreas urbanas se convirtieron en zonas de guerra, donde los efectivos de la policía, cada vez más reducidos, luchaban contra los supervivientes, que veían el fin de la humanidad como una oportunidad para sembrar la sangre y la violencia. O para beneficiarse.

Abundaban los rumores sobre extrañas luces danzarinas, personas con habilidades raras que curaban quemaduras sin necesidad de ungüentos, que encendían hogueras en bidones para calentarse sin combustible. O las prendían por el simple placer de ver las llamas. Había quienes afirmaban haber visto a una mujer atravesar una pared, otros juraban que un hombre había levantado un coche con una mano, y a otro que bailaba dando brincos a un palmo del suelo.

Los vuelos comerciales se suspendieron la segunda semana, con la vana esperanza de impedir o ralentizar la propagación del virus. La mayoría de las personas que volaron antes de la prohibición de viajar, abandonando sus hogares, sus ciudades, incluso sus países, murieron en otra parte.

Otros optaron por aguantar, haciendo acopio de provisiones en casas y apartamentos, incluso en edificios de oficinas, cerrando con llave puertas y ventanas y apostando a menudo guardias armados.

Y gozaron de la comodidad de morir en sus propias camas.

Aquellos que se encerraron en casa y sobrevivieron se aferraron a la cobertura informativa, cada vez más esporádica, con la esperanza de que ocurriera un milagro.

Durante la tercera semana, las noticias eran tan escasas como los diamantes, y mucho más valiosas.

Arlys Reid no creía en los milagros, pero sí en que el público tenía derecho a saber. Se había abierto paso como presentadora del informativo de la mañana en Ohio, realizando sobre todo reportajes en granjas y algunas retransmisiones en directo en ferias y festivales locales, hasta llegar a ser reportera de noticias triviales en una filial local en Nueva York.

Ganó popularidad, aunque no demasiadas oportunidades de cubrir noticias de alcance.

A sus treinta y dos años, todavía tenía el ojo puesto en las noticias nacionales. No esperaba conseguirlo por incomparecencia. La estrella de *En el punto de mira*, una voz constante y seria durante dos décadas de crisis mundiales, desapareció antes de que acabara la primera semana de la pandemia. Uno tras otro, siguiendo la jerarquía de suplentes, murieron, huyeron o, en el caso de su predecesor inmediato, sufrieron una crisis nerviosa entre sollozos en directo.

Cuando Arlys se despertaba cada mañana en su casi desierto edificio de apartamentos de baja altura, a solo unas manzanas del estudio, pasaba revista.

No tenía fiebre, ni náuseas, retortijones, tos o alucinaciones. Tampoco habilidades raras, aunque en realidad no creía los rumores.

Comía gracias a sus escasas provisiones, normalmente cereales a palo seco, ya que era casi imposible encontrar leche a menos que pudieras soportarla en polvo. Y ella no podía.

Se vestía para correr, pues había descubierto que correr podía ser necesario incluso a plena luz del día, incluso unas cuantas manzanas. Se colgaba su cartera a modo de bandolera. Dentro llevaba un revólver del calibre 32 que se había encontrado en la calle. Cerraba la puerta con llave y salía.

A lo largo del camino, si se sentía razonablemente a salvo, hacía fotografías con su teléfono móvil. Siempre había algo que documentar. Otro cadáver, otro coche calcinado, otro escaparate hecho añicos. De lo contrario, seguía su camino a un ritmo constante.

Se mantenía en buena forma, siempre lo había hecho, y podía correr a mucha velocidad si era necesario. Casi todas las mañanas reinaba un espeluznante silencio en la calle, desierta salvo por los coches abandonados y los destrozos. Aquellos que deambulaban por las noches en busca de sangre se habían arrastrado de nuevo a sus agujeros con la salida del sol, igual que vampiros.

Entró por la puerta lateral, ya que Tim, el de seguridad, le había dado un juego completo de llaves y tarjetas magnéticas antes de desaparecer. Siempre utilizaba las escaleras, pues había sufrido un par de cortes de electricidad. Subir cinco pisos a pie le ayudaba a compensar la hora que no pasaba en el gimnasio, cinco días a la semana.

Ya no dejaba que le molestara el atronador silencio del edificio. Todavía había café en el comedor y en la cafetería. Antes de poner una cafetera, molió unos granos de más para guardarlos en la bolsa de plástico que llevaba en su cartera. Solo una dosis diaria; a fin de cuentas, no era la única persona que seguía yendo a trabajar que necesitaba un buen chute.

A veces, la pequeña Fred, la entusiasta becaria que, igual que Arlys, continuaba informando para la cadena de televisión cada día, reponía las existencias de café. Arlys nunca preguntaba dónde conseguía la mercancía la vivaz pelirroja, ni tampoco las cajas de Snickers ni los bollos de Little Debbie.

Simplemente disfrutaba de su generosidad.

Ese día llenó sus termos de café y se decidió por un brazo de gitano.

Cogió ambas cosas y se dirigió a la sala de redacción. Podría haber ocupado un despacho, ahora había muchos disponibles, pero prefería la sensación de amplitud de la sala.

Encendió las luces, las vio parpadear sobre las mesas vacías, las pantallas y los ordenadores apagados.

Como siempre, se instaló en la mesa que había elegido, cruzó los dedos y encendió el ordenador. El wifi de su edificio de apartamentos se había caído hacía dos semanas, pero el de la cadena aún funcionaba.

Iba muy lento, a menudo se desconectaba y volvía a conectarse, pero funcionaba. Lo puso en marcha, se sirvió café y se acomodó mientras bebía y esperaba, con los dedos todavía cruzados.

—Y así vivimos otro día —dijo en voz alta cuando la pantalla se encendió.

Pinchó en su correo electrónico y esperó hasta que este apareció en la pantalla. Varias veces al día, revisaba su correo en busca de un e-mail de sus padres, de su hermano, de los amigos que tenía en Ohio. Hacía más de una semana que no conseguía dar con ellos por teléfono y no contestaban a sus mensajes. La última vez que logró hablar con sus padres, su madre le dijo que estaban bien. Pero tenía la voz ronca y débil.

Después, nada. Saltaba el buzón de voz cuando llamaba y no respondían a los correos electrónicos.

Envió otro mensaje colectivo.

Por favor, poneos en contacto conmigo. Reviso mi correo varias veces al día. Podéis llamarme al móvil, que todavía funciona. Necesito saber que estáis bien. Cualquier información sobre vosotros o vuestro paradero. Estoy preocupada.
Melly, si recibes esto, te ruego por favor que vayas a ver cómo están mis padres. Espero que tú y los tuyos estéis bien.

Arlys

Pulsó enviar y, como no había nada más que pudiera hacer, lo relegó a un rincón de su mente y se puso a trabajar.

Entró en las páginas web de los periódicos *The New York Times* y *The Washington Post*. Los artículos habían disminuido, pero aún podía sacar algo de chicha.

La exsecretaria de Estado —ahora presidenta gracias a la línea sucesoria— había hablado por videoconferencia con el secretario del Departamento de Salud y Servicios Sociales, el actual director del Centro para el Control y Prevención de Enfermedades (el anterior había muerto el noveno día de la pandemia), y la nueva directora de la OMS. Elizabeth Morrelli sucedió a Carlson Track, que había sucumbido a la enfermedad. No respondieron a las preguntas concernientes a los detalles de la muerte del doctor Track.

Arlys se fijó en que Morrelli había hecho una declaración afirmando que gracias a una labor mundial, una nueva vacuna para combatir el H5N1-X debería estar lista para su distribución dentro de una semana.

—Qué curioso, eso es lo que dijo Track hace diez días. Una trola en un búnker sellado herméticamente sigue siendo una trola.

Leyó acerca de un grupo de gente que almacenaba comida, agua y suministros de forma compulsiva en un colegio de primaria en Queens y que disparaba a quienes intentaban entrar.

Cinco muertos, incluyendo una mujer que llevaba en brazos a un bebé de diez meses.

Por otro lado, una iglesia a las afueras de Maryland estaba repartiendo mantas, comida precocinada, velas, pilas y otros productos básicos.

Había artículos sobre asesinatos, suicidios, violaciones y mutilaciones. Y alguno que otro sobre heroicidades y sencillos actos de bondad.

Como era natural, había artículos demenciales sobre gente que afirmaba haber visto criaturas de alas luminosas volando por ahí. O sobre un hombre que atravesaba a otro con flechas de fuego disparadas con las yemas de sus dedos.

Leyó artículos que informaban de que los militares transportaban voluntarios presuntamente inmunes a instalaciones seguras para realizar pruebas. Le habría gustado saber dónde estaban. Y sobre comunidades enteras en cuarentena, enterramientos en masa, asedios y una bomba incendiaria arrojada al jardín de la Casa Blanca.

El fanático predicador, el reverendo Jeremiah White, afirmaba que la pandemia era la ira de Dios en un mundo de ateos y proclamaba que los virtuosos solo sobrevivirían si derrotaban a los malvados.

«Caminan entre nosotros —fue su último grito—, pero no

son como nosotros. ¡Provienen del infierno y hay que llevarles de nuevo al fuego eterno!»

Arlys tomó notas y echó un vistazo a otras páginas web. La oscuridad avanzaba cada día, pensó mientras surcaba la red.

Miró la hora y abrió Skype para conectar con una fuente en la que confiaba más que en ninguna otra.

Este le brindó su alegre sonrisa cuando apareció en pantalla. Llevaba el pelo de punta, de un blanco níveo a lo Billy Idol, en torno a su agradable rostro bobalicón.

—Hola, Chuck.

—¡Hola, preciosa Arlys! ¿Sigues bien?

—Sí, ¿y tú?

—Sano, rico y sabio. ¿Has perdido a alguno más?

—Aún no lo sé. No he visto a nadie más hoy. Bob Barrett aún no ha aparecido. Lorraine Marsh tuvo una crisis ayer.

—Sí, ya lo vi.

—Me haré cargo de su noticiario de la tarde, porque no creo que vuelva. Todavía contamos con parte del equipo. Carol está en la sala de control y Jim Clayton viene a diario desde hace unos diez días. Resulta surrealista que el director se presente para hacer de técnico de iluminación o cubrir el puesto que sea necesario. Y la pequeña Fred sigue abasteciendo la cafetería, escribiendo algunas noticias, haciendo de chica de los recados y realizando retransmisiones en directo.

—Es una verdadera ricura. ¿Por qué no me organizas una cita con ella?

—Encantada. Dame tu dirección y yo misma te la llevo.

Él le brindó su amplia sonrisa.

—Ojalá pudiera, pero las paredes tienen oídos. El puñetero aire tiene oídos. Tu simpático hacker particular necesita su Batcueva.

—Batman no era simpático, era un psicópata brillante. Y Spiderman no tenía ninguna cueva.

Chuck profirió una risita entrecortada.

—Otra razón más de que sea tu mayor fan. Puedes enseñarme cosas sobre superhéroes. ¿Cuál es la mejor noticia que has leído esta mañana?

—La de la mujer desnuda montando un unicornio en el Soho.

—Tía, me encantaría ver a una mujer desnuda, con unicornio o sin él. Ha pasado mucho tiempo.

—No pienso desnudarme para ti, Chuck. Ni siquiera por el rumor que vas a contarme.

—Somos colegas, Arlys. Entre colegas no es necesario desnudarse.

—En fin, ¿cuál es el rumor?

La sonrisa de Chuck se esfumó.

—¿Has visto el recuento de hoy?

—Sí. —Tanto el *Times* como el *Post* publicaban una actualización diaria del número de muertos—. Hemos alcanzado los mil quinientos millones, trescientos veintidós mil cuatrocientos dieciséis.

—Esa es la cifra oficial para la prensa. La cifra real es de más de dos.

El corazón le dio un vuelco.

—¿Más de dos mil millones? ¿De dónde has sacado esa cantidad?

—Voy a mantenerlo en secreto. Pero es real, Arlys, y aumenta mucho más rápido de lo que dice la gente al mando de este desastre.

—Pero... Santo Dios, eso es casi un tercio de la población mundial, Chuck. ¿Un tercio de la población mundial ha desaparecido en cuestión de semanas? —Anotó la cifra mientras se aguantaba las náuseas—. Y eso no incluye los asesinatos, los suicidios, la gente fallecida en accidentes de tráfico, incendios, estampidas ni los que han muerto por congelación.

—Va a peor, Arlys. En cuanto a la odisea de la rotación del presidente de Estados Unidos, Carnegie está fuera.

—Define fuera.

—Muerto. —Se frotó los cautelosos ojos, de un azul claro, en un rostro un tanto pecoso—. La nueva ha jurado el cargo a las dos de esta madrugada. La secretaria de Agricultura, ya que sus predecesores contrajeron el Juicio Final. La puñetera granjera dirige ahora lo que queda del mundo libre. Si informas de eso, los militares echarán abajo tu puerta.

—Ya. Destrozaré el ordenador como me indicaste si decido hacerlo. Agricultura. —Tuvo que revisar sus notas de la lista que había elaborado—. Era la octava en la línea.

Mientras hablaba, Arlys tachó a los que la habían precedido y vio que ya había eliminado a varios que deberían sucederla.

—Si no lo consigue, pasamos al secretario de Educación, y después de él no queda nadie.

—Monada, el gobierno está acabado. No solo aquí, sino en todo este jodido mundo. Por cierto, es una manera cojonuda de cargarse a los putos dictadores. Corea del Norte, Rusia...

—Espera. ¿Kim Jong-un? ¿Ha muerto? ¿Cuándo?

—Hace dos semanas. Afirman que está vivo, pero es falso. Puedes creerlo con plena seguridad. Pero ese no es el chisme más gordo. Ha mutado, Arlys. Carnegie, el que fue presidente por un día, bueno, tres días, tenía llagas, le salieron llagas por todo el cuerpo... y también dentro de delicados orificios... antes de que mostrara los síntomas habituales del Juicio Final. Estaba aislado por completo, vigilado de manera constante, le realizaban pruebas tres veces al día, y aun así se contagió.

—Si ha mutado...

—De vuelta al principio, con dos mil millones más y subiendo. Pero el bombazo es este: no saben qué coño es. Eso de la gripe aviar es una trola.

—¿Qué quieres decir? —exigió Arlys—. Identificaron la cepa. El paciente cero...

—Es una trola. Puede que lo del muerto de Brooklyn no lo sea. Pero el Juicio Final no es la gripe aviar. Las aves no están infectadas. Han estado haciendo pruebas a gallinas, faisanes y a todas las clases de nuestros emplumados amigos y nada de nada. ¿Y los animales de cuatro patas? Están como una rosa. Solo afecta a los humanos. Solo a las personas.

Se le estaba formando un nudo en la garganta, pero se obligó a hablar.

—¿Guerra bacteriológica? Terrorismo.

—No hay ningún rumor al respecto, nada de nada, y puedes apostar tu precioso culito a que lo han investigado. Sea lo que coño sea, nunca antes se había visto. ¿Los que quedan de los que mandan? Mienten, apelando a la sandez de que no cunda el pánico. Bueno, pues que les jodan. El pánico es real.

—Si no pueden identificar el virus, no pueden desarrollar una vacuna.

—¡Bingo! —Chuck alzó un dedo e hizo una marca de verificación en el aire—. Tienen otra vía, pero no inspira ninguna confianza. Me llegan rumores sobre redadas militares, que sacan de sus casas a gente que hasta el momento no ha mostrado síntomas y los llevan a lugares como Raven Rock y Fort Detrick. Han montado puestos de control y están haciendo batidas vecinales, cerrando zonas urbanas. Si tienes pensado marcharte de Nueva York hazlo pronto, bonita.

—¿Quién daría las noticias? —Pero se le encogió el estómago—. Y ¿cómo iba a hablar contigo todos los días?

—Imagino que tengo tiempo antes de que vengan a llamar y dispongo de una escotilla de emergencia. Si utilizas lo que te he contado, no te quedes sentada de brazos cruzados y lárgate. Hazte con provisiones que puedas llevar y márchate de la ciudad. No seas tonta. —Hizo una pausa y le lanzó esa amplia sonrisa de nuevo—. En cuanto a eso, ¡dale, Frank!

Arlys cerró los ojos y soltó una débil carcajada al oír a Sinatra cantar *New York, New York*.

—Sí, estoy difundiendo las noticias.

—Él desde luego que lo consiguió. El flacucho de Hoboken.

Oye, yo también soy un tío flacucho. Es pegadizo, ¿verdad? Hoboken.

Su sonrisa se mantuvo, pero vio sus ojos... sus ojos penetrantes y serios.

—Sí, hice un reportaje allí hace un millón de años.

—Podoken Hoboken. No tiene Park Avenue, pero no cabe duda de que su hijo número uno triunfó. En fin, tengo que pirarme. Anoche estuve rebuscando información hasta las tres de la madrugada. Las tres de la madrugada supera incluso la hora de acostarse de un chico como yo. No cambies.

—Tú tampoco, Chuck.

Finalizó la llamada y sacó un mapa de Hoboken.

—Park Avenue —dijo entre dientes—. Lo encontré. ¿Tal vez el número uno de Park Avenue? O... el parque que cruza la calle Uno. Park Avenue con la Uno, a las tres de la madrugada, si me marcho de Manhattan.

Se levantó y paseó de un lado a otro, tratando de asimilar todo lo que Chuck le había contado. Confiaba en él; casi todo lo que le había contado hasta esa mañana se había confirmado. Y lo que no se había confirmado de manera oficial, entraba dentro de la categoría de fuente anónima.

Dos mil millones de muertos. Virus mutado. Otro presidente muerto. Tendría que investigar un poco sobre Sally Mac-Bride, secretaria de Agricultura convertida en presidenta, según Chuck. Estaría preparada cuando el cambio de poder se anunciara, si llegaba el momento.

No cabía duda de que si contaba eso en antena, los agentes —o los hombres de negro— asaltarían la cadena. Se la llevarían para interrogarla, quizá les echarían el cierre. En el mundo de antes se habría arriesgado a que la interrogasen, a que la arrastraran ante un tribunal por proteger a una fuente. Pero aquel no era el mundo que había conocido.

Se ceñiría a las noticias confirmadas de manera oficial y a sus propios comentarios para la edición de la mañana. Después escribiría un reportaje con la información de Chuck. Realizaría un seguimiento por internet; la pequeña Fred podía ayudarla con eso. Si conseguía nombrar otra fuente, incluso de la internet profunda, protegería a Chuck y a sí misma. Y a la cadena.

Sabía que había gente que dependía de los boletines de noticias; para obtener ayuda, para abrigar esperanza, para saber la verdad, cuando era capaz de encontrarla para ellos.

Se apoyó en el respaldo, se sirvió más café y escribió el artículo, lo pulió, lo reescribió y lo imprimió. Se lo daría a Fred para que lo pasara al autocúe.

Se llevó el artículo al vestuario y cogió una chaqueta antes de entrar para maquillarse y peinarse ella misma. Quizá se estuviera acabando el mundo, pero ofrecería una imagen profesional cuando informara de ello.

En el estudio encontró a la vivaz y pelirroja Fred charlando con el operador de cámara de mirada triste.

—¡Hola, Arlys! Estabas enfrascada en el trabajo y no quería romperte el ritmo. He traído algunas manzanas y naranjas y las he dejado en la sala de descanso.

—¿Dónde encuentras estas cosas?

—Oh, solo hay que saber dónde buscar.

—Me alegra que tú lo sepas. ¿Puedes meter la noticia en el autocúe?

—Pues claro. —Bajó la voz—. Steve está depre. Anoche vio a un gilipollas disparar a un perro. Cuando bajó a la calle, el tío se había ido y el perro estaba muerto. ¿Por qué la gente tiene que ser tan mala?

—No lo sé. Pero hay personas como Steve, que bajan a la calle para intentar salvar a un perro, así que esa es la otra cara de la moneda.

—Eso es verdad, ¿no? A lo mejor puedo encontrarle un perro. Ahora hay muchos abandonados.

La pequeña Fred corrió a cargar el autocúe antes de que Arlys pudiera responder.

Arlys se sentó en la mesa del presentador y se colocó el pinganillo.

—¿Me recibís?

—Te tenemos.

—Buenos días, Carol. Tengo diez minutos de noticias duras y diez de informaciones amables. Fred lo está cargando.

Hablaron del programa, añadieron lo que Carol y Jim habían escrito, decidieron la historia con la que abrirían, con cuál cerrarían —el unicornio estuvo a punto de alzarse con la victoria— y calcularon que podían realizar un informativo completo de treinta minutos.

—Cuando superemos esto y el mundo esté de nuevo cuerdo... relativamente, conservarás el puesto de presentadora de *En el punto de mira* —le dijo Jim al oído.

Un pez gordo, pensó. Y también pensó en lo que había averiguado gracias a Chuck. Aquello jamás sucedería.

—Te obligaré a que lo cumplas.

—Lo juro solemnemente.

Fred dejó el guion impreso sobre la mesa y una jarra con agua.

—Gracias.

Arlys echó un vistazo a su cara, se atusó el cabello castaño oscuro, con su corte *bob* largo, y recitó algunos trabalenguas cuando le hicieron la señal de los treinta segundos.

Cuando quedaban diez, movió los hombros en círculo, a los cinco se volvió hacia la cámara y esperó a que Steve le diera la señal.

—Buenos días. Soy Arlys Reid desde Nueva York con las noticias de la mañana. Hoy, la Organización Mundial de la Salud cifra el número de muertes a causa del H5N1-X en más de mil quinientos millones de personas. Ayer, el presidente Carnegie mantuvo una reunión con cinco representantes de la OMS y del Centro para el Control y Prevención de Enfermedades, incluyendo los directores de ambas organizaciones y científicos que están trabajando sin descanso con el fin de desarrollar una vacuna para combatir el virus.

Estoy mintiendo, pensó mientras proseguía. Miento porque tengo miedo de contar la verdad.

Miento porque tengo miedo.

# 4

Mientras Arlys presentaba su informativo, Lana escuchaba una noticia mala tras otra al tiempo que miraba por la ventana.

Le encantaban los ventanales del ático, que iban del suelo al techo; le encantaba poder ver en lo que se había convertido su barrio. ¿Cuántas mañanas Max o ella habían cruzado corriendo a la panadería a por panecillos recién horneados? Ahora, en lugar de un escaparate lleno de tentadores bollos y pasteles, el cristal estaba tapado con tablones cubiertos de pintadas obscenas.

Bajó la mirada hacia la tienda gourmet de la esquina, donde tan a menudo había bromeado con la alegre mujer tras el mostrador. Doris, recordó Lana. Se llamaba Doris y siempre llevaba un gorro blanco encima de los rizos grises y pintalabios de un rojo chillón.

El día anterior, Lana echó un vistazo por esa misma ventana y vio aquel negocio familiar, antes tan concurrido, reducido a ladrillos calcinados, madera todavía humeante y cristales rotos.

Sin duda, por ningún otro motivo más que por vil regocijo de la destrucción.

Tantas tiendas y restaurantes de los que Max y ella habían sido clientes, en los que habían disfrutado, estaban ahora cerrados o los habían destrozado los saqueadores o los vándalos.

Otros áticos y apartamentos estaban vacíos o cerrados a cal y canto. ¿Habría vivos o muertos dentro de los que estaban cerrados?

Esa mañana las aceras estaban desiertas. Ni siquiera veía a aquellos que de vez en cuando se aventuraban a salir para buscar comida o provisiones antes de encerrarse de nuevo. No pasaba ni un solo coche.

Venían de noche, con la oscuridad. Los autodenominados «saqueadores». ¿Había algún otro nombre para ellos?, se preguntó Lana. Deambulaban en manada, como lobos rabiosos, recorriendo las calles en sus motos. Disparaban sus armas y arrojaban piedras o bombas incendiarias a los escaparates. Destrozaban, incendiaban, saqueaban y se reían.

Lana se despertó la noche anterior a causa de los gritos y los disparos, y se arriesgó a echar una ojeada. Había visto a un grupo de saqueadores casi en la entrada de su edificio. Dos de ellos discutían, peleaban y sacaron las navajas mientras los demás los rodeaban para animarles a seguir. Dejaron al vencido desangrándose en la calle, pero no antes de patearle y atropellarle.

Max llamó a la policía. Sus poderes, cada vez mayores, le ayudaban a ampliar la señal, ya que los teléfonos, fijos o móviles, raras veces tenían línea.

La policía acudió una hora después de la llamada, ataviados con traje antidisturbios. Embolsaron el cuerpo y se lo llevaron, pero no se molestaron en entrar y hablar con Max o con ella.

Podía ver la sangre en la calle desde la ventana.

¿Cómo era posible que el mundo se hubiera vuelto tan siniestro, tan cruel? ¿Y al mismo tiempo que semejante luz había surgido dentro de ella? La sentía florecer, brillar, sentía esa avalancha de energía siempre que se abría a ella.

Sabía que para Max era lo mismo, esa sensación de plenitud, de descubrimiento.

Había visto con sus propios ojos que había otros. La mujer que había saltado del tejado del edificio al otro lado de la calle. No por desesperación, sino para elevarse con júbilo gracias a unas luminosas alas extendidas.

O el chico de no más de diez años que había visto bajar alegremente por la calle, apagando y encendiendo las farolas mientras agitaba los brazos.

Había visto diminutas luces danzar, había contemplado cierto aleteo lo bastante cerca de la ventana como para distinguir sus siluetas; masculina, femenina.

Milagros, pensó. Desde aquella misma ventana había presenciado milagros. Y maldad. Crueldad humana que arrasaba con pistolas, cuchillos y ojos cargados de violencia. El lado oscuro de la magia que arrojaba letales bolas de fuego o mataba a otros con negras espadas furiosas.

Así pues, a medida que su luz crecía, el mundo moría ante sus ojos.

Con el corazón encogido pensó en las cifras que la mujer de la televisión había dado. Más de mil quinientos millones de muertos. Mil quinientos millones de vidas perdidas, no a causa del terrorismo, de bombas o tanques, ni del fanatismo de las ideologías. Sino por un virus, gérmenes, algún microbio microscópico al que los científicos habían nombrado desapasionadamente con letras.

Y que la gente, de manera más sucinta en su opinión, llamaba el Juicio Final.

Arlys Reid era ahora el principal barómetro de Lana respecto al mundo fuera del ático. Se aferraba al informativo diario porque la periodista parecía serena, increíblemente serena mientras hablaba del horror.

Y de esperanza, se recordó Lana. Decía que continuaban trabajando en una cura. Pero aunque llegara, si lo hacía, nada volvería a ser lo mismo.

El Juicio Final propagaba su veneno muy rápido, mientras la magia, tanto negra como blanca, surgía para llenar el vacío creado por la muerte.

¿Qué quedaría al final?

—Lana, apártate de la ventana. No es seguro.

—La he protegido. Nadie puede ver dentro.

—¿La has blindado? —Max se acercó a ella y la apartó.

Lana se volvió hacia él y cerró los ojos con fuerza.

—Oh, Max. ¿Cómo puede ser real? Hay humo al oeste. Prácticamente cubre el cielo. Nueva York se muere, Max.

—Lo sé. —Mientras la abrazaba, miró el humo por encima de su cabeza, lo que parecían pájaros negros volando en círculo en el grisáceo cielo—. Por fin he contactado con Eric.

Lana se apartó con rapidez. Max llevaba días intentando contactar con su hermano pequeño.

—¡Gracias a Dios! ¿Está bien?

—Sí. Él tampoco ha conseguido hablar con nuestros padres. Como estaban viajando por Francia cuando esto estalló... No hay forma de saberlo. No he podido ampliar la señal tan lejos. Todavía no.

—Sé que están todos bien. Simplemente lo sé. ¿Dónde está Eric?

—Sigue en Pennsylvania, pero dice que la cosa está mal y que va a intentar marcharse esta noche. Pondrá rumbo al oeste, quiere alejarse de la ciudad. Viajará con un grupo de gente y están haciendo acopio de provisiones. Ha podido darme la ubicación antes de que se cortara la conexión. Ya no podía mantenerla más tiempo.

—Pero has hablado con él y se encuentra bien. —Se aferró a eso y a las manos de Max—. Quieres ir, quieres buscarle.

—Tenemos que irnos de Nueva York, Lana. Tú misma lo has dicho; la ciudad se muere.

Ella miró de nuevo por la ventana.

—Toda mi vida —dijo—. He vivido aquí desde siempre.

He trabajado aquí y aquí te conocí. Pero ya no es nuestro hogar. Y tú tienes que encontrar a Eric. Tenemos que irnos, debemos encontrarle.

Apoyó la mejilla en su cabeza, aliviado al ver que ella lo entendía. Había encontrado su lugar allí, en aquella ciudad, y la consideraba su centro de poder, tanto en su faceta de escritor que tanto amaba como para la magia descubierta en su interior. Allí había empezado de verdad, estudiando y practicando el arte de la brujería, forjándose una carrera satisfactoria. Allí había encontrado a Lana; y allí habían empezado a construir una vida juntos.

Pero ahora la ciudad ardía y sangraba. Había visto lo suficiente para saber que los arrastraría con ella al infierno si se quedaban. Fuera cual fuese el riesgo que tuvieran que correr, lo correría con Lana.

—Necesito encontrar a Eric, pero tú... Mantenerte a salvo es lo más importante para mí.

Ella volvió la cabeza para rozarle el cuello con los labios.

—Nos cuidaremos el uno al otro. Puede que un día regresemos, que ayudemos a reconstruir la ciudad.

Él no dijo nada al respecto. Había salido del ático y peinado las calles en busca de provisiones. Sus esperanzas de regresar se habían esfumado.

—La familia de uno de los que van en el grupo de Eric tiene una casa de vacaciones en las montañas de Allegheny, así que se dirigen hacia allí. Está bastante aislada. —Max siguió mirando por la ventana donde los pájaros (¿había más ahora?) volaban en círculo en el ascendente humo—. Aquello debería ser seguro, alejado de las zonas urbanas. He trazado la ruta en un mapa.

—Hay un trecho muy largo hasta allí. Arlys Reid me parece fiable, más que los informes, y dice que los túneles están bloqueados. Y que el ejército ha levantado barricadas para intentar contener a la gente.

—Las atravesaremos. —La atrajo hacia él, le asió los hombros y bajó las manos por sus brazos, como si quisiera transferirle su determinación—. Escaparemos. Lleva lo que necesites, solo lo que necesites. Yo voy a salir a por provisiones. Después robaremos un coche; hay muchos abandonados. Puedo ponerlo en marcha. —Bajó la mirada a sus manos—. Puedo hacerlo. Nos dirigiremos al norte, a través del Bronx.

—¿El Bronx?

—Los principales problemas son los túneles y los puentes. Tendremos que cruzar el río Harlem, y lo último que oí es que no impiden a la gente entrar en el Bronx.

—¿Cómo llegamos allí?

—El puente de Madison Avenue parece el camino más rápido. —Llevaba días estudiando mapas—. Es una vía férrea, pero con una furgoneta o un todoterreno podríamos lograrlo. Son solo noventa y un metros y medio, así que habremos salido en un santiamén. Luego seguiremos rumbo al norte, hasta que podamos dirigirnos al oeste y entrar en Pennsylvania. Tenemos que salir de Nueva York. Lo peor se acerca, Lana.

—Lo sé. Puedo sentirlo. —Agarró la mano de Max y se volvió hacia la televisión—. Arlys dice que el gobierno, los científicos y los funcionarios afirman que están cerca de conseguir una vacuna, pero no es eso lo que yo percibo. Por mucho que lo desee, yo no percibo eso, Max.

Lana retrocedió, decidida.

—Cogeré nuestras cosas. No necesitaremos mucho.

—Ropa de abrigo —le dijo—. Y ponte algo con lo que puedas moverte y correr si es necesario. Llevaremos comida, pero tampoco metas mucha por ahora. Linternas, pilas, agua y un par de mantas. Conseguiremos más provisiones por el camino.

Lana miró la pared llena de estanterías que, al igual que las ventanas, iban de suelo a techo, y las docenas y docenas de libros, algunos de ellos con el nombre de Max.

Él comprendió y asintió.

—No importa; ya los he leído. Voy a salir a por un par de mochilas. Entretanto llena una bolsa para los dos.

—No te arriesgues.

Él le sujetó el rostro con las manos y la besó.

—Vuelvo en una hora.

—Estaré lista. —Pero mientras los nervios le formaban un nudo en el estómago, se demoró un momento más—. Vámonos ya, Max, juntos. Podemos buscar lo que necesitemos una vez estemos fuera de la ciudad.

—Lana. —La besó en la frente—. Mucha gente que se marchó sin prepararse acabó muerta. Mantengamos la cabeza fría, hagamos esto paso a paso. Ropa de abrigo —repitió, y fue a ponerse su anorak y un gorro de lana—. Una hora. Echa el cerrojo cuando me marche.

Cuando salió, Lana echó los cerrojos que él había instalado desde que comenzó la locura.

Regresaría, se dijo. Regresaría porque era listo y rápido, porque tenía poder dentro de él. Porque jamás la dejaría sola.

Fue al dormitorio y contempló la ropa de su armario. Nada de vestidos divertidos ni bonitos, nada de zapatos elegantes ni botas sexis. Sintió una pequeña punzada e imaginó que Max también la sentía al abandonar sus libros.

Metió jerséis, sudaderas, mallas gruesas y pantalones de lana, vaqueros, camisas de franela, calcetines y ropa interior. Una manta grande, un chal de abrigo, dos toallas y un neceser pequeño con productos de higiene básicos.

En el cuarto de baño suspiró al ver su colección de cremas para el cuidado de la piel, productos capilares, maquillaje y aceites de baño. Se convenció de que un tarro, solo uno, de su hidratante favorita era una necesidad.

Regresó al salón cuando Arlys Reid terminaba su informativo con una noticia sobre una mujer desnuda cabalgando por Madison Avenue a lomos de un unicornio.

—Espero que sea verdad —murmuró Lana, y apagó el televisor por última vez.

Llevada por un impulso sentimental, eligió su fotografía favorita de Max y ella. Él estaba detrás de ella, rodeándola con los brazos. Ella tenía las manos cruzadas sobre las de él. Max llevaba unos vaqueros negros y una camisa azul, remangada hasta los codos, y ella un vaporoso vestido veraniego, con el esplendoroso verdor de Central Park a su alrededor.

La guardó, con marco y todo, entre las toallas. Y coló un ejemplar de la primera novela publicada de Max, *El rey brujo*.

Para conservar las esperanzas, fue a su despacho y cogió la memoria USB en la que Max guardaba su último trabajo. Algún día, cuando el mundo recuperara la cordura, querría tenerlo.

Sacó las dos linternas del estrecho armario de la cocina y las pilas. Cogió el pan que había cocinado justo el día anterior, un paquete de pasta, otro de arroz, bolsas de especias que había secado, café y té. Utilizó una pequeña nevera portátil plegable para guardar los escasos artículos perecederos y unas pechugas de pollo congeladas.

No se morirían de hambre, al menos durante un tiempo.

Desenrolló sus preciosos cuchillos japoneses; había tenido que apretarse el cinturón durante meses para poder comprárselos, pero había merecido la pena.

Seguramente no debería llevárselos todos, pero reconoció que dejar alguno le rompería el corazón más que abandonar su guardarropa. Además, eran sus herramientas.

Los enrolló de nuevo y los dejó a un lado. Eran sus herramientas, así que los llevaría en su mochila, pensó. Sus herramientas, su carga.

Por tonto que pudiera parecer, regresó al dormitorio, hizo la cama con esmero y colocó los cojines.

Se vistió con ropa de abrigo, calcetines gruesos y unas botas resistentes.

Cuando oyó la llamada de Max —siete golpes: tres, tres y uno—, casi voló hasta la puerta y abrió los cerrojos a toda prisa para arrojarse a sus brazos.

—No me he permitido preocuparme mientras estabas fuera. —Le hizo entrar—. Así que todo se ha desbordado y se ha desvanecido en cuanto te he oído llamar.

Las lágrimas le anegaban los ojos, y se echó a reír cuando Max le enseñó una mochila de color vino con un ribete rosa claro.

Él le brindó una sonrisa.

—Te gusta el rosa. Les quedaba una.

—Max. —Parpadeó para contener las lágrimas y la cogió—. ¡Vaya! Ya pesa.

—He cargado las dos; la tuya y mi masculina mochila de camuflaje.

Aunque no le dijo que en la suya llevaba una pistola de 9 milímetros y cargadores que había encontrado en una despensa saqueada.

—He conseguido una navaja multiusos, un kit para filtrar agua para cada uno y unas cuerdas elásticas reforzadas. —Se quitó el gorro y se pasó los dedos por el pelo—. Somos neoyorquinos, Lana. Ahí afuera seremos extraños en una tierra extraña.

—Estaremos juntos.

—No dejaré que nadie te haga daño.

—Bien. Yo tampoco dejaré que nadie te haga daño a ti.

—Vamos a guardar el resto. Puede que tengamos que ir a pie un rato hasta que encontremos algo que se pueda conducir. Quiero estar fuera de Nueva York antes de que anochezca.

Mientras metían más cosas en las mochilas, Max vio su juego de cuchillos.

—¿Todos?

—No he cogido ni un solo par de Manolos. Eso escuece, Max. Escuece.

Él lo pensó y después cogió una botella del vino del botellero y la guardó en su mochila.

—Es lo justo.

—Lo es. Llevas un cuchillo en el cinturón. Eso es una funda para cuchillos, ¿verdad?

—Es una herramienta. Y una precaución —agregó al ver que ella no decía nada.

Al cabo de un momento abrió la cremallera del bolsillo delantero de la mochila y sacó el arma y la funda.

Lana retrocedió, sorprendida de verdad al ver un arma en su mano.

—Oh, Max. Un arma no. Los dos opinamos lo mismo sobre las armas de fuego.

—Una tierra extraña, Lana. Y peligrosa. —Se la sujetó al cinturón—. Hace casi dos semanas que no has salido. —Le asió la mano y se la apretó un poco—. Confía en mí; es necesario.

—Confío en ti. Quiero salir, Max, ir a algún lugar donde las armas no sean necesarias y los cuchillos no sean una precaución. Vámonos. Vámonos ya.

Se dispuso a ponerse su abrigo de cachemir, azul como sus ojos, que él le había regalado por Navidad, pero al ver que Max meneaba la cabeza, lo cambió por su parka.

Al menos no puso objeciones a la bufanda de cachemir que se enrolló al cuello.

Max la ayudó a colocarse la mochila.

—¿Puedes con ella?

Lana cerró el puño y dobló el brazo para sacar bola.

—Soy una urbanita que va al gimnasio. O iba.

Dicho eso, cogió su bolso y se lo colgó a modo de bandolera.

—Lana, no necesitas...

—Dejo mi robot de cocina, mi cacerola de hierro fundido y mis botas Louboutin por encima de la rodilla, que me he puesto una sola vez, pero no pienso irme sin mi bolso. —Meneó los hombros para colocarse bien la mochila y le lanzó una mirada firme y desafiante—. Con o sin Juicio Final, todo tiene un límite, Max. Hay límites.

—¿Eran esas las botas que llevabas cuando entraste en mi despacho... con una de mis camisas?

—Así es. Con esa son dos las veces que me las he puesto.

—Las echaré de menos tanto como tú.

Era bueno que sonrieran antes de abandonar su casa, pensó. Max cogió la bolsa que ella había llenado y abrió la puerta.

—No te pares —le dijo—. Avanzaremos hacia el norte hasta que encontremos una furgoneta o un todoterreno.

Lana asintió al tiempo que desaparecía su sonrisa.

Fueron hacia la escalera al final del pasillo común. La puerta del último ático se abrió una rendija.

—No salgáis afuera.

—Tú sigue andando —ordenó Max cuando Lana se detuvo.

La puerta se abrió un poco más. Por la rendija vio a la mujer que solo conocía de vista. Se llamaba Michelle. De familia rica, trabajaba en publicidad, estaba divorciada y tenía una vida social activa.

El cabello de Michelle, ahora una despeinada maraña, volaba alrededor de su cara, como azotado por un vendaval.

Platos, vasos, cojines y fotos volaban en círculo detrás de ella.

—No salgáis afuera —repitió—. Ahí afuera hay muerte. —Después esbozó una sonrisa horripilante mientras giraba los dedos en el aire—. ¡No puedo parar! ¡No puedo parar! Aquí estamos todos locos. AQUÍ TODOS LOCOS.

Cerró de un portazo.

—¿No podemos ayudarla? —preguntó Lana.

Max se limitó a cogerla del brazo y tirar de ella hacia las escaleras.

—No te pares.

—Es de los nuestros, Max.

—Y algunos de los nuestros no pueden sobrellevar lo que

ha cobrado vida dentro de ellos. Han enloquecido, igual que ella. Inmune al virus, pero condenada de todas formas. Esa es la realidad, Lana. Sigue andando.

Bajaron tres pisos hasta el angosto vestíbulo.

Los buzones estaban abiertos, con las puertas rotas o colgando, como si fueran lenguas. Las paredes estaban llenas de pintadas. Lana percibió un penetrante y rancio olor a orina.

—No sabía que habían conseguido entrar en el edificio.

—Hasta el segundo piso —dijo Max—. La mayoría de los inquilinos se marcharon antes de eso. No estoy seguro de que aún haya alguien por debajo del tercer piso.

Se aventuraron bajo el sol invernal y el fuerte viento. Lana olió a humo y a cenizas, a comida putrefacta y a lo que sabía que era el hedor de la muerte.

Continuó andando sin articular palabra mientras atravesaban con rapidez lo que había sido su pequeño mundo de calles, tiendas y cafeterías.

La destrucción y la desolación alfombraban aquel lugar y las desiertas calles estaban plagadas de escombros y coches abandonados. Sus pasos resonaban en la espantosa quietud.

—Max, Dios mío, hay cadáveres en ese coche.

—Algunos estaban demasiado enfermos para salir o ir al hospital, pero lo intentaron de todas formas. Veo más cada día que salgo. No podemos parar, Lana. No hay nada que podamos hacer.

—No está bien dejarlos así, toda esta situación está mal. Aunque empezaran a distribuir una vacuna mañana... —Su silencio se lo dijo, tan alto y tan claro como si hubiera hablado—. No crees que haya ninguna vacuna.

—Creo que hay más muertos de lo que han dicho y que habrá más. No creo que estén ni remotamente cerca de encontrar una cura.

—No podemos pensar así. Max, no podemos...

Mientras hablaba, una chica —no tendría más de quince

años— saltó de un escaparate destrozado con una abultada mochila a la espalda.

Lana se dispuso a decirle las palabras de consuelo que tenía en la punta de la lengua. La chica sonrió al tiempo que sacaba del cinturón un cuchillo de hoja serrada.

—¿Qué os parece si arrojáis las mochilas y las bolsas y seguís andando? Si obedecéis no os haré nada.

Lana retrocedió, impulsada por la sorpresa tanto como por el miedo. Max se colocó delante de ella.

—Haznos un favor —sugirió—. Date la vuelta y lárgate.

La chica, cuyo cabello claro asomaba bajo el gorro de lana, agitó el cuchillo en el aire, cortando el silencio.

—Tu putita no estará tan guapa cuando le haga unos cuantos agujeros. Deja tu mierda, a menos que quieras sangrar.

Cuando la chica atacó con el cuchillo, Lana reaccionó de manera instintiva. Levantó una mano mientras el miedo gritaba dentro de su cabeza.

Con los ojos como platos por el dolor, la chica retrocedió y gritó. Aquellos pocos segundos le concedieron a Max el tiempo necesario para sacar la pistola que llevaba a la cadera.

—Deja de molestar. Lárgate.

—Eres una de ellos. —Miró a Lana con los ojos entrecerrados y llenos de odio—. Eres una sobrenatural. Tú has hecho esto. Vosotros habéis hecho todo esto. Sois escoria. —Escupió a sus pies y echó a correr.

—Dios mío, Max...

—¡Muévete! Puede que tenga amigos.

Lana corrió a su lado. Él no había guardado el arma.

—¿A qué se refería con...?

—Luego. Allí, el todoterreno plateado, ¿lo ves?

Lo veía; tenía el parachoques abollado por un turismo. Del mismo modo que veía los cuerpos tirados en la calle a su lado.

Max enfundó la pistola y la agarró de la mano. Lana tuvo

que correr a toda velocidad para mantener el ritmo de sus largas piernas.

—Max. La sangre... —Empapaba la calle.

—Ignóralo.

Mientras abría la puerta de golpe, el rugido de un motor rompió el silencio.

—¡Sube!

Lana tuvo que pisar la sangre y pasar por encima de los muertos para subirse con torpeza al coche. No pudo reprimir un breve grito al oír la detonación de un arma de fuego y empezó a temblar mientras Max arrojaba la bolsa a la parte de atrás y se colocaba al volante. La bolsa golpeó y rebotó en el asiento vacío.

Una hilera de anillas de plástico de vivos colores repiqueteó cuando él acercó una mano al arranque. Una moto dobló la esquina como una bala y se dirigió a toda velocidad hacia ellos. La chica iba de paquete detrás de un hombre, cuyo pelo negro con mechas rojas se agitaba al viento.

—¡Coged a los sobrenaturales! —gritó ella—. ¡Matadlos!

Un grupo de cuatro personas, tal vez cinco, salió en manada tras ellos disparando al todoterreno. El sudor perlaba la cara de Max mientras apretaba los dientes.

—¡Vamos, vamos! —murmuró apremiante.

Lana cerró los ojos e imaginó la vida que podrían haber tenido, el mundo que podría haber sido. Al menos morirían juntos, pensó al tiempo que lo agarraba del brazo.

El motor cobró vida. Max metió la marcha y pisó el acelerador.

—Agárrate —le advirtió, y cogiendo con fuerza el volante se alejó de la pandilla a todo gas.

Lana se sobresaltó cuando una bala hizo estallar el espejo retrovisor de su lado y el todoterreno se subió al bordillo con brusquedad y bajó de nuevo de golpe. Rozó el lateral de otro vehículo destrozado antes de que Max pisara a fondo.

Bajaron la calle a toda velocidad, perseguidos por la moto.

Max no aminoró cuando se toparon con más escombros, con más coches abandonados, sino que sorteó los obstáculos a velocidad de vértigo. Saltaron chispas cuando pegó un volantazo lo bastante cerca de otro vehículo como para que hubiera un roce de metales.

Lana se arriesgó a mirar hacia atrás.

—Creo que nos están alcanzando. Por Dios, Max, la chica tiene una pistola. Ella...

Las balas silbaban. Un cristal se hizo añicos.

—El piloto trasero —informó con tristeza. Luego giró en la calle Cincuenta y el todoterreno corcoveó rumbo al este—. Tengo que ir más despacio para pasar entre los coches abandonados, Lana. La moto tiene más capacidad de maniobra. Haz lo que has hecho en la calle.

Presa del pánico, se apretó la cabeza con las manos.

—No sé lo que he hecho. Estaba aterrorizada.

Giró el volante a un lado, al otro, y pasó por encima de una bicicleta de mensajero ya atropellada.

—¿Ya estás aterrorizada? Atácalos, Lana. Atácalos o no sé si lo conseguiremos.

Una bala impactó en la luna trasera haciendo añicos el cristal. Lana extendió el brazo hacia atrás con fuerza, proyectando su miedo.

La rueda delantera de la moto salió disparada hacia arriba y la parte trasera se elevó de repente. La chica salió volando cuando la moto empezó a dar vueltas de campana. Lana la oyó gritar antes de caer a plomo sobre el capó de un coche. El hombre aguantó, luchando por recuperar el control. Pero la moto cayó, dio una voltereta y, acto seguido, piloto y vehículo derraparon y rodaron sobre la carretera.

—¡Dios mío, los he matado! ¿Los he matado?

—Nos has salvado.

Max aminoró un poco mientras atravesaba la ciudad. Tuvo

que desviarse hacia el norte por Broadway, ya que un tapón de coches siniestrados bloqueaba la ruta este. A su espalda, Times Square, en otro tiempo un universo abarrotado y caótico en sí mismo, se alzaba silenciosa como una tumba.

Cuántas veces había cogido un taxi o el metro hasta el centro para ir de compras, a almorzar o al teatro, pensó.

Las rebajas en Barneys, una excursión por el paraíso de los zapatos de la octava planta de Saks. Un paseo por Central Park con Max.

Todo había terminado, ahora solo eran recuerdos.

Las pocas señales de vida que veía eran de gente que se movía de manera furtiva, no al ritmo apresurado de Nueva York, ese paso de «tengo que ir a un sitio». No había turistas con la cabeza levantada maravillándose con los rascacielos.

Ventanas destrozadas, contenedores de basura volcados, farolas rotas, un perro, tan flaco que se le notaban las costillas, en busca de comida. Se preguntó si se volvería salvaje, si buscaría carne humana.

—¿Cuántos habitantes tenía Nueva York?

—Rondaba los nueve millones —dijo Max.

—Hemos recorrido casi cincuenta manzanas y no he visto ni a cincuenta personas. Ni siquiera una por manzana. —Tomó aire e intentó tranquilizarse—. No te he creído cuando has dicho que no estaban informando de todos los muertos. Ahora sí. ¿Por qué esa chica nos quería muertos, Max? ¿Por qué nos han perseguido de esa forma, por qué han intentado matarnos?

—Primero deja que te saque de la ciudad.

Giró hacia Park Avenue. La amplia avenida no ofrecía un camino más despejado, tan solo más espacio para más coches. Imaginó el pánico que habían provocado las colisiones en cadena; la cólera que había volcado autobuses, coches; el miedo que había llevado a que atrancaran las ventanas con tablones, incluso en un sexto o séptimo piso sobre calles y aceras.

Había un camión de comida volcado y saqueado. Una limusina reducida a un chasis todavía humeante. Grúas abandonadas se alzaban y se mecían, como gigantescos esqueletos. Max pasó entre todo aquello, sujetando el volante con fuerza y escudriñándolo todo con la mirada.

—Ahora está un poco más despejado —comentó—. La mayoría se dirigió a los túneles y los puentes, incluso después de que levantaran barricadas.

—Sigue siendo hermosa. —A Lana se le formó un nudo en la garganta al decir aquello—. Las antiguas casas de piedra rojiza, las mansiones.

La belleza se obstinaba en perdurar a pesar de que habían arrancado las puertas de sus goznes y hecho añicos las ventanas.

Atento a todo, Max recorrió velozmente la amplia y, en otro tiempo, elegante avenida.

—Resurgirá —le aseguró—. Los humanos somos demasiado tercos como para no reconstruir ni repoblar una ciudad como Nueva York.

—¿Somos humanos?

—Pues claro que lo somos. —Posó la mano sobre la de ella buscando consuelo para ambos—. No permitas que el miedo y la desconfianza de los bárbaros e ignorantes te hagan dudar de ti misma. Saldremos de Manhattan y después pondremos rumbo al norte, al norte y al oeste, hasta que encontremos un camino despejado para cruzar el río. Cuanto más nos alejemos de las zonas urbanas, más posibilidades tendremos. —Al ver que ella se limitaba a asentir, le dio un ligero apretón en la mano—. Si no encontramos la forma de cruzar, buscaremos un lugar seguro para instalarnos hasta la primavera. Confía en mí, Lana.

—Confío en ti.

—Ya quedan menos de veinte manzanas para llegar al puente. —Miró por el retrovisor y frunció el ceño—. Un coche se acerca deprisa a nuestra espalda.

Max aceleró en respuesta.

Lana se giró para mirar hacia atrás.

—Me parece que es la policía. Las luces... y ahora las sirenas. Es la policía, Max. Deberías parar en la acera.

En vez de eso, aceleró.

—Las viejas normas ya no rigen. Algunos polis detienen a gente como nosotros.

—No. No he oído ninguna noticia al respecto. ¡Max! Vas demasiado deprisa.

—No pienso correr ningún riesgo. He hablado con otras personas como nosotros y nos apresan cuando nos encuentran. Esa chica no es la única que nos echa la culpa. Casi hemos llegado.

—Pero una vez que... —Se interrumpió, cerrando los ojos con fuerza cuando él sorteó un camión volcado.

—Frénalos —espetó.

—Yo no...

—Haz lo que has hecho antes, pero más suave. Frénalos.

Con el corazón en un puño, levantó una mano e intentó imaginarse empujando el coche, solo empujándolo hacia atrás.

Lo vio derrapar y después aminorar de manera milagrosa. ¿Cómo era posible aquello?, pensó. Unas semanas antes apenas era capaz de encender una vela y ahora... Ahora la luz ardía en ella.

—Sigue así. Aguanta. Solo necesitamos un par de minutos.

—Temo que si yo... Que pueda pasar como con la moto. No quiero herir a nadie.

—Tú aguanta; ahí está el puente. ¡Hay que joderse! Han levantado la hoja. No lo había pensado. Se me tendría que haber ocurrido.

Lana perdió de vista su objetivo, se giró y vio que la hoja del puente estaba levantada. Y el espacio entre la hoja y la carretera.

—¡Tenemos que parar!

—No. Tenemos que bajarlo. —Le agarró ambas manos—. Juntos. Juntos podemos hacerlo. Concéntrate, Lana, ya sabes cómo. Concéntrate en bajarlo o estamos perdidos.

Max tenía demasiada confianza en sus habilidades, en su fuerza mental. Pero su mano asía con firmeza las de ella y sintió vibrar sus poderes. Lana canalizó lo que tenía hacia él.

Temblaba a causa del esfuerzo, sintió que en su interior todo cambiaba y se expandía. Con una sacudida, como al soplar una vela, la hoja comenzó a descender.

—Está funcionando. Pero...

—Mantén la concentración. Vamos a conseguirlo.

Pero ellos iban demasiado rápido y la hoja bajaba muy despacio. Las sirenas sonaban detrás de ellos.

Juntos, pensó. Vivir o morir. Cerró los ojos y empujó con más fuerza.

Oyó un ruido seco, sintió que el coche saltaba y se sacudía.

—¡Elévalo! —gritó Max.

Empujó de nuevo a pesar del zumbido en sus oídos, del zumbido en todo su cuerpo. Abrió los ojos. Por un momento pensó que estaban volando.

Se giró y vio que la hoja se elevaba tras ellos, metro a metro. El coche que les perseguía frenó en seco al otro lado.

—Max, ¿de dónde viene esto? ¿Cómo podemos hacer estas cosas? Este poder, esta clase de poder, es aterrador y...

—¿Estimulante? Un cambio en el equilibrio, una brecha. Qué sé yo, pero ¿puedes sentirlo?

—Sí. Sí. —Una brecha, pensó, y muchísimo más.

—Hemos escapado —la tranquilizó Max. Se acercó su mano a los labios, pero no redujo la velocidad mientras recorrían la carretera como un rayo—. Encontraremos un modo. Bebe un poco de agua de la mochila y respira hondo unas cuantas veces. Estás temblando.

—La gente... la gente intenta matarnos.

—No dejaremos que lo hagan. —Cuando volvió la cabeza para mirarla, sus ojos gris oscuro ardían con ferocidad—. Tenemos un largo camino por delante, pero vamos a conseguirlo, Lana.

Ella se apoyó en el reposacabezas y cerró los ojos para procurar normalizar su pulso, para despejar el miedo de su mente.

—Es muy raro —murmuró—. En todo el tiempo que he vivido en Nueva York, esta es la primera vez que vengo al Bronx.

La risa de Max, tan sincera y natural, la sorprendió.

—Bueno, pues menuda primera visita.

# 5

Jonah Vorhies deambulaba por el caos de urgencias. La gente seguía acudiendo en masa o llegaba a trompicones, como si el edificio en sí obrara milagros. Llegaban con tos de perro o vomitando, sangrando o muriéndose. La mayoría a causa del Juicio Final, algunos a causa de la violencia derivada del Juicio Final.

Heridas de bala, de arma blanca, huesos rotos, traumatismos en la cabeza.

Algunos se sentaban en silencio, sin esperanzas, como el hombre con el chico de unos siete años en su regazo. O la mujer con los ojos vidriosos por la fiebre, que rezaba el rosario. La muerte se propagaba en ellos, tan densa, tan negra, que sabía que no llegarían al final del día.

Otros montaban en cólera, gritando, exigiendo, lanzando saliva por sus bocas al gruñir. Le parecía una lástima que sus últimos actos en esta vida fuera tan horribles.

Surgían peleas con regularidad, pero raras veces duraban demasiado. El virus destruía el cuerpo hasta tal punto que incluso un campeón mundial se rendiría después de dar o encajar un par de puñetazos.

El personal médico, lo que quedaba, hacía lo que podía.

Sabía que había camas disponibles. Oh, había muchísimas camas, quirófanos libres, consultas. Pero no suficientes médicos, enfermeras, residentes ni camilleros para tratar, suturar y restañar.

Donde no había camas era en la morgue; eso también lo sabía. Allí no había plazas libres y los cadáveres se apilaban como piezas de construcción.

¿La mayoría del personal médico? Habían muerto o habían huido. Patti, su colega durante cuatro años. Patti, madre de dos hijos a la que le gustaba el rock duro, las películas de terror (mejor cuanto más macabras) y la comida mexicana, sin escatimar con el tabasco, había huido con sus hijos a Florida durante la segunda semana. Había escapado porque su padre, un ávido golfista que vivía a cuerpo de rey en Tampa, había muerto y su madre, profesora jubilada, maestra voluntaria y apasionada de la calceta, se estaba muriendo.

Había visto el Juicio Final en Patti, junto con su miedo y su pena, cuando se despidió de él. Supo que no volvería a verla.

Ni a ella ni a la guapa enfermera a la que le gustaban las batas con gatitos o cachorritos. Tampoco al camillero que mascaba chicle, al entusiasta residente que esperaba ser cirujano y a docenas y docenas más.

Cayeron como moscas, algunos en casa, otros trabajando. Él había llevado a unos cuantos; ahora se ocupaba él solo, ya que el personal del hospital, los paramédicos, los técnicos de emergencias, los bomberos y la policía se habían visto diezmados.

Habían muerto o habían huido.

Rachel, la guapa y entregada doctora Hopman, seguía viva. La había visto combatir el avance del Juicio Final. Sobrecargada de trabajo, exhausta, pero sin dejarse llevar nunca por el pánico. Había ido a buscarla para mirar en su interior.

Ella hizo que albergara esperanzas.

Después se había mantenido alejado, encerrado en su apartamento, confinado en la oscuridad, porque albergar esperanzas dolía.

Pero había vuelto, buscando esa diminuta chispa, ese resquicio de luz en un mundo cruel. Y lo único que veía era muerte, asediándole con uñas y dientes, burlándose de él por su don para verla sin poder hacer nada.

Así que pasó por urgencias y salió de allí, aceptando la decisión que había tomado en la oscuridad. Aquella sería la última vez que buscara esperanza.

Miró en las consultas y vio más muerte. Miró en los cuartos de suministros y allí vio la devastación.

Tal vez diera una vuelta, una última vuelta por el hospital.

Fuera de urgencias, el hospital era como una tumba. Quizá eso fuera lo apropiado, pensó. Quizá fuera una señal. Y bien sabía Dios que el silencio resultaba tranquilizador.

Muy pronto reinaría el silencio.

Entró en la sala de descanso del personal; allí tenía algunos buenos recuerdos que quería llevarse consigo. Vio a Rachel sentada en una de las mesas, sacándose sangre.

—¿Qué haces?

Ella levantó la mirada. Preocupación, agotamiento, pero no pánico. Ni rastro del Juicio Final.

—Cierra la puerta, Jonah. —Tapó la muestra, la etiquetó y la colocó con las demás en un soporte—. Me estoy sacando sangre. Soy inmune. Hace más de cuatro semanas y no muestro síntomas. He estado expuesta en múltiples ocasiones y no tengo señales del virus. Tú tampoco —comentó—. Siéntate. Quiero una muestra.

—¿Por qué?

Ella abrió una jeringa nueva con calma.

—Porque todos a los que he tratado, hasta el último paciente, han muerto. Porque creo que tú trajiste al paciente cero a mi sala de urgencias: Ross MacLeod.

Jonah se sentó cuando le temblaron las piernas.

—Yo...

—Al ver la cronología envié un informe al Centro para el Control y Prevención de Enfermedades. De eso hace semanas, pero no he tenido noticias. Allí también se mueren. No puedo contactar con ellos, pero intentaré enviar otro informe mañana. Quiero disponer de tiempo antes de que lleguen aquí. Quítate la chaqueta y súbete la manga.

—¿Que lleguen aquí?

—Ahora están en Nueva York; Nueva York, Chicago, Washington DC, Los Ángeles y Atlanta, por supuesto. —Le hizo el torniquete con la goma—. Cierra el puño —le ordenó antes de limpiarle el interior del codo—. Haciendo barridos. Buscan inmunes como tú y como yo y se los llevan para realizar pruebas. Tanto si quieres como si no.

—¿Cómo lo sabes?

Ella sonrió un poco y le introdujo la aguja sin que apenas lo notara.

—Los médicos hablamos entre nosotros. Tengo una amiga que está haciendo la residencia en Chicago. La tenía. Creo que ya está muerta. —Cuando se le quebró la voz, se quedó inmóvil un momento, inspirando y exhalando hasta que se calmó—. Llegaron con trajes de protección contra materiales peligrosos y personal cualificado. Ella no dio positivo, pero se llevaron a los que sí. Hace tres días de eso. Su hermano trabajaba en el hospital Sibley Memorial de Washington. Lo han ocupado. Una especie de equipo conjunto. El Centro para el Control y Prevención de Enfermedades, la OMS y el Instituto Nacional de Salud. Trasladaron a los enfermos a otros hospitales de la zona. Seleccionaron a algunos para observación, para estudio. Los inmunes están en cuarentena. Cuarentena militar. Su hermano consiguió escapar y contactó con ella, la puso sobre aviso. Ella hizo lo mismo conmigo.

—He estado viendo las noticias cuando he podido. —Cuando podía soportarlo, en realidad—. No he oído nada de esto.

—Si alguien de la prensa lo sabe, lo mantendrá en secreto. O lo encerrarán en una celda. Eso es lo que yo creo. —Cerró y etiquetó la muestra de su sangre y le puso un algodón y una tirita en la minúscula marca del pinchazo.

Se apoyó en el respaldo y le miró a los ojos.

—Healy también es inmune.

—No sabía lo de Healy.

—Vale, ¿por qué ibas a saberlo? Es una rata de laboratorio, y de las buenas. Ha estado realizando sus propias pruebas. Hemos realizado muchas a los infectados, empezando con Mac-Leod. Pero ahora las hacemos... las hace... con inmunes. Mientras pueda.

Rachel echó un vistazo a la sala de descanso, como una mujer que acaba de emerger de una piscina muy profunda.

—Somos un hospital pequeño de Brooklyn, pero llegarán hasta nosotros. Si alguien encuentra mi informe inicial, llegarán más rápido y me pondrán en cuarentena, me realizarán un estudio completo. Y a ti también —agregó, y después presionó con los dedos sus agotados ojos—. Deberías mantenerte alejado de aquí.

—Solo venía a despedirme.

—Bien pensado. No estamos consiguiendo nada. Ni tú trayendo a los infectados ni yo intentando tratarlos. La tasa de mortalidad es del cien por cien una vez que se infectan. Un cien por cien. —Se cubrió la cara con las manos y meneó la cabeza cuando él le tocó el brazo—. Dame un minuto —murmuró, y respiró hondo antes de apartar de nuevo las manos. Sus profundos y oscuros ojos brillaban, pero las lágrimas no rodaron—. Toda mi vida quise ser médico. Nunca quise ser una princesa, una bailarina de ballet, una estrella del rock ni una actriz famosa. Médico. Medicina de urgencias. Estás ahí cuando la gente está enferma y asustada, herida. Estás ahí. ¿Y ahora? No sirve de nada.

—No. —Sintió que la oscuridad se cernía sobre él—. No sirve.

—Puede que nuestra sangre sirva. Quizá Healy descubra un milagro. Las probabilidades son escasas, pero cabe una posibilidad. Aunque voy a hacer lo que pueda mientras me dejen. Deberías irte. —Posó la mano sobre la de él—. Busca un lugar seguro. No vuelvas aquí.

Jonah bajó la mirada a su mano. Sabía que Rachel era fuerte, capaz.

—Estaba colado por ti.

—Lo sé. —Le sonrió cuando él la miró de nuevo—. Es una lástima que ninguno de los dos hiciera nada al respecto. Por varias razones, yo evitaba los compromisos. ¿Cuál es tu excusa?

—No conseguí armarme de valor.

—El error es nuestro. Ya es demasiado tarde. —Apartó la mano, se levantó y cogió el soporte con las muestras—. Voy a llevarle esto a Healy y a hacer de ayudante de laboratorio, ya que él es el único que queda en su departamento. Buena suerte, Jonah.

La miró mientras se marchaba. No había esperanza, pensó. No había visto esperanza en ella. Fortaleza sí, pero esa chispa de esperanza se había apagado. Lo entendía.

Se bajó la manga y se puso la chaqueta. No quería atravesar de nuevo la zona de urgencias, no quería cruzar entre toda aquella muerte, pero sabía que le ayudaría a seguir adelante con la decisión que había tomado.

Ignoró los gritos, las arcadas, la terrible tos, y salió. Había pensado ponerle fin allí adentro. Si hubiera tenido pelotas, habría ido a la morgue para acabar con todo. Hacérselo fácil a todo el mundo. Pero no podía enfrentarse a eso.

¿Ahí mismo, ante las puertas de urgencias?, pensó. Pero, joder, ya tenían bastante que hacer. ¿En su ambulancia? Ese parecía un buen final.

¿Al volante o en la parte de atrás? ¿Al volante o en la parte de atrás? ¿Por qué tenía que costarle tanto decidirlo?

¿El acto en sí? Sin problemas. Se había ocupado de bastantes suicidios y tentativas como para saber cuál era el mejor método. El viejo revólver del calibre 32 de su abuelo. Cañón en la boca, apretar el gatillo. Hecho.

Sencillamente no podía vivir viendo la muerte a su alrededor. Muerte, sin esperanzas, inevitable. No podía seguir mirando los rostros de vecinos, compañeros de trabajo, amigos y familiares y ver la muerte en ellos.

No podía seguir encerrándose en la oscuridad para dejar de verlo. No podía seguir oyendo los gritos, los disparos, las llamadas de socorro, la risa desquiciada.

Al final, su depresión y su desesperación se transformaría en demencia. Y le aterraba, le aterrorizaba de verdad, que la demencia lo convirtiera en una de esas personas crueles que cazaban a otras y sembraban más muerte.

Mejor ponerle fin, acabar sin más y sumirse en el silencio.

Metió la mano en el bolsillo de su abrigo y palpó la reconfortante forma de la pistola. Se encaminó hacia la ambulancia, contento de haber tenido ocasión de ver a Rachel, de ayudarla, de despedirse de ella. Se preguntaba qué encontraría Healy en su sangre. ¿Algo contaminado con aquella espantosa habilidad?

Sangre maldita.

Se dio la vuelta al oír el sonido de un claxon, pero siguió caminando mientras la furgoneta se aproximaba con su chirrido y chocaba contra el bordillo. Más muerte para la casa de la muerte, pensó, encorvando los hombros al escuchar la llamada de socorro.

No había ayuda posible.

—Por favor, por favor. Ayúdeme.

No más muerte, juró. No iba a ver más muerte.

—¡Vienen los bebés! Necesito ayuda.

No pudo evitar volver la vista y vio a la mujer salir a rastras de la furgoneta de color rojo intenso, sujetándose su vientre de embarazada.

—Necesito un médico. Estoy de parto. Ya vienen.

No vio muerte sino vida. Tres vidas. Tres brillantes chispas.

Se tranquilizó diciéndose que podía suicidarse más tarde y fue hasta ella.

—¿De cuántas semanas estás?

—Treinta y cuatro semanas y cinco días. Gemelos. Voy a tener gemelos.

—Es un buen período de gestación para dos bebés. —La rodeó con un brazo.

—¿Eres médico?

—No, paramédico. No voy a llevarte por urgencias. Está lleno de infectados.

—Creo que soy inmune. Todos los demás... menos los bebés. Están vivos. No están enfermos.

Al percibir el temor en su voz, adoptó un tono adecuado para infundirle tranquilidad.

—Vale, todo va a salir bien. Vamos a entrar por esa puerta de ahí. Te llevaré a maternidad. Te conseguiremos un médico.

—Yo... ¡Una contracción! —Se agarró a él y le clavó los dedos como si fueran garras mientras tomaba aire en respiraciones cortas y rápidas.

—Más despacio.

—Más despacio tú —espetó entre respiraciones—. Lo siento.

—No pasa nada. ¿Cada cuánto las tienes?

—No he podido cronometrarlas mientras conducía. Cuando salí las tenía cada tres minutos más o menos. He tardado unos diez minutos en llegar aquí. No sabía qué otra cosa hacer.

Jonah la llevó dentro y la condujo hacia los ascensores.

—¿Cómo te llamas?

—Katie.

—Yo soy Jonah. ¿Lista para conocer a tus gemelos, Katie?

Ella le miró con sus enormes ojos verdes y después apoyó la cabeza en su pecho y lloró.

—Está bien, está bien. Todo va a salir bien.

¿Traer bebés a este mundo oscuro y letal? No había pensado en ello. Se dijo que no debía pensar más allá de llevarla a maternidad.

—¿Has roto aguas?

Ella negó con la cabeza.

Las puertas del ascensor se abrieron a una zona de recepción desierta. Ese mismo silencio atronador hizo que se diera cuenta de que tal vez no encontrara ayuda allí.

La guio de nuevo; habitaciones vacías, la recepción sin atender. ¿Es que ya nadie tenía hijos?

La llevó a una de las salas de parto.

—Alojamiento de primera —dijo, esforzándose en mantener un tono animado—. Vamos a quitarte el abrigo y a meterte en la cama. ¿Quién es tu obstetra?

—Está muerto. Da igual, está muerto.

—Vamos a descalzarte. —Apretó el pulsador para llamar a la enfermera antes de ponerse en cuclillas y quitarle los zapatos.

No se molestarían en ponerle una bata. No sabía dónde encontrar una ni quería perder el tiempo buscando. De todas formas, llevaba un vestido.

—Allá vamos.

La ayudó a acostarse, aunque tuvo que parar cuando le clavó los dedos en el brazo otra vez. Pulsó de nuevo el botón de llamada.

—¿Están todos muertos? —preguntó al cesar la contracción—. ¿Los médicos, las enfermeras?

—No. Antes de que tú llegaras, acababa de hablar con una doctora amiga mía. Voy a ver si puedo encontrar a una de las enfermeras de obstetricia.

—Ay, Dios, no me dejes.

—No lo haré. Te juro que no lo haré. Voy a ver si puedo encontrar a una enfermera y a por un par de cunas térmicas para los bebés. Buen período de gestación —repitió—, pero son prematuros.

—He intentado llegar a las treinta y seis semanas. Lo he intentado, pero...

—Oye. —Le asió la mano y esperó hasta que le miró con sus ojos llorosos—. Estás casi en la semana treinta y cinco. Has hecho muy buen trabajo. Dame un par de minutos, ¿vale? No empujes, Katie. Respira si tienes otra contracción antes de que vuelva. No empujes.

—Date prisa. Por favor.

—Te lo prometo.

Salió y echó a correr.

No conocía esa ala, solo había estado allí unas cuantas veces y no había pasado del mostrador de recepción. Intentó animarse cuando vio a tres bebés en sus cunas al otro lado del cristal. Tenía que haber alguien en esa planta. Alguien tenía que estar cuidando de los bebés.

Atravesó un par de puertas dobles y entró en un quirófano. Había un médico, o eso esperaba, ataviado con una bata, guantes y un escalpelo en la mano. También una enfermera y una mujer embarazada sobre la mesa, con los ojos cerrados.

—Tengo una mujer de parto de gemelos. Yo...

—Y yo estoy intentando salvar la vida de estar mujer y del feto. ¡Largo!

—Necesito... Necesita un médico.

—¡He dicho que largo! Estoy trabajando. Soy lo que queda y estoy ocupado, joder. ¡Enfermera!

—¡Fuera! —ordenó mientras el médico hacía la incisión.

—Llame al busca a la doctora Hopman. Hágalo. Llámela al busca.

Jonah se marchó corriendo, agarró dos cunas térmicas y las

empujó hasta la habitación donde Katie resollaba mientras tenía otra contracción.

—Sigue respirando, sigue respirando. Voy a instalarlas para que estén listas.

—Médico —consiguió decir.

Jonah encendió las cunas, se quitó el abrigo y se remangó.

—Vamos a estar tú, los gemelos y yo. Todo va a ir bien.

—¡Ay, Dios! ¡Ay, Dios! ¿Alguna vez has traído un bebé al mundo?

—Sí, unas cuantas veces.

—¿Dirías eso aunque fuera mentira?

—No. He atendido el parto de un prematuro. Es mi primer parto múltiple, pero, oye, si puedes con uno, puedes con dos. Voy a lavarme las manos y a ponerme unos guantes. Después veremos cómo vamos, ¿de acuerdo?

—No me queda otra. —Miró al techo, tal y como había hecho cuando su madre se moría—. Si me pasa algo, prométeme que cuidarás de ellos. Que cuidarás de mis bebés.

—No va a pasar nada y pienso cuidar de ellos. Y de ti. Lo juro. —Hizo una cruz sobre su corazón y fue al baño para frotarse las manos—. ¿Cómo les vas a llamar? —preguntó alzando la voz.

—A la niña, Antonia. Mi marido quería una niña. Antes de que supiéramos que íbamos a tener gemelos, esperaba que fuera una niña. Al niño Duncan, como mi abuelo.

—Qué bonitos. Unos nombres con fuerza. —Se puso unos guantes e inspiró hondo—. La parejita, ¿eh? Genial.

—Él murió aquí. Mi Tony. Igual que mis padres y mi hermano. Cuatro personas a las que quería murieron en este hospital, pero no sabía a qué otro sitio ir.

—Lo siento. Pero tus hijos no van a morir, y tú tampoco. Tengo que quitarte la ropa interior y echar un vistazo.

—El pudor no está en mi lista.

Jonah le quitó las bragas.

—Necesito que te muevas un poco.

—¿Que mueva el culo?

—Sí, precisamente es tu culo lo que necesito que acerques. Jonah sonrió cuando ella se echó a reír.

—Eres un tío gracioso.

—Deberías oír mi monólogo. Voy a entrar en el terreno íntimo y sé que es embarazoso. Respira.

Introdujo dos dedos para tomarle la medida mientras ella respiraba con la vista fija en el techo.

—Estás completamente dilatada, Katie. Me disculparé con Antonia cuando llegue aquí. Le he tocado la cabeza.

—Duncan. Es el primero. ¿Su cabeza?

—Sí. —Y gracias a Dios que era la cabeza y no el culo.

—Viene una contracción.

—Aguanta. Estás muy cerca. Tú... Has roto aguas.

—Duele. Ay, Dios, ¡cómo duele!

—Lo sé.

—¡Qué sabrás tú! Eres un hombre. —Ella volvió la cabeza, cerró los ojos y exhaló una profunda y liberadora bocanada—. Iba a sonar Adele durante el parto. Y nuestras madres iban a estar con Tony y conmigo. Su madre ya está muerta, y también su padre. Y mi hermano, y el hermano y la hermana de Tony. Los bebés solo me tienen a mí.

—Duncan está coronando, Katie. Puedo ver su cabeza. ¡Tiene pelo! Es oscuro. ¿Quieres el espejo?

Ella profirió un sollozo, se tapó los ojos y alzó una mano para indicarle que esperara.

—Le quería muchísimo. A Tony. Mis padres, mi hermano, su familia. Mi familia. Han muerto todos. Los bebés. Los bebés son cuanto me queda de mi familia. Yo soy todo lo que ellos tendrán. —Se secó los ojos—. Quiero el espejo, por favor. Quiero verlos nacer.

Jonah lo colocó hasta que ella asintió. La ayudó a sobrellevar las siguientes contracciones y después a empujar.

Katie no volvió a hablar de su pérdida, sino que se portó como una guerrera en plena batalla.

Duncan, con su negro pelo y sus puñitos inquietos, llegó gritando al mundo. Su madre rio y acercó los brazos.

—Tiene buen color y unos pulmones impresionantes. —Jonah le limpió la nariz y la boca y depositó al bebé en los brazos de Katie—. Estoy pinzando el cordón.

—Es precioso. Es perfecto. ¿Es perfecto? Por favor...

—Vamos a pesarlo y a dejarlo en la cuna térmica. Sí que parece perfecto.

—Está... ¡Busca el pecho!

—Bueno, es un chico.

—En los libros dice, sobre todo cuando se trata de prematuros... ¡Se ha agarrado de inmediato! Tiene hambre. Y... Ay, Dios mío, viene la niña. Ya viene.

—Antonia no quiere que la dejen atrás. Permite que le acomode en la cuna.

—No, no. Le sujeto yo. Tiene hambre. ¡Tengo que empujar!

—Vale, un buen empujón. Puedes hacerlo mejor.

—¡Lo intento!

—Vale, aguanta. Relájate, relájate, respira. Voy a necesitar uno más. Un fuerte empujón. Está lista. Mira el espejo, Katie. Sácala fuera.

Katie cogió aire y lo expulsó en un pausado y agudo gemido. Jonah ahuecó la cabecita, le giró los hombros y Antonia se deslizó en sus manos.

—Aquí la tenemos.

—No llora, no llora. ¿Qué ocurre?

—Dale un segundo. —Jonah le limpió la nariz y la boca a la pequeña y masajeó su diminuto pecho—. Vamos, Antonia. Sabemos que no eres una llorona, pero tu mamá quiere oírtelo decir. Solo se está tomando su tiempo. Está bien. Hay luz en ella, no oscuridad. Veo vida, no muerte.

—¿Qué...?

—Y ahí está. —Jonah sonrió de oreja a oreja cuando la niña soltó un agudo llanto, un sonido indignado y cargado de irritación—. Se está recuperando muy bien. Solo quería estudiar la situación primero, eso es todo. Es una belleza, mamá.

Katie la acurrucó contra ella.

—Fíjate qué cabecita tan preciosa.

—Sí, su hermano se ha quedado todo el pelo. Dale un poco de tiempo y le superará. Corto los cordones. Si ha terminado su aperitivo, quiero lavarlo, pesarlo y examinar un par de cosas. Tienes otro asalto con la placenta.

—Tiene que ser más fácil que dar a luz a gemelos.

Jonah cogió a Duncan, le limpió con cuidado, comprobó su ritmo cardíaco y sus reflejos y le pesó.

—Dos kilos y ochocientos gramos. Es un buen peso incluso para un feto único no prematuro. Buen trabajo, Katie.

—Antonia me está mirando. Sé que seguramente no sea cierto, pero parece que me está mirando. Como si me conociera.

—Pues claro que te conoce. —Al contemplar al bebé que sostenía en sus manos Jonah percibió triunfo, y sintió un amor sereno e inquebrantable—. Voy a dejar a Duncan en la cuna durante un rato. Ahora necesito a tu niña. Te traeré algo frío para beber —le dijo a Katie mientras lavaba a Antonia—. Un poco de comida, si encuentro. Y tu pequeña pesa dos kilos y trescientos gramos. Bien por ella.

—Una contracción.

—Vale, vamos a sacarlo todo. Sin problemas. Aquí tengo un cubo. Tú empuja, campeona.

Cuando terminó, Katie se tumbó y no articuló palabra mientras Jonah le enjugaba el sudor de la cara. Después le agarró la mano.

—Has dicho que podías ver vida, no muerte. Luz, no oscuridad. Y cuando lo has hecho, cuando has dicho eso, estabas diferente. Podía ver algo diferente.

—Me he dejado llevar un poco por el momento.

Se dispuso a retroceder, pero ella le apretó con más fuerza y le miró.

—En las últimas semanas he visto cosas. Cosas que no tienen sentido, cosas salidas de libros y películas fantásticas. ¿Eres uno de ellos? ¿Uno de los que llaman sobrenaturales?

—Mira, estás cansada y yo tengo que...

—Has traído a mis hijos al mundo. Me has vuelto a dar una familia. Me has dado... —Las lágrimas brotaron mientras le temblaba la voz—. Me has dado una razón para seguir viviendo. Te estaré agradecida cada día durante el resto de mi vida. Te estaré agradecida cada vez que mire a mis hijos. Tengo hijos. Si el don que tienes, lo que sea que eres, es en parte la razón de que los tenga, también doy las gracias por eso.

Cuando los ojos de Jonah se llenaron de lágrimas, se sorprendió agarrando su mano como si fuera un salvavidas.

—No sé qué soy. No lo sé. Puedo ver la muerte acercándose a alguien, o una herida. Puedo ver cómo sucederá y no puedo impedirlo.

—Has visto vida en mis bebés y en mí. Has visto vida. Yo sé lo que eres. Eres mi milagro particular.

Jonah tuvo que sentarse en un lado de la cama para recobrar la compostura.

—Iba a quitarme la vida.

—No. No, Jonah.

—Si hubieras llegado cinco minutos más tarde, estaría muerto. No podía seguir soportando ver más muerte. Entonces llegaste tú y vi toda esa vida. Supongo que tú también eres mi milagro particular.

Katie se apoyó para incorporarse un poco.

—¿Puedes abrazarme un minuto?

—Claro. Claro que puedo.

Ella apoyó la cabeza en su hombro.

Jonah oyó pasos rápidos y resueltos, y luego que Rachel le llamaba por su nombre.

—Estoy aquí. Es la doctora —le dijo a Katie—. Más vale tarde que nunca.

—¿Quién necesita un médico?

Rachel llegó a la puerta, le miró a él y después las cunas.

—Vaya, fíjate. ¿Lo has hecho tú?

—Ella ha ayudado un poco. —Jonah sonrió.

—Un magnífico equipo. Soy la doctora Hopman —comenzó, y entonces Katie volvió la cabeza—. ¿Katie? Eres Katie Parsoni, ¿verdad?

—Sí, doctora Hopman. —Las lágrimas caían ahora con más fuerza. Katie le tendió una mano mientras continuaba aferrándose a Jonah—. Está viva.

—Sí, y también lo estáis tú y tus hijos. Voy a echaros un vistazo a todos.

—Duncan: dos kilos y ochocientos gramos —presentó Jonah—. Antonia: dos kilos y trescientos gramos. Se me ha olvidado medirlos.

—Has hecho el trabajo importante. ¿Cómo te encuentras, mamá? —preguntó mientras se acercaba a examinar a Duncan.

—Cansada, hambrienta, triste y feliz. Todo a la vez. —Se giró hacia Jonah—. La doctora Hopman estuvo conmigo cuando mi madre murió. Cuidó de ella. También de mi padre.

—Jonah los trajo al hospital —añadió Rachel, mirándole—. Ross y Angela MacLeod.

—MacLeod. —Sopa de pollo en el fogón. El primero. El paciente cero—. Es como un círculo —murmuró.

—Tenemos a dos bebés sanos. —Rachel se puso en cuclillas para examinar las placentas y los cordones umbilicales—. Bien. Bien.

—¿Cuándo podrán viajar? —preguntó Jonah.

—Tengo que echarle un vistazo a Katie y voy a intentar encontrar a alguien de pediatría para que examine a los bebés.

—Los tres están bien. Puedo verlo, igual que pude ver que su madre no lo estaba mientras tú atendías a su padre. Igual que pude ver que tú eras inmune. Tenía una especie de sentido antes... antes de todo esto. Pero ahora es más potente. No espero que me creas, pero...

—Te creo —le corrigió Rachel. Se frotó los ojos—. He visto cosas. Cosas que al principio no creía, pero cuando ves las suficientes, eres tonto si no crees. De todos modos, sería una médica pésima si no examinara a una mujer que acaba de dar a luz a gemelos.

—Cuando lo hagas, necesito saber cuándo pueden viajar. Y cuándo puedes estar listar para irte.

—¿Adónde me voy?

—Aún no lo sé, pero sé que eres inmune. Igual que lo son Katie y esos niños. Tú misma has dicho que realizan batidas y se llevan a los inmunes a zonas bajo cuarentena y les hacen pruebas.

—¿Qué? —Katie le agarró el hombro—. ¿Hacen? ¿El gobierno? ¿Detienen a la gente que no está enferma?

Rachel soltó un suspiro.

—Jonah.

No más tonterías, pensó. No más desesperación.

—Tiene derecho a saberlo. Tiene que pensar en sus hijos. Eres médica. Hay personas que no se han contagiado y que necesitan atención. Que necesitan médicos realmente buenos y versátiles. También van a intentar reunir a gente como yo, y que me maten si voy a acabar siendo el experimento de alguien. Es un círculo —repitió—. De sus padres a mí, de mí a ti, de ti a Katie, de Katie a mí. Y ahora los bebés. Significa algo. ¿Cuándo pueden viajar? ¿Cuándo puedes marcharte?

Agotada en cuerpo y alma, Rachel miró a los bebés, a la mujer que lloraba en silencio, al hombre que de repente parecía duro como el acero.

—Puede que mañana, dependiendo de la clase de viaje a la que te refieras. Han bloqueado las carreteras.

—Puedo conseguir un barco.

—¿Un barco?

—Patti... era mi compañera —le explicó a Katie—. Tenía un barco. No es muy grande, pero servirá. Vamos al barco, nos subimos y cruzamos el río. Y nos dirigimos hacia... hacia dondequiera que nos parezca mejor. Iremos por las zonas rurales cuando sea posible. No lo sabré con seguridad hasta que salgamos. Nadie va a meter a esos niños en un laboratorio.

—Nadie va a tocar a mis bebés. —Las lágrimas cesaron, como si arrancaran un grifo de cuajo—. Nadie. Podemos irnos ya.

Rachel levantó una mano.

—Mañana. Voy a examinarte y a supervisar a tus hijos durante veinticuatro horas. Si no hay complicaciones, podemos marcharnos mañana. Necesitamos provisiones, además de pañales y ropa, mantas. Puede que también leche maternizada para los gemelos.

—Duncan ya ha mamado.

—¿En serio? —Rachel soltó una carcajada—. Más buenas noticias. Pero seguimos necesitando provisiones. Puedo conseguir algo aquí. Iré y les daré el alta para que puedan irse a casa, si cuentan con supervisión médica, ya que una mujer y sus hijos con un día de vida necesitan un médico. Aunque seguramente Jonah podría ocuparse de casi todo. Iré con vosotros porque tienes razón. ¿Esto? —Señaló para incluirlos a los cinco—. Esto significa algo. Y porque a lo mejor ahí afuera puedo empezar a sentirme de nuevo como una médica. —Se acercó a la cama—. Ve a buscarle algo de comer a la nueva mamá. También una bebida fría y algo de agua. Y busca ropa limpia que pueda ponerse. También unos gorritos para los bebés y pañales para prematuros. Veremos lo ingenioso que eres, Jonah.

—Dalo por hecho. —Se levantó—. Volveré —le dijo a Katie.

—Sé que lo harás.

—Muy bien, echemos un vistazo, Katie.

—¿Doctora Hopman?

—Rachel. Me llamo Rachel, ya que parece que hemos formado una alianza.

—Rachel, cuando termines, ¿podré coger a mis hijos?

—Por supuesto. —Y la chispa que se había apagado dentro de ella durante los últimos y espantosos días resurgió.

# LA HUIDA

¿Cómo escapa un hombre de lo que está escrito?
¿Cómo escapará de su destino?

FERDOWSI

# 6

Mientras Katie daba de mamar a su hija por primera vez, Arlys Reid decidió llevar su programa a la calle. Hacía días que dependía de los informes de Chuck y de lo que podía desenterrar en la inestable internet, junto con algunas observaciones de sus rápidas idas y venidas al estudio.

Siempre había querido ser reportera, se dijo mientras comprobaba las pilas de su grabadora. Era hora de que saliera a la calle e informara.

No lo había hablado con su productor ni con su director. Pasara lo que pasase, la decisión sería suya y sabía que esa resolución se debía en parte a que estaba ocultando lo peor de todo lo que Chuck le había contado esa mañana.

No había ninguna ayuda en camino.

Cuando se levantó para ponerse el abrigo, Fred le echó un vistazo desde su mesa.

—¿Adónde vas?

—Afuera. A trabajar. Necesito que me cubras. Tú di que me estoy echando una siesta o algo parecido. Quiero conseguir una declaración de un hombre a pie de calle. Si consigo encontrar a uno que no quiera robarme, violarme o matarme.

—No pienso cubrirte. —Fred se levantó—. Voy contigo.

—De eso nada.

La pequeña Fred, con su metro y cincuenta y dos centímetros y medio de estatura, se limitó a sonreír.

—De eso todo. He pasado mucho tiempo ahí afuera. Alguien tiene que conseguir los pastelitos de chocolate y las patatas fritas, ¿no? Y mejor dos que una —agregó, poniéndose una chaqueta azul chillón cubierta de estrellas rosas—. Hay un supermercado... bueno, una especie de cuchitril, al otro lado de la Seis con la Cincuenta. Está atrancado, pero algunos sabemos que se pueden apartar un par de tablones y colarse dentro. —Se plantó un gorro rosa que acababa en un pompón sobre su rizada mata de pelo rojo—. Todavía hay comida, así que podemos pillar algunas cosas. Nadie se lleva más de lo que necesita. Hemos hecho un trato.

—¿Hemos?

—Es como... el barrio. Los que quedan. Uno no coge más de lo que necesita para que haya un poco para todos.

—Fred. —Arlys se colgó su cartera al hombro y estudió a la pequeña pelirroja con su cara alegre y pecosa—. Menuda historia. Eres una historia.

Sus claros y serenos ojos verdes se tornaron serios.

—No puedes contarla, Arlys. Si se descubre que hay comida, algunas personas se la llevarán toda. La acapararán.

—Sin dirección; ni siquiera la zona. —Para zanjarlo, Arlys hizo una cruz con el dedo sobre su corazón—. Solo la historia. Un reportaje sobre personas que trabajan en equipo, que se ayudan unas a otras. Un rayo de esperanza. ¿Quién no necesita un rayo de esperanza ahora mismo? Podrías darme algunos detalles, nada de nombres ni lugares, solo cómo hicisteis el trato, cómo funciona.

—Te lo contaré mientras buscamos al hombre de la calle.

—De acuerdo, pero no nos separaremos. —Arlys pensó en la pistola que llevaba en el bolso.

—Vale. Y no te preocupes. Tengo una especie de don para

saber si alguien es amigo o un gilipollas. Bueno, algunos gilipollas no pretenden matarte ni nada de eso. Simplemente son gilipollas porque siempre lo han sido.

—Eso no te lo discuto.

Se dispusieron a salir.

—Sabes que a Jim no le va a hacer ninguna gracia que corras riesgos.

Arlys se encogió de hombros.

—Se la hará si consigo una historia. Ahí afuera hay personas reales que solo intentan sobrevivir otro día. ¿Cómo lo hacen? ¿Qué les ha pasado? La gente necesita saber que otras personas siguen adelante. Les ayuda a seguir adelante.

—Como no coger más de lo que necesitas del supermercado.

—Como eso. —Mientras bajaban al vestíbulo, Arlys esbozó un plan general—. Iremos al oeste por la Seis, muy pendientes de la gente que haya en la calle. Si vemos un grupo, nos mantenemos alejadas. Los grupos pueden convertirse en una turba.

—Sobre todo de noche —comentó Fred—. Pero también de día.

—No he salido de noche desde hace tres semanas, salvo para volver a casa cagando leches después de las noticias. Antes me encantaba pasear de noche.

—Solo hay que saber por dónde pasear, hay que salir por zonas seguras.

—¿Zonas seguras?

—Donde hay más gente buena que mala. Algunos de los malos no son realmente malos. Tan solo están asustados y desesperados. Pero algunos son tan malos que dan miedo, hay que mantenerse alejado y saber esconderse.

Era posible que tuviera a su hombre de la calle ante sus mismas narices, pensó Arlys.

—¿Cómo es que sabes lo de las zonas seguras?

—Hablo con la gente, y la gente habla con la gente —explicó Fred cuando llegaron al vestíbulo—. No he dicho nada porque es posible que los malos encuentren las zonas seguras si informamos de ello. He pensado que si tenemos que echar el cierre, cuando lo hagamos, se lo contaré a todo el mundo para que puedan intentar dar con una.

—Me dejas alucinada, Fred.

—A veces pueden ayudar si alguien quiere salir de la ciudad. Pero mucha de la gente que sigue aquí no quiere renunciar a la ciudad aunque tengan que luchar.

Arlys abrió la puerta.

—¿No vas a ponerte una mascarilla? —preguntó Fred.

—Sabes que no sirven de nada, ¿verdad? —Arlys la miró—. Sabes tan bien como yo que si lo vas a pillar, lo pillas y punto.

—Hacen que algunas personas se sientan a salvo. Creía que tú te sentías así.

—Ya no.

Salieron y Arlys cerró la puerta con llave.

—No vamos a separarnos, pero por si acaso, ¿tienes tu llave?

—No te preocupes —le aseguró Fred.

Arlys asintió y comenzaron a andar en medio de una atmósfera en la que flotaba el hedor a quemado, a sangre y a orina.

—¿A cuántas personas calculas que has visto o con cuántas has hablado en esas zonas seguras? No lo diré en antena. Esto es confidencial.

—No lo sé con exactitud. Sé que intentan llevar la cuenta, pero cambia. La gente va y viene. Siguen enfermando. Muriendo. Intentamos... intentan llevar los cuerpos a las zonas verdes y los parques al amanecer. Todavía hace bastante frío, ya sabes.

—Lo sé. —Pero cuando las temperaturas subieran, la descomposición sería insoportable. Y los que habían muerto dentro de casa...

Había percibido el olor en su propio edificio. El hedor de la descomposición.

—Es imposible celebrar funerales o entierros. Son demasiados —añadió Fred—. Algunos dicen unas palabras y luego... hay que incinerarlos. Hay ratas y perros y gatos y... No pueden evitarlo, así que hay que incinerarlos. Es limpio y creo que es un acto de bondad.

—¿Has estado en esos... funerales?

Fred asintió.

—Es muy triste, Arlys. Pero es lo correcto. Hay que intentar hacer lo correcto, pero son muchos. Muchísimos más de lo que dicen.

—Lo sé.

Fred le lanzó una mirada de reojo desde debajo de su gorro con pompón.

—¿Lo sabes?

—Tengo una fuente, pero... Es lo mismo que lo de no informar sobre las zonas seguras. Si informo de todo lo que me cuenta, me detendrán. Y podrían llegar hasta él.

—Tú no lo dirías. No revelarías una fuente.

—No lo diría, pero tal vez haya una forma de seguirle el rastro. No puedo arriesgarme. Tengo un protocolo, me lo dio él; si alguna vez informo de lo que me ha pedido que no diga, he de destruir el ordenador en el que trabajo, mis notas y todo lo demás. Y tengo que marcharme.

—¿Adónde?

—No te lo puedo decir.

—Porque él te lo contó en confianza.

—Así es. Pero si...

—¡Chis! ¿Has oído eso? —Fred agarró a Arlys del brazo mientras hablaba y tiró de ella para doblar la esquina hacia la Sexta—. Aquí.

Arlys oyó el motor mientras Fred la arrastraba a través del escaparate roto de lo que en otro tiempo había sido una zapatería.

—Parece una moto. ¿Saqueadores?

—Les gustan las motos. Pueden sortear los escombros. —Fred

se llevó un dedo a los labios, apartó a Arlys del escaparate roto y se internó con ella en las sombras.

Arlys iba a decir algo, pero Fred meneó la cabeza con determinación.

Durante varios segundos más oyó el sonido del cristal al hacerse añicos y una risa salvaje. Entonces, el rugido del motor atronó y luego comenzó a desvanecerse.

Fred levantó la mano para pedirle que esperara unos segundos más.

—Algunos tienen el oído de un murciélago. Y a veces van en grupo. No te puedes arriesgar.

Después de exhalar, Arlys miró a su alrededor. Estantes vacíos recorrían las paredes en ambos lados. Si allí hubo mostradores en algún momento, alguien se los había llevado.

Quedaban unos cuantos zapatos desparramados por el suelo, un par de bolsos y algunos calcetines.

—Me sorprende que hayan dejado algo.

—Los malos se llevan lo que quieren y destrozan el resto. Se mean en las cosas e incluso se cagan en ellas. No quieren que nadie más lo tenga. Sobre todo ahora hacen cosas como esta. —Llevó a Arlys afuera de nuevo, doblaron la esquina y echaron un atento vistazo en dirección norte y sur antes de cruzar la calle corriendo—. Se emborrachan o se colocan, provocan incendios, disparan —prosiguió—. Dan vueltas en moto buscando a alguien que no se esconde lo bastante rápido o no corre lo bastante deprisa. Les hacen daño. O los matan. Pero están empezando a cazar.

—¿Cazar a gente?

—Registran edificios donde vive gente. O vivía. La muerte es lo que los mantiene alejados de algunos lugares. Pero no lo hará mucho más tiempo. Hacen lo mismo; destrozan las cosas, se llevan lo que quieren y buscan a gente a la que hacer daño. Saqueadores. —Se detuvo junto a un coche vacío—. Esto no estaba aquí ayer. Mira, han intentado pasar, pero casi toda la calle está bloqueada. No se llevaron sus cosas. Fíjate, quisieron coger demasiado y no pudieron llevárselo todo. El supermercado está justo ahí abajo.

—¿Esto es una zona segura?

—Lo bastante segura si no eres estúpido. —Sonrió al decirlo.

Se detuvo frente a la fachada de una tienda asegurada con tablones. Arlys frunció el ceño al ver los símbolos pintados en los tablones.

—¿Qué significa todo esto?

—Oh... Podría decirse que es para que atraiga la buena suerte. Ahora hay alguien dentro. No pasa nada —se apresuró a decir—. No es uno de los saqueadores ni de los malos.

—¿Cómo lo sabes?

Pero Fred ya había apartado dos tablones.

—Bendiciones. Es como una contraseña —le explicó a Arlys, y se hizo a un lado.

Los tablones se cerraron detrás de la reportera, sumiéndolas en la más completa oscuridad. No había ni un solo resquicio de luz. Entonces se encendió una linterna.

—¿Quién te acompaña, Fred?

—Hola, T. J. Esta es Arlys. Trabajamos juntas. No pasa nada. Es de los buenos.

—¿La llevas a una de las zonas?

—Bueno, ahora no. Busca una entrevista y, ya que estábamos en la calle, he pensado en coger un par de latas de sopa para la cadena. ¿Cómo está Noah? —Fred dio un paso al frente al ver que su respuesta era el silencio—. T. J., sabes que no traería a nadie que quisiera hacer el mal.

—Puedes hacerlo sin pretenderlo.

—¿Te importaría quitarme esa luz de los ojos? —intervino Arlys con frialdad—. Entonces podré responderte yo misma.

Apartó la linterna despacio.

—No sé cuánto tiempo más podremos emitir. Solo quedamos un puñado de gente trabajando, aún capaces y dispuestos a hacerlo. La comunicación importa, la información es importante, aunque sea escasa. No sé cuánta gente tiene aún acceso a las noticias, pero cada persona que nos ve puede difundir esa información a otras. Me parece, y ojalá estemos siendo pesimistas, que solo nos quedan unos días, puede que una semana, antes de que dejemos de emitir. Quiero hacer mi trabajo hasta que eso ocurra. Después buscaré otra forma de seguir informando.

—¿Qué es esa chorrada de una entrevista?

—Quiero emitir una historia, algo personal. Quiero que la gente la oiga, pero no de mí, sino de alguien que esté pasando por esto. Quiero contar esa historia. Porque es importante. Ahora es lo único que importa.

—¿Quieres contar una historia?

—Quiero contar la tuya —le corrigió Arlys—. Quiero que les hables a todos los que están ahí afuera, aguantando. Qué piensas, qué sientes, qué has hecho. Puede que otra persona te oiga y le ayude a resistir.

—Habla con ella, T. J. Es lo correcto.

—Sin nombres —añadió Arlys—. Te llamaré de otra forma. Sin mencionar ningún lugar. No diré dónde hablamos. Llevo una grabadora. En el momento que me digas que una cosa es confidencial, la apago.

—¿Vas a emitirlo esta noche?

—Te pido que me permitas emitirlo cuando vuelva, que lo pongamos cada hora, hasta las noticias de la noche. Mañana, si me es posible, intentaré hablar con otras personas, conseguir sus historias y hacer lo mismo. Esto no va a ser el final, porque no vamos a permitir que sea el final. Los saqueadores no van a quitarnos todo lo que tenemos. Vamos a sobrevivir. Quiero que me cuentes cómo lo hiciste, cómo estás.

—¿Quieres oír mi historia? Te contaré mi historia.

—¿Puedo coger mi grabadora? ¿Y mi linterna?

—Adelante.

Metió la mano en su cartera, buscó a tientas la linterna y

sacó su grabadora del bolsillo antes de encender la luz y dirigirla hacia la voz de T. J.

Un corpulento chico de color, de hombros anchos, con unos fieros ojos oscuros. Su cabello rapado le dijo que seguramente acostumbraba a afeitárselo hasta hacía poco.

—Llámame Ben.

—De acuerdo, Ben. Enciendo la grabadora. Soy Arlys Reid. Estoy hablando con Ben. Le he pedido que me cuente, que nos cuente a todos, su historia. La pandemia lo ha cambiado todo para todos. ¿Cómo lo llevas?

—Te levantas por la mañana y haces lo que tienes que hacer. Te levantas y, durante una fracción de segundo, piensas que todo es como era. Después te das cuenta de que no es así. Nunca volverá a serlo, pero te levantas y sigues adelante. Hace tres semanas y dos días perdí a mi marido. El mejor hombre que jamás he conocido. Un agente de policía condecorado. Cuando las cosas empezaron a ir mal, salía cada día a intentar ayudar a la gente. A servir y proteger. Eso le costó la vida.

—¿Le mataron en acto de servicio?

—Sí, así fue. Pero no de un balazo o una herida de arma blanca. Eso habría sido más fácil para él. Se infectó, enfermó. Para entonces, los hospitales estaban desbordados. No quiso ir. «No tiene sentido», me dijo. Quiso morir en casa, en nuestra casa. Le preocupaba infectarme, pero no enfermé. —Hizo una pausa durante un minuto, lo que necesitó para recobrar la compostura—. Hice cuanto pude por él durante dos espantosos días. Dos días fue cuanto necesitamos para darnos cuenta de que no podíamos seguir fingiendo que solo era agotamiento por hacer turnos dobles. Era el Juicio Final. Solo diré que murió como quería. En casa. Y le llevé... donde le llevé para que descansase en paz.

—Lo siento muchísimo, Ben.

—La gran mayoría de la gente piensa que la pérdida de los seres queridos es lo peor que puede pasarles. Y esto, esta puta plaga, nos ha afectado a todos. Todos hemos sufrido lo peor que podía pasarnos.

—Pero tú lo has superado. Sigues aguantando.

—Yo también quise morir. Quise enfermar y morir, pero no lo hice. Creía que podía coger su arma, coger su arma reglamentaria, y que sería un buen modo de morir. Pensé en ello mientras la gente se amotinaba en las calles, cuando la gente empezó a comportarse como animales. Y pensé en lo que él me diría, en lo decepcionado que se sentiría conmigo por no apreciar la vida ni hacer algo para ayudar. Y aun así dudé. —Guardó silencio durante casi treinta segundos, pero Arlys no dijo nada, le concedió tiempo, espacio—. En el edificio donde vivo, la gente se moría, huía o salía para unirse a las bestias de la calle —prosiguió—. Yo pensé: ya no queda más que la oscuridad. Pero en mi cabeza podía oír la voz de mi marido que me decía: «No lo hagas. No te rindas».

—Y no lo has hecho.

—Estuve a punto. Un día salí y me puse en marcha. Pensé en conseguir algo de comida y en seguir andando. No tenía nada decidido. Vi a un chico sentado en las escaleras. Vivía en el edificio. No sabía cómo se llamaba... no voy a decir su nombre.

—Le llamaremos John.

—De acuerdo. John estaba sentado, llorando. Sus padres y sus hermanos estaban muertos. No podía quedarse en su apartamento. Ya puedes imaginar por qué.

—Sí.

—Al principio pensó que yo quería hacerle daño. No huyó. Ese asustado y afligido chico iba a quedarse y a luchar. Él iba a luchar, ¿y qué hacía yo salvo hundirme en la miseria? Así que me senté en las escaleras y hablamos un rato. Primero me llevé a su madre; íbamos a llevarla donde había enterrado a mi marido. Cuando salimos con ella, una mujer se acercó. No voy a decir su nombre —añadió, pero Arlys vio que su mirada se dirigía hacia Fred—. Me preguntó si podía ayudarnos. Conocía a otros que podían echarnos una mano. Así que nos ayudaron y dimos descanso a la familia de John.

»Y él se vino a vivir conmigo. Así que nos levantamos por la mañana y desayunamos algo. Leemos un poco, estudiamos matemáticas y otras asignaturas. Es importante que un chico siga aprendiendo. Le estoy enseñando a luchar por si acaso tiene que hacerlo. Jugamos a juegos, porque jugar es tan importante como aprender. Nos levantamos y hacemos lo que hay que hacer, y así es como seguimos adelante. Cuando esté listo, y solo han pasado un par de semanas, le sacaré de la ciudad. Me lo llevaré de aquí y buscaré un lugar despejado. Y allí nos levantaremos por la mañana y haremos lo que haya que hacer. Nos forjaremos una vida, porque la muerte no es lo único que puede haber. —Miró fijamente a Arlys—. Esto no va a ser el final —dijo, repitiendo sus palabras—. No vamos a permitir que sea el final.

—Gracias, Ben. Espero que tu historia llegue a la gente que necesita escucharla. Yo necesitaba escucharla. Soy Arlys Reid, agradecida a todos los que hacen lo que hay que hacer. —Apagó la grabadora—. No esperes a que esté listo. Saca a John lo antes que puedas.

—Se llama Noah. —Los ojos de T. J. se pasearon entre las dos mujeres antes de clavarse en ella—. Tú sabes algo.

—Sé que esto se va a poner peor. Sé que si tuviera a un chico que dependiera de mí, me lo llevaría de aquí. Fred ha dicho que hay gente que puede ayudarte. Haz las maletas y pídeles que te ayuden. Deberías ir con ellos —le dijo a Fred.

—Me quedaré contigo. Sabes cómo contactar, T. J. Francamente, si Arlys dice que deberías marcharte, deberías hacerlo. Por Noah.

—Hablaré con él. Sabe que se acerca. Voy a echarte de menos, Fred.

Se acercó y la estrechó en sus brazos.

—Yo también os echaré de menos a ti y a Noah. Pero si así ha de ser, sabes que volveremos a encontrarnos.

—Ojalá que sea así. —Le ofreció la mano a Arlys—. Pensé que me enfurecería contar mi historia, pero no ha sido así. Cuídate.

—Lo intento. Buena suerte, T. J.

Él agarró la bolsa que había llevado para recoger provisiones, echó un último vistazo y salió a través de los tablones.

—Va a ser un buen reportaje. Una entrevista muy potente. Creo que estaba aquí porque tenía que contar su historia y necesitaba que tú le dijeras que cogiera a Noah y se marchara.

—Ha sido pura suerte.

—Nada de suerte. Es el destino. Tengo que contarte una cosa. Es confidencial.

—Vale, vamos a llevarnos una sopa y puedes contármelo de regreso al estudio. Quiero preparar esto.

—Mejor te lo enseño, y aquí, donde estamos seguras. No flipes, ¿vale?

—¿Por qué iba...? —La voz de Arlys se fue apagando cuando Fred meneó los dedos y a su alrededor surgieron unas danzarinas lucecillas.

—¿Cómo lo has...?

—Quería que pudieras verlo bien. —Extendió los brazos a los lados.

Ante la mirada asombrada de Arlys, unas alas iridiscentes se desplegaron en la espalda de Fred, atravesando su chaqueta. Luego se elevó treinta centímetros del suelo, agitando las alas para moverse en círculo en el aire.

—¿Qué es esto? ¿Qué es esto?

—Al principio flipé un poco; simplemente ocurrió un buen día. Después me pareció lo más. ¡Resulta que soy un hada!

—¿Un qué...? ¿Un hada? Es una locura. ¡Deja de hacer eso!

Bajó al suelo con la delicadeza de una pluma, pero las alas siguieron desplegadas.

—Es muy divertido, pero vale. No puedes informar de esto, Arlys; me refiero a lo mío. Nos llaman sobrenaturales. No sé si eso me gusta o no, pero esto me está empezando a gustar. Por cómo cuentas las historias sé que estás en plan: «Oh, sí, vale». Pero oye. —Fred se elevó de nuevo—. ¡Oh, sí, vale!

—Es imposible.

—Debería ser imposible que más de mil millones de personas hayan muerto en un mes. Pero es posible. ¿Y esto? ¿Lo mío? ¿Que haya otros como yo? No solo es posible, sino que es muy real. Puede que sea una especie de compensación. Qué sé yo. Tampoco lo sé, pero lo acepto.

—¿Otros como tú?

—Hadas, duendes, brujas, sirenas, hechiceros... y eso es solo la gente que he conocido hasta ahora. —Fred se elevó de nuevo en el aire, como si la idea le encantara—. Hemos de tener cuidado. También existen buenos y malos entre la gente mágica. Así que hay gente mágica mala que nos haría daño... y gente normal, que no lo entiende, que también nos lo haría. —Descendió de nuevo y posó una mano en el brazo de Arlys—. Te lo he enseñado y te lo cuento porque algo dentro de mí me ha dicho que debía hacerlo. Siempre he confiado en ese algo que llevo dentro, incluso cuando no sabía que estaba ahí.

—Puede que me haya quedado dormida en mi mesa y que todo esto sea un sueño.

Fred rio y le dio un pequeño puñetazo en el brazo.

—Sabes que no.

—Yo... En serio, tienes que hablarme de esto.

—Sí, claro. Tenemos que volver y preparar el reportaje. Puede que después de las noticias de la noche, cuando cerremos por hoy. Podemos tomar un poco de vino y hablar de ello. Tengo escondido algo de vino.

—Creo que vamos a necesitar un montón de vino.

—Vale, cojamos esa sopa. Deberías retocarte el maquillaje y atusarte el pelo antes de salir en antena.

—Vale.

—¿Has flipado?

—Estoy flipando en colores.

Fred esbozó una sonrisa.

—Pero harás lo que hay que hacer. No me traicionarás, igual que no traicionarás a tu fuente ni a T. J. ni a Noah. Tienes integridad.


En el estudio, Jim lo llamó de otra forma. Lo denominó imprudencia y les echó un acalorado rapapolvo a Arlys y a Fred. Una bronca que habría molestado mucho a Arlys si no hubiera visto la preocupación en su cara o la hubiera percibido más allá de su enfado.

Pero no pudo poner pegas a la entrevista. La escuchó dos veces y después apoyó la espalda en su silla.

—Es magnífica. Has dejado que lo narre él, has dejado que hablara con el corazón. Muchos periodistas habrían hecho un montón de preguntas e intentado dirigirle. Tú no.

—Era su historia, no la mía.

Se giró en su silla y miró por la ventana del despacho que raras veces utilizaba. Las había citado allí, a modo de penitencia, porque estaba cabreado y asustado.

—Nunca tiene que girar en torno a ti. Antes de que todo se fuera a la mierda, un montón de periodistas se habían olvidado de eso. Yo también me vi arrastrado por lo mismo y puede que pasara por alto esa cualidad en ti. —Se giró de nuevo—. Lo emitiremos. Necesitas una introducción.

—Ya la tengo en la cabeza. Me gustaría que lo emitiéramos cada hora, hasta las noticias de la noche.

—Eso es lo que haremos. Y no vuelvas a hacer nada parecido sin consultármelo antes. Y tampoco vuelvas a llevarte a esta mocosa. Lo siento, Fred, pero no eres precisamente Wonder Woman.

—Más bien Campanilla —farfulló Arlys, haciendo reír a Fred.

—Exactamente. Bueno, vamos a hacer nuestro trabajo.

Arlys le dictó la entrada a Fred mientras se retocaba el maquillaje y se atusaba el pelo. Esperó en la mesa del plató a que le dieran luz verde y le hicieron la señal para empezar.

—Soy Arlys Reid y les traigo lo que espero que sea una sección que se repita. Cada día, en medio de la tragedia y la desesperación, la gente sigue adelante. Cada uno de aquellos que siguen adelante convive con la pérdida, con la incertidumbre. Cada uno tiene una historia que contar sobre la vida tal y como era, la vida tal y como es. Esta es la historia de Ben.

Apagaron la cámara y pusieron el audio.

Escuchó de nuevo las palabras y descubrió que le afectaban igual que la primera vez. Pensó en el fornido hombre y en el muchacho del que se había hecho cargo y abrigó la esperanza de que llegaran a un buen lugar.

—Volveremos a emitir la historia de Ben dentro de una hora para que todos nos acordemos de la esperanza y la humanidad —concluyó—. Soy Arlys Reid, cerrando la emisión durante una hora.

Fred aplaudió. Con un suspiro de satisfacción, Arlys se levantó e hizo una señal a la joven mientras se dirigía a la sala de redacción.

—Voy a hablar con Jim para convencerle de que nos deje salir mañana con una cámara de mano.

—¡Genial!

—No enseñaremos el rostro de quien no quiera, pero podemos conseguir material de relleno. Si alguien más que conozcas quiere hablar conmigo, dile que estaré encantada. ¿Y ese vino que tienes escondido? Llévalo a mi casa cuando terminemos esta noche. Puedes quedarte a dormir. Creo que hay mucho de qué hablar.

—¡Como una fiesta de pijamas! Me encanta.

Arlys no alcanzaba a comprender cómo podía nadie estar tan alegre teniendo en cuenta la situación de la raza humana. Pero claro, pensó: era un hada. ¿Las hadas estaban siempre tan animadas? ¿Cómo una mujer a la que conocía desde hacía casi un año podía ser algo que se suponía que no existía?

Pensar en ello provocó que la cabeza le diera vueltas.

Tenía que hacer el trabajo, ver qué podía averiguar para las noticias de la noche.

No encontró mucho, pero sabía que cuando informara acerca de que se había visto a una mujer que hacía que las flores brotaran y florecieran en la nieve en Wisconsin, no lo haría con un tonillo de burla.

Optó por cambiarse de chaqueta para el último informativo, ponerse otros pendientes y recogerse el cabello. No tenía sentido aburrir a la gente con la misma imagen.

Ya se había tomado su dosis diaria de café —coge solo lo que necesites, se recordó— y optó por el agua.

Se sentó en la mesa del plató, revisó su guion y relajó los hombros. Estaría preparada para tomarse ese vino.

Adoptó su cara seria y profesional y empezó cuando le dieron la señal. Durante el primer segmento escuchó cierto alboroto fuera de cámara. Luego, la voz de Jim en su oído.

—Bob Barrett acaba de entrar en el estudio. Me parece que está borracho. Voy a bajar a ver si puedo distraerle.

Ella continuó y percibió movimiento por el rabillo del ojo.

Oyó la voz de Carol por el pinganillo.

—Jim no va a llegar a tiempo. Puedo cambiar de plano.

—¡Arlys Reid! —dijo Bob, arrastrando las palabras con su profunda voz de barítono mientras se encaminaba a trompicones hacia ella.

—No pasa nada, Carol. Es su mesa.

—Muy cierto. —Se subió a la plataforma y se sentó a su lado.

Olía a... ginebra y a sudor rancio, decidió. El sudor brillaba en su arrugada cara, que bajo las luces del plató parecía pálida y enfermiza.

Clavó en ella sus ojos inyectados en sangre y llenos de resentimiento.

—Me he sentado en esta mesa durante doce años.

—Y firme como una roca. ¿Quieres terminar las noticias de esta noche?

—Ah, a la mierda las noticias de la noche. El mundo se ha ido a la mierda y todos lo saben. ¿La historia de Ben? —Soltó una carcajada con desprecio—. No me hagas vomitar, novata. Yo les daré una historia. —Arlys se quedó paralizada cuando sacó una pistola y la agitó hacia Jim mientras este echaba a correr hacia la mesa—. Te conviene quedarte ahí, Jim. A todos os conviene quedaros quietos. Y Carol, cielo, si cortas la emisión, lo sabré. Corta y le meto una bala en la cabeza a esta chica tan mona.

Arlys intentó tragar saliva a pesar de que la garganta se le había quedado seca.

—Es tu mesa, Bob —repitió.

# 7

Cuando era una periodista novata que soñaba con realizar entrevistas profundas e incisivas a jefes de Estado, Arlys se había imaginado en situaciones de vida o muerte y que sus valientes retransmisiones en directo impactarían a la nación.

Ahora que se enfrentaba a un colega borracho y potencialmente loco con un arma, se quedó en blanco. El sudor fruto del pánico resbalaba por su espalda.

—No has tardado mucho en posar tu bonito y joven culo en mi silla, ¿verdad? Puta traicionera.

Arlys oyó su propia voz; débil, apenas entendible, como si hubiera mala conexión.

—Todos los aquí presentes y la audiencia que nos ve saben que solo la he ocupado hasta que tú regresaras.

—No le mientas a un mentiroso, niña.

Eso de «niña» hizo que despertara, la cabreó tanto que la espabiló de golpe. Más tarde, cuando lo analizó, reconoció la estupidez, el aspecto puramente instintivo de su reacción, pero consiguió que se pusiera en marcha de nuevo.

—Eres mejor que eso, Bob. Eres demasiado bueno, tienes demasiada experiencia como para caer en insultos sexistas y acusaciones sin fundamento. —E hizo el equivalente visual de un chasqueo de lengua, ladeando cabeza y frunciendo un poco el ceño con desdén—. Has criticado la historia de Ben y mis reportajes y has dicho que tenías tu propia historia. Estoy segura de que a todos los que nos ven les gustaría oírla tanto como a mí.

—¿Quieres oír mi historia?

—Mucho. —«Haz que siga hablando, haz que siga hablando. Puede que pierda el conocimiento.»

—Llevo veintiséis años en esto. Doce de ellos he ocupado esta mesa. ¿Sabes por qué *En el punto de mira* es el noticiario de mayor audiencia?

—Sí, lo sé. Porque la gente sabe que puede confiar en ti. Porque eres una voz firme que no pierde el control.

—No me limitaba a leer las noticias, las descubría, luchaba por sacarlas a la luz, informaba de ellas. Me gané este puesto. —Dio un puñetazo en la mesa con tanta fuerza que los papeles se agitaron—. Me lo he ganado todos los días. Noche tras noche, dejé que el mundo conociera la verdad. Esta noche voy a darle la verdad al mundo, o a lo que queda de él. —Se giró de nuevo hacia la cámara mientras la mano que sostenía le temblaba—. ¡Se acabó! ¿Me oís, joder? ¡Se acabó! La raza humana está acabada y en su lugar llegan seres aberrantes y raros, demonios del infierno. Si no mueres ahogado por tu propia bilis, te cazarán. Los he visto surgir de las sombras, deslizarse en la oscuridad. Puede que tú seas uno de ellos.

Cuando la apuntó de nuevo con el arma, la invadió una sensación de atontamiento. Bob no iba a perder el conocimiento. No podía huir.

—Hablas de aquellos a los que llaman «sobrenaturales».

—¡A la mierda con eso! Son malvados. ¿Qué crees que causó esta plaga? ¡Ellos! No un puto pájaro ni un virus mutante. Ellos nos lo han traído y están viéndonos morir como chuchos enfermos. Se han apoderado del Gobierno, han destruido los gobiernos de todo el mundo y a los patéticos periodistas de tercera como tú les cuentan tonterías sobre una cura que no va a llegar nunca. Esclavizarán a los inmunes. —Con un movimiento brusco, se giró de nuevo hacia la cámara—. ¡Huid! Huid si podéis. Escondeos. Luchad para vivir en libertad vuestros últimos días en la tierra. Matad a tantos como podáis.

—Bob. —Arlys le tendió una mano, pero al ver el brillo de sus ojos volvió a dejarla sobre la mesa—. Eres un periodista veterano. Sabes que tienes que aportar pruebas, hechos que sustenten...

—¡Los cadáveres se pudren en las calles! Ahí tienes tus pruebas. Demonios que arañan las ventanas —susurró—. Sonríen mientras flotan. Ojos rojos que te miran fijamente. Apagué las luces, pero aún podía ver los ojos. Envenenarán el agua. Nos matarán de hambre. Y tú te sientas aquí a soltar sus mentiras. ¿Te sientas aquí y finges que va a llegar una cura milagrosa, que hay una especie de patética esperanza porque un hombre acogió a un chico perdido y juega con él? ¡La gente tiene que hacerme caso! ¡Destruidlos mientras podáis! ¡Tú, la pelirroja! ¿Cómo coño te llamas?

—Soy Fred. No soy ningún demonio.

Bob se carcajeó con satisfacción. A Arlys no se le ocurría ninguna otra forma de describir aquella risa demencial.

—Dice que no es un demonio. Pues claro que dice eso. No creo que sangren. No sangre roja como los humanos. Podemos comprobarlo ahora mismo.

—No le hagas daño, Bob. —Arlys apoyó una mano en su brazo—. Tú no eres así.

—¡El público tiene derecho a saber! Nuestro trabajo es contarles la verdad, mostrársela.

—Sí. Sí, así es, pero no haciendo daño a una becaria inocente que viene a trabajar todos los días para ayudarnos a hacer precisamente eso. Podría haberse marchado de la ciudad hace semanas, pero se ha quedado y ha venido a trabajar. Jim, él es el jefe de nuestra división. Ha perdido a su mujer, Bob, pero está aquí, trabajando en la sala de control. Todos los días. Steve maneja la cámara. Carol está en el control. Todos nosotros intentamos mantener la cadena abierta y funcionando para poder informar y transmitir.

Los ojos de Bob se llenaron de lágrimas.

—Ya no sirve de nada. De nada. Las falsas esperanzas no son más que una mentira suavizada. Mientes de manera tamizada. Ahora tengo dos exesposas muertas y mi hijo... mi hijo está muerto. Todo ha terminado y vienen a por el resto de nosotros, así que no sirve de nada. Te haría un favor. —Apuntó de nuevo a Arlys con su arma y ladeó la cabeza—. Piensa en lo que esos demonios podrían hacerle a una joven guapa como tú. ¿Quieres correr el riesgo?

—No creo en los demonios.

—Lo harás. —Se giró hacia la cámara—. Todos lo haréis cuando sea demasiado tarde. Ya es demasiado tarde. Soy Bob Barrett, despidiendo la conexión.

Se puso la pistola debajo de la barbilla y apretó el gatillo.

La tibia y húmeda sangre salpicó la cara de Arlys mientras Bob se desplomaba hacia atrás en su silla de presentador.

Oyó el grito de Fred, los alaridos, igual que en una mala conexión.

Levantó una mano temblorosa.

—No cortéis la conexión.

Notó que las manos de Jim la agarraban.

—Ven conmigo, Arlys. Ven conmigo.

—No, no, por favor. —Alzó el rostro hacia él y vio las lágrimas rodando por sus mejillas—. Tengo que... Enfócame a mí, Steve —le dijo al cámara—. Por favor. Bob Barrett se forjó una ilustre y admirable carrera como periodista con su ética, su integridad y su estilo franco, siempre fiel a los valores del cuarto poder, a la verdad. Su hijo, Marshall, tenía diecisiete años.

—Dieciocho —le corrigió Jim.

—Dieciocho. No sabía que Marshall había muerto y solo

puedo suponer que Bob ha sufrido esta enorme pérdida en los últimos días. Hoy ha sucumbido a su dolor y nosotros, que intentamos servir a la verdad, que intentamos emular su ética y su integridad, sufrimos una enorme pérdida personal. No debemos recordarle por sus últimos momentos de desesperación. E incluso en ellos, incluso en ellos, me ha enseñado que sigue habiendo un largo camino para llegar a su nivel. En homenaje a él voy a servir a la verdad. —Se enjugó una lágrima con el nudillo, vio la roja mancha de sangre y soltó un gutural gemido—. He de hacerlo. —Miró directamente a la cámara, esperando y rogando que Chuck la estuviera viendo.

»Tengo información de una fuente que considero de absoluta confianza. Dispongo de esta información desde primera hora de esta mañana y la he retenido. Se la he ocultado a mi jefe, a mis compañeros y a todos ustedes. Pido disculpas y no pongo excusas. En contra de la información y las cifras facilitadas a la prensa por la Organización Mundial de la Salud en colaboración con los Centros para el Control y Prevención de Enfermedades y los Institutos Nacionales de Salud, la tasa de muertos a fecha de esta mañana a causa del H5N1-X asciende a más de dos mil millones. Eso supone un tercio de la población mundial, y no incluye las muertes por asesinato, suicidio o accidentes relacionados con el virus. —Se obligó a relajar los puños por debajo de la mesa y continuó mirando a cámara.

»De nuevo, desmintiendo esas informaciones, el avance de la vacuna se ha estancado, ya que el virus, una vez más, ha mutado. No hay ninguna vacuna en estos momentos. Es más, el virus en sí no ha sido identificado todavía. Los informes previos que catalogan el H5N1-X como una nueva cepa de la gripe aviar son falsos. —Hizo una pausa y trató de serenarse.

»Todas las evidencias apuntan a que solo afecta a los humanos. El recientemente nombrado presidente Ronald Carnegie contrajo el H5N1-X y falleció ayer. La hasta ahora ministra de Agricultura, Sally MacBride, ha sido nombrada presidenta.

La presidenta MacBride tiene cuarenta y cuatro años, se graduó en Yale *summa cum laude* y antes de aceptar el puesto en el gabinete sirvió durante dos legislaturas en el Senado de Estados Unidos en representación del estado de Kansas. El que fuera esposo de la presidenta MacBride durante dieciséis años, Peter Laster, falleció hace dos semanas a causa de la pandemia. Sus dos hijos, Julia, de catorce, y Sarah, de doce, están vivos y en un lugar seguro. En este momento no puedo corroborar la veracidad de esta información. —Cogió una botella de agua que había dejado fuera de cámara y bebió un buen trago. Vio a Carol llorar en silencio, rodeada por el brazo de Jim. Fred estaba junto a ellos, acariciando la espalda de Carol mientras hacía un gesto de asentimiento a Arlys—. Tengo más información acerca de que las fuerzas del ejército, no puedo verificar al mando de quién, han comenzado a realizar registros para encontrar a quienes parecen ser inmunes y ponerlos en cuarentena en lugares sin especificar a fin de someterlos a pruebas. No será voluntario. Nos imponen, en esencia, la ley marcial.

»No creo en demonios. Eso no es mentira. Pero he visto cosas que antes eran inconcebibles. He visto su belleza y el milagro que suponen. Y a los que hemos bautizado como "sobrenaturales", en quienes también hay luz y oscuridad, del mismo modo que hay luz y oscuridad en todos nosotros, también se les localizará, detendrá y someterá a pruebas. Y temo que lo que el H5N1-X nos deja a todos no nos destruirá, pero el miedo y la violencia que engendra en aquellos de nosotros que sucumben a ellos, los límites impuestos a la libertad, sí podrían hacerlo.

Hizo una pausa, tomó aire, miró a Jim y le hizo la señal de que se preparara para cortar la transmisión. Con un gesto de asentimiento, se lo indicó a Carol. Ella meneó la cabeza.

—Lo haré yo —susurró Carol, apartándose para volver al control.

—Me he guardado esta información sabiendo que si lo contaba, cuando informara de ello, era muy probable que fuera la última emisión de esta cadena. Que pondría en peligro a mis compañeros de trabajo. Y, más aún, me permití bajar el listón de mis expectativas sobre la raza humana. Me dije a mí que daría lo mismo que lo supieran, que yo dijera la verdad. Pido disculpas por eso. Y elogio a todos los que están conmigo en este estudio por arriesgarse a conseguir la verdad. A todos vosotros, no sucumbáis al miedo, a la pena, a la desesperación. Sobrevivid. Yo encontraré la manera de llegar a vosotros para contaros la verdad. Por ahora, soy Arlys Reid, despidiendo la conexión. —Se recostó e inspiró de forma busca—. Lo siento, Jim.

—No, olvídate de eso. —Se acercó a ella cuando Arlys miró a Bob, desplomado en su silla, con la sangre empapándole la camisa.

—Ay, Dios mío. ¡Dios mío!

—Ahora apártate. Yo me ocuparé de él. Me ocuparé de él.

—Tenía que hacerlo. —Estremecida y temblorosa, dejó que él la apartara—. Bob se ha quitado la vida. Estaba equivocado, muy equivocado, pero tenía razón sobre las mentiras. Yo formaba parte de las mentiras. No podía seguir mintiendo después de que... Ahora nos cerrarán la cadena. Te has esforzado tanto para mantenernos en marcha y...

—Tarde o temprano tenía que pasar. Tú has informado de la verdad antes de que nos fuéramos al infierno. Tienes que irte, Arlys. Lo más seguro es que vayan a buscarte a tu casa.

—Yo... tengo un lugar que nadie conoce.

—Muy bien. ¿Qué necesitas?

—Tengo que destruir el ordenador que he estado utilizando. Mi fuente me dijo cómo hacerlo.

—De acuerdo. Hazlo. Fred, dale algunas provisiones a Arlys.

—Yo me voy con ella —respondió esta.

—Provisiones suficientes para dos —siguió Jim sin inmutarse—. Fred, puedes coger prendas del guardarropa para ambas. —Mientras hablaba, Jim le desabotonó la chaqueta manchada de sangre a Arlys—. Yo me encargaré del resto. Es probable que no tengamos demasiado tiempo.

Arlys fue directa a su ordenador, con las manos temblorosas. No podía destruir sus notas, no podía, así que las guardó como pudo en su cartera antes de seguir los pasos que Chuck le había explicado.

Básicamente le indicó que tenía que meter un virus en el ordenador que lo borraría todo. Después tenía que extraer el disco duro y hacerlo papilla, según palabras de Chuck, con un martillo.

Aun así, un cibergenio friki podría rescatar algo, pero para entonces ya no importaría, según su amigo e informante.

Tenía que cambiarse de camisa, manchada con la sangre de Bob, limpiarse y quitarse el maquillaje. Fred entró corriendo, cogió algunos lápices de ojos, barras de labios y máscara de pestañas.

—Nadie los va a usar aquí, así que nos los podemos llevar.

—¿Lo dice en serio? Creo que las caras bonitas importan muy poco.

—La belleza nunca está de más. —Fred se guardó el maquillaje en los bolsillos—. Jim dice que deberíamos darnos prisa y marcharnos.

Cogió su abrigo al pasar y vio que Steve estaba esperando. Les ofreció dos mochilas.

—Se quedaron aquí cuando la gente dejó de venir.

—Gracias. —Arlys se colocó la suya y miró a Jim y a Carol—. Venid con nosotras. Todos deberíais venir con nosotras.

—Yo tengo cosas que hacer aquí. Si vienen antes de que haya terminado, sé cómo escapar.

—Estoy con Jim —dijo Carol—. Vamos a despedir la conexión como es debido.

—Yo tengo que ir a casa. Voy a echarles una mano y después me voy a casa. Buena suerte. —Steve les tendió la mano.

Arlys hizo caso omiso y le abrazó, y después a los demás.

—Vamos a...

—No nos lo digas —la interrumpió Jim—. No podemos decir lo que no sabemos. Tened cuidado.

—Lo tendremos. Encontraré una manera —prometió.

—Si alguien puede, esa eres tú.

Salieron y bajaron las escaleras.

—Has sido muy valiente con Bob. Él... ya sabes, perdió la cabeza y tú has sido muy valiente.

—No lo he sido. Estaba en shock. Y después me sentía avergonzada, porque decía que estaba mintiendo y así era, aunque él no supiera sobre qué mentía, lo estaba haciendo.

—Creo no debes ser tan dura contigo misma.

—Un periodista...

—Ahora mismo tenemos encima un apocalipsis, así que todo el mundo se merece un respiro.

Era de noche cuando llegaron al vestíbulo. Arlys se dirigió a la puerta y se detuvo.

—Nunca me he cuestionado por qué nadie ha irrumpido aquí. Simplemente me he alegrado de que nadie lo haya hecho. ¿Tienes tú algo que ver? ¿Como en el supermercado?

—He tenido ayuda. Es mucho más gordo que lo del supermercado. Seguramente no has levantado la vista lo suficiente como para ver los símbolos. No durará mucho, pero por ahora aguanta.

—Eres una caja de sorpresas, Fred. ¿Mantendrá fuera a la poli, a los militares, a cualquiera que intente entrar?

—¡No había pensado en eso! —Meneó las caderas y le dio un suave puñetazo a Arlys en el brazo—. Creo que sí. No estoy segura al cien por cien, pero sí. Ellos querrían hacernos daño, ¿verdad? Puede que para algunos tan solo se trate de cumplir con su deber, pero aun así... Creo que a un noventa por ciento. No, al ochenta y cinco.

—Me conformo con eso. Vamos.

—¿Adónde?

—A Hoboken.

—¿Sí? Una vez fui allí a una feria de arte. ¿Cómo vamos a ir?

—Vamos a coger el tren.

—No funciona ninguna línea de metro.

—Las vías siguen ahí. Iremos a pie. Seguiremos las vías hasta la estación de la calle Treinta y tres. Tardaremos un rato. —Salieron con sigilo y se dirigieron hacia el oeste, tratando de evitar las luces de las farolas que todavía funcionaban—. Pero tenemos tiempo. Mi fuente no se reunirá con nosotras hasta las tres de la madrugada.

—¿Vamos a reunirnos con tu fuente? ¡Genial! Nunca he conocido a una fuente.

—No te entusiasmes tanto. Cuento con haber entendido su código sobre dónde y cuándo, y con que viera el informativo para que sepa que voy. Si alguna de esas cosas no ha salido según lo esperado, tendremos que seguir nuestro camino. Tengo que llegar a Ohio.

—No he estado nunca en Ohio. —Fred le lanzó una alegre sonrisa a Arlys—. Seguro que es bonito.


Lana lloró mientras dormía. Estaba sentada debajo de un árbol marchito, con escuálidas ramas que se elevaban hacia el cielo negro. Todo estaba oscuro y muerto, le dolía el cuerpo y la mente y estaba exhausta.

En un mundo lleno de odio y de muerte, tan cargado de dolor, no había adónde ir, pensó.

Estaba demasiado cansada para seguir fingiendo, para dar otro paso. Lo había perdido todo y el odio la perseguiría hasta la tumba. ¿De qué servía seguir luchando?

—No tienes tiempo para esto.

Lana levantó la vista.

Había una mujer joven de pie, a su lado, con los brazos en jarra y los puños cerrados. Su cabello, negro como el ala de un cuervo, corto y liso, formaba un halo alrededor de su cabeza. Aunque vestía de negro, ella era luz. Luminosa. En aquella noche sin luna, irradiaba luz.

Ahí estaba, esbelta y seria, con un rifle al hombro, un carcaj a la espalda y un cuchillo enfundado en el cinturón.

Todo ello le confería una fortaleza palpable y una belleza casi descuidada.

—Estoy cansada —dijo Lana.

—Entonces deja de malgastar tus energías llorando. Levántate y sigue moviéndote.

—¿Para qué? ¿Hacia qué?

—Por tu vida, por el mundo. Hacia tu destino.

—No hay mundo.

La mujer se acuclilló para mirarla a los ojos.

—¿Estoy yo aquí? ¿Lo estás tú? Una persona puede componer un mundo, y somos dos. Hay más. Tienes poder dentro de ti.

—¡No lo quiero!

—No importa lo que tú quieras, sino lo que hay. Tú tienes la llave. Levántate, ve hacia el norte. Sigue las señales. Confía en ellas. Confía en lo que posees y en lo que eres, Lana Bingham. —La mujer sonrió al decir su nombre y a Lana le invadió una súbita sensación de reconocimiento que se esfumó—. Tienes todo lo que necesitas. Utilízalo.

—Yo... Te conozco, ¿verdad?

—Lo harás. Levántate ya. ¡Tienes que levantarte!

—Lana, tienes que levantarte. —Max le meneó el hombro—. Tenemos que ponernos en marcha.

—Yo... de acuerdo.

Se incorporó en la cama llena de bultos de una habitación que olía a humedad. Habían encontrado un destartalado motel lo bastante apartado de la carretera principal para que Max creyera que era seguro para detenerse y dormir unas cuantas horas.

Bien sabía Dios que lo necesitaban.

—Hay café malo. —Señaló la jarra sobre la mesa de la televisión—. Es mejor que nada, aunque por poco. —Tomó su rostro entre las manos—. Apenas ha amanecido. Voy a salir a ver si queda algo en las máquinas expendedoras. Vuelvo en diez minutos, ¿vale?

—Diez minutos.

Lana se llevó el café al cuarto de baño y se lavó la cara con agua. Tenía un olor metálico pero, al igual que con el café, era mejor que nada.

Se miró al espejo y vio que tenía ojeras y la piel pálida. Realizó un pequeño encantamiento, pero no por vanidad esta vez, sino por Max. Si parecía demasiado cansada, demasiado débil, no le exigiría.

Después de lo sucedido el día anterior comprendía que tenían que exigirse al máximo.

Por fin habían cruzado el río por la autopista 202, justo pasada la casi desierta ciudad de Peekskill. Desierta, según había descubierto, porque no habían sido los únicos en tratar de cruzar.

Coches destrozados, vehículos abandonados, algunos con cadáveres al volante.

Tuvieron que dejar el todoterreno a medio camino y cargar con sus pertenencias por una carretera casi bloqueada. Se dieron cuenta de que, si bien algunos habían huido al oeste, o lo habían intentado, otros lo habían hecho hacia el este.

Las barricadas levantadas en el lado este estaban destrozadas en el suelo. Alguien había conseguido superarlas, pensó. Pero ¿hacia qué?

Tardaron ocho horas en ir desde Chelsea y cruzar por fin el río Hudson.

Cogieron otro coche, que tenía los neumáticos en malas condiciones pero medio depósito de combustible, y se dirigieron hacia el oeste y después hacia el norte, circulando por carreteras secundarias y evitando las zonas pobladas, o que lo habían estado.

Cuando insistió a Max en que tenía que parar, descansar y

comer, se desviaron hacia lo que parecía una casa abandonada en una zona con una carretera de dos carriles llena de curvas. Tenía las ventanas aseguradas con tablones y no habían despejado la nieve. Pero cuando pasaron en paralelo al camino de entrada lleno de socavones, una mujer con una expresión de locura en los ojos y armada con una escopeta salió al desvencijado porche.

Continuaron su camino.

No pararon hasta que se hizo de noche. Se detuvieron en una gasolinera con dos surtidores junto a un cochambroso motel llamado Rincón del Descanso.

Lana preparó pollo con arroz en un hornillo eléctrico que encontró en las oficinas del motel. El polvo y la mugre del mostrador de recepción le indicaron que eran los primeros huéspedes, más o menos, desde hacía semanas.

Pero comieron y durmieron.

Ahora reanudarían la marcha. Encontrarían a Eric, y Max pensaría qué hacer después.

Oyó la señal, los siete golpes, y recogió la bolsa que habían llevado cuando Max abrió la puerta.

—Estoy lista.

—Tengo patatas fritas, refrescos y unas cuantas barritas de caramelo. Y he encontrado otro coche —dijo—. Está mejor que el último, aunque no tiene combustible. Pero he conseguido que uno de los surtidores funcione, así que lo llenaremos cuando lo empujemos hasta el surtidor.

—Vale. Tienes que comer algo aparte de patatas fritas y caramelo. —Sacó una naranja de su bolsa.

—Pártela para los dos —dijo Max.

—Hecho.

—Primero vamos a mover el coche, a cargarlo y a llenar el depósito. Parece que has descansado.

Ella sonrió, contenta de haber realizado el encantamiento.

—¿Quién no, después de pasar una noche en este palacio?

Lana salió con él, tiritando de frío a pesar de llevar chaqueta.

—Huele a nieve.

—Sí, puede que nieve, así que, con o sin combustible, si vemos un todoterreno cambiamos otra vez de coche.

—¿Cuánto crees que falta?

—Otros quinientos sesenta y pico kilómetros. Si podemos ir por carreteras más amplias, llegaremos en un tiempo decente. Si no...

Lo dejó ahí, cogió una lata roja en la que ponía «gasolina» y después caminaron unos nueve metros carretera abajo, hasta un coche medio ladeado en una pequeña cuneta.

—Casi lo consiguieron —murmuró Lana.

—Habría dado igual que el surtidor hubiera estado apagado. He conseguido moverlo con magia unos tres o cuatro metros, pero es cuanto he podido hacer. Seguramente lo haríamos mejor juntos, pero esto es igual de rápido.

Lana no dijo nada, ya que sabía que Max se esforzaba demasiado. Ambos habían aprendido que los poderes tenían sus consecuencias.

Max echó los casi cuatro litros de gasolina en el depósito y guardó la lata en el maletero.

—Yo puedo conducir un rato.

Max la miró de reojo.

—Ya probamos ayer.

Jamás había conducido hasta el día anterior. Vivía en Nueva York.

—Necesito practicar.

Él se echó a reír y la besó.

—No te lo discuto. Practica llevándolo hasta la gasolinera.

Se montaron y Max señaló con la cabeza el botón de encendido.

—Hazlo tú; también tienes que practicar con eso.

Había dejado que él se ocupara del arranque de los motores y los surtidores de gasolina y de activar la electricidad. Pero tenía razón; necesitaba practicar.

Colocó una mano sobre el arranque y se concentró. Empujó. El motor cobró vida.

Le brindó una sonrisa, eufórica por el destello de poder.

—Sí, ya, necesito practicar.

Max rio de nuevo; cuánto la tranquilizó aquel sonido.

—Conduce.

Lana cogió el volante como se aferraría a una cuerda una mujer que se está cayendo, hizo chirriar las ruedas y avanzó a trompicones hasta la gasolinera.

—No les des a los surtidores —le advirtió Max—. Afloja, ahora un poco a la izquierda. ¡Para!

Lana pisó el freno con tanta fuerza que el coche dio una sacudida, pero lo había conseguido.

—Freno de mano, punto muerto. Apaga el motor.

Se bajaron, Max metió la boca de la manguera en el depósito y empezó a llenarlo. Al oír el zumbido del surtidor, rodeó a Lana con un brazo.

—Estamos en marcha.

—Nunca imaginé que me fuera a gustar tanto el olor a gasolina, pero... —Se interrumpió y le puso una mano en el pecho—. ¿Has oído...?

Max se giró mientras ella hablaba, colocándola detrás de él. A continuación sacó la pistola que llevaba sujeta a la cadera.

Un perro joven, apenas un cachorro, retozaba por el aparcamiento, sacando alegre la lengua y con los ojos brillantes.

—¡Oh, Max!

Se dispuso a acuclillarse para saludar al perro, pero Max habló:

—Sé que estás ahí. Sal fuera, y quiero verte las manos levantadas.

Lana se quedó completamente inmóvil mientras el perro subía las patas delanteras a sus piernas, meneando el rabo y ladrando con suavidad.

—No dispares. ¡Por Dios! Vamos, tío, no me dispares, joder. —Al oír la voz masculina, con cierto acento nasal, el perro se alejó corriendo y rodeó al hombre que salió de detrás de un arbusto al fondo del aparcamiento—. Tengo las manos levantadas, colega. Bien levantadas. Solo somos un par de viajeros. No hacemos nada malo. No le hagas daño al cachorro, ¿vale? Venga, tío, no le pegues un tiro al chucho.

—¿Por qué os escondéis ahí?

—Oímos un coche, ¿vale? Quería echar un vistazo. La última vez que quisimos echar un vistazo, un gilipollas intentó atropellarnos. Agarré a Joe por los pelos y nos largamos.

—¿Es eso lo que le ha pasado a tu cara?

Su enjuto rostro mostraba algunas magulladuras amarillentas debajo del ojo izquierdo y otras todavía moradas alrededor de la descuidada barba que le cubría la mandíbula.

—Qué va. Hace un par de semanas me junté con un grupo. Parecían guais. Acampamos y nos tomamos unas birras. La segunda noche me dieron una paliza y me robaron mi alijo. Tenía material de primera, tío, y lo compartí. Pero lo querían todo. Me dejaron aquí, se llevaron mi mochila, el agua, todo. Joe, aquí presente, apareció después de que se largaran. Así que nos hemos juntado. Este no me va a dar una paliza. Oye, no le hagas daño.

—Nadie va a hacerle daño. —Lana se puso en cuclillas y Joe corrió hacia ella y le cubrió la cara de besos—. Nadie va a hacerte daño, Joe. ¡Qué mono eres!

—Joe es un buen perro. Calculo que no puede tener más de tres meses. Tiene algo de labrador. No sé de qué otras razas. ¿Podrías no apuntarme con la pistola? No me gustan nada las pistolas. Matan a la gente, diga lo que diga la Asociación Nacional del Rifle. O dijera.

—Quítate la mochila —ordenó Max—. Vacíala. Y tu abrigo, saca los bolsillos.

—Venga, tío, acabo de aprovisionarme.

—No vamos a quitarte nada. Pero quiero asegurarme de que no llevas ninguna pistola.

—Ah. ¡No hay problema! Tengo un cuchillo. —Con las manos todavía en alto, señaló la funda que llevaba en el cinturón—. Hay que llevar uno cuando vas de excursión y acampas al aire libre. Tenía una tienda, pero esos cabrones se la llevaron. Tengo que bajar las manos para quitarme la mochila, ¿vale? —Cuando Max asintió, él se quitó la mochila, abrió la cremallera y sacó una manta isotérmica, un par de calcetines, una sudadera con capucha, una armónica, un paquete pequeño de comida para perro, un par de latas, algunos snacks, agua y dos libros de bolsillo—. Espero encontrar otro saco de dormir, puede que una furgoneta, o un todoterreno. No he encontrado nada que haya podido arrancar. Va a nevar. Me llamo Eddie —añadió mientras continuaba sacando sus cosas—. Eddie Clawson. Esto es lo que tengo. ¿Puedo volver a ponerme el abrigo? Hace un frío de cojones.

Era delgado como un junco; un hombre alto y flacucho de no más de veintidós o veintitrés años, calculó Lana. El pelo rubio oscuro le caía en deslucidos y enmarañados mechones por debajo de un gorro naranja.

El instinto le decía a Lana que era tan inofensivo como su perro.

—Ponte el abrigo, Eddie. Me llamo Lana. Este es Max. —Se encaminó hacia él.

—Lana.

—Alguna vez tendremos que confiar en alguien. —Se detuvo a ayudarle a recoger sus cosas—. ¿Adónde vas, Eddie?

—Ni idea. Tenía una brújula. También me la quitaron. Supongo que busco a gente, ¿sabes? Personas que no estén muertas ni intenten matarme, que no me den una paliza por una bolsa de hierba. ¿Y vosotros? —Levantó la vista cuando Max se aproximó para estudiarle de cerca—. Tío, me sacas más de veintidós kilos, como poco, y parece que eres todo músculo. Y tienes una pistola. No voy a intentar nada. Solo quiero ir a algún sitio que esté bien. Donde la gente no esté chiflada. ¿Adónde vais vosotros?

—A Pennsylvania —respondió Max.

—A lo mejor tenéis sitio para dos más. Podría ayudaros a llegar allí.

—¿Cómo?

—Bueno, para empezar... —Eddie cogió su mochila y señaló hacia el coche con la cabeza—. Es un buen vehículo, pero no es un todoterreno y viene nieve. Las carreteras principales están casi todas bloqueadas y muchas de las secundarias no las han limpiado desde la última nevada. Seguro que hay cadenas en la gasolinera.

—¿Cadenas? —dijo Lana, desconcertada.

Eddie sonrió de oreja a oreja.

—De ciudad, ¿no? Cadenas para la nieve. Tal vez las necesitéis durante el camino. Y tampoco os vendrían mal un par de palas. Arena, si la encontráis. O puede que un par de cubos de esta gravilla. Soy útil —les dijo—. Y voy a portarme bien. No quiero viajar solo. Las cosas se están poniendo muy raras. Supongo que cuantas más personas viajen juntas, mejor.

Max miró a Lana y esta le sonrió.

—A ver si encontramos esas cadenas.

—¿De veras? —Eddie se animó—. Guay.

# 8

Eddie encontró cadenas y algunas herramientas; quienquiera que abandonara la gasolinera se había dejado una caja de herramientas bien surtida.

Después sacó una lata de combustible de once litros y medio y la llenó.

—Por lo general no me gusta llevar gasolina en el coche —dijo mientras la cargaba—. Pero, ya sabéis, las circunstancias mandan. ¿Os parece bien que Joe y yo vayamos a aliviarnos antes de emprender camino?

—Adelante —respondió Max.

—Tranquilo, no percibo ninguna amenaza en él.

—Yo he notado lo mismo. Todavía nos estamos habituando a que nuestro sentido sea más potente que antes. Y, al menos por ahora, vamos a tener que lidiar con desconocidos. Pero se unió a un grupo de extraños y creo que dice la verdad sobre que le dieron la espalda, le pegaron y le dejaron con lo puesto. Vamos a tener que afinar lo que poseemos, mejorar ese sentido que hemos empezado a desarrollar. Porque no va a ser el único con el que nos crucemos.

—Te preocupa Eric porque no sabes con quién está.

—Pronto estará con nosotros. Móntate en el coche, hace

frío. Quiero arrancarlo antes de que vuelva. Ahora mismo no es necesario que le enseñemos ni a él ni a nadie nuestros poderes.

Se montaron en el coche. Max vigilaba por el espejo retrovisor, con la mano sobre el arranque para ponerlo en marcha, cuando vio que Eddie y el perro regresaban corriendo.

—Sube, Joe. —Eddie se montó detrás con el perro—. Os doy las gracias de nuevo. Creo que me va a sentar genial recorrer unos cuantos kilómetros en coche en lugar de a pie.

Mientras Max salía del aparcamiento, Lana se giró para mirar a Eddie.

—¿Cuánta distancia has recorrido?

—No lo sé con exactitud. Estaba en las Catskills, ya que un amigo mío consiguió empleo de conserje fuera de temporada en un resort de mierda de allí. Parecía salido de una película... ¿Os acordáis de *Dirty Dancing*, con las cabañas y todo eso?

—«No permitiré que nadie te arrincone.»

—Sí, esa misma. Ese lugar no era tan bonito como en la película. Estaba hecho polvo, ¿sabéis? Pero fui a echarle una mano, hicimos algunas reparaciones —añadió—. No veíamos mucho la tele e internet iba como el culo, pero una noche, cuando fuimos a la ciudad más cercana a tomarnos unas birras, oímos que la gente estaba enfermando. —Joe se estiró sobre su regazo y Eddie lo acarició y mimó con sus largos y huesudos dedos—. Supongo que eso fue hace unas tres semanas; he perdido la cuenta.

»Al día siguiente llamé a casa. Tuve que bajar otra vez a la ciudad para hacerlo, porque esa noche no me cogieron el teléfono. La cobertura en el resort era una mierda y los dueños cortaban la línea de teléfono fijo en invierno. Cabrones agarrados. En fin, no pude hablar con mi madre y me preocupé aún más. Entonces conseguí contactar con mi hermana. Me dijo que mi madre estaba muy enferma en el hospital y, por Dios, pude oír que Sarri también lo estaba. —Continuó acariciando al perro, pero se giró para mirar por la ventanilla lateral—. Volví, recogí mis cosas, se lo conté a Bud, mi amigo, y vi que él no se encontraba bien. Tosía mucho. Pero recogimos y nos preparamos para salir antes de que anocheciera; dejamos allí su furgoneta, porque ya no se encontraba en condiciones de conducir. Empeoró tanto que me desvié en busca de un hospital. —Se giró de nuevo para mirar a Lana.

»Era una locura, una auténtica locura, tío. La pequeña ciudad de Podnuk era un caos y todo el mundo intentaba marcharse como fuera. Había casas y tiendas aseguradas con tablones, y también algunas en las que habían entrado, pero tenían un hospital y llevé a Bud allí. —Inspiró despacio—. No podía dejarle allí de ese modo, pero mi madre y Sarri... No conseguí hablar con ellas cuando lo intenté desde ese lugar. Llamé a media docena de personas antes de que alguien me cogiera el teléfono. Mi primo segundo, Mason. Me dijo... Dios, él tampoco sonaba nada bien. Me dijo que mi madre y la suya habían muerto y que Sarri estaba en el hospital y que no pintaba bien. Él no podía marcharse y me dijo que no me acercara por allí, que la cosa estaba mal. Que no podía hacer nada. Que era inútil que intentara llamar a mi viejo. Se largó poco después de que naciera Sarri y no sabía dónde... En fin. Pero no lo consiguió. Tampoco Sarri ni Mason.

—Lo siento, Eddie.

Después de secarse los ojos, se puso a acariciar de nuevo a Joe.

—Empecé a conducir, no pensaba con claridad. Entonces llegué a una zona de la carretera bloqueada por coches, así que no podía pasar. Di media vuelta y me dirigí a otro lugar. Seguí encontrando carreteras cortadas, y entonces se me averió la furgoneta. Supongo que era mejor que las dos semanas que me he pasado a pie. He aprendido a no acercarme a las grandes ciudades; ocurren cosas malas, muy malas, tío. Las carreteras secundarias son mejores. Pensaba dirigirme a casa, a Fiddler's Creek, un pequeño pueblo a las afueras de Louisville. Pero no creo que pueda soportar saber que mi madre y mi hermana están muertas. No creo que pueda ir a casa sabiendo que no están allí. ¿Vosotros habéis perdido a alguien?

—Yo perdí a mis padres hace algunos años —dijo Lana—. Soy hija única. Max no consigue hablar con los suyos; están en Europa. Vamos a reunirnos con su hermano.

—Rezo para que esté bien. No se me da bien rezar, aunque mi madre intentó convertirme en un practicante temeroso de Dios. Pero últimamente he estado practicando, así que rezaré para que siga bien.

Max le lanzó una mirada por el retrovisor.

—Gracias.

—Supongo que ahora tenemos que cuidar los unos de los otros. —Eddie se frotó la magullada mandíbula—. Algunos no lo ven así. Me alegro de que vosotros sí. Sois de ciudad, eso se ve. ¿De cuál?

—De Nueva York —respondió Max.

—¡No jodas! He oído que la situación allí era realmente mala. ¿Cuándo habéis salido?

—Ayer por la mañana, y sí que es mala.

—Las cosas están mal en todas partes —le aseguró Lana—. Han muerto más de mil millones de personas por este virus. Siguen diciendo que la vacuna va a llegar, pero...

—No os habéis enterado.

Lana se volvió de nuevo a mirar a Eddie y vio que había abierto mucho los ojos, como si fuera un búho.

—¿De qué no nos hemos enterado?

—Yo también acabo de salir de Nueva York. Encontré una pequeña granja para Joe y para mí ayer. Me dolían mucho las costillas y pensé que tal vez me dejaran dormir en el granero o algo así. No había nadie. Se habían largado, así que me quedé en la casa. Y como tenían un generador, lo puse en marcha y me di la primera ducha caliente en una semana; fue genial. Había una tele y se me ocurrió ver alguno de los DVD que tenían; lo habían dejado todo. Pero encendí la tele y me llevé una buena sorpresa cuando vi las noticias. La presentadora... esto... tenía un nombre raro.

—¿Arlys? ¿Arlys Reid? —preguntó Lana.

—Sí, sí. Quería enterarme de cómo estaban las cosas. Además, la chica está muy buena. Y mientras ella hablaba, un tío se acerca y se sienta. Borracho como una cuba. Le había visto antes. Bob no sé qué.

—¿Bob Barrett? Es el presentador, el principal —explicó Max.

—Sí, bueno, el presentador principal estaba borracho como una cuba y va y saca una puñetera pistola.

—¡Ay, Dios mío! —Lana se giró todo lo que pudo—. ¿Qué pasó?

—Bueno, la cosa fue así. —Eddie se puso cómodo para contar la historia—: El tío agita la puñetera arma de un lado a otro mientras suelta un montón de sandeces y amenaza con disparar a la tía buena. Es muy pesimista cuando habla sobre el Juicio Final, ¿sabéis a qué me refiero? Es como cuando ves una puta peli de terror, pero no puedes dejar de verla, ¿vale? Ella deja que siga con sus tonterías, la tía tiene un buen par... y da la impresión de que va a conseguir disuadirle. Pero entonces se pone la pistola... —Eddie se coloca el dedo índice bajo la descuidada barba—. Y pum. En pleno directo. El tío se vuela media cara en televisión.

La nieve empezó a caer, resbalando sobre el cristal delantero. Max puso los limpiaparabrisas.

—Eso no fue lo peor —prosiguió Eddie—. La tía buena... ¿Arlys? Pide que sigan, que le enfoque la cámara. Supongo que para que la gente que los está viendo no vea a un tío muerto. Tiene sangre en la cara, pero empieza a hablar. Dice que no ha estado contando toda la verdad, pero que ahora va a hacerlo. Que tiene una... ¿cómo se dice...? Una fuente. Y que no son mil millones de muertos, sino más de dos mil millones.

—¿Más de dos mil? —Lana se llevó el puño al pecho cuando el corazón le dio un vuelco—. Pero no puede ser verdad.

—Si la hubieras visto, lo creerías. Más de dos mil millones, dijo, y que no hay ninguna vacuna en camino porque el virus, el Juicio Final, no deja de mutar. Y que el tío que fue presidente después de que el otro muriera también está muerto y que una mujer, la de Agricultura, es ahora la presidenta. Dijo que están empezando a reunir gente como... bueno, imagino que como nosotros.

Max le miró con los ojos entrecerrados por el espejo retrovisor.

—¿A qué te refieres con «como nosotros»?

—Que no está enferma. Que no se contagia. Nos están reuniendo y llevándonos a sitios para hacernos pruebas y esas cosas. Estemos o no de acuerdo. La ley marcial y todas esas lindezas, tío. Joder, yo lo he visto con mis propios ojos un par de veces en las dos últimas semanas. Putos tanques dirigiéndose al este, grandes convoyes de camiones militares. Por eso puse rumbo al oeste. Bueno, dijo todo eso, y también que seguramente sería la última transmisión, porque les cerrarían la cadena por hacer dicho todo eso, por contarlo todo. Y cuando terminó, la cadena dejó de transmitir —sentenció—. No sé si la gente que seguía trabajando cortó la conexión o si fue el ejército o vete tú a saber. Pero seguía sin haber conexión cuando eché un vistazo más tarde. Pensé en quedarme allí, en esconderme en esa granja, pero me puse nervioso. A Joe y a mí nos entraron los nervios y nos pusimos en marcha esta mañana temprano. Hemos echado a andar y nos hemos topado con vosotros.

—Dos mil millones de personas. —La voz de Lana surgió en un trémulo susurro—. ¿Cómo puede algo matar a tanta gente y tan rápido?

—Es global —añadió Max de manera inexpresiva—. Estamos globalizados. La gente viaja, o viajaba, por todo el mundo a diario. Se transmite de una persona a otra y la siguiente lo lleva allá a donde va. Un puñado de personas infectadas, quizá ignorando que están enfermas, coge un avión a China, a Río o a Kansas City y el resto de los pasajeros, la tripulación, la gente de seguridad, de las tiendas de regalos y los bares del aeropuerto están expuestos. Y lo propagan. No se tardaría mucho.

—Estás diciendo... estamos diciendo —se corrigió Lana— que seguirá propagándose, matando a gente, hasta que solo quede la gente como nosotros. Los inmunes.

—Esa era la palabra que no me salía —intervino Eddie—. Inmunes. Tengo que dar por hecho que yo lo soy, porque estuve con Bud todo el tiempo. Antes y después de que enfermara. Y en el hospital al que le llevé había un montón de gente enferma. Pero yo no lo he cogido. Todavía.

—Por lo que he leído y escuchado, empiezas a mostrar síntomas entre doce y veinticuatro horas después de la exposición —dijo Max.

—Pues supongo que debería alegrarme de eso. Imagino que me alegro —prosiguió Eddie—. Aunque todo sea una mierda pinchada en un palo.

—¿Y qué pasará ahora? —Lana se volvió hacia Max—. A ti se te da bien adivinar qué va a ocurrir.

—Esta vez no es ficción, es real.

—Se te da bien conjeturar qué va a pasar —repitió—. No me he preparado para lo peor. Imaginaba que pasaríamos algunas semanas en las montañas, hasta que las cosas volvieran a la normalidad, o a la normalidad en la medida de lo posible. Pero ahora... nada volverá a ser ni remotamente normal y yo necesito saber qué debo esperar.

—Si continúa propagándose, podrían caer otros dos mil millones más —respondió Max tajante—. Es imposible saber cuántas personas quedarán. ¿La mitad de la población mundial? ¿Un cuarto? ¿El diez por ciento? Pero cabe suponer que la infraestructura se derrumbará, como ya ha empezado a pasar. Las comunicaciones, la electricidad, las carreteras. Las instalaciones médicas desbordadas de pacientes contagiados con el virus se esforzarán por tratarlos a ellos y a otros pacientes. Gente con heridas, con cáncer u otras enfermedades. Habrá más saqueos y asesinatos, como ya hemos visto en Nueva York. El Gobierno se derrumbará o se convertirá en algo que desconocemos. —Apartó una mano del volante para darle un pequeño apretón a la de Lana—. Irnos de la ciudad ha sido la decisión correcta. Las ciudades caerán primero. Cuanto más se propague el virus, más gente se dedicará a saquear o caerá en la violencia. Cuantas más infraestructuras se vengan abajo, más gente se dejará llevar por el pánico y el ejército intervendrá para intentar mantener el orden. Y esa cadena de mando se romperá cuando los que ocupan los puestos de autoridad caigan víctimas del virus.

—Como se suele decir, «huye a las montañas».

Max asintió al oír las palabras de Eddie.

—No te equivocas. Buscas un lugar, un lugar seguro, o lo más seguro posible, y lo abasteces, lo conservas y lo defiendes.

—¿Defenderlo de quién?

Max volvió a apretarle la mano a Lana.

—De cualquiera que intente arrebatártelo. Abrigas la esperanza de que la gente con ideas afines se una a ti, construya comunidades y su propia infraestructura, leyes y orden. Buscas comida, trabajas la tierra, cazas. Vives.

Si había esperado que Max le presentara una situación menos funesta, tenía que admitir que la que le describía le parecía demasiado real.

—¿Y si eres como nosotros dos y no tienes ni idea de cómo cazar o trabajar la tierra?

—Encuentras otras formas de contribuir y aprendes. Hemos llegado hasta aquí. Sobreviviremos a todo lo demás.

—Mi madre tenía un huerto en el que cultivaba algunas verduras todos los años. Imagino que yo puedo cultivar cosas y enseñaros cómo se hace. De niño cazaba un poco, pero hace mucho de eso. Soy uno de esos chicos de campo raros a los que no les gustan las armas. Pero sé disparar.

—Todavía es posible que logren un avance con la vacuna —insistió Lana.

—Lo es —convino Max—. Pero si ya hay dos mil millones de muertos, habrá más antes de que puedan distribuirla y administrarla, aunque la descubrieran mañana. El eje central no va a resistir, Lana. Ya se está derrumbando. Joder, la secretaria de Agricultura es ahora la presidenta. Ni siquiera sé quién es.

—Siento interrumpir —intervino Eddie—, pero tenemos que parar a poner las cadenas antes de que se acumule la nieve en la carretera.

Max se detuvo en la cuneta mientras la nieve seguía cayendo.

—Tendrás que enseñarme a ponerlas.

—Y a mí —añadió Lana—. Si voy a tener que aprender a hacer todo lo que no sé, ya puedo empezar.

—No hay ningún problema.

Les enseñó a desenredar las cadenas, algo muy simple, aunque el frío, la nieve y el viento hicieran la tarea más desagradable. Después les mostró cómo acoplar las cadenas en la parte superior del neumático. Lana insistió en hacerlo ella misma, pese a que no sentía los dedos ni con los guantes puestos.

Tenía que aprender.

Se quedó fuera observando cuando Max se sentó al volante para mover el coche y que el resto del neumático quedara expuesto. Y después de ver a Eddie y escuchar sus detalladas explicaciones, unió la cadena y utilizó el tensor para ajustarla.

—¿Así está bien?

Eddie comprobó la cadena.

—Lo has conseguido a la primera. Te ha ganado, Max.

Max lanzó una mirada y sonrió mientras terminaba de engancharla.

—Me sacaba ventaja.

Tras soltar una carcajada, Eddie rodeó el coche para colocar la última cadena.

—Esto ya está. —Miró al cachorro, que permanecía sentado en la cuneta—. ¿Tú has terminado, Joe? —El chucho se montó de un salto cuando abrió la puerta—. Puedo conducir, si quieres descansar.

Max meneó la cabeza.

—Estoy bien.

—Avísame cuando quieras que cambiemos. Hasta entonces, voy a echarme una siesta en el asiento de atrás con Joe. Anoche no dormí muy bien después de ver las noticias.

Empezó a sacar la manta isotérmica de su mochila, pero Lana cogió una de algodón de la suya.

—Toma esta. Es suave.

Eddie se quedó mirando la manta durante un instante. A continuación se montó en el coche y esperó a que Lana se sentara y cerrara la puerta.

—Durante un par de minutos tuve miedo de que me dispararais y me quitarais mis cosas. De que a lo mejor también le hicierais daño a Joe. Pero me di cuenta enseguida de que eso no iba a pasar. Vi que no erais de esos.

—Tú tampoco eres de esos —dijo Lana.

—No, señora. No lo soy. Pero supongo que podría decirse que todos nos arriesgamos. Me alegro mucho de que lo hiciéramos. La manta es estupenda. —Se tumbó encogiendo sus largas y flacuchas piernas, y el cachorro se acurrucó contra él—. Gracias —dijo, y cerró los ojos.

Lana no durmió. En vez de eso se recordó que había aprendido a poner las cadenas para la nieve, había preparado una comida decente con escasos alimentos en un hornillo eléctrico en el despacho de un apestoso motel, sabía encender una hoguera con el aliento para tener luz y calor y podía arrancar un motor con su voluntad.

Y con esa voluntad, con el poder que crecía dentro de ella,

estaba aprendiendo a mover cosas; cosas pequeñas por ahora, aunque eso cambiaría. Había levantado la hoja de un puente junto con Max, y había proyectado poder suficiente para reducir la velocidad de otros coches e incluso para contraatacar a aquellos que querían hacerles daño.

Había aprendido todo eso y aprendería todo lo que fuera necesario.

Si las especulaciones de Max se hacían realidad, utilizaría su voluntad, su ingenio, su magia y su mente para mantenerlos a todos sanos y salvos.

Y ya habían empezado a construir una comunidad, pensó mientras el hombre y el cachorro del asiento trasero roncaban con suavidad casi al unísono.

—Te quiero, Max.

—Te quiero. Duerme un poco. Todavía nos queda un largo camino por delante.

—Dormiré cuando tú duermas. Puede que me necesites.

—Cuando encontremos nuestro lugar, y lo haremos, ¿te casarás conmigo?

Lana acercó la mano y le acarició la mejilla.

—Sí.

Vio salir el sol, espantando la oscuridad, y dejó que la llenara de esperanza.


Tardaron más tiempo en llegar a la estación de la calle Treinta y tres de lo que Arlys había calculado. Tuvieron que parar y buscar un lugar donde esconderse varias veces durante el recorrido. Sabía que más de una vez lo habían conseguido porque Fred oía los motores, los pasos y los disparos antes que ella.

Oído de hada, supuso.

En la entrada de Times Square, en otro tiempo floreciente, abarrotada y muy iluminada, las enormes pantallas y los anuncios digitales apagados se alzaban como negros portales hacia lo desconocido. Un súbito fogonazo, un explosivo rayo horizontal cayó justo al sur de Herald Square y puso de relieve la locura.

Los cadáveres, los perros de ojos feroces dándose un festín, las tiendas reducidas a escombros y la amalgama de coches, autobuses y furgonetas se diseminaban por Herald Square como si una mano furiosa los hubiera arrojado sobre la calle y las aceras.

Alguien, algo, rio.

Alguien, algo, gritó.

Arlys agarró a Fred de la mano y echó a correr en medio del espeluznante resplandor que dejó tras de sí el fogonazo. Paró a recuperar el aliento frente a una entrada que se internaba en la oscuridad y luchó para librarse del pánico.

No pierdas la cabeza, se ordenó. Sigue con vida.

Tal vez su compañera tuviera alas y un sentido del oído mejor que el de un schnauzer, pero Fred le seguía pareciendo demasiado risueña como para ser cautelosa.

—Escucha, no sabemos quién o qué puede haber ahí abajo. En la estación, en los túneles. Nos queda una buena caminata, sin una ruta de escape fácil en caso de que la necesitemos. Tengo una pistola, pero nunca le he disparado a nada.

—No quisiera que tuvieras que hacerlo.

Oyeron de nuevo el grito y un escalofrío de terror descendió por la espalda de Arlys.

—Si tenemos que defendernos, lo haremos. Caminaremos tan rápido como podamos, corriendo los menos riesgos posibles, y tú puedes mantener bien abiertos esos magníficos oídos.

—También veo muy bien en la oscuridad.

—Otra ventaja. Seguiremos juntas, igual que hemos hecho de camino hasta aquí.

Arlys sacó su linterna y apuntó a los escalones descendentes. Echó un vistazo; estaban en la esquina de Macy's.

Jamás habrá otro desfile de Navidad, jamás otras rebajas, pensó.

«Jamás habrá otro milagro en esta ni en ninguna otra calle.»

—Vamos.

Tuvo que templar los nervios para bajar. El corazón le latía más rápido y más fuerte a cada paso que daba.

¿Qué hacía ella ahí? ¿Qué haría ahí cualquier persona en su sano juicio?

—No oigo nada. Vamos bien.

Cruzaron en la oscuridad, siguiendo el único haz de luz y saltando los tornos.

—Siempre quise hacer eso. —La voz de Fred, aunque baja, reverberaba—. Por diversión, no por no pagar.

Arlys se llevó un dedo a los labios, enfocando a todas partes con la linterna y temiendo ver más cadáveres cubriendo la estación y las vías.

O, peor aún, personas vivas listas para atacarlas.

Se valió de la linterna para seguir los carteles que conducían a la línea que iba a Hoboken.

Escudriñó el andén, las vías, la plataforma que cruzaba las vías. Su pulso se calmó un poco, hasta que tuvo que afrontar el hecho de que tenían que descender más e internarse en los túneles.

No había vuelta atrás, pensó. Una vez que emprendieran la ruta no habría marcha atrás.

—Ya está. —Se lanzó y cayó sentada. Aun con las rodillas flexionadas, la caída le dejó un poco sin aliento.

Fred desplegó sus alas y descendió flotando como una pluma.

—A lo mejor puedo volar contigo distancias cortas. Todavía no he probado a cargar con una persona —reconoció Fred—. Pero he llevado a algunos perros hasta el refugio que montamos. Ojalá hubiera podido pasar antes por allí y coger uno para llevárnoslo con nosotras.

Dado que uno de los temores de Arlys era toparse con una mascota que se hubiera asilvestrado, como las que devoraban cadáveres en la calle, no le parecía mal no tener perro.

—¿Sabes lo del tercer raíl?

—Arlys, puede que sea un hada novata, pero tengo veintiún años, no dos. Tienes que dejar de preocuparte tanto.

—Me siento responsable.

—¿De hacer lo correcto? Lo eres. Estoy muy orgullosa de lo que has hecho. Fue entonces cuando supe que iba a acompañarte. Ha habido algunos rumores.

—¿Rumores?

—Nosotros... la gente como yo, las personas mágicas, no estamos demasiado organizados aún. Muchos todavía estamos descubriendo qué somos. Y algunos, cuando lo descubren, pierden un poco la cabeza o se vuelven completamente malvados. Así que sobre todo nos hemos dedicado a construir esas zonas seguras y a ayudar a la gente, a los perros, a los gatos y a otras mascotas que quedaron abandonadas o sueltas cuando sus dueños enfermaron. Pero algunos han estado practicando la catoptromancia o la cristalomancia, y probando otros hechizos para descubrir qué es lo que en realidad ocurre.

Arlys no tenía ni idea de qué era la catoptromancia.

—¿Cristales? ¿Como una pitonisa en un parque de atracciones?

—Seguramente algunas tenían poderes latentes, pero sí, así y de otras maneras. Sabíamos que era peor de lo que nos decían, pero cuesta saber hasta qué punto, ya que hay un montón de informes contradictorios, ¿sabes? Mucho parloteo. Pero imaginábamos que era peor y que va a empeorar todavía más. Por eso hemos estado ayudando a la gente a salir cuando era posible. Y cuando esta noche has contado a todos lo que sabías, supe que tenía que ayudarte.

Se detuvo y le dio un golpecito a Arlys en el brazo. Arlys apagó la linterna y dejó que Fred la guiara en la oscuridad, hasta que se encontró con la espalda pegada a unas frías baldosas.

No habló, no preguntó, pero puso la mano en la culata de su pistola.

Oyó risas masculinas, con un tonillo lo bastante mezquino como para indicarle que no serían nada cordiales.

—¿Has visto cómo se retorcía ese gilipollas?

Vio la luz; dos haces que se abrían paso en la oscuridad, más potentes a medida que se aproximaban.

De vez en cuando enfocaban las paredes. Si las enfocaban a Fred o a ella, ¿podría usar la pistola? ¿Podría apuntar y disparar a otro ser humano?

—Se ha meado encima. ¡Se ha meado encima, joder!

—No veo por qué no podemos cazar a otro aquí abajo. Hay muchos cabronazos en el túnel.

—Vamos, la mayoría de esos están locos. Mola más hacerles enloquecer y después matarlos. Cojamos a una mujer y no a una de las arpías de aquí abajo. Nos la tiramos un par de veces y después la clavamos a las vías y nos la tiramos de nuevo antes de destriparla.

—Eres un cabrón enfermo.

Más risas. Oyó sus botas resonar en el suelo. Vio sus siluetas recortadas tras los haces de luz.

¿Podían ellos ver las suyas?

—Cojamos a dos. No quiero tus asquerosas sobras.

Un haz de luz recorrió la pared a un centímetro de su cara y agarró con fuerza la culata de la pistola.

Si no hubieran estado tan ocupados riéndose de sus planes para violar, torturar y matar a mujeres, la habrían visto.

Continuaron andando, tan cerca que habría podido alargar el brazo y tocarlos. Siguieron las vías, discutiendo sobre cuál era el mejor coto de caza.

Fred temblaba al lado de Arlys.

—No sé lo bastante para detenerlos —susurró—. Todavía no tengo suficiente poder para saber cómo hacerlo. Espero que alguien lo haga. Ya no pueden oírnos ni ver la luz.

Arlys confió en ella y encendió la linterna.

Contó sus pasos. Cincuenta. Cien. Ciento cincuenta.

Esta vez Fred la agarró del brazo y le clavó los dedos con fuerza.

—¿Hueles eso?

—Huelo a almizcle, a orina y a vómito.

—Sangre. Mucha sangre y... muerte. Pero ningún ruido, ningún movimiento.

Arlys olió la sangre después de otros veinte pasos. Conocía el olor porque la de Bob Barrett le había salpicado la cara, incluso el pelo.

Entonces su linterna topó con algo en las vías. Fred, que estaba a su lado, profirió un sollozo amortiguado, pero continuó andando.

Un cuerpo, se percató Arlys a medida que se aproximaban. Un cuerpo con las manos y los pies clavados al suelo. Tenía el rostro machacado, la boca le colgaba y sus dientes estaban rotos. Y toda la sangre que había perdido cuando le rajaron el vientre formaba un brillante y oscuro charco.

Cuando Fred se puso de rodillas, Arlys se tragó su creciente ira y tiró de ella.

—Tenemos que irnos. Ha muerto, Fred. No puedes hacer nada por él.

—Sí que puedo. Puedo decir una oración para que su alma encuentre la paz. Puedo hacer eso por él.

Arlys se irguió y se quedó al lado, con la pistola en la mano.

No tuvo que preguntarse si podría apuntar o disparar a otro ser humano, no cuando vio lo que los seres humanos le habían hecho a un chaval que apenas tendría veinte años.

Desde luego que podría.

# 9

Fred se levantó exhalando un trémulo suspiro entre lágrimas.

—Era más joven que yo.

—Ojalá... —Arlys se interrumpió. Desear algo no solucionaba nada—. Tenemos que seguir.

—Lo sé, y sé que a él ya no le importa, pero ojalá no tuviéramos que dejarle aquí solo. Eso es lo que ibas a decir.

—Pero tenemos que hacerlo. Ocúpate tú de la linterna. —Arlys tenía la intención de llevar el arma en la mano—. Seguramente haya más aparte de esos dos. Si percibes algo, nos escondemos. Si eso no funciona, huimos. Si huir no funciona, luchamos. —Agarró el brazo de Fred con una mano mientras caminaban—. Si luchar no me sirve de nada a mí y tú puedes escapar...

La indignación de Fred era manifiesta incluso en la oscuridad.

—¡No te abandonaré!

—Si solo una puede escapar, que escape una. Necesito que vayas a Park Avenue con la Primera en Hoboken. Has de estar allí a las tres de la madrugada. Mi fuente se llama Chuck. Reúnete con él y dile lo que ha pasado.

—Puedo hacer ciertas cosas. Sigo aprendiendo, pero puedo hacer algunas cosas.

—Haz lo que puedas para llegar hasta Chuck. Si a las cinco no ha aparecido, busca un lugar seguro. Busca a más como tú y márchate, Fred.

—¿Tú me abandonarías?

—Sí.

—No dices la verdad. Puedo oírlo en tu voz. Las dos vamos a llegar hasta Chuck. Tienes que pensar en positivo, en la luz, o de lo contrario la oscuridad se apoderará de ti.

Había que prepararse para lo peor, lo peor y lo incomprensible, o podrías morir en la oscuridad, pensó Arlys.

Continuaron caminando, siguiendo el haz de luz de la linterna mientras el camino zigzagueaba. La peste a almizcle se hizo más fuerte, igual que la mezcla de orina y el repentino y nauseabundo hedor a vómito. Y, una vez más, a sangre.

Arlys sintió que se estaba volviendo casi inmune a él, cuando la luz captó una mancha, un charco, un rastro. Y, peor todavía, cuando Fred enfocó la pared.

## ¡NUEVA YORK ES NUESTRA!
## LOS SAQUEADORES

Escrito con sangre, hacía las veces de advertencia y declaración de victoria, lo mismo que la chorreante calavera que había debajo.

—Igual que los dos que vimos ahí atrás —susurró Fred—. Les gusta matar. Algunos siguen a los sobrenaturales oscuros. Las personas mágicas que cazan a los humanos y a nosotros. No sé por qué.

—No hay un porqué. Simplemente... —Arlys profirió un grito ahogado y retrocedió con brusquedad.

—Solo es una rata —dijo Fred mientras el animal se escabullía de la luz.

—Hay montones aquí abajo. No te preocupes. No tienes que temer a las ratas.

—Es solo una fobia personal. —Una aversión que hizo que se le helara la piel y se le revolviera el estómago. El chaval en las vías. Las ratas lo encontrarían—. No podemos pararnos.

Pero lo hicieron cuando a unos metros se toparon con un vagón de metro sobre las vías. El exterior estaba cubierto de pintadas, como un mural obsceno. El símbolo de la calavera, gritando proclamas que iban desde ¡MATAR! hasta ¡VIOLAR A LAS PUTAS! El dibujo de un hombre con un pene exageradamente grande, arrastrando del pelo a una mujer desnuda.

Pero lo peor, mucho peor que eso, era el hedor. Arlys descubrió la causa cuando vio a través de una puerta abierta del vagón los cadáveres en descomposición diseminados.

Y las ratas.

Se llevó a Fred.

—Es demasiado tarde para rezar por sus almas.

Esta vez Fred profirió un grito cuando una figura, que Arlys a duras penas pudo identificar como la de un hombre, se colocó de un salto en la entrada abierta. La sangre manchaba su cara y una poblada y sucia perilla que le cubría la barbilla. Llevaba unas empañadas gafas sobre sus enloquecidos ojos y un abrigo largo embadurnado de sangre, que colgaba sobre su huesudo cuerpo.

Tenía una navaja en la mano, sucia como el abrigo. Y sonrió.

—Este sitio es mío. No podéis quitármelo. Estos son mis muertos. No podéis quedároslos. ¡Os quemaré!

Arlys levantó la pistola con la mano temblorosa y agarró el brazo de Fred con la otra.

—No queremos tu sitio. Nos marchamos.

—¡No hay escapatoria! ¡Lo único que hay es el fin del mundo! Primero la impertinencia. Después el fuego. ¿Lo veis?

Levantó una mano sucia, cuyas uñas se curvaban como garras. En ella ardía una bola de fuego del tamaño de una pelota de golf.

—¡Yo soy el fin del mundo! —Su risa, tan enloquecida como sus ojos, estalló al tiempo que lanzaba la bola.

Arlys sintió el impactante calor pasar volando junto a su cara y lo oyó crepitar cuando golpeó la pared que tenían a su espalda.

—¡No hay escapatoria! —gritó cuando Arlys echó a correr, agarrando el brazo de Fred—. ¡Solo queda el infierno!

Otra bola se estrelló y crepitó sobre el suelo junto a ella. Arlys siguió corriendo hasta que tropezó con algo que había sobre las vías.

Se volvió loca por un momento, perdió la cabeza debido al hedor, a la espantosa manera en que el cadáver en descomposición cedió bajo su peso. A las ratas que corrían por su espalda, por sus manos.

—¡Quítamelas! ¡Quítamelas! —Rodó, su mano se hundió en lo que una vez fue otro ser humano y acto seguido retrocedió en el suelo ayudándose con las manos y los pies—. ¡Las tengo encima! —Se revolvió, sacudiendo sus propios brazos, el torso, las piernas, y forcejeó cuando los brazos de Fred la rodearon.

—Estás bien. Ya no las tienes encima. Estás bien.

Giró la cabeza y, rodando de nuevo, vomitó mientras Fred le sujetaba el pelo y trataba de tranquilizarla.

—¡Ay, Dios mío, Dios mío, Dios mío, esto no puede ser real! ¿Cómo puede ser real nada de esto?

Arlys consiguió ponerse de rodillas y empezó a limpiarse la cara. Al darse cuenta de lo que estaba embadurnando sus manos, aguantó las náuseas mientras se quitaba los guantes.

Se arrastró hasta que palpó la pared y se sentó con la espalda apoyada en ella. El corazón retumbaba en su pecho y notaba una tremenda presión.

—Respiras demasiado deprisa. Creo que estás hiperventilando, ¿vale? Tienes que respirar más despacio, Arlys. En serio, tienes que hacerlo.

Inspiró con demasiada brusquedad, demasiado deprisa, sintió que su cabeza caía hacia atrás y se obligó a exhalar. Inspiró de nuevo, pero más despacio.

—No puedo perder los nervios. No puedo perderlos. Aquí no. Ahora no.

—Tendría que haber alumbrado el suelo con la linterna. La culpa es mía.

—No. —Aunque la cabeza le daba vueltas, la terrible presión aflojó un poco—. No es culpa de nadie. Tenemos que irnos, pero se me ha caído la pistola. Tenemos que encontrarla. La necesitamos. Tenemos que...

—Voy a buscarla. Quédate aquí. Sigue respirando y yo la buscaré.

Arlys asintió. No resultaría de utilidad hasta que dejara de temblar, hasta que dejaran de pitarle los oídos. Así que cerró los ojos, se obligó a dejar de pensar, a limitarse a respirar.

Oyó el gemido angustiado de Fred y se dispuso a levantarse con sus temblorosas rodillas.

—No pasa nada. La he encontrado. Quédate ahí. Puedo verte. Veo muy bien en la oscuridad, ¿recuerdas? Y además ahora tengo la linterna. Se me había caído, pero ya está arreglado. —Le dio una palmadita en la mejilla a Arlys al decir eso último—. Podemos hacer un descanso.

—No. —Arlys meneó la cabeza, apretó los dientes y se levantó. Tuvo que apoyarse en la pared durante un momento, pues la cabeza le daba vueltas y tenía el estómago revuelto—. Tenemos que seguir. Tenemos que salir de aquí. Necesito la pistola.

Fred se la puso en la mano con cuidado.

—Estoy cubierta de...

—A lo mejor puedo arreglarlo. Puedo intentarlo.

—Antes tenemos que alejarnos del loco de las bolas de fuego. Puedo aguantar si tú puedes.

Puso un pie delante de otro. Pensó en desprenderse del abrigo, que seguramente se habría llevado la peor parte, pero antes quería poner tierra de por medio.

—Algo se acerca —le susurró Fred al oído muy bajito—. Algo malo.

Apagó la linterna y, siguiendo la pared a oscuras, llevó a Arlys hasta un estrecho hueco.

—¿Qué haces?

—Lo que viene es malo. Es mágico y oscuro. Estoy usando un rotulador indeleble para escribir los símbolos en la pared. Intento recordar los correctos. No hables. Procura no respirar. No te muevas. Reza.

Mientras se apiñaban, Arlys vio la luz acercándose. Pero no era una luz, pensó. Las luces no eran negras.

Pero esa era negra y luminosa a la vez. Y se movía siguiendo la parte superior del túnel.

Un movimiento acompañaba ahora a la luz; se materializó una figura.

Un hombre, con el cabello negro agitándose al viento y un abrigo oscuro desplegado como si fueran alas mientras volaba siguiendo el techo del túnel.

En sus brazos yacía una mujer, con los brazos, las piernas y la cabeza laxos.

Su cuerpo desnudo mostraba arañazos, perforaciones e incluso marcas de dientes.

A medida que se acercaba, Arlys vio que sus ojos eran de un rojo brillante.

Habría podido permitirse un estremecimiento cuando pasó de largo, pero él se detuvo y giró en el aire. Flotando, escudriñó la oscuridad con sus ojos rojos.

La mujer que llevaba en brazos gimió. Él la miró con una sonrisa.

—Todavía queda vida en ti. Mucho mejor.

Continuó volando, hasta que aquella luz negra se desvaneció en la oscuridad.

Arlys tomó aire para hablar, pero Fred le puso los dedos en los labios. Permanecieron en la oscuridad, en silencio, durante un minuto entero.

—No sé hasta qué distancia puede oír o ver.

—¿Qué... qué era eso?

—Creo que un hechicero. No lo sé. Era malvado. Realmente malvado. Ella estaba viva, Arlys. No podía ayudarla. No soy lo bastante fuerte.

¿Quién lo era?, pensó Arlys. ¿Qué podía serlo?

—¿Por qué no nos ha visto ni percibido? ¿Por los símbolos?

—Creo que han ayudado. Vamos, démonos prisa. Creo que han ayudado a protegernos y tú hueles a...

—Muerte.

—Sí. Eso también actúa como un escudo.

—Pues conservémoslo. Oh, gracias a Dios. Las vías descienden. Vamos por debajo del río.

Era empinado y peligroso y las obligaba a avanzar más despacio.

Antes de adentrarse había dicho que no podían saber quién o qué acechaba en los túneles. Y aun así, no lo había creído al cien por cien.

Ahora tenía miedo.

Lo único que importaba era llegar al final, salir de nuevo al aire libre, donde el hedor de la muerte no flotaba.

—Estamos cerca. Ya estamos cerca. —Por extraño que pareciera, saber aquello duplicó el miedo de Arlys—. Estamos llegando a la curva de ciento ochenta grados que describen las vías antes de la salida de Hoboken. Cambiamos de sentido, ¿lo ves? Y tenemos que empezar a examinar los andenes en busca de...

Surgieron de la nada.

Oyó gritar a Fred cuando alguien, o algo, las separó. Otro agarró a Arlys por detrás, levantándola en vilo.

—¡La zorra apesta! Pero tiene un buen par de tetas.

Se aferró a la pistola por pura fuerza de voluntad mientras una mano le estrujaba el pecho.

—¡Llevémoslas arriba y desnudémoslas!

Arlys soltó un codazo y trató de dar patadas, pero se quedó inmóvil cuando notó una navaja contra su garganta y sintió la sangre.

—Prefiero follarte una vez mientras aún respiras, pero no soy exigente. ¿Cómo lo prefieres, zorra?

Arlys cerró los ojos.

—Puedo hacértelo pasar mejor viva.

Él se echó a reír y le lamió la oreja.

—Buena decisión.

Arlys se mantuvo inmóvil.

Fred profirió un grito agudo y potente, en cierto modo musical. Mientras resonaba junto con las carcajadas de los agresores, Arlys se obligó a reír también y se giró como si estuviera entre los brazos de un hombre.

Presionó la pistola contra su ingle y disparó una vez y después otra.

Él soltó un alarido, cayó hacia atrás y la navaja rajó la manga del abrigo de Arlys.

—¿Qué cojones? La mataré. Os mataré a las dos.

Arlys apuntó la pistola hacia la voz, pero tenía miedo de darle a Fred si disparaba.

—Estoy herido, estoy herido. ¡Me ha volado los putos cojones! ¡Mátalas!

Arlys le dio una patada a la mano que le agarró del tobillo, la pisoteó y otro alarido resonó en los túneles.

—¡Corre, Arlys! ¡Corre!

Oyó el espantoso sonido de un puño al golpear carne y hueso y el gemido entrecortado de Fred.

No podía disparar, pero sí luchar. Mientras se preparaba para arremeter, una luz cegadora inundó el túnel.

Arlys colocó una mano delante de sus ojos para protegerse.

Con los ojos llorosos por el resplandor, vio a Fred tratando de arrastrarse y al hombre que se cernía sobre ella dando manotazos al aire con una navaja. Después sacó la pistola que llevaba en el cinturón.

No se lo pensó, solo disparó. Una y otra vez, incluso cuando este cayó, aun cuando la pistola se quedó sin balas.

—¡Para, Arlys, para! Podrías herirlas. ¡Para, para! ¡Me duele! —Con el rostro blanco como la cal bajo el moratón que se le estaba formando, Fred se arrastró hacia ella—. Por favor, ayúdame.

Eso captó su atención. Arlys bajó la pistola y corrió hacia su amiga.

—¿Qué puedo hacer?

—Estoy bien. Estoy bien. Es que es demasiado potente. Es demasiado potente.

La luz se suavizó mientras Fred hablaba. Se dulcificó, pensó Arlys al ver docenas de diminutas chispas de luz danzando sobre ellas.

—¿Qué... qué son?

—Son como yo. Pero en tamaño mini. —Fred se desplomó contra Arlys—. Yo las llamé. No sabía que pudiera hacerlo, pero lo he hecho. Han venido a ayudar.

Detrás de ellas, el primer hombre gimió y trató de alcanzar la navaja con su mano ilesa. Arlys se obligó a acercarse, cogió la navaja y limpió su propia sangre de la hoja.

Tenía ganas de matarle, y ese deseo le provocó náuseas. En vez de eso le pisoteó la mano buena, sin ningún remordimiento.

Le dejó chillando mientras iba hasta su compañero muerto, cogía su navaja y su pistola y lo guardaba todo en los bolsillos interiores de su mochila.

—¿Puedes andar? —le preguntó a Fred.

—Sí.

—¿Puedes correr?

—Me ha dado en la cara, no en las piernas.

—Es posible que haya más de estos, o incluso peores. No falta mucho, pero... creo que deberíamos correr. Necesitamos la linterna.

Fred la cogió, pero la guardó en el lateral de su mochila.

—Ahora mismo no. Pueden quedarse con nosotras.

—Mejor aún. Vamos, tan rápido como podamos.

Arlys se acopló al paso de las piernas de Fred, que eran más cortas, pero corrieron a buen ritmo.

—No me has abandonado. Dijiste que lo harías.

Arlys encerró su temor bajo llave y mantuvo la mirada al frente bajo la luz de las hadas.

—Supongo que tenías razón. No decía la verdad.

—Me has salvado. Has tenido que quitar una vida para salvarme.

Arlys continuó corriendo y pensó en una luz brillante y resplandeciente imponiéndose a los actos malvados.

En la estación de Hoboken, Arlys se encaramó al andén mientras Fred subía volando.

Deseaba limpiarse las manos, la cara, despojarse de su destrozada chaqueta. El escozor en el brazo le indicó que la navaja había rasgado algo más que la tela.

Pero lo primero era salir de nuevo a la superficie.

Oyó el eco de voces, pero no podían arriesgarse a averiguar si eran amigos o enemigos. Así que hizo que Fred se apresurara a subir las escaleras hasta la calle.

Las luces danzarinas se movieron en círculo y después desaparecieron.

—Si las necesitamos, volverán... u otras lo harán —le aseguró Fred.

—El mejor apoyo del mundo. —Entonces las lágrimas le anegaron la garganta—. Tengo que ir a alguna parte, a algún lugar donde pueda lavarme las manos, la cara. Mi... Tengo que ir a alguna parte donde pueda derrumbarme durante unos minutos.

—Encontraremos algún sitio. Ahora apóyate en mí. —Fred le rodeó la cintura con el brazo.

—Estás herida. Tenemos que buscar un poco de hielo, unos guisantes congelados o un filete crudo. ¿De verdad funciona eso?

—No lo sé. Nadie me había dado antes un puñetazo en la cara. Duele de verdad. Duele cuando te dan. Ahora ya no tanto.

Recorrieron la calle cojeando y Arlys rezó para que no tuvieran que pelear otra vez. No sabía si le quedaba aún algo de espíritu de lucha.

Pararon delante de una tienda que se llamaba El Armario de Cassidy que tenía los escaparates tapados con tablones y la puerta con el cerrojo echado.

—Seguro que hay un baño para empleados. —Fred estudió la puerta—. Puede que ropa. A lo mejor hay un abrigo que puedas ponerte.

—Está cerrada a cal y canto. Si tuviéramos algunas herramientas tal vez...

—Las hadas, las que tienen experiencia, pueden entrar en lugares cerrados. A lo mejor soy capaz de hacerlo. Solo tengo que encontrarlo, sujetarlo y... —Fred cerró los ojos y ahuecó las manos como si quisiera atrapar agua de lluvia en las palmas. Sus alas se desplegaron. Comenzó a resplandecer—. Tengo que encontrarlo, dentro de mí, sujetarlo —murmuró—. Sacarlo. Ofrecerlo. Hijos de la luz y del aire, de los bosques y de las flores, permaneced a mi lado. Abrid las cerraduras para que entrar podamos.

Arlys, casi insensible a todo, oyó el sonido metálico de cerraduras y cerrojos al abrirse.

Magullada, sucia y victoriosa, Fred se elevó con sus alas para volar en círculo en el aire.

—¡Lo he conseguido! ¡Es la primera vez que lo hago yo sola!

—Eres una maravilla, Fred. Una absoluta maravilla. —Con

cautela, Arlys asió la puerta—. Pero quédate detrás de mí por si acaso.

Arlys entró primero con la pistola y Fred arrojó algo de luz.

No cabía duda de que habían robado en la tienda de ropa de segunda mano, pero parecía que no la habían saqueado ni destrozado.

—Aquí no hay nadie. —Fred cerró la puerta con cuidado, echando de nuevo la llave—. Yo lo sabría. No percibí a los dos últimos porque apestábamos y eso hizo que me sintiera un poco indispuesta, ¿sabes?

—Sí, lo sé. A ver si hay algún sitio para lavarnos.

Fred miró a su alrededor mientras deambulaban, procurando no tocar nada con las manos sucias.

—Nadie ha entrado por la fuerza ni ha destrozado la tienda.

—Puede que la gente de Hoboken sea más civilizada. O puede que se marcharan más deprisa o estén escondidos. Chuck debe estar oculto.

—Casi me había olvidado de él.

—Esperemos que a él no se le olvidara ver el informativo de anoche. ¡Aquí! Hay un pequeño baño aquí atrás.

—¡Yupi! Estoy a punto de hacerme pis encima.

Fred se bajó las bragas y se sentó en el retrete.

Arlys se armó de valor, fue hasta el pequeño lavabo y se miró en el elegante espejito.

Era peor incluso de lo que había imaginado. Tenía sangre en la cara, vísceras en el pelo, la chaqueta cubierta de ambas cosas. Tuvo arcadas otra vez, pero se tragó la bilis. Se quitó la mochila y después la chaqueta.

—A lo mejor consigo arreglarla.

—Aunque pudieras, yo...

—Lo entiendo. Voy a llevármela y a buscar algo de abrigo para ti. Creo que puedo lavarme sin jabón ni agua. Si no, volveré para hacerlo cuando hayas terminado. Y... tus pantalones también, Arlys.

—Lo sé.

—Me llevaré la chaqueta para..., Arlys, te sangra el brazo. ¡Te han cortado!

Se obligó a mirar y se quitó la destrozada camisa.

—No es grave.

—No soy sanadora. Me refiero a sanadora mágica. Pero no deberíamos tener problemas para encontrar antiséptico y vendas.

—No es grave —insistió Arlys, y aunque le temblaba la barbilla, consiguió esbozar una sonrisa—. Te lo repito.

—¿Solo es un rasguño?

—Eso. Solo es un arañazo.

Abrió el grifo del lavabo y se sintió aliviada cuando el agua corrió y, después de echarse en la mano jabón líquido del dispensador, empezó a frotarse.

Se restregó las manos y los brazos, aunque el fino arañazo del antebrazo le escocía. Se quedó en ropa interior y se frotó las piernas. Después metió la cabeza en el pequeño lavabo para mojarse el cabello, se lo lavó, se lo aclaró, y repitió el proceso hasta que el agua salió limpia.

A continuación se sentó en el helado suelo, con el cabello chorreando, y lloró sin consuelo.

—Siento haber tardado tanto pero... ¡Oh, Arlys!

Otra vez limpia, oliendo a bosque en primavera, Fred soltó la ropa que llevaba en las manos y se arrodilló para abrazar a Arlys.

—He matado a un hombre. Le he matado. A lo mejor los he matado a los dos. Yo...

—Me has salvado. Nos has salvado a las dos.

—No conozco este mundo. No sé vivir en él.

—En realidad no creo que nadie sepa. Por eso nos necesitamos la una a la otra. Tú eres fuerte y valiente. Creo que este mundo necesita a gente como tú. Y como yo.

—Lo que ocurre es que estoy cansada. Muy cansada.

—Yo también. A lo mejor puedes cambiarte y luego descansaremos un rato. Esta parece una especie de zona segura y tenemos mucho tiempo hasta las tres.

—Sí.

—Pero antes he encontrado un botiquín, así que voy a vendarte el brazo.

—Necesitas hielo.

—No he encontrado nada, ni tampoco guisantes congelados. Puede que Chuck tenga. He cogido un poco de ibuprofeno que había en una mesa del minúsculo despacho, eso ayudará.

Con el brazo vendado, Àrlys se puso unas gruesas mallas negras. Guardó en la mochila los vaqueros doblados que Fred le había llevado como alternativa. No le vendría mal tener una muda.

Se decantó por una camiseta de manga larga y una sudadera con capucha negra.

Estudió las opciones: abrigo o chaqueta, sintiéndose de nuevo casi humana.

—Este es realmente bonito. Es de cachemir. —Arlys cogió el abrigo de estilo marinero.

—Te quedará genial.

—Sí, me preocupa muchísimo la moda.

—Cuando empieces a hacer reportajes, querrás estar guapa.

—Adoro tu optimismo. —Arlys se probó el abrigo y comprobó que era de su talla. Después lo dobló, se sentó encima, se bebió uno de los refrescos que Fred había llevado y se comió una manzana—. ¿Qué haces? —le preguntó a Fred.

—Le dejo una nota a Cassidy, por si acaso regresa. Le digo lo que hemos cogido y dejo aquí las etiquetas, y le prometo que si el mundo vuelve a la normalidad, le pagaremos. Firmada por Arlys y Fred, con un millón de gracias.

—Sí, eres una maravilla. —Después de tumbarse en el suelo, Arlys utilizó el abrigo doblado a modo de almohada—. Treinta minutos y después deberíamos irnos. —Puso su infalible alarma interna en marcha—. Si Chuck no aparece, podemos volver aquí y pensar qué hacer.

—Treinta minutos, hecho.

Pero Arlys no la oyó, ya se había quedado dormida.

Se despertó treinta minutos después, sintiéndose peor que antes. De todos modos, se fueron al cabo de cuarenta minutos, siguiendo el mapa que había dibujado.

—No tan civilizados. —Arlys señaló una tienda, un restaurante y un supermercado, todos con signos evidentes de haber sido saqueados.

—No creo que quede mucha gente. Apenas se oye un ruido. Espero que encontraran un lugar seguro.

Pero Arlys imaginaba que al menos en algunas de las casas y apartamentos, cerrados con llave y asegurados con tablones, había cadáveres.

Llegaron al punto de encuentro con veinte minutos de antelación.

—No creo que debamos esperar al descubierto.

—Demasiado tarde.

Se giró al oír la voz que salía de la oscuridad y sacó el arma.

—Vale, vale, espera, puñetera Annie Oakley. Soy Chuck.

Reconoció su voz y él salió de las sombras, con las manos levantadas y aquella sonrisa bobalicona y maravillosamente alegre en la cara.

—Chuck. —Arlys bajó el arma y tuvo que sacar fuerzas de flaqueza para contener las lágrimas—. Llegas pronto.

—Tú también. Y traes compañía.

—Te presento a Fred. —Arlys la rodeó con el brazo de manera protectora—. No habría podido escapar sin ella.

—Sí, quiero que me lo cuentes todo. Pero vamos dentro. Esto ha estado bastante tranquilo durante la última semana, pero nunca se sabe.

—Muchas son las cosas que nunca se saben.

—Es un verdadero placer conocerte. —Fred le ofreció la mano.

—Tú has dado el parte meteorológico a veces estas últimas semanas. Pronosticabas buen tiempo. No vamos demasiado lejos. —Echó a andar con rapidez con sus largas piernas—. Habría quedado más cerca, pero tuve aquel momento con el viejo ojos azules y me dejé llevar.

—Dio resultado.

—Sabía que lo pillarías. No imaginaba que todo saltaría por los aires anoche.

—Lo siento.

—Oye, no pasa nada. Has hecho lo que tenías que hacer y fue real. Por Dios, muy real. En fin, me alegro de que estéis aquí. Me gusta la tranquilidad, pero esto ha estado demasiado muerto hasta para mí. Es una broma.

—Tenemos que marcharnos, Chuck. Me refiero a irnos de aquí. Estamos demasiado cerca. De lo que hay en los túneles.

—¿Habéis venido por el túnel del metro? —Tuvo que parar un momento para mirarlas boquiabierto—. Por Dios, sí que los tenéis bien puestos. Yo no me hubiera atrevido.

—Y yo no lo habría hecho de haberlo sabido, pero sé que no podemos quedarnos.

—Ya lo suponía. Llevo un tiempo trabajando en un plan de huida. Quedan algunos cabos por atar. Posiblemente para mañana por la tarde. Parece que necesitáis dormir. Este es el nuestro. —Se detuvo en la esquina de un edificio de ladrillo de cuatro pisos. Antiguo y distinguido—. Tenemos el sótano.

—Sabía que vivías en el sótano. ¿Queda alguien aún aquí?

Chuck meneó la cabeza mientras sacaba las llaves y abrió una serie de cerraduras. Después entró en un pasillo y tecleó un código en el panel numérico de la pared.

—Todo el mundo ha muerto o ha huido. Es la casa de mi tío, una de sus propiedades. Él tiene un casoplón en Long Island. O lo tenía. Murió a finales de la primera semana.

—Lo siento. —Fred le frotó el brazo a Chuck.

—Era un tío cojonudo. Luces —dijo, y se encendieron—. Me gustan mis juguetes.

—Ya lo veo.

Arlys se quedó mirando. El enorme y cuidado espacio se asemejaba a un cuartel general de alta tecnología. Ordenadores, monitores, consolas, una especie de sistema de comunicación. Algunas mesas y sillones giratorios, la pantalla de pared más grande que jamás había visto y un sillón reclinable de piel.

Un rincón estaba ocupado por una cocina, con electrodomésticos de acero inoxidable y encimeras abarrotadas.

—Los dormitorios están por ahí; no se han utilizado demasiado. Podéis ocupar ese, tiene su propio baño, pero hay otro ahí.

Fred empezó a deambular, girando la cabeza a uno y otro lado, con expresión deslumbrada.

—Debes de ser muy rico.

—Bueno, mi tío lo era. ¿Quién es rico hoy en día? Imagino que lo eres si tienes provisiones y un techo sobre tu cabeza. Así que nosotros nadamos en la abundancia. ¿Queréis comer algo?

—No, yo no. —Arlys se presionó los ojos con las manos.

—¿Quieres una cerveza y hablar de ello?

—Ahora no. No creo que pueda ahora mismo. Antes me vendría bien dormir un poco.

Chuck señaló hacia el dormitorio.

Arlys fue hacia él y se dio la vuelta.

—Gracias, Chuck.

—Oye, no hay mejores colegas que los cibercolegas. Vete a sobar y hablamos a la vuelta.

Fred la vio marcharse.

—Necesita dormir y un poco de tranquilidad. —Después sonrió a Chuck—. A mí no me importaría tomarme esa cerveza.

—Pues claro.

—Y puedo contarte algo. Puedo contártelo para que no tenga que hacerlo ella. A menos que quiera.

—Mi sillón de las siestas está ahí. Toma asiento. Tengo unas patatas y salsa para acompañar la cerveza.

Fred dejó su mochila y el abrigo, se sentó en el gran sillón de piel y exhaló un suspiro.

—Le caes bien de verdad y confía en ti. Ya veo por qué. ¿Tienes hielo? Había unos hombres en el túnel e intentaron... Uno de ellos me pegó.

Chuck le lanzó una larga y silenciosa mirada mientras ella ahuecaba la mano sobre la mandíbula magullada.

—Hay mucha gente mala, por eso me gusta la tranquilidad.

—Hay mucha más gente que no lo es.

—Es posible. Te invito a una ronda, Fred la pelirroja. Hielo, cerveza, patatas fritas y salsa.

—¿De verdad es salsa picante?

—Hace que te arda la boca.

—Esa es mi favorita.

# 10

Cruzaron el río Susquehanna con Max al volante. Las cadenas de los neumáticos atravesaban la nieve —dos centímetros y medio, después cinco— mientras se dirigían al oeste.

Cogió la 414 y se ciñó a las zonas rurales, pasando de largo casas y pequeñas granjas diseminadas mientras las montañas se elevaban hacia el cielo y los bosques se tornaban más espesos. Unas cuantas veces, con Eddie dormido detrás, trabajó con Lana para desplazar un coche abandonado o siniestrado hasta la cuneta de la ventosa carretera de dos carriles.

—Puede que debamos buscar un lugar para parar. Llevas más de tres horas conduciendo y las carreteras están cada vez peor.

—Apenas hemos hecho ciento sesenta kilómetros hoy. Quiero seguir un poco más antes de descansar.

Eddie se despertó atrás, se frotó los ojos y se incorporó.

—No amaina, ¿verdad? Parece que la tormenta se acerca por el oeste, así que nos dirigimos hacia ella. ¿Quieres que conduzca un rato?

—Todavía no.

Recorrió otros treinta y dos kilómetros antes de verse obligado a parar por culpa de una colisión en cadena de tres coches.

—Bueno. —Eddie se rascó la barba—. Parece que tenemos trabajo que hacer. Lana, ¿te importa llevar a Joe a que haga sus cosas mientras Max y yo nos ocupamos de despejar este caos del camino?

Una mirada de advertencia de Max le dijo que no estaba listo para compartir con su nuevo compañero lo que podían hacer.

Cogió al perro y avanzaron a duras penas por la nieve hasta un grupo de árboles.

Max y Eddie se encaminaron hacia los coches estrellados.

Al volante del tres puertas encontraron el cadáver desplomado de un hombre.

—Eso del parabrisas es un agujero de bala, y supongo que también lo es el que tiene él. —Eddie se acercó, a pesar de que se había puesto un poco pálido—. No sé mucho, pero sí sé que este tío no lleva muerto demasiado tiempo. Me refiero a no más de un par de días.

—Alguien tiroteó también este Subaru. Y hay sangre en el asiento.

Eddie exhaló un suspiro, tirándose con suavidad de su descuidada barba.

—En esta camioneta hay un soporte para armas... y está vacío. No soy de los que les va *CSI*, pero he visto la serie algunas veces. A mí me parece que el tío de la camioneta disparó a estos dos, mató a este de aquí e hirió al otro. Se cargó la camioneta, así que no podía conducirla.

—Creo que tienes razón.

—Así que, ya sabes... —Eddie miró a su alrededor en busca de huellas y temiendo encontrarlas—. Puede que debamos despejar esto tan rápido como podamos y salir de aquí cagando leches. Por si las moscas.

El tres puertas rodó con facilidad en cuanto estuvo en punto muerto mientras Eddie llevaba el volante y Max empujaba desde atrás.

Lana regresó cuando se ocupaban del Subaru.

—El neumático está desinflado. Parece que la rueda también está doblada. —Eddie distendió los hombros—. Vamos a necesitar músculo.

—Yo os ayudo.

—No lo fuerces —le advirtió Eddie. Esta vez giró el volante, dejó la puerta abierta y apoyó la espalda en la parte delantera.

Lana solo tuvo que empujar una vez para saber que no bastaría solo con la fuerza. Sumó otro tipo de esfuerzo, y aunque procuró hacerlo con suavidad, el coche avanzó a trompicones.

—¡Lo tenemos! —gritó Eddie—. Solo un poco más.

Max, con el pelo cubierto de nieve, rio entre dientes.

—Despacio, reina de las amazonas.

Empujaron de nuevo, consiguieron que el coche remontara la cuneta y se detuviera, medio torcido, en el barranco poco profundo junto a esta.

Eddie le lanzó una sonrisa a Lana.

—Tienes más fuerza de lo que aparentas.

Ella se limitó a sonreír y a sacar músculo.

—Podemos rodear la camioneta —dijo Max.

—Sí, hay espacio suficiente. Antes dame un minuto.

Eddie bajó al barranco, cogió las llaves del Subaru y se abrió paso por la nieve para ir hasta la parte de atrás.

—Podrían haber dejado cosas útiles. También debemos revisar el otro coche.

—Yo me ocupo. —Max pensó en el cadáver. Lana no tenía por qué verlo—. Tú ayuda a Eddie.

Ella bajó con cuidado y abrió la maleta que había en la parte de atrás mientras Eddie rebuscaba en una caja grande de cartón.

—Hay comida —anunció—. Parece que alguien cogió cosas de la despensa.

—Coge la caja. Aquí hay ropa de hombre. Y... —Cogió una fotografía enmarcada de un hombre de unos treinta y pico años y una mujer de más o menos la misma edad. Él iba de esmoquin, con una rosa en el ojal, y ella llevaba un vaporoso vestido blanco—. Su foto de boda —murmuró—. Pero solo hay ropa de hombre. Debió de perderla por el virus.

—Tenemos que llevarnos también la maleta.

—Sí. —Volvió a meter la foto dentro. No iba a dejarla para que se estropeara en la parte trasera de un coche.

Entre los dos consiguieron cargar con la caja de provisiones hasta la carretera a la vez que empujaban y arrastraban la maleta. Max se unió a ellos con una bolsa de lona y un rifle.

—La pistola estaba en el maletero, y en la bolsa hay munición, algo de ropa de abrigo y un fajo de billetes metido en una bota. Para lo que sirven ahora...

—Voy a revisar la camioneta.

Eddie fue corriendo hasta ella mientras Lana y Max empezaban a guardar lo que habían encontrado en el coche. Eddie regresó con media botella de Jack Daniel's y tres latas de cerveza.

—Sospecho que alguien estaba conduciendo bajo los efectos del alcohol y que tal vez eso provocara el accidente. —Lo metió en el coche y luego miró a su alrededor—. Bonita zona. Muy bonita. Te buscas un arroyo, te construyes una cabaña. No sería una vida tan mala. —Sonrió al perro, que daba saltos por la nieve y retozaba en ella—. Está claro que a él le gusta.

Max abrió la puerta del conductor y se inclinó para arrancar el coche mientras Eddie llamaba al perro.

—Conduces tú —le dijo a Eddie—. Yo te indico.

—Claro. Tienes que echarte una siesta, Lana. Pareces agotada.

El encantamiento se estaba debilitando, pensó. Aunque lo cierto era que se sentía exhausta. Las nuevas provisiones ocupaban parte del asiento de atrás, pero consiguió acurrucarse y se durmió casi de inmediato.

Mientras conducía, bastante bien, para alivio de Max, Eddie empezó a charlar.

—¿Lleváis mucho juntos?

—Nos conocimos hace cosa de un año y nos fuimos a vivir juntos un par de meses después.

—Cuando tiene que ser, tiene que ser. Yo aún no he conocido a la Elegida. No es que la haya buscado, pero me gusta la compañía femenina, ya sabes a qué me refiero. ¿Está dormida?

Max miró hacia atrás.

—Sí. Tenías razón; está cansada. Nos hemos exigido demasiado.

—Seguramente haya que seguir haciéndolo. ¿Lo que hemos visto ahí atrás? Así son las cosas para algunos. Te matan nada más verte. No entiendo por qué, ya que lo que tiene sentido es que nos necesitamos los unos a los otros, pero así son las cosas. Habéis tenido que ver mucho de eso en la ciudad.

—Demasiado. La gente está asustada, cabreada y desesperada.

—Y algunos simplemente no son buenos —agregó Eddie.

—Y algunos simplemente no son buenos.

Atravesaron una pequeña localidad, cuya calle principal estaba desierta salvo por los coches aparcados. Las tiendas estaban cerradas a cal y canto o abiertas de par en par.

—Avísame cuando quieras que busquemos una gasolinera para llenar el depósito.

—Tenemos suficiente por ahora. Abandonaremos esta carretera cuando se dirija al sur y pondremos rumbo al norte hacia la autopista 6. Si está despejado, podemos seguir esa ruta en dirección oeste. Si no, hay carreteras secundarias.

Eddie le lanzó a Max una mirada de asombro.

—¿Tienes la ruta trazada en la cabeza?

—Pues sí. Y está escrita por si me sucede algo. Y si pasa algo, tengo que confiarte a Lana, pedirte que cuides de ella.

Eddie apretó los dientes, pese al moratón que tenía en la mandíbula.

—No va a pasar nada. Ahora cuidamos los unos de los otros. Pero puedes pedirme que cuide de ella si lo necesita. No me queda familia, tío. Podríais haberme dejado atrás. Supongo que podría decirse que ahora sois mi gente.

—Toma la 15 en dirección norte cuando llegues. Vamos a intentar recorrer otros ochenta o noventa kilómetros antes de parar y buscar una gasolinera. Nos conviene una de esas ciudades pequeñas, nada demasiado grande.

—Entendido.

Max reclinó el asiento y cerró los ojos. Mientras se quedaba dormido oyó a Eddie cantar una canción country. ¿Música folk de Kentucky? No estaba tan familiarizado con el género como para saberlo. Pero la voz cristalina y relajante hablaba sobre ángeles y le ayudó a conciliar el sueño.

Se despertó con un sobresalto al sentir un brusco frenazo. Al incorporarse esperaba ver otro siniestro bloqueando la carretera. En cambio descubrió una vía cubierta de nieve, algunas casas y un pequeño supermercado con surtidores de gasolina.

—La 6 estaba impracticable —explicó Eddie—. He tenido que dar media vuelta e ir por las carreteras secundarias. Nos queda un cuarto de depósito, así que más vale que lo llenemos.

Estacionó en el aparcamiento.

Los tres se apearon.

—Parece que nieva menos. Veré qué soy capaz de preparar para que podamos comer algo —dijo Lana.

—A mí me vendría de perlas. —Eddie miró a su alrededor mientras Max se acercaba al surtidor—. Esto está tranquilo. Puede que todo el mundo se haya marchado.

—Puede. Los surtidores siguen funcionando. —Max colocó la manguera en el depósito.

—Antes voy adentro a utilizar un cuarto de baño de verdad.

—Lo más seguro es que esté cerrado con llave —le dijo Eddie.

—Ya veremos. —Porque podía ocuparse de eso.

—Joe y yo nos conformamos con hacerlo al aire libre.

—Daos prisa —ordenó Max—. Y tened cuidado.

Estudió la calle, los edificios cercanos; las suyas no eran las únicas pisadas en la nieve. No percibió ningún movimiento, salvo el de tres ciervos que rumiaban las semillas derramadas de un comedero de aves al otro lado de la calle.

Pensó en dar una vuelta en busca de otro todoterreno. La nevada había amainado, pero un coche con tracción a las cuatro ruedas les sería más útil, sobre todo allá donde se dirigían.

Quizá buscaran uno después de repostar. Podrían llenarle el depósito y, así, al menos lo dejarían listo para otro viajero. Se relajó un poco cuando Lana salió de nuevo con una bolsa.

—Sigue sin parecerme bien coger cosas, pero lo he hecho de todas formas. Ahí no queda mucho, pero he encontrado unos panecillos de patata en la sección de congelados. Cuando se descongelen, puedo preparar unos sándwiches.

—Así tendremos tiempo de llegar a algún lugar más apartado. —Max dejó la manguera en su sitio y cerró el depósito—. Esto está demasiado al descubierto.

—Parece peligroso, ¿verdad? Más una fotografía que la vida real.

Se agachó y rascó al cachorro en la cabeza cuando volvió corriendo.

—Adentro, Joe.

El cachorro subió de un salto a la parte de atrás mientras Eddie regresaba. Echó un vistazo a su espalda.

—Me ha parecido oír un...

El disparo rompió el silencio, como un martillo que hace añicos un cristal.

Vio que Eddie se sacudía, que su cara se tornaba pálida y que la sangre empapaba la solapaba de su abrigo militar verde. Antes de que pudiera echar a correr, Max empujó a Lana al asiento del pasajero.

—¡Sube, sube!

Agarró a Eddie, que avanzaba dando traspiés, y prácticamente lo arrojó al asiento de atrás.

El siguiente disparo rompió el piloto trasero del lado derecho.

—Agáchate, Lana, agáchate. —Max rodeó agachado la parte delantera del coche.

Dos hombres entraron corriendo en el aparcamiento por la parte posterior, sin dejar de disparar.

Llena de ira, Lana proyectó sus poderes y los dirigió hacia ellos mientras Max sacaba la pistola que llevaba en la cadera y devolvía el fuego. Los dos hombres cayeron hacia atrás y dispararon al aire.

Max abrió de golpe la puerta del conductor, arrancó y pisó el acelerador antes incluso de cerrar de un portazo. Giró, derrapó y por un momento temió que el coche diera una vuelta de campana, pero las cadenas se agarraron al asfalto.

Por el retrovisor vio que los hombres conseguían ponerse de pie y apuntar, pero sus disparos impactaron en la nieve detrás de ellos.

De algunas de las casas salieron otros hombres armados, que los vieron alejarse con mirada fría.

—¿Estás herida, Lana?

—No, no, ¿y tú?

—No. Eddie, ¿es grave?

—¡Me han disparado! —Se presionó entre la clavícula y el hombro derecho con la mano—. Joder, me han disparado. Y, joder, cómo duele.

—Lana, ponte el cinturón, maldita sea —espetó Max mientras ella empezaba a colarse entre los asientos.

—Tengo que comprobar si es grave. Quizá pueda hacer algo.

—Aún no puedo parar. No hasta que estemos seguros de que no nos siguen.

Lana se pasó al asiento de atrás, cogió al perro, que lloriqueaba y le lamía la cara a Eddie, y lo colocó en el asiento de delante. Al ver que intentaba volver atrás de inmediato, Max le lanzó una orden:

—¡Siéntate!

Joe no se sentó, sino que más bien se hizo un ovillo y empezó a lloriquear.

—Necesito verlo, necesito verlo. —Lana le desabrochó la chaqueta.

—¡Vas a ver que me han disparado! ¿Qué coño les pasa, tío? No estábamos haciendo daño a nadie.

—Calla, no hables. —Con unas manos sorprendentemente firmes, le rasgó la camisa y se quitó el pañuelo, que usó para aplicar presión en la herida—. Lo primero es detener la hemorragia. Te vas a poner bien. En cuanto nos alejemos lo suficiente, Max buscará un lugar donde podamos parar, te llevaremos adentro y nos ocuparemos de esto. Creo que puedo ayudarte.

—¿Igual que has ayudado antes, tirando de culo a esos capullos con la mente o algo así? ¿Vosotros sois de esos, de esos otros? ¿Los dos?

Lana le miró a los ojos, llenos de sorpresa.

—No vamos a hacerte daño.

—Joder, acabáis de salvarme la vida. A menos que me esté muriendo de todas formas.

—No te estás muriendo. Yo... Max, creo que puedo ayudar.

Eddie gimió, rechinó los dientes.

—Para empezar, pásame esa botella de Jack... me refiero al whisky.

—Buena idea. Tienes que presionar mientras yo me ocupo. Aunque duela. —Le colocó la mano sobre el pañuelo ensangrentado y apretó—. Así.

Se giró, cogió la botella del suelo, abrió la cremallera de la bolsa de lona y rebuscó hasta que encontró una camiseta. Se levantó un poco para sacar la herramienta multiusos que le había dado Max, cortó la prenda hasta que pudo rasgarla y sacar dos trozos de buen tamaño.

Abrió la botella de Jack Daniel's y apartó con suavidad la mano de Eddie y el pañuelo.

—Prepárate. —Y vertió el whisky en la fea y pequeña herida.

Eddie profirió un gemido que le partió el corazón, pero le empapó bien y después aplicó un trozo de la camiseta sobre la herida mientras Eddie, con los ojos vidriosos, resollaba.

—Lo siento. Lo siento.

—Pensaba bebérmelo.

Lana puso la botella en sus manos temblorosas para que pudiera hacerlo.

—He chillado como una chica.

—Has chillado como un hombre al que le echan whisky en una herida de bala. —Metió una mano debajo de él, palpó el agujero en el abrigo, la humedad—. Aprieta la tela, mantén la presión. —Colocó el segundo trozo de camiseta en su espalda—. Te ha atravesado. La bala ha salido. Creo que eso es bueno.

—No es tan bueno si es a ti al que ha atravesado. La salida deja un agujero mayor. Eso seguro.

—Nos ocuparemos de ello. Max...

—Estoy buscando. No nos siguen, así que estoy buscando.

Lana tomó aire y miró a Eddie a los ojos otra vez.

—Creo que puedo ayudar a que sangre menos. Nunca he hecho nada parecido.

—Yo tampoco. —Le agarró la mano—. Seguramente me va a doler.

—No lo sé.

—Vamos a averiguarlo. —Eddie cerró los ojos.

Lana desconocía qué despertó dentro de ella, pero se desplegó y se extendió, deseoso de ayudar. Siguió agarrándole una mano mientras que con la otra presionaba la herida de salida. Dejó que fluyera.

Dolía. Oyó el dolor, lo sintió, lo vio, negro y palpitante. Se abrió a aquello que se alzaba, se removía y fluía, blanco y frío en contraste con la negrura y el calor.

—Para. —Eddie le agarró el brazo, apretó, lo sacudió—. ¡Para!

Lana se apartó, estremecida. Lo que fluía y se agitaba dentro de ella se detuvo.

—Para —repitió Eddie—. Pareces estar tan mal como yo. Ya está mejor. Sea lo que sea lo que has hecho, está mejor. No me siento tan débil y duele, bien lo sabe Dios, pero ya no tanto.

—Deja que intente...

—Lana. —Max habló con voz serena pero firme—. No puedes exigirte tanto y tan deprisa. Tienes que reponer fuerzas. —Redujo la velocidad—. Allí hay una casa, no queda mucho de ella. Parece desierta. Vamos a probar.

Se aproximó despacio y se quedó un momento pensando.

—Voy a ir a echar un vistazo. Lana, ven y siéntate al volante. Márchate si hay problemas. Yo te encontraré. —Se volvió para mirarla—. Te encontraré.

Ella asintió, pero cuando Max se bajó del coche y fue hasta la casa, se quedó donde estaba.

—De ninguna manera vamos a abandonarle —dijo Eddie.

—No, no vamos a abandonarle.

—Así que... oye. ¿Sois dioses o algo así?

—No. —Le retiró el pelo de la cara con suma delicadeza—. Brujos.

—¿Brujos? Ah.

Max volvió corriendo.

—Aquí no hay nadie. Parece que no hay nadie desde hace un par de semanas. Es un vertedero, pero servirá.

Llevó el coche a la parte de atrás en medio de la nieve, hasta que estuvo seguro de que no se veía desde la carretera.

Ayudó a Eddie a bajar y, cuando sus piernas cedieron, le cogió en brazos y le llevó adentro. Lo primero que Lana pensó fue que la cocina era una pesadilla de mugre, basura, bichos y heces de ratones.

Se ocuparían de ello.

El salón no estaba mucho mejor, ni tampoco el dormitorio en el que entró Max.

—Espera, no le tumbes ahí. Tenemos que mantener limpia la herida. —Quitó la manta raída y las sábanas manchadas—. Espera. —Volvió a salir deprisa y sacó las sábanas y las toallas que había llevado consigo. Dentro, colocó las sábanas sobre el colchón y puso una de las toallas sobre la sábana bajera.

—Tenemos que quitarle el abrigo y la camisa.

—Ayúdale a mantenerse de pie —le dijo Max.

Entre los tres consiguieron desvestirle.

—Vale. —Colocó una toalla doblada sobre la herida de salida mientras Max tumbaba a Eddie—. Casi ha dejado de sangrar, así que eso es bueno. Puede que haya antiséptico o alcohol. Asegurémonos de que las heridas están limpias. Creo que hay que cerrarlas, pero no tengo suficiente poder, Max. No tengo suficiente para hacer eso. No puedo encontrarlo dentro de mí.

—Le coseremos. Buscaré algo.

—Ay, Dios —Fue cuanto Eddie consiguió decir.

—Lo superarás —dijo Lana de manera enérgica mientras cruzaba el angosto pasillo hasta un repugnante cuarto de baño. Pasó por alto el olor, las manchas (también se ocuparía de eso más tarde) y abrió el oxidado armario de las medicinas—. Alcohol, peróxido de hidrógeno, un rollo de venda. No hay esparadrapo. Aquí no hay jabón. Por la pinta de este sitio, puede que no lo haya en ninguna parte.

—Tijeras, agujas e hilo —gritó Max—. Alguien cosía. Hay un montón de retales, en caso de que los necesitemos. Buscaré jabón.

—Yo traje un poco, si no encuentras. Está en la maleta.

Buscaron lo que necesitaban. Max limpió una bandeja para colocarlo todo en ella. Lana se lavó las manos, hasta que casi las sentía en carne viva.

Eddie yacía inmóvil sobre la cama, con el perro apretado

contra él. Tenía el rostro brillante, pálido y sudoroso, pero estaba fresco al tacto. No había infección, pensó Lana. Al menos aún no.

Sabía que le hacía daño al limpiarle la herida y utilizar el alcohol con generosidad hasta que sintió, simplemente sintió que estaba limpia. Después miró la aguja y el hilo y se armó de valor.

—Yo me ocupo de esta parte. —Max la tocó en el hombro—. Yo me encargo de esto. Nos vendría bien comer algo cuando hayamos terminado.

—No puedo cocinar en esa cocina hasta que esté limpia y desinfectada.

—Yo me ocupo de esto y tú empieza con eso.

—De acuerdo. Aguanta, Eddie.

Él consiguió brindarle una trémula sonrisa, que se esfumó cuando ella se fue.

—¿Hay algún modo de que podamos saltarnos esta parte?

—Me parece que no.

—Me lo imaginaba. Supongo que no tendrás un porrito.

—Lo siento. Pero voy a ponerte en trance. Puede que sientas algo, pero si funciona, debería ser como si flotaras por encima.

—¿Puedes hacer eso?

—Creo que sí. Será más rápido si confías en mí.

—Tío, no puedo negar que preferiría fumarme un porro, pero si no confiara en ti a estas alturas, mi madre habría criado a un completo gilipollas. No ofendas a mi madre.

—Vale. Mírame. Tú mírame a mí.

Al cabo de una hora, Max fue a la cocina. Se fijó en que Lana había sacado la basura, fregado las encimeras, los fogones y el suelo. La puerta de la nevera, que estaba abierta, mostraba un interior limpio, aunque maltrecho.

Y ella estaba de pie, con el cabello recogido y unos gruesos guantes de plástico amarillos que le llegaban casi hasta el codo mientras arrojaba el agua sucia por el fregadero.

El profundo amor que sentía le proporcionó sosiego.

—¿Cómo está?

—Duerme. Se pondrá bien, en gran parte gracias a ti.

Lana casi se derritió en sus brazos, con guantes y todo.

—Creí que estaba muerto. Cuando vi que le alcanzaba la bala creí que estaba muerto. Casi no le conozco, pero ya es parte de nosotros. Ahora es nuestro.

—Es nuestro. Te vendría bien descansar un poco. Ya termino yo de limpiar esto.

—De acuerdo —convino con entusiasmo y se despojó de los guantes—. Debajo del fregadero había un ratón muerto, todavía en la trampa.

—Yo me encargaré.

—He tenido que hacerlo yo. El olor... —Se estremeció—. Lo eché afuera, con trampa y todo. Así que puedes limpiar lo que queda. He esterilizado la encimera y el fogón con lejía para poder cocinar. Con lo que encontramos en ese coche tengo los ingredientes para preparar sopa muy sustanciosa.

—Creía que te amaba antes de que nos fuéramos de Nueva York.

—¿Lo creías?

—Creía que te amaba tanto como puede amar un hombre, pero me equivocaba. A cada hora que pasa te amo más, Lana.

—Lo noto. —Se apretó contra él una vez más—. De ti y por ti. Creo que forma parte de lo que sigue creciendo dentro de mí. Es amor, Max. —Ahuecó las manos sobre su rostro y se dejó llevar por el beso, por el amor—. Tengo miedo —reconoció—. Tengo mucho miedo, y sin embargo hay una parte de mí, dentro de mí, que se abre y se extiende y no... no tiene miedo.

—Encontraremos nuestro sitio.

—Cualquiera donde estemos juntos. En fin. —Se apartó y le brindó una sonrisa—. Puede que aquí no. ¿Harías algo por mí?

—No hay nada que no hiciera por ti.

—Tendría que haber pensado en algo más fuerte, pero ¿podrías ir a por nuestra última botella de vino? Me vendría bien una copa.

Más tarde, con la sopa en el fuego y la cocina y el cuarto de baño limpios según las instrucciones de Lana, Max llevó la basura que ella había sacado por la puerta de atrás hasta una pequeña caseta.

No quería que ella saliera y se encontrase una rata, un ratón o alguna otra criatura hurgando en la basura. Si tenían que quedarse otro día para que Eddie pudiera recuperarse, Lana seguramente insistiría en limpiar el resto de aquella puñetera y cochambrosa casa.

No podía culparla.

La puerta de la caseta chirriaba debido a las oxidadas bisagras.

Max encontró al propietario de la casa.

Llevaba muerto al menos dos semanas y las alimañas se habían cebado con él.

No tenía por qué contárselo a Lana, no era necesario que lo viera. Aunque sintió una punzada, metió dentro la basura y cerró al salir. Apoyó la mano sobre la puerta, rezó una oración y dio gracias por el refugio.

—¡Max!

Echó el cerrojo de la caseta, se giró y sonrió, ya que había percibido gozo y no alarma en su voz.

—Eddie está despierto. ¡Y está hambriento! No tiene fiebre ni infección.

—Enseguida voy.

Dio las gracias una vez más. Se marcharían por la mañana y recorrerían el resto del camino hasta donde Eric los esperaba.

Encontrarían su lugar, pensó de nuevo.

Crearían un lugar para ellos.

# SUPERVIVENCIA

Los amigos que caminan a nuestro lado y flaquean,
se pierden en la tormenta. ¡Nosotros, solo quedamos nosotros!

MATTHEW ARNOLD

## 11

Jonah Vorhies trabajó casi sin descanso, aprovechando las horas previas al amanecer, para colarse en el puerto deportivo y en el barco de su compañera fallecida.

No le agradaba tener que entrar por la fuerza en lo que antes fue propiedad de Patti, ver objetos suyos repartidos por su adorado y viejo yate. Pero le dio esperanza y le proporcionó un propósito.

Guardó mantas de sobra, suministros médicos y comida.

Tenía pensado realizar un trayecto corto y directo a través del estrecho que conectaba Staten Island y Brooklyn y remontar el Hudson, pero se preparó por si se presentaban complicaciones. A bordo irían dos recién nacidos y una mujer que acababa de dar a luz. Y una médica.

Rachel.

Ella también le había dado esperanza cuando creía que no quedaba más. No había vacilado en hacer todo lo que estaba en su mano para garantizar el bienestar y la seguridad de Katie y de sus hijos.

Se preguntó si esas nuevas vidas en medio de tanta muerte también habían proporcionado esperanza y un propósito a Rachel.

Si habían hecho que, al igual que él, estuviera dispuesta a asumir riesgos.

Cruzarían el río en pleno invierno con los recién nacidos, de apenas dos días de edad. Los sacaría de Nueva York y de la creciente violencia, los alejaría de una posible detención.

Pero ¿adónde irían? Ninguno de ellos estaba seguro.

Pese a todo, cuando atravesó el hospital pensando que sería la última vez, comprendió que no había alternativa.

Podía ver la muerte, su maldición, en muchas de las personas con las que se cruzó. Y quedaba aún menos personal, menos pacientes, que en días anteriores. La mayoría estaba en el depósito.

Pero cuando entró en la habitación de Katie y ella le miró con fe ciega, supo que los pondría a salvo.

A cualquier precio.

—¿Y Rachel?

—Ha ido a ver si podía conseguir más suministros.

Se levantó, ataviada con la ropa que él le había llevado. La bolsa que le había preparado estaba a sus pies.

—Jonah, solo queda una niña en la unidad de neonatos. Su madre falleció; le estaban practicando una cesárea de urgencia cuando trajiste al mundo a mis gemelos. Y la enfermera... está contagiada. Pero la niña está sana. Rachel la ha examinado. Han pasado dos días. Seguramente ya presentaría síntomas a estas alturas si tuviera el virus.

—Quieres que nos la llevemos.

—No tiene a nadie.

—Vale.

Katie cerró los ojos y los abrió cuando una lágrima rodó por su mejilla.

—Rachel dijo que dirías eso. Está cogiendo leche maternizada, pero yo puedo darle el pecho. Tengo mucha leche.

—¿Tiene nombre?

—Su madre se llamaba Hannah. Creo que deberíamos llamarla Hannah.

—Es bonito. —Sonrió, ignorando el temor de tener que salvar a tres bebés—. ¿Cómo están estos dos?

Se acercó a la cuna con ruedas donde dormían los gemelos, bien arropados.

—Les he dado de comer hace media hora. Rachel ha dicho que están muy sanos, tanto que no parecen prematuros.

—Vamos a abrigarlos bien. A ti también.

Jonah metió los brazos de Duncan en el jersey de la tienda de regalos mientras Katie vestía a Antonia. La piel del bebé, tan rosada y clara contra sus dedos, era increíblemente suave. Casi no había trabajado con bebés como paramédico, pero tenía la formación y envolvió de nuevo a Duncan en una de las mantas que había cogido del apartamento de Katie.

Cuando oyó los pasos de Rachel —conocía su forma de andar—, se le aflojó el nudo que tenía en el estómago. Ella entró con un maletín médico en un brazo y un bebé en el otro.

—¿Hay sitio para otro?

—Claro. Coged los abrigos. Yo me ocupo del chicarrón.

Le cogió la bolsa a Katie y sujetó el maletín médico mientras Rachel cogía su propia bolsa del armario.

—Hay algunos problemas en las calles, pero la cosa no está tan mal como antes. No tardaremos mucho en llegar al puerto. Salimos directamente y nos montamos en la ambulancia sin entretenernos. Vosotras dos y los niños iréis en la parte de atrás.

—Hoy han saltado los generadores de emergencia dos veces —le contó Rachel—. No sé cuánto tiempo más van a aguantar. Y desde aquel informativo apenas queda ya personal. En ningún momento te he preguntado adónde vamos. Quizá es que nunca creí de verdad que tendríamos que marcharnos en un barco.

—Es el único modo. Aunque cruzáramos un puente hasta Manhattan, y están bloqueados, tendríamos que atravesar otro hasta New Jersey. Patti tenía su barco atracado en el puerto deportivo todo el año. Vivía en él desde su divorcio, hará ocho años. Decía que era más barato que un apartamento. Y le encantaba.

—Yo fui al colegio con una chica que vivía en una casa flotante. —Katie meció a Antonia—. Una vez me invitó a una fiesta allí.

—No nos detendremos —les recordó Jonah cuando llegaron a la planta baja—. Salimos y nos montamos sin entretenernos. Detrás hay un par de portabebés: es lo mejor que he podido encontrar. No sabía que nos llevaríamos a Hannah la autoestopista.

Nadie les paró. Una vez fuera, un espeluznante silencio imperaba en la noche. Katie se dijo que los sonidos que oía a lo lejos eran petardos, no disparos. Petardos.

—Poned a dos en los portabebés y llevad en brazos al tercero. —Jonah abrió las puertas de atrás—. Voy a ir rápido y puede que tenga que hacer maniobras bruscas.

—Estaremos bien. ¿Necesitas ayuda, Katie? —preguntó Rachel.

—No, puedo yo.

En cuanto Katie se colocó el portabebés con la niña dentro, Jonah le pasó a Duncan.

—No tardaremos —repitió y cerró las puertas.

Se puso al volante y tocó con la mano la pistola que llevaba sujeta a la cadera.

Costara lo que costase.

Uno de los bebés se despertó y profirió unos gritos de irritación mientras salía, pero el movimiento le calmó, supuso Jonah. Condujo a gran velocidad, evitando la autopista. Había hecho un par de carreras de prueba y era imposible atravesar las vías principales.

Redujo la velocidad en las curvas cuando podía, pero reconocía los sonidos que oía. No se arriesgaría a que una bala alcanzara la ambulancia o a alguno de sus pasajeros.

Oyó las sirenas, vio las luces dirigiéndose a toda velocidad hacia él y el corazón se le aceleró. Pero el coche pasó de largo a una velocidad demencial y a punto estuvo de golpear de refilón a la ambulancia.

Había visto que no eran policías. Igual que había visto en su cabeza el accidente, la sangre, los huesos rotos, segundos antes de que el conductor perdiera el control y diera una vuelta de campana al doblar una curva.

No paró. Tenía un objetivo. Un único objetivo.

Viró cuando un hombre corrió hacia la calle e intentó agarrarse a la puerta lateral. Y vio muerte, una muerte espantosa, antes de que un lobo enorme se abalanzara sobre el hombre y le clavara sus relucientes colmillos en la garganta. El agudo grito se apagó como si fuera una luz.

—Jonah.

—No podemos parar. —Lanzó una mirada a Rachel—. Ya casi hemos llegado.

La ambulancia entró en el puerto deportivo y bordeó el muelle.

—He movido el barco antes. Muchos han desaparecido, y otros están destrozados. Aquí pasa lo mismo. Salid, id derechas al barco y bajad al camarote sin deteneros. Hace más calor dentro.

Es más seguro, esperaba.

Pisó el freno, salió deprisa y corrió a la parte de atrás para abrir las puertas. Enganchó las bolsas y cogió a Duncan.

—¡Deprisa! —Lideró la marcha en la casi absoluta oscuridad—. Ahí. El yate con la cabina blanca y el nombre en rojo: *El orgullo de Patti.* —Arrojó las bolsas al barco y ayudó a Katie a subir por un lateral—. Coge a Duncan y ve directamente abajo.

—Yo me ocuparé de los cabos —dijo Rachel antes de que pudiera agarrarla—. Mi padre tenía un barco; será más rápido.

Él asintió, sacó al bebé del portabebés —había olvidado cuál era cuál— y subió a bordo.

—Zarpa, zarpa.

Rachel soltó la amarra y corrió hacia la popa. Oyó pasos corriendo hacia ella, una carcajada. Se giró, preparada para pelear. Pero ahí estaba Jonah, con un niño en un brazo y una pistola en la otra mano.

—Retrocede.

El hombre, con el largo cabello agitado por el viento bajo un sombrero pirata, sonrió de oreja a oreja.

—¡Detente! Solo quiero probarla.

—Tócala y descubrirás a qué sabe una bala del calibre 32 en la garganta. Rachel.

Ella desató la amarra con celeridad y subió a bordo. Cogió al bebé y habló con calma:

—Yo pilotaré.

Corrió al timón mientras Jonah continuaba vigilando al hombre, que amagaba con acercarse al barco y se movía de manera nerviosa.

—¡No necesitas dos mujeres! ¡Comparte el botín, muchacho! Comparte el botín.

Mientras el barco se alejaba, el hombre hizo un movimiento brusco, perdió el equilibrio y se cayó al agua. Emergió, carcajeándose y tratando de nadar tras ellos.

Jonah vio la muerte en el hombre, pero no por ahogamiento. Se dio la vuelta y fue a ver a Rachel.

—Lleva al bebé abajo.

—¿Sabes gobernar un barco en unas aguas tan revueltas?

—He salido mucho a navegar. Patti me dejó llevarlo un par de veces.

Rachel mantuvo las piernas bien afianzadas para sobrellevar el vaivén del barco.

—Dale el bebé a Katie. Yo me ocupo del timón y tú diriges. Ten la pistola a mano.

No podía discutírselo, no al ver cómo llevaba el barco.

—Cruzaremos el estrecho que conecta Staten Island y

Brooklyn, rodearemos la punta oriental y remontaremos el Hudson.

—De acuerdo. —Rachel se mantuvo firme mientras el barco se balanceaba—. ¿Hacia dónde?

—Aún no estoy seguro. Digamos que tan lejos como sea necesario. He llenado el depósito de combustible, así que tan lejos como podamos.

Bajó al camarote, donde Katie estaba sentada en la estrecha cama de Patti, acunando a sus dos hijos. Jonah dejó a Hannah a su lado.

—Tienes tres bebés a los que cuidar. Yo voy arriba con Rachel, pero llama si necesitas ayuda.

—Estaremos bien.

El barco se sacudió bajo sus pies.

—¿Recuerdas el viaje en ambulancia? Pues es posible que este sea igual.

—Estaremos bien —repitió.

Subió de nuevo y se quedó al lado de Rachel.

—¿Están patrullando los ríos? —preguntó ella.

—No lo sé con seguridad. No sé por qué iban a hacerlo llegados a este punto, pero el mundo está como una puta cabra. —Los gélidos dedos del viento azotaban su rostro, picaban las oscuras aguas—. Puede que nos crucemos con más idiotas como ese, pero en barcos. Nos conviene evitar a todo el mundo, y tendremos que ir a toda velocidad si no conseguimos hacerlo.

No le gustaba tener la pistola en la mano, así que la enfundó de nuevo.

—Conozco el puerto de Hoboken. Por mi padre —le recordó—. Tuvo un barco allí durante algunos años.

—Vale, Hoboken.

—No podemos superar en velocidad a una patrullera con esto. Si... Quizá pudiera llegar a alguna parte y sacar a Katie y a los bebés.

Jonah posó una mano sobre la de ella.

—Vamos a Hoboken. Concéntrate en el objetivo.


En Hoboken, Chuck guardó todo el equipo con el que creía que podría cargar. Detestaba dejarse algo, pero siempre había sabido que llegaría ese día.

No acompañado de un apocalipsis, pero sabía que acabaría llegando.

Había pensado qué cabría, pero tuvo que adaptarse, ya que les acompañaba Fred.

Era una auténtica monada.

No era esa la razón de que hubiera accedido a llevarla, pero no estaba de más.

Les había dejado tiempo para descansar a las que ya consideraba «sus chicas». Arlys llevaba frita doce horas y, tras un par de cervezas, la pelirroja Fred, que era una auténtica ricura, se había quedado sobada y llevaba durmiendo casi el mismo tiempo.

No era de extrañar, si su experiencia en los túneles había sido tan horripilante como describía Fred.

Y creía hasta la última palabra. Por qué no habría de hacerlo si había estado espiando conversaciones de civiles y militares asustados.

Además, pirateando cámaras de la calle había visto cosas muy serias en el monitor.

Cosas muy serias en tiempos de locura.

Así que, como no había oído nada que le hiciera pensar que el ejército —que era el que ahora dirigía el cotarro— le había identificado o localizado, él también durmió un poco.

Parecía el momento de hacerlo para cuando no pudiera.

Les daría otro día para tranquilizarse, hacer las maletas y para que él pusiera el oído en el ciberespacio.

Pero había llegado el momento de decirle adiós a su Batcueva y a algunos juguetes realmente asombrosos.

Arlys salió del dormitorio, vestida y con el cabello recogido en una coleta. Estaba buenísima, pensó Chuck, pero a esas alturas ya la veía como una hermana.

Ni siquiera podía fantasear con tirársela sin sentir asco.

—Fred también está casi lista. Podría ayudarte con todo esto, Chuck.

—Prefiero que nadie meta mano en mis cosas. De todas formas, casi he terminado. Vamos a cargarlo en nuestro transporte. Tengo que ir a por él. Vosotras podéis coger algo de comida y la cerveza que queda.

—Nos ocuparemos de ello.

—Genial. Voy a por nuestro vehículo.

—Chuck, no sabemos cómo están las cosas ahí afuera. Debería acompañarte.

—No te preocupes. Tengo lo que necesito. —Se tocó la sien con el dedo e hizo un saludo militar—. Vuelvo en diez minutos.

—Al menos llévate una de las pistolas.

—No. —Se limitó a guiñarle un ojo y se marchó.

Después de presionarse los ojos con los dedos, Arlys dejó caer los brazos. Chuck había llegado hasta ahí, pensó. Tendría que confiar en que siguiera así.

Al menos disponía de un café decente, así que se tomaría otra dosis antes de abandonar el extraño y amplio sótano. Su seguridad. Seguro como un búnker mientras el mundo estallaba en pedazos fuera de aquellas paredes.

—¿Quieres uno? —le preguntó a Fred cuando salió, con su cabello rojo recién lavado y perfectamente maquillada.

—Chuck sigue teniendo Coca-Cola. ¿Dónde está?

—Ha ido a por el coche. Tenemos que guardar algo de comida.

—Vale. —Fred sacó una caja de pastelitos de chocolate.

—Pensaba más bien en cosas básicas.

—¿Qué sentido tiene no comer guarrerías mientras puedas?

—Cogió una Coca-Cola, que se bebió a tragos mientras guardaba la caja—. ¿Va a llevarse todo eso?

—Eso parece.

—Espero que tenga un coche grande para que no vayamos apretujados.

—Yo espero que tenga un coche que pueda sacarnos de aquí.

—No te preocupes tanto. Hemos llegado aquí, ¿no? También llegaremos allí.

—Estoy de los nervios, así que estoy de mala leche.

Arlys cogió unas latas y se preguntó si alguien de más de doce años comía sopa de letras aparte de Chuck, y entonces se recordó que tenía que dar las gracias por ello.

—Estás preocupada por Jim y por los demás. Yo voy a creer que han escapado, porque no sabemos si lo han hecho. Todavía queda bondad en el mundo, Arlys. Puedo sentir el bien igual que puedo sentir el mal.

Arlys dejó el café y apiló un montón de pastelitos.

—¿De manzana o de cereza?

—¿Por qué no los dos? —Fred abrió su mochila y los metió dentro—. Hay espacio.

—Eres buena para mí, Fred.

Justo antes de que se cumplieran los diez minutos previstos, Chuck abrió los cierres y entró.

—Vamos a cargar y nos largamos.

Arlys se puso el abrigo y un gorro y cogió la caja con la comida. Se detuvo en cuanto salió, boquiabierta.

—¿Eso es un...?

—Un Humvee; no militarizado —agregó Chuck mientras cargaba una caja con su equipo—. Soy un hacker, no un luchador. ¿A que mola? Mola un huevo.

—¡Es alucinante! —Fred cargó bolsas y mochilas mientras Chuck iba a por más.

—En serio, ¿quién... quién tiene un Humvee?

—Pues yo. —Chuck continuó cargando el vehículo—. Siempre imaginé que el mundo se iría a la mierda, así que ¿por qué no tener un coche gigantesco con el que salir pitando? Nos queda lo último por cargar.

Arlys entró de nuevo y cogió la caja de agua embotellada. Chuck cargó con el resto de su equipo y echó un vistazo a su alrededor con afecto.

A continuación cerró la puerta, echó la llave y le dio la espalda a su casa.

No iban apretujados, ya que era un vehículo gigante, pero el equipo y las provisiones ocupaban mucho espacio. Arlys empujó a Fred a la parte delantera con Chuck y se acomodó en la parte de atrás, y mientras él se ponía en marcha y se alejaba, sacó el cuaderno y el bolígrafo que había cogido para ella.

Apuntó cada detalle que podía recordar de la última emisión, del viaje por los túneles. Escribió hasta que ya no sentía los dedos. En ese momento tomaba notas sobre el inicio de aquel viaje.

Tal vez nadie lo leyera ni lo escuchara jamás. Quizá no le importara a nadie, o no quedara nadie que se interesase por ello. Pero necesitaba dejar constancia.

—Vamos a subir por la calle Nueve, a ver si podemos coger la Ocho —les dijo—. Lo más seguro es que esté bloqueada, pero esta bestia es potente. A lo mejor podemos despejar la carretera.

Arlys sacó la carpeta de los mapas que le había pedido a Chuck que imprimiera.

—He buscado algunas alternativas.

—Siempre preparada. No te preocupes, pastelito. Vamos a llegar a tu querida Ohio. En eso quedamos.

Consiguieron llegar a Ridgefield antes de encontrarse con un buen tapón. Un todoterreno con el guardabarros trasero abollado se apartaba lentamente marcha atrás de un choque en cadena de cinco vehículos que bloqueaba la calle.

Arlys apoyó una mano en la pistola que llevaba debajo del abrigo.

—Son buenos. Lo percibo —se apresuró a decir Fred—. No son malos. —Se giró—. Lo más seguro es que solo quieran salir de aquí, igual que nosotros.

Arlys confió en Fred del mismo modo que había confiado en ella en el túnel. Bajó la ventanilla, sacó las manos y las sostuvo en alto.

—Estamos intentando pasar —dijo—. No queremos problemas. Soy Arlys y estoy con Fred y Chuck. Chuck cree que puede despejar el camino.

—Puedo hacerlo —confirmó.

El todoterreno no se movió durante varios segundos y después comenzó a retroceder. Luego viró hacia un lado, hasta que la ventanilla del conductor quedó a la altura de Arlys y de Fred.

—Nosotros tampoco queremos problemas. Puedo ayudar a apartar el tapón.

—Yo me ocupo.

—Chuck se ocupa —les transmitió Arlys—. Si consigue apartarlos, podéis seguirnos.

La mujer que ocupaba el asiento del pasajero se inclinó hacia delante.

—¿Arlys Reid?

—Sí.

Le hizo un gesto de asentimiento al conductor, que exhaló una profunda bocanada.

—Vale. Esperaremos aquí.

Chuck distendió los hombros.

—¡Observad cómo despejo el camino!

Lo hizo despacio. A Arlys le preocupaba que embistiera los cinco coches siniestrados como si fuera un ariete, pero entró con cuidado, mantuvo una velocidad constante y manejó el volante.

Con un agudo chirrido metálico, empujó dos coches lo suficiente como para ladearlos un poco y desplazar uno al arcén.

Fred aplaudió.

—Videojuegos —dijo Chuck, y dio marcha atrás para hacer lo mismo con otro—. Además, conduje un quitanieves para una de las empresas de mi tío durante unos años.

Solo tuvo que desplazar los otros coches unos metros más.

—Si nosotros podemos pasar, ellos también. Somos más anchos. —Pasó entre los coches siniestrados, se hizo a un lado y paró.

Esa vez el todoterreno frenó al lado de Chuck.

—Gracias.

—No hay problema, ambos queríamos pasar.

—Soy Rachel —se presentó—. Este es Jonah y ella es Katie, en el asiento de atrás. Llevamos a tres bebés con nosotros.

—¡Bebés! —Fred abrió la puerta de golpe y se bajó de un salto.

—¡Fred!

—Quiero ver a los bebés. —Tranquilizó a Arlys con la mano y se acercó con paso alegre a echar un vistazo por la ventana trasera—. ¡Oh! ¡Son preciosos! ¿Son todos tuyos? Oh, los bebés están tan llenos de luz. ¿Cómo se llaman?

Katie bajó la ventanilla muy despacio unos cuantos centímetros.

—Duncan, Antonia y Hannah.

—Eres afortunada. Chuck, tienen tres bebés. Necesitan ayuda. Deberíamos ayudarles. Nosotros vamos a Ohio —prosiguió antes de que nadie más pudiera decir nada—. Si queréis, podéis seguirnos hasta que nuestros caminos se separen. Es posible que Chuck tenga que seguir despejando la carretera. ¿Verdad, Jonah?

Jonah miró a Katie, después a Rachel, y asintió.

—Os estaríamos muy agradecidos. No tenemos un destino concreto. Os seguiremos.

—¿Cuánto queréis recorrer antes de descansar? —preguntó Chuck.

—Llevamos el depósito casi lleno. Hemos emprendido el camino en Hoboken.

—¡Oye! —Chuck se señaló el pecho con un dedo—. Yo soy de Hoboken. Debemos de haber salido justo después que vosotros. ¿Y si probamos con la frontera de Pennsylvania? Si tenéis que parar antes, encended y apagad las luces o, si es de día, tocad el claxon.

—Cuantos más seamos, más seguros estaremos —añadió Rachel.

—Sí, no viene mal.

Cuando Chuck reemprendió la marcha, Arlys apuntó los nombres en su cuaderno.

No solo estarían más seguros cuantos más fueran, pensó. Cuantos más fueran, más fuerza tendrían.


Las aglomeraciones y los embotellamientos de coches abandonados eran demasiados incluso para que el potente Humvee los despejara, por lo que el viaje a través de New Jersey supuso tener que maniobrar, volver sobre sus pasos y desviarse.

Cuando por fin entraron en Pennsylvania, Chuck levantó el puño en alto y soltó un «¡Yuju!».

—Hemos cruzado a otro estado, señoras. Voy a buscar un sitio para hacer un alto en el camino. Esta grandullona tiene sed.

Entraron en lo que resultó ser la calle principal de lo que Arlys consideraba un pueblo; demasiado pequeño para ser una ciudad. Silencioso como una tumba, ahora sepultado por la nieve. Una postal navideña, pensó, un arquetipo tradicional. Su idea se reforzó cuando vio una pequeña manada de ciervos deambular por delante de un local que se anunciaba como el Salón de Peluquería y Manicura de Arnette. Caminaban como si vagaran por el bosque.

En un lugar como ese la gente conocía a sus vecinos, pensó. Cotilleaban entre ellos y sobre ellos. Sin duda, Arnette habría frecuentado la Cafetería de Billy. Se preguntó si habría tarta en la barra. Seguro que había una barra y una camarera descarada al otro lado ofreciendo tarta.

¿Dónde estaba Arnette ahora? ¿Y Billy? ¿Y la camarera descarada?

Pasaron de largo, se lo dejaron a los ciervos.

Ochocientos metros después de salir, Chuck se detuvo en una gasolinera con supermercado.

—Seguro que dentro hay cuartos de baño. —Contempló largo rato los escaparates y las puertas de cristal—. Parece intacto; por aquí no había demasiada población. Estará cerrado pero...

—Entraremos. —Arlys abrió su puerta y se apeó en la prístina nieve. Se encaminó hacia el todoterreno, pero Fred fue corriendo.

—¿Puedo llevar a uno? Quiero decir, ¿puedo cogerlo?

—Se está enfadando. —Katie le puso uno en los brazos a Fred—. Tengo que darle de mamar.

—No me importa. Oh, qué ricura. ¿Cómo se llama?

—Esa es Hannah.

—Dulce Hannah. Yo la llevaré adentro. Hannah tiene hambre —canturreó mientras el bebé se quejaba—. Puede que no esté cerrado con llave. No pasa nada, Hannah —la tranquilizó mientras caminaba—. Tu mamá te va a dar de comer.

—Es un placer conocerte. —Arlys le ofreció una mano a Rachel.

—Es realmente estupendo conocer a alguien con un... ¿Eso es un Humvee?

—Es de Chuck.

—¡Está abierto! —Fred miró hacia atrás con una sonrisa resplandeciente.

Arlys recordó que las hadas podían entrar en lugares cerrados con llave.

Mientras Rachel se inclinaba para coger a un bebé de los brazos de Katie, Jonah gritó:

—¡No entres! Espera. —Echó a correr hacia Fred—. Antes deja que echemos un vistazo.

—Tiene razón. —Arlys se unió deprisa a ellos—. Espera, Fred. Solo por si acaso.

Jonah le lanzó una prolongada mirada a Arlys cuando sacó la pistola de debajo del abrigo. Después asintió.

—Yo voy por la izquierda; tú, por la derecha.

Entraron, recorrieron las mal abastecidas estanterías y pasaron junto a un mostrador con la caja registradora abierta y vacía. Por acuerdo tácito, ella abrió de un empujón la puerta del baño de mujeres y él la de caballeros.

Una vez satisfecho, Jonah se cambió la pistola a la mano izquierda y le ofreció la derecha.

—Soy Jonah.

Ella hizo lo mismo.

—Yo Arlys. ¡Vale, Fred!

—Chuck dice que los surtidores funcionan. —Fred besó al bebé que estaba tan a gusto en sus brazos—. Está llenando el depósito del Humvee.

—Supongo que este es tan buen lugar como cualquier otro para conocernos. —Jonah guardó su pistola cuando entraron Rachel y Katie—. Iré a llenar el depósito.

—Necesitamos una silla para Katie. —Fred sonrió con satisfacción—. Para que pueda sentarse y dar de mamar a Hannah.

—Hay una en la parte de atrás. —Arlys enfundó su pistola—. Iré a por ella.

—Yo podría... ¿quién es ese?

—Este es Duncan.

—Puedo sostener a Duncan mientras le das el pecho a Hannah.

Fred intercambió los bebés sin problemas y después cubrió de besitos el rostro de Duncan.

—Se te dan muy bien.

—Algún día tendré media docena de niños. Duncan está bien despierto. ¡Hola, Duncan! Dice que necesita que le cambien el pañal.

—No me sorprende.

—Puedo hacerlo yo.

—Sería genial —respondió Rachel antes de que Katie pudiera abrir la boca. Le dio a Fred una bolsa con pañales—. Ahí tienes todo lo necesario.

—Hay un cambiador en el cuarto de baño. —Arlys acercó una silla de escritorio—. No he probado los grifos, pero si los surtidores funcionan, tiene que haber electricidad.

—Eso espero, porque la nueva mamá necesita comer caliente. No digas que estás bien, Katie. Tienes tres bocas que alimentar y has de mantenerte sana y fuerte. Seguro que hay un microondas por aquí.

Arlys hizo un gesto.

—Genial. ¿Podrías calentarle algo tú? Yo quiero revisar los medicamentos de parafarmacia que hayan podido quedar. Soy médica.

—Ahora me alegro todavía más de conocerte. He visto un par de latas de estofado de carne.

—Perfecto. Y ya que estoy, veré si hay más cosas para bebés. Todo es poco con tres criaturas.

Arlys rebuscó en las estanterías; no tenía sentido agotar sus propias provisiones. Calentó en el microondas el estofado de carne, unos raviolis envasados y una lata de sopa de pollo con fideos en cuencos de papel doble. Mientras trajinaba vio a los hombres subirse a los vehículos y alejarse de los surtidores.

Para ocultarlos y que no se vieran desde la carretera, pensó. Por si acaso.

Colocó el variado menú en el mostrador de caja y cogió un poco de estofado para Katie.

—Gracias. Ya está aflojando, así que casi ha terminado.

—¿Y Fred?

—Se ha llevado a Antonia para cambiarla. —Katie sonrió, con una expresión exhausta en los ojos—. Es una maravilla.

—No te haces una idea. Deja que te diga que estás impresionante para ser una mujer que ha dado a luz a trillizos hace solo unos días.

Katie miró a Hannah.

—Gemelos. Hannah se quedó huérfana. Su madre murió en el parto. Estaba sola en el hospital, porque todos estaban enfermos o muertos. Así que nos la llevamos con nosotros. Ahora es mía. —Katie levantó la vista, con una mirada feroz en sus agotados ojos—. Igualmente mía.

—Te ayudaremos a proteger a tus bebés. —Fred volvió con Antonia—. A todos tus bebés.

—Los bebés y yo no estaríamos aquí de no ser por Jonah y por Rachel. Una parte de mí creía que eran las últimas personas decentes que quedaban sobre la faz de la tierra. Creo que estábamos destinados a conoceros. Es todo tan espantoso, y sin embargo os hemos conocido. Hemos conocido a gente que protege a los bebés y ayuda a los desconocidos. Nosotros os ayudaremos.

—Sí, lo haremos. —Rachel regresó con una abultada bolsa—. Medicamentos sin receta, vitaminas y un botiquín de primeros auxilios. Revisadlo y coged lo que necesitéis. Bueno, menos los artículos para bebés. —Después de pasarse la mano por su rizada mata de pelo, desvió la mirada a la encimera—. ¿Se puede comer?

—Claro.

—Me muero de hambre.

—Arlys se cortó en el brazo. —Fred meneó al bebé—. ¿Podrías echarle un vistazo?

Rachel sonrió.

—Aquí llega la médica.

Arlys se sentó en un mostrador mientras Rachel le limpiaba el corte y volvía a vendárselo.

—Tendrían que haberte dado unos puntos. Te va a quedar una cicatriz.

—Es la menor de mis preocupaciones.

—Se está curando bien.

—¿Cuál es tu especialidad?

—Medicina de urgencias.

—Nos viene de perlas.

Arlys puso a prueba el brazo y miró a Katie, que amamantaba a otro bebé y comía carne estofada con una mano mientras Fred estaba sentada en el suelo, acurrucando a los otros bebés.

—¿Atendiste tú el nacimiento de los gemelos?

—No. Fue Jonah. Se encontró a Katie, que estaba de parto, y la trajo al hospital. Estábamos en medio de una crisis. El único obstetra que quedaba estaba intentando salvar a Hannah y a su madre, así que Jonah se encargó de traer a los gemelos a este mundo. Es paramédico.

—Este es nuestro día de suerte.

—El nuestro también. —Rachel cogió un cuenco de sopa; los hombres habían regresado y se habían quedado con los raviolis—. Hoy no habríamos llegado tan lejos si no hubierais despejado el camino. Tenemos que permanecer juntos.

—No podría estar más de acuerdo. Vamos a tener que buscar un refugio de verdad para esta noche. —Al igual que Rachel, miró de nuevo a Katie y al bebé que tenía en brazos—. Un lugar caliente.

—La ciudad que acabamos de cruzar parecía prometedora, pero tú quieres seguir adelante. ¿Por qué Ohio?

—Por mis padres, por mi hermano. Tengo esperanzas.

Rachel asintió y siguió comiendo sopa.

—Pues seguimos adelante.

## 12

Lana se despertó temblando y a punto de gritar. Se agarró el pecho, el corazón que creía que iba a salírsele por la boca, dejándola hueca.

Pena, una pena abrumadora que ahogaba incluso el miedo.

Un sueño, un sueño terrible que no podía recordar bien. Se acordaba de las sensaciones, esa pena, ese miedo. Y cuervos volando en círculo. Cuervos volando en círculo, graznando. Sangre en las manos, en la cara.

Se miró las manos. Aunque todavía le temblaban, no había sangre en ellas.

El estrés, se dijo. Sueños fruto del estrés, agravados por el hecho de despertar sola.

Se hizo un ovillo en la cama, asegurándose a sí misma que todo iba bien. Mejor que bien. La blanca y caliente cama se encontraba en una habitación en la que todavía ardía el fuego. Una habitación de amplias ventanas que ofrecían una extensa vista de un bosque nevado, tan silencioso y en paz como una iglesia, situado en un cerro.

Habían encontrado a Eric y ningún sueño provocado por el estrés podía empañar la alegría de recodar a Max saltando del coche para abrazar a su hermano.

Habían encontrado a Eric vivo y en perfectas condiciones. Habían encontrado un refugio que superaba todo cuanto creía que aún existía, en la enorme casa escondida en las montañas de Allegheny.

Comida caliente, buen vino, un grupo de supervivientes que habían formado una piña.

Por primera vez en semanas se sentía a salvo. Por primera vez en semanas Max y ella se habían amado con placer en lugar de con desesperación.

No, no permitiría que un sueño fruto de su débil y nervioso subconsciente echara eso por tierra. Se levantó de la cama, a pesar de que todavía se sentía cansada. Disfrutó de una ducha —ah, los chorros de hidromasaje, el jabón perfumado y el champú eran una delicia— y repasó lo que sabía sobre sus compañeros de casa.

Eric, por supuesto, que tenía ocho años menos que Max. Guapo, lleno de entusiasmo, con los ojos azules, mientras que los de Max eran más grises, y una sonrisa rápida y deslumbrante. Estaba un poco aturdido tras descubrir el poder que habitaba dentro de él.

Se preguntaba si sería una cuestión genética, ya que Eric nunca antes había mostrado el más mínimo interés ni talento para la magia.

El virus, pensó. De alguna manera, se desarrollaba a causa del virus, o llenaba el vacío dejado por él.

Además de Eric, estaba Shaun, torpe y empollón, con gruesas gafas, ojos castaños y cabello lacio.

El grupo de universitarios incluía a Kim, una despampanante chica con una preciosa piel dorada como el caramelo. Era distante y desconfiada, en opinión de Lana, pero ¿quién podía culparla? Un genio, según Eric.

Poe, una estrella del fútbol americano con aire de boy scout. Rostro rudo, cuerpo recio. Fue él quien le dio un plato de espaguetis cuando Max y ella encontraron la casa en medio de la nieve y la oscuridad.

Y Allegra, con su aspecto de reina de las nieves; piel clara, pelo claro, ojos de color azul hielo. Pero su forma de ser contrastaba con su aspecto, pensó Lana. Afectuosa y abierta, cordial y amable.

Y sin embargo...

Nada de peros, se ordenó mientras cerraba el grifo de la ducha. Allegra y Eric compartían dormitorio y su relación poseía ese aire fresco y radiante de lo que es nuevo, así que ella también iba a mostrarse afectuosa y cordial.

Se vistió, se miró en el espejo y decidió que aunque no se sentía del todo descansada, lo parecía. Fue a buscar a los demás.

Shaun era el propietario de la gran y preciosa casa, o más bien sus padres. Para tratarse de una segunda residencia de vacaciones, no habían escatimado en lujos; preciosos suelos de madera, habitaciones espaciosas, ventanales para integrar el bosque y las montañas, generosas terrazas. Un pequeño gimnasio, que era como un sueño hecho realidad tras los rigores de la carretera. Pero su característica preferida era la enorme y magnífica cocina.

Encontró a Max y a Eric en el salón, tomándose un café los dos juntos.

Se acercó a Eric, le rodeó con los brazos y le estrechó con fuerza. Solo le había visto en un par de ocasiones; una vez en la boda de un pariente y después cuando pasaron un fin de semana largo con ellos en Nueva York el verano anterior. Pero habían conectado.

Se apartó de él para inclinarse y besar a su chico.

—¿Quieres café? —preguntó Max.

—En realidad, no sé por qué, pero quiero té. ¿Te parece bien que mire a ver si hay?

—Sé que tenemos, porque es lo que bebe Kim. No tienes que preguntarlo. Todos estamos juntos en esto.

—Deberíamos empezar a pensar en llevar un inventario de la comida —propuso Max.

Eric puso los ojos en blanco.

—Tío, acabas de llegar. Relájate un poco.

—Ahora somos ocho —prosiguió Max.

—Y hablando de eso, ¿dónde están todos? —intervino Lana, que sabía que Eric solía ponerse a la defensiva cuando Max hacía de hermano mayor.

—Poe está en el gimnasio; va todas las mañanas. Allegra sigue sobando. Seguramente también los demás. No solemos levantarnos tan temprano. Menos Poe. Tu colega Eddie ha sacado al perro.

—¿Qué os parece si rebusco un poco más y veo qué puedo preparar para desayunar? Para ocho.

—Sería estupendo. —Eric le sonrió—. Lo normal es que cada uno se cocine lo suyo, a menos que Poe prepare algo. No se le da mal, pero ni se te acerca. Reunimos algunas provisiones de camino aquí, siempre que nos era posible. Y hay un congelador enorme en ese cuarto de ahí. Shaun dice que sus padres acababan de llenarlo justo antes... antes de que todo se fuera a la mierda. —La animación abandonó su rostro al tiempo que bajaba la voz—. Siempre venían después de las vacaciones, para relajarse del todo, y pasaban un mes aquí. E invitaban a algunos amigos. —Miró hacia la puerta—. Todo apunta a que no han sobrevivido.

—Tiene que ser duro para él —murmuró Lana.

Encontró el congelador y la despensa bien abastecidos. En la nevera no había demasiado donde elegir. Sabía que Max era partidario de hacer un inventario.

Los huevos y la leche no aguantarían mucho y, en cualquier caso, la leche estaría a punto de agriarse. Dado que había arándanos congelados, empezó a reunir lo que necesitaba para preparar masa para tortitas.

—¿Con qué funciona el generador? —preguntó Max.

Eric se encogió de hombros, con los pies sobre la mesa.

—Creo que Shaun dijo que iba con propano.

—Debe de saber dónde lo conseguían sus padres. Si podemos traer un camión con propano hasta aquí y mantener lleno el generador, seguiremos teniendo calefacción y luz. No deberíamos usar más energía de la necesaria.

—Joder, hablas como Kim.

—Eso hace de Kim una chica sensata —replicó Max.

—Mira, con lo que tengo ahora... —Eric agitó los dedos— puedo hacer que este sitio siga funcionando.

—Puede que sí, pero algunas cosas son básicas. Mantener la calefacción encendida, reemplazar la leña a medida que la utilizamos, salir a por provisiones, tener reservas de agua fresca para beber.

—Tendremos que aprender a cazar. —Poe entró, con su oscura piel brillante a causa del ejercicio.

—¿Tú también? —Eric meneó la cabeza y se levantó a por más café.

—Tenemos que alimentar a ocho personas y a un perro —continuó Poe—. Y puede que nos encuentre más gente y que necesiten un lugar.

—Este no es el único lugar por aquí. Que se busquen el suyo.

—Eric. —Lana le dio un codazo en el brazo, sorprendida y decepcionada.

—En serio. Shaun dijo que aquí tiene casi dos hectáreas y media, pero hay otras cabañas. Cabañas pijas como esta y otras más... ¿cómo lo dijo...? Básicas.

—¿Habéis explorado esas cabañas? —preguntó Max—. Para ver si alguien las está utilizando o si hay más provisiones que podamos traer aquí.

Poe se volvió hacia Max.

—Kim y yo habíamos hablado de hacerlo hoy.

—Es una buena idea. Iré con vosotros —se ofreció Max—. Y tienes razón en lo de aprender a cazar.

—¿A cazar qué? —Entró Shaun, subiéndose las gafas hacia

sus soñolientos ojos—. ¿Te refieres a disparar a animales? Qué va, de eso nada. No voy a disparar a ningún animal.

—Entonces puedes hacerte vegetariano. —Poe se encogió de hombros—. Pero el resto vamos a necesitar carne fresca y habrá que cazarla, aliñarla y cocinarla. En fin, también habrá que aprender a cultivar cuando llegue la primavera. Voy a darme una ducha.

—Poe y Kim siempre ven el lado negativo —murmuró Eric.

—A mí me parece que son realistas, Eric —respondió Max con tono paciente—. No podemos vivir de lo que hay en ese congelador eternamente. Lo cierto es que es muy posible que tengamos que marcharnos de aquí a largo plazo.

Eric se encogió de hombros con cierto malhumor.

—Voy a ver si se ha levantado Allegra.

—Dale un poco de tiempo, Max —le susurró Lana cuando Eric se marchó—. Ellos tampoco llevan mucho tiempo aquí, así que es natural que quiera aferrarse a la tranquilidad. ¿El resto? Es mucho que asimilar, mucho a lo que habituarse.

—Asimilar y acostumbrarte a algo es lo que nos mantiene con vida.

—Yo no quiero disparar a nada. —Shaun se sentó de golpe—. A lo mejor podría pescar. Mi padre y yo íbamos a pescar todos los veranos.

Se subió de nuevo las gafas. Las lágrimas le empañaban los ojos. Entonces Joe entró corriendo desde el vestíbulo con Eddie tras él. Shaun se animó y se palmeó el muslo para invitar al perro a que se acercara.

Después de desayunar, Eric y Allegra se ofrecieron voluntarios para recoger y Max se unió a Kim y a Poe en su excursión. Lana retuvo a Eddie para examinarle las heridas y cambiarle el vendaje.

—Creo que se está curando muy bien, pero me parece que no deberíamos quitarte los puntos todavía.

—Algunos empiezan a saltarse. Supongo que es bueno. Se está cerrando.

—Continúa tomándote el antibiótico que conseguimos en la farmacia y mañana te echo otro vistazo.

—Sí, doctora Lana. —Se puso de nuevo la camisa y echó una ojeada al baño alicatado en piedra—. Pedazo de chabola. Nunca he estado dentro de una casa como esta. Elegante. Somos ocho aquí, además de Joe, y no nos sentimos apretados. Pero...

—Las provisiones no se regeneran. Max encontrará más.

—He visto ciervos en el bosque. También conejos. Y hay algunos riachuelos cerca donde seguramente haya buena pesca.

—Se me revuelve el estómago al pensar en disparar a un ciervo o a un conejo, lo cual es una hipocresía, ya que he cocinado a ambos animales.

—A mí tampoco me hace gracia, pero hay que hacer lo que hay que hacer. Este es un buen lugar en el que quedarnos por ahora, pero lo cierto es que sería mejor buscar un sitio donde podamos labrar la tierra y tener un par de vacas lecheras y algunas gallinas. Y más gente. Más manos para trabajar, más manos para defendernos.

—Sé que Max piensa lo mismo.

—Y Lana... —Fue hasta la puerta, miró afuera y la cerró—. En el bosque hay otras cosas aparte de ciervos y conejos.

—¿A qué te refieres?

—Joe y yo hemos salido a pasear, ¿vale? Sienta bien estar al aire libre. Y me he topado con un círculo de piedras. No es exactamente como una fogata, aunque eso ha sido lo primero que he pensado. Pero la tierra del interior está negra y quemada, aunque no hay cenizas ni leña chamuscada. Joe se ha puesto a temblar y no ha querido acercarse. Debo reconocer que a mí también me han entrado escalofríos. —Se frotó la herida de forma distraída y habló en voz baja—: ¿Sabes cuando se te eriza el vello de la nuca y un escalofrío te recorre la espalda?

—Sí. —Experimentó eso mismo mientras él hablaba.

—Pues así. Se me ha quedado la boca seca. Nos hemos marchado porque me parecía que había algo raro. No es... ya sabes, natural. Seré un cobarde, pero no pienso volver por ahí.

—Tú crees que era magia, magia negra.

—No sé nada de eso, pero sí que no desprendía buenas vibraciones. No he querido decir nada delante de los demás. Todavía no los conocemos, ¿verdad?

—Cuéntaselo a Max, solo a Max. Él y yo iremos allí.

—Me gustaría que no lo hicierais. Tía, no quiero que lo hagáis, pero creo que tenéis que ir. Y si vosotros vais... —Exhaló un suspiro— yo voy.

—Cuando él vuelva. De momento, ¿sabes poner una lavadora?

—Si es necesario.

Lana le dio una palmadita en la mejilla.

—Se me ha ocurrido que podrías lavar la ropa que nos hemos puesto en el viaje mientras tengamos jabón, agua y una lavadora. Aquí hay una estupenda. Cuando ya esté limpia deberías tenderla para que se seque y así ahorrar energía.

Eddie soltó una bocanada de aire.

—Sí, vale. Supongo que puedo aportar mi granito de arena.

Por su parte, Lana se asignó la tarea de hacer inventario. Apuntó categorías, cantidades, pesos, número de latas. Después se sentó a calcular para cuántas comidas, porciones, días y semanas tendrían.

Levantó la vista y sonrió cuando entró Allegra.

—Eric y tú sabéis cómo dejar una cocina como los chorros del oro.

Agradecida, casi flotaba con sus vaqueros y un jersey de un rojo intenso.

—Es lo menos que podíamos hacer después de ese alucinante desayuno. A lo mejor tengo que acompañar a Poe en el gimnasio si sigues cocinando así. —Allegra se acercó a la ventana—. ¿Aún no han vuelto?

—No. —Lana miró hacia la ventana—. Aún no.

—Seguro que están bien. No ha pasado tanto tiempo. Tengo que reconocer que me alegro de no estar ahí afuera, caminando en la nieve. ¿Qué estás haciendo?

—Inventario. He empezado con los alimentos. Seguiré con otros artículos básicos, como el papel higiénico, el jabón, las bombillas y cualquier cosa que se me ocurra.

—Oh, estamos bien abastecidos, ¿no te parece? —Allegra se apartó y le dio un golpecito a una de las latas—. No es que vayamos a quedarnos aquí para siempre. Pero por ahora está bien; es pleno invierno y esto está muy aislado. Nos volveremos locos. Voy a abrir una botella de vino, algo de lo que también tenemos en abundancia. Al fin y al cabo, son las cinco de la tarde en alguna parte. ¿Has visto la bodega?

—No.

—Hablando de inventarios, voy a por una botella y podemos conocernos un poco más. Después de todo, yo estoy con Eric y tú estás con Max. Somos como hermanas.

—Tienes razón. Tendrán hambre cuando regresen. He sacado pollo del congelador, y he pensado preparar sopa de tortilla.

—¡Suena genial! —Allegra se apartó el pelo y se marchó en dirección a la bodega.

Sopa y estofado, pensó Lana mientras se levantaba. Una buena forma de estirar las provisiones.

Cogió lo que necesitaba y de memoria empezó a introducir los ingredientes en una gran olla sopera.

—¡Vaya! Ya huele bien. —Allegra, con una botella de vino en la mano, se acercó para coger un sacacorchos—. Eric me contó que eres chef de verdad. Profesional.

—Así es. ¿Qué estudiabas tú?

—Humanidades. Aún no había decidido hacia dónde tirar. Supongo que ya no importa demasiado.

—Espero que eso no sea cierto.

—Todo ha cambiado. —Allegra extrajo el corcho con un tirón—. Lo inteligente es adaptarnos. A ver, en realidad, ¿qué otra cosa podemos hacer? ¿No te preguntas por qué no hemos enfermado? ¿Qué supone eso para nosotros? ¿Para otros como nosotros?

—Sí. Sí, he pensado mucho en todo eso. —Lana lavó las judías en el fregadero—. Pero desconozco las respuestas.

—Eric me contó que ha cambiado. Sé que te dijo que puede... hacer cosas. Antes incluso de que llegarais aquí, me dijo que Max también podía hacer cosas. Y tú, un poco. Ahora debe de ser más que un poco. Así es para Eric.

—No vamos a hacer daño a nadie.

—¡Oh, ya lo sé! —Le puso una mano en el brazo a Lana y dejó la copa de vino—. No se lo contaré al resto si tú no quieres. Eric solo me lo dijo porque estamos juntos. ¿Eddie es como tú?

—No.

—¿Lo ves? —Se sentó en el taburete de la encimera y tomó un sorbo de vino—. Uno se hace preguntas, ¿no es así? Por qué algunos son, por qué otros no. Qué significa. Es como... Qué sé yo. El virus está matando a mucha gente y sigue propagándose. En fin. ¿Es esto una especie de limpieza?

—¿Limpieza? —La palabra, la sola idea, horrorizó a Lana.

—No lo sé. Eric y yo hablamos de ello a veces, cuando estamos solos. Y también con los demás, porque uno se lo plantea. Te estoy disgustando. Lo veo. Lo siento.

—Tú no tienes la culpa. He pensado en ello, pero todo ha ocurrido muy rápido. Hay que vivir el presente. Cada hora.

Lana removió la olla y deseó tener especias frescas. Se preguntó si alguna vez volvería a tenerlas.

Resignada, sacó el pollo y recordó que sus cuchillos seguían envueltos y guardados. Eligió uno del bloque. Comprobó el filo y vio que le serviría.

Se puso en la encimera, con el cuchillo, el pollo y la tabla; se sintió más sociable.

—Sí, creo que el virus abrió algo. No es una coincidencia que todo haya ocurrido a la vez. Pero ¿por qué? No sé si algún día lo sabremos con seguridad.

—Oímos cosas en el campus, e incluso después de que nos fuéramos. Que la gente, algunas personas, cazaban a otros como tú. Y que algunos como tú daban caza a la gente y también a los que son como tú.

—No entiendo por qué, con tanto como hemos perdido, tenemos que volvernos unos contra otros.

—Así es la naturaleza humana. —Allegra se apartó el pelo y se encogió de hombros—. Es espantoso, pero es así. Se te ha olvidado el vino. —Se levantó para llevárselo y volvió a sentarse—. Hablemos de otra cosa. No sé por qué me he puesto así. Supongo que es por estar aquí atrapada. Es una casa bonita, de eso no hay duda, pero estamos atrapados de todas formas.

Y a salvo, pensó Lana.

Cogió su copa de vino y empezó a beber. El olor le revolvió el estómago. La dejó enseguida.

—No me huele bien.

—¿No? —Con el ceño fruncido, Allegra olió su copa y después la de Lana—. ¿En serio?

—Sí. Bueno, tengo que saltear las tiras de pollo.

Cuando se bajó del taburete, la habitación le dio vueltas.

—¡Lana! —Allegra se bajó de un salto para cogerla.

Max entró corriendo desde el vestíbulo.

—¿Qué pasa? ¿Qué ocurre?

—Nada. Nada. Me he levantado demasiado deprisa.

—Se ha mareado. Creía que iba a desmayarse. ¿Estás bien?

—Sí, sí, en serio. Ha sido solo un segundo. —Lana exhaló y comprobó su estado—. Estoy perfectamente.

—Es culpa mía. —Allegra, sin duda angustiada, se retorció las manos—. No he parado de hablar de todo lo que está pasando y la he disgustado.

—No es eso. En serio, lo que pasa es que me he levantado muy rápido. Me ha bajado la tensión. Ya está todo bien. —Le dio un beso en los labios a Max—. ¡Qué fríos! —Y se echó a reír—. Estoy preparando sopa. Puedes ayudarme y ver si hay tequila.

Max le acarició la cara.

—¿Sopa de tortilla? Es curioso que lo preguntes. Oye, Poe, ¿qué pasa con ese tequila? Hemos encontrado un poco en la cabaña que hemos revisado.

—Como por arte de magia —dijo Allegra, y se echó a reír.


Una vez que la sopa empezó a hervir, Lana agregó al inventario lo que el grupo de exploración había traído. Le enseñó la lista a Max mientras este encendía el fuego en el salón.

—Si somos cuidadosos, con lo que hay deberíamos tener para un par de semanas.

Max asintió.

—Según Kim, Shaun le dijo que hay un par de localidades muy pequeñas a pocos kilómetros. Puede que encontremos más provisiones allí. El mayor problema es el propano. Sin el generador, no tendremos calefacción, ni luz ni medios para cocinar. Poe revisó el medidor cuando llegamos y empezaron con él lleno. Ahora ha bajado un quince por ciento. Han estado desperdiciando el combustible. —Se enderezó y la miró—. Deberíamos cerrar cualquier habitación que no necesitemos, cortar la calefacción y utilizar las chimeneas. Kim ha dicho que hay un buen suministro de velas y lámparas de aceite.

—Sí. Lo tengo en la lista.

—Entonces vamos a limitar el uso de la electricidad. Y del agua caliente. Estableceremos un horario para las duchas y las reduciremos a cinco minutos.

—No había pensado en el agua. Le pedí a Eddie que hiciera la colada.

—Vamos a tener que racionar también eso.

—Sé que tienes razón, igual que sé que a algunos no les va a gustar. Puede que no les agrade que se les asignen ciertos papeles y tareas. Yo me ocuparé de la comida, es lo mío, pero hay que limpiar, cortar leña y salir a buscar suministros. Y noticias, Max. Aquí estamos muy aislados; Allegra no se equivocaba en eso. Nos sentimos seguros, pero ¿cómo vamos a averiguar qué está pasando? No hay internet, no hay televisión ni radio.

Max se movía de un lado a otro mientras hablaban, se paseaba de acá para allá y sopesaba opciones, posibilidades, pensó Lana.

—Probaremos con una de las ciudades cercanas, a ver si damos con alguna forma de comunicación. O con gente. Hemos estado en tres cabañas y no hemos encontrado ni rastro de nadie. Primero tenemos que aprender a ser autosuficientes, y sí, tienes razón, hay que intentar averiguar qué está pasando.

—Eddie ha encontrado algo. —Lana bajó la voz al tiempo que miraba hacia atrás para cerciorarse de que estaban solos—. Mientras paseaba con Joe esta mañana ha encontrado una especie de círculo de piedras en el bosque, y la tierra de dentro estaba quemada. No como una fogata. Me ha dicho que había algo raro. Que Joe no se ha querido acercar y que ha percibido... ha dicho que no transmitía nada bueno, que no era natural.

—Es fácil asustarse —especuló Max—, pero deberíamos echar un vistazo.

—No les he contado nada a los demás. No hace falta dar la voz de alarma.

Max le acarició el brazo de manera distraída.

—¿Seguro que estás bien?

—Te lo prometo. De hecho, me siento menos cansada que esta mañana. Preparar sopa es terapéutico.

—Pues busquemos a Eddie y vayamos a echar un vistazo. Si alguien pregunta, decimos que vamos a tomar el aire.

—A por más leña —sugirió Lana.

—Mejor todavía.

Nunca le había gustado mucho el invierno ni caminar por la nieve, y a Lana no le avergonzaba admitir que prefería pasear por Chelsea o por el antiguo barrio de Meatpacking District antes que por un bosque montañoso.

Pero caminar envuelta por un vivificante aire fresco, por el olor a pino y a nieve, y por un majestuoso silencio mientras un cachorro daba saltos y brincos alrededor resultaba en cierto modo impresionante.

Un ciervo enorme salió de entre los árboles y les miró sin temor. Lana se quedó boquiabierta.

—Eso es un montón de carne —comentó Max, aniquilando la magia del momento—. Lo siento, pero hay que ser práctico. En las cabañas que revisamos hemos encontrado un rifle y una escopeta, ambos con munición. Kim sugirió que los guardáramos en la caseta del jardín por ahora. Nos pareció una buena decisión.

—Tenemos comida suficiente para un par de semanas —dijo Lana.

—Podéis ver por dónde cruzamos Joe y yo. —Eddie gesticuló—. Los padres de Shaun tienen una buena tierra. El camino se vuelve bastante empinado por allí y no me apetecía darme semejante paliza para un paseo, así que nos desviamos por aquí. ¡Oye, Joe! ¡Colega! Vuelve aquí. —El perro regresó y atravesó la nieve hasta quedarse pegado a Eddie—. Ha descubierto que vamos a volver al sitio raro. A mí también se me ponen los pelos de punta, como a él.

—No se ve desde la casa —comentó Max—. ¿Has visto huellas?

—No, pero nevaba mucho cuando hemos venido, así que tal vez quien estuvo aquí, estuvo antes de eso. —Eddie abrió las manos y después bajó un brazo para acariciar la cabeza de Joe—. No dejaré que el hombre del saco te coja, colega peludo —le murmuró al cachorro mientras continuaba acariciándole y tranquilizándole—. Está temblando un poco.

—¿Es por aquí?

—Sí, subiendo y doblando esa curva. ¿Veis por dónde hemos ido antes?

—Sí. —Max asintió—. ¿Por qué no esperas aquí con Joe?

—No me importa utilizar a mi colega para desertar. Pero si necesitas ayuda, pégame un grito y acudiremos.

—Tú quédate con Eddie —le dijo Max a Lana—. Yo iré a echar un vistazo.

—Le echaremos un vistazo. —Le cogió la mano—. Si tiene origen mágico, dos brujos son mejor que uno.

Max no objetó nada cuando ella dio el primer paso.

Lana le agarró la mano con más fuerza a medida que se aproximaban a la curva.

—Hace más frío. ¿Puedes sentirlo?

—Sí. Y el aire parece más fino.

Entonces lo vio. Esperaba encontrar una fogata chapucera, algo que un superviviente tan inexperto como él mismo hubiera intentado encender. Pero ahora sabía que lo que tenía ante sí no era resultado de un intento de aficionados de obtener calor y luz.

Lo que estaban viendo era frío, oscuro y deliberado.

—Oscuro. —El murmullo de Lana se hizo eco de sus pensamientos—. Max, ¿qué ritual negro habrá hecho esto?

—No sabemos lo suficiente. Ni siquiera sabemos demasiado acerca de lo que ha cambiado en nosotros, de lo que crece en nuestro interior. Pero alguien conoce la magia negra y sabe desvirtuar la magia para volverla hacia la oscuridad.

—No se ve desde la casa, pero aun así está demasiado cerca. —Sintió un escalofrío cuando se aproximaron al círculo.

Unos pedruscos formaban un círculo perfecto, como si hubiera sido trazado con un compás. La tierra de su interior era negra y pringosa como el alquitrán. Y eso también se extendía en un círculo perfecto, sin rastro de la nieve que había caído sobre su superficie ni sobre las piedras que lo rodeaban.

—Yo... ¿Hueles la sangre?

—Sí. —Le asió la mano con firmeza.

—¿Crees que esto fue un sacrificio de sangre?

—Sí. Pero ¿con qué fin? ¿Para qué poder? ¡Lana! —Trató de tirar de ella, que se había acuclillado, alargado el brazo y estaba tocando una piedra.

Aquel oscuro y ávido poder la atravesó como un rayo. Le aguijoneó los dedos a pesar de los guantes. Y en ese momento fugaz vio sangre derramarse en el círculo, oyó una voz que se alzaba en un grito triunfal.

—Un ciervo. Un ciervo joven. Degollado. —Se giró y se apretó contra Max cuando este la apartó de un tirón—. Lo he visto, y también he visto la sangre acumulándose en el círculo. Después, el fuego glacial consumiéndolo todo. He oído...

—¿El qué? —La abrazó con más fuerza mientras se acurrucaba contra él—. ¿Qué has oído?

—En realidad no he podido entenderlo; era un rugido, más que una voz. Pero llamaba a Éride.

—La diosa de la discordia. Tenemos que intentar purificarlo. El ritual está hecho y no podemos deshacerlo. Pero esta cosa todavía tiene poder.

—Y creo que absorbe poder. O lo hará en la oscuridad.

Max abrió la mochila, que había llenado con algunas de sus cosas. Tres velas blancas, su athame, un pequeño recipiente con sal y un puñado de cristales.

—No sé si es suficiente, si nosotros somos suficiente.

—Lo hemos hecho muy bien hasta ahora —le recordó Max.

Colocó las velas en la nieve, fuera del círculo, mientras Lana esparcía los cristales entre las puntas del triángulo que formaban.

—No sabemos qué decir. —Pese a todo, Lana se echó sal en la palma de la mano y después en la él.

—Me parece que tenemos que invocar los poderes de la luz, pedir su ayuda para una purificación básica.

—Esto no es algo básico. —Mientras hablaba, oyó los graznidos y miró hacia arriba. Vio unos cuervos que volaban en círculo en el duro cielo invernal. Dentro de ella palpitó una mezcla de miedo y conocimiento—. He soñado con cuervos, ¿los ves tú? Una bandada de cuervos que viene a recrearse, a alimentarse.

—Lana...

—Que se enciendan las velas, blancas y brillantes, y sus llamas corregirán este mal. Que reluzcan los cristales, limpios y puros, y su poder perdurará. Invoco al norte, al sur, al este y al oeste, uníos y el poder maligno arrancad. —El viento soplaba y le agitaba el cabello mientras hablaba. Sus ojos se volvieron opacos cuando se giró hacia él y alzó los brazos—. ¡Yo os invoco!

Max sintió su poder, su repentino destello, arder dentro de él. Levantó su athame. Norte, sur, este, oeste.

Los cuervos graznaron en el cielo. El aire crepitó a su alrededor.

Eddie llegó corriendo, resollando, apretándose la herida con una mano.

—¡La madre que me parió!

—Velas, brillad. —Lana extendió una mano y las tres velas se encendieron—. Cristales, centellead. —Extendió la mano de nuevo y los cristales relucieron como si estuvieran iluminados por dentro—. Aquí brilla la luz contra la oscuridad. —Se inclinó y cogió una vela encendida—. Coge una.

—Pero yo no...

—Coge una —le ordenó de nuevo a Eddie—. Eres un hijo de la humanidad. Eres de la luz. La luz se abre paso en la oscuridad. —Arrojó su vela al círculo. La tierra se alzó, se revolvió.

Eddie arrojó la suya con mano temblorosa. La sangre emergió, viciando el aire. Max arrojó la suya.

—Y aquí la fe se impone al miedo. —Lana recogió los cristales que relucían sobre la nieve y los echó dentro.

Se formó una nube de humo.

Eddie tragó saliva con esfuerzo, cogió los cristales del suelo y los arrojó dentro. Max hizo lo mismo a continuación.

—La oscuridad se enfurece, brama, y sus criaturas claman sangre. Sangre tendrá, tanto buena como malvada. Pero jamás ganará. Ahora, la sal para extinguir lo que el mal desea liberar. —Lana se acercó a Eddie y le echó un poco en la mano—. Hágase mi voluntad. —Arrojó sal al círculo—. Hágase su voluntad —le dijo a Eddie—. Hágase nuestra voluntad. —Miró a Max.

Los tres escasos puñados de sal se extendieron y se esparcieron hasta formar una blanca capa sobre la negrura. Un trueno estremeció el cielo y la tierra. El círculo se llenó entonces de un blanco resplandor.

Cuando se apagó, el interior de las piedras estaba limpio; la tierra marcada, en paz. Un cardenal volaba en el cielo y desapareció en el bosque.

—No era yo exactamente —acertó a decir Lana.

—Eras tú. —Max se acercó a ella y la atrajo hacia él—. Te sentía. Te sentía dentro de mí, sobre mí. En todas partes. El poder ha despertado.

Ella meneó la cabeza, pero no sabía cómo explicarlo. Ahora que lo que había surgido en ella se había esfumado, no podía ver ninguna respuesta.

—Esto... ¿Chicos? —Eddie se sentó en el suelo nevado, abrazando a Joe—. ¿Soy... ya sabéis, como vosotros?

Lana descubrió que a fin de cuentas sí tenía una respuesta. Se apartó de Max, se acuclilló, acarició a Joe con una mano y ahuecó la otra sobre el rostro de Eddie.

—No. Lo que eres es un buen hombre.

—Pero ¿soy un tío normal?

—Yo diría que especial, pero sí. Eres un hombre normal, Eddie.

—Guay. —Exhaló un suspiro de alivio—. Eso ha sido alucinante, pero me gustaría que nos fuéramos cagando leches de aquí si es posible.

—Lo hecho, hecho está. —Max volvió la vista hacia la tierra muerta—. Pero aquí no volverá a hacerse. Regresemos. Ya hemos estado fuera más de lo que pretendíamos. Deberíamos coger algunas ramas caídas de camino a la casa.

—Como tapadera. —Eddie aceptó la mano que Max le tendía y se levantó—. Porque puede que uno de ellos...

—No es necesario correr ese riesgo.

## 13

La casa en la que Arlys Reid había crecido se alzaba robusta en una parcela de cuatro mil metros cuadrados en un barrio al sureste de Columbus. Allí la gente tenía sus viviendas en propiedad, haciendas de ladrillo, coquetas casas de dos plantas a la vieja usanza, adosados y viviendas de estilo Cape Cod.

Era un barrio de porches acristalados y vallas metálicas.

Aunque la mayoría de las casas se habían construido en el boom tras la Segunda Guerra Mundial, las siguientes generaciones de propietarios hicieron algunos cambios. Una terraza, una habitación extra, otro piso con claraboyas, estudios y salones.

Había crecido montando en bicicleta por las aceras deterioradas por el hielo y jugando en el parque de césped, delimitado por hileras de árboles.

Hasta que se fue a la universidad, aquella casa en el tranquilo barrio de clase media, que rayaba lo aburrido, había sido el único hogar que había conocido.

Cuando la caravana de dos vehículos enfiló su calle, la nostalgia y la esperanza le encogieron el corazón con sus brutales y retorcidas manos.

—Jamás habría imaginado que fueras una chica de un barrio residencial de la periferia del Medio Oeste.

Arlys miró por la ventana y pensó en sus antiguos vecinos. Los Minnow, los Clarkston, los Anderson, los Malley.

Recordaba con total claridad el día que, al volver del colegio, se encontró a su madre sentada en la cocina con una llorosa señora Malley... y la echaron de allí.

El señor Malley, padre de tres hijos, director de un banco local y el rey de las barbacoas, se había enamorado de su higienista dental, se había marchado de casa esa misma mañana y quería el divorcio.

Ahora, todo aquello no eran más que trivialidades, pensó mientras pasaban por delante de casas con ventanas oscuras y las cortinas corridas en una calle por la que no había pasado un quitanieves desde hacía semanas.

Se volvió hacia Chuck.

—Era un buen sitio en el que crecer. —Algo que no había valorado hasta que se marchó—. Allí, a la derecha. La casa de ladrillo con las claraboyas y el porche delantero acristalado.

—Es preciosa —dijo Fred desde el asiento de atrás—. El jardín es enorme. Siempre quise tener un jardín así de grande.

El ligero estrés que la había acompañado durante ese último tramo, con sus desvíos, sus lentos avances, se disparó dentro de Arlys. El enorme jardín que Fred admiraba estaba cubierto por un blanco manto justo al otro lado del camino de entrada y había al menos treinta centímetros de nieve acumulada delante de las puertas cerradas del garaje.

Nadie había retirado la nieve, ni tampoco de los escalones de entrada o del camino.

En las ventanas delanteras las cortinas estaban echadas. Las azaleas que adoraba su madre eran bultos deformes bajo la nieve.

Chuck subió el camino de entrada con el Humvee para que Jonah pudiera seguir sus rodadas. Arlys se bajó y casi se quedó enterrada en nieve hasta las rodillas. Se abrió paso como pudo, con el corazón desbocado, el rostro sofocado.

—Espera. —Chuck fue tras ella con sus largas piernas—. Ve más despacio.

—Tengo que verlo. Mi madre... Tengo que verlo.

—Vale, vale, pero no irás sola. —Tuvo que rodearle los hombros con un brazo para que fuera más despacio—. ¿Recuerdas qué hemos acordado todos? Nadie entra en ningún sitio sin un compañero. Somos tus compañeros.

—No han quitado la nieve del porche, de los escalones ni del camino. Siempre hay alguien que quita la nieve. ¿Por qué no han podado los arbustos? Jamás dejaría que la nieve se acumulara sobre sus azaleas. Tengo que verlo.

Pasó por delante de uno de los cerezos silvestres que había plantado su padre cuando una tormenta dañó el viejo arce rojo.

—¡Quietos ahí!

Arlys escuchó un ruido y un clic. Chuck la soltó y levantó los brazos.

—Tranquilo, señor.

—Mantened las manos en alto. ¡Todos! Las manos en alto.

Arlys se giró, medio aturdida, y miró al hombre con chaqueta de franela y botas que sujetaba una escopeta mientras las gafas resbalaban por su nariz.

—¿Señor Anderson?

Tras las gafas de montura metálica, sus ojos se desviaron de Chuck a Arlys. En ellos apareció una chispa de reconocimiento.

—¿Arlys? ¿Eres Arlys Reid?

—Sí, señor.

El hombre bajó el arma, abrió la puerta y después atravesó la nieve para llegar hasta ella.

—No te he reconocido. —Se le quebró la voz mientras la abrazaba con un solo brazo—. No esperaba verte.

—He estado intentando llegar aquí, intentando... Mis padres.

Lo sabía, ya lo sabía, pero aun así la pena le atenazó la garganta y le formó un nudo.

El hombre le frotó la espalda con la mano, consolándola.

—Siento tener que decírtelo, cielo. Lo siento.

Arlys ya lo sabía y sin embargo fue como un puñetazo en el corazón. Durante un momento se limitó a sepultar la cara en su hombro. Percibió el ligero olor a tabaco.

Recordó que le gustaba sentarse en su porche delantero después de cenar a fumarse un puro y tomarse un whisky. Solía verle allí desde la ventana de su dormitorio, hiciera frío o calor, lloviera o brillara el sol.

—¿Cuándo?

—Supongo que han pasado dos semanas, casi tres, desde lo de tu padre. Lo de tu madre fue unos días después. Hizo que tu hermano trajera a tu padre a casa del hospital. Él no quería ir allí. Y ella... bueno, no llegó a ir. Así pues, y espero que esto te proporcione cierto consuelo, fallecieron en casa, como querían. Ayudé a Theo a enterrarlos en el jardín de atrás, entre los cerezos llorones que tanto amaba tu madre.

—Theo.

—Cielo, yo... le enterré menos de una semana después. Ojalá pudiera darte mejores noticias.

Arlys retrocedió y le miró a los ojos, tan llenos de tristeza y compasión.

—Necesito...

—Pues claro. Oye, cielo, hace tiempo que se fue la electricidad, así que no hay calefacción ni luz, pero aquí mismo tengo las llaves, si quieres entrar.

—Sí, sí, pero tengo que ir atrás. Necesito verlo.

—Adelante.

—Nosotros tenemos un acuerdo por el que nadie va solo a ningún lado —comenzó Chuck mientras Arlys se alejaba—. ¿Debería...?

—Arlys está bien —le dijo Fred—. Iré con ella dentro de un minuto, pero en estos momentos necesita estar a solas. Soy Fred. Trabajaba con Arlys en Nueva York. Este es Chuck.

—Soy Bill Anderson. Hemos vivido enfrente de Arlys y de su familia desde hace más de treinta años.

—Estos son nuestros amigos —prosiguió Fred—. Rachel, Katie, Jonah y los bebés.

—¿Bebés? —Su rostro se iluminó ligeramente mientras se colocaba bien las gafas—. Que me aspen, ¿tres? Hay que llevarlos adentro. No deberían estar aquí fuera demasiado tiempo.

Se metió la mano en el bolsillo y sacó una enorme anilla con docenas de llaves.

—¿Ha habido algún problema... o violencia? —se corrigió Jonah.

—Tuvimos más al principio, y en algunos lugares, aquí y allá, continuamente. Ya no queda casi nadie —continuó mientras se abría paso hasta el porche—. Van Thompson, al final de la calle, se ha vuelto un poco loco. Dispara a las sombras, dentro y fuera de la casa. Prendió fuego a su propio coche hace un par de noches, gritando que dentro había demonios.

Rebuscó entre las llaves, todas etiquetadas, sacó una en la que ponía «Reid» y abrió la puerta.

—Hace más frío dentro que fuera, pero es mejor entrar.

La casa se abría a un salón tradicional, que estaba limpio como una patena.

Bill exhaló un leve suspiro.

—Me llevé casi todos los víveres. No vi razón alguna para dejarlos. Si tenéis hambre, tengo comida y mi hornillo de camping en casa. Puedo traerlo.

—No hace falta. —Rachel se quitó el gorro.

—Voy a salir a ver a Arlys. Gracias por dejarnos entrar, señor Anderson.

—Llámame Bill. —Le brindó una sonrisa a Fred—. Por duro que sea, es bueno tener a gente cerca.

Arlys estaba bajo las desnudas ramas de los cerezos llorones contemplando las tres tumbas. Estaban señaladas con cruces hechas con trozos de madera. ¿Habría sacado el señor Anderson el viejo equipo para grabar madera con el fin de escribir los nombres?

ROBERT REID
CAROLYN REID
THEODORE REID

Pero... pero... Su padre siempre había sido muy fuerte; su madre, tan llena de vida; su hermano, tan joven. ¿Cómo podían haber muerto todos? ¿Cómo podían haberse extinguido sus vidas?

¿Cuánto habían sufrido? ¿Cuánto miedo pasaron mientras ella estaba en Nueva York, contando mentiras y medias verdades a cámara?

—Lo siento. Ay, Dios mío, siento no haber estado aquí.

Arlys cerró los ojos con fuerza cuando Fred le rodeó la cintura con el brazo.

—Sé que estás triste. Lo siento mucho.

—Debería haber venido a casa. Debería haber estado aquí.

—¿Habrías podido salvarlos?

—No, pero habría estado aquí. Habría ayudado a cuidar de ellos, les habría reconfortado. Me habría despedido.

—Arlys, te estás despidiendo ahora. Y lo que hiciste en Nueva York reconfortó a no sabemos cuánta gente. Poder oírte y verte todos los días. Y lo que hiciste al final... No sabemos a cuánta gente has salvado. A mí me has salvado —insistió Fred al ver que Arlys negaba con la cabeza—. No me habría marchado, y puede que me hubieran llevado a algún sitio para someterme a pruebas, tal vez me hubieran encerrado. A Chuck también. Y a Katie y a los bebés, a todos ellos. Has salvado a algunas personas que podían salvarse. Eso importa.

—Mi familia...

—Estarían orgullosos de ti. Seguro que se enorgullecen de que descubrieras la forma de salir de Nueva York y de que hayas vuelto aquí para estar a su lado. Demuestra que los querías, y el amor importa.

—Sabía que habían muerto. —Tuvo que tomar aire con cuidado para pronunciar las palabras—. En mi fuero interno lo sabía antes incluso de abandonar Nueva York.

—Pero has venido porque los querías. ¿Te parece bien que rece para que sus almas descansen en paz? Siento que ya lo hacen, pero me gustaría rezar de todas formas.

Destrozada, Arlys sepultó el rostro contra el cabello de Fred.

—Les habrías caído bien.

Lloró un poco. Sabía que lloraría más, pero ahora tenía que decidir, todos tenían que decidir, qué hacer. No había hecho planes más allá de volver a su hogar.

Volvieron a la casa. La pena la asaltó al entrar en la cocina; ver las cucharas de madera de su madre en la jarra blanca; la elegante cafetera que le había regalado a su padre por Navidad; la foto navideña de los cuatro, que Theo había sacado con un palo selfi, en medio del tablero de corcho.

Se presionó los ojos con la parte inferior de las palmas y después bajó las manos.

—Hay cosas que nos pueden venir bien. Habrá que hacer hueco.

—No tienes que pensar en eso ahora mismo.

—Sí, hay que hacerlo, Fred. —Cogió la fotografía y se la guardó en el bolsillo del abrigo—. Todos tenemos que pensar en ello.

Fue al salón. Katie estaba sentada en el sillón con un bebé en cada pecho. El tercero dormía en brazos de Bill Anderson. Chuck espiaba por una rendija en las cortinas.

—¿Y Rachel y Jonah?

Chuck giró la cabeza para mirar a Arlys.

—Afuera. No queremos que nadie que pase por aquí se lleve nuestras cosas. Lo siento, Arlys. Quiero decir que todos lo sentimos mucho.

—Lo sé. Señor Anderson...

—Llámame Bill.

—Bill, no te he preguntado por la señora Anderson, por Masie ni por Will.

—Theo me ayudó a enterrar a Ava antes de ponerse enfermo. Masie está... Ahora está con su madre y su marido, y nuestros dos nietos están con ellas.

—Oh, señor... Oh, Bill.

—Ha sido un invierno duro. Ha sido... una época horrible. Pero Will estaba en Florida por negocios y tengo que creer, tengo que aferrarme a la esperanza de que está bien. Lo último que supe de él era que intentaba volver a casa.

Arlys se sentó en el borde de la silla junto a la de él.

—Lo siento mucho.

—Hoy en día hay muchas cosas que lamentar. Entonces ves esto. —Acarició la mejilla del bebé con el dedo—. Tienes que aferrarte a ello.

—¿Cuánta gente sigue aún en el barrio?

—Cuatro, la última vez que conté, pero Karyn Bickles enfermó hace un par de días. Iba a verla cuando habéis llegado. Algunos han muerto, otros se han marchado.

Rachel entró con una ráfaga de aire frío.

—Vamos a hacer turnos para vigilar nuestras cosas. Siento lo de tu familia, Arlys.

—Gracias. —Ya habría tiempo para llorar más tarde—. Bill dice que quedan cuatro personas en el barrio y una de ellas está enferma. Bill, Rachel es médica.

—Eso me ha dicho. La cruda realidad es que ningún médico puede ayudar a Karyn. Tiene el virus. He visto lo suficiente como para saberlo.

—Tal vez podría hacer que estuviera más cómoda.

—Bueno, tengo una llave de su casa. Puedo llevarte.

Cuestiones prácticas, pensó Arlys. Dar los siguientes pasos.

—Los demás deberíamos recorrer la casa y ver qué podemos aprovechar. Para qué cosas tenemos espacio. No podemos quedarnos aquí sin calefacción ni agua.

—Jonah y yo estábamos dándole vueltas a eso. Hemos pensado que podríamos ir al sur, quizá cruzar a Kentucky o dirigirnos a Virginia —dijo Rachel.

Arlys asintió. La dirección le daba igual, pero ir al sur tenía lógica. Escaparían de la crudeza del invierno durante las semanas que quedaban.

—Podríamos trazar una ruta y varias alternativas. Bill, deberías venir con nosotros.

—Quizá mi chico esté intentando venir a casa. Tengo que estar aquí cuando llegue Will.

—No puedes quedarte aquí solo.

—No deberías. —Katie miró a Rachel, levantó a un bebé para que lo sujetara y mientras eructaba se ponía el otro al hombro—. Deberías venir con nosotros.

—Podríamos escribir la ruta para tu hijo —propuso Fred—. Dejar una nota detallada o un cartel diciéndole adónde vamos. Y si tenemos que desviarnos de la ruta, podemos dejar carteles que él pueda seguir. Seguro que es muy listo, ¿verdad?

Una sonrisa asomó a los labios de Bill.

—Lo es. Es listo y fuerte.

—Seguirá los carteles —insistió Fred—. Él querría que vinieras con nosotros, y seguirá los carteles.

Bill cambió de posición para mirar por la ventana a su propia casa, su porche y su jardín.

—Compramos la casa cuando Ava estaba embarazada de Masie. Nos quedamos sin blanca, pero sabíamos lo que queríamos para nuestra familia. Aquí hemos tenido una buena vida. Una vida muy buena.

—Sé lo duro que es —le consoló Arlys—. Pero necesitamos encontrar un lugar y aquí estamos demasiado lejos de una fuente de agua, demasiado expuestos en cuanto la nieve se funda. He visto cosas, Bill. No es el virus lo único que mata a la gente. —Se levantó—. Empezaré por arriba; habrá mantas, sábanas y...

Bill entendió su repentina angustia, por lo que se levantó y le entregó el bebé a Fred.

—Theo y yo limpiamos aquí y luego me ayudó a hacer lo mismo en mi casa. Tu madre y mi Ava lo habrían querido así. —Las lágrimas se desbordaron antes de que Arlys pudiera contenerlas. Bill se limitó a abrazarla—. No pasa nada, cielo. Las lágrimas arrastran lo peor.


Después de llorar cuanto necesitó, Arlys fue al dormitorio de sus padres. Mantas, sábanas, toallas. Quizá pudieran conseguir otro vehículo para llevar las provisiones. Ella podría conducir.

Vendas, antiséptico, más aspirinas infantiles, más ibuprofeno, somníferos del cuarto de baño. Jabón, champú, maquinillas, artículos para el cuidado de la piel.

Como recuerdo, se guardó uno de los pintalabios de su madre en el bolsillo, junto con la fotografía.

Tijeras, material de costura.

A pesar de las circunstancias, se sintió bastante mortificada al encontrar lubricante y Viagra en los cajones de la mesilla de sus padres. Rachel entró mientras Arlys contemplaba el frasco que tenía en la mano.

—¿Algún medicamento para mi reserva? ¿Con receta o sin receta?

—Es... Viagra.

—También se utiliza para tratar la hipertensión pulmonar.

—Ah. Vale. Seguro que no lo utilizaba para eso. —Rio ligeramente—. Tenían una buena vida aquí. Igual que el señor y la señora Anderson. Tiene que venir con nosotros, Rachel.

—Creo que ya ha decidido acompañarnos. La mujer... ¿Karyn? Está muerta. Otra mujer, no me acuerdo de su nombre, también ha fallecido. Se ahorcó. Hay un hombre a unas casas de aquí, pero no hemos podido acercarnos, mucho menos entrar. A pesar de que Bill se ha identificado, ha amenazado con matarnos a tiros, esas han sido sus palabras, si no nos largábamos cagando leches de su jardín.

—Pero ¿crees que Bill vendrá con nosotros?

—Lo está pasando mal, pero sí, creo que lo hará. Tiene una camioneta con tracción a las cuatro ruedas, y Jonah y él están colocando una lona en la parte de atrás. Jonah le está insistiendo en que nos ayudaría mucho contar con él y con otro vehículo. Y los bebés son un gran atractivo.

—Una buena estrategia, y está en lo cierto. Y sí, me doy cuenta de que los bebés influyen mucho. Así que una cosa menos de la que preocuparse. Entremos en las demás casas y veamos qué puede venirnos bien. Encontraremos más pistolas y deberíamos llevárnoslas.

—¿Hay alguna aquí?

—No, que yo sepa, pero puede que arriba haya una ballesta. Mi hermano... —Su pérdida la golpeó de nuevo y la dejó casi sin aliento—. Theo... —logró decir—. A Theo le dio por la caza cuando era adolescente. No le duró mucho, pero tenía una ballesta. Y si conseguimos otro todoterreno, deberíamos llevárnoslo. Podemos hacer turnos para conducir. —Al ver que Rachel no decía nada, Arlys arrojó el frasco de medicamentos a la cama con los demás suministros—. Me ayuda a hacer lo que hay que hacer ahora.

—Lo sé. Yo no he perdido a nadie por esto. Soy hija única. Mi madre falleció hace dos años. No he visto ni hablado con mi padre desde que tenía dieciocho. Eso no significa que no entienda lo duro que es venir aquí, descubrir que tu familia ha muerto y después hacer lo que hay que hacer.

Las lágrimas le empañaron los ojos de nuevo, pero Arlys las contuvo con un suspiro.

—Nada de esto parece real. Pero lo es.

Al anochecer, tenían productos no perecederos, comida enlatada y congelada, en dos neveras portátiles cargadas de nieve. Mantas, sacos de dormir, numerosos utensilios de cocina, cuatro cuchillos de caza, ocho pistolas, tres rifles, un fusil AR-15, dos escopetas, además de la de Bill, y tres arcos de poleas.

Rachel llenó dos cajas con medicamentos y suministros médicos. Otra caja contenía un surtido de pilas. Reunieron ropa, botas y ropa de abrigo, consiguieron walkie-talkies, incluyendo un juego infantil. Fred cargó una caja con cosas para bebés y niños pequeños. Entre Jonah y Chuck extrajeron gasolina suficiente de los depósitos para llenar los de sus vehículos y el del nuevecito Nissan Pathfinder que habían añadido a su caravana.

Consiguieron un par de estufas de keroseno, hicieron la comida en el hornillo de Bill y trazaron la ruta hacia el sur.

Cargaron todo al amanecer. Chuck abrió la marcha con Fred, seguido por el grupo de Jonah. Arlys, con la foto navideña guardada en el parasol del Pathfinder, salió detrás de Jonah.

Bill, tras lanzar una última mirada a su hogar y a la pancarta que había dejado para su hijo, se puso en marcha detrás de ella.


Al cabo de una semana, Lana volvió a hacer inventario de los suministros y descubrió que se habían reducido más de lo que había calculado. Dado que ella, con la ayuda ocasional de Poe o de Kim, se ocupaba de cocinar, sabía perfectamente hasta el último artículo que debería haber en las estanterías, en los armarios y en el congelador.

Faltaban varias latas de sopa, raviolis, dos cajas de macarrones con queso —por mucho que los considerara bazofia— y algunos alimentos congelados. También bolsas de patatas fritas y snacks.

Repasó de nuevo el inventario. Se encontraba en la cocina, furiosa, cuando llegaron Max y Eddie; Joe fue corriendo hacia ella con la nariz cubierta de nieve.

—Nos faltan cosas del inventario —soltó a bocajarro—.

Alguien ha violado el acuerdo y ha estado birlando comida. Puede que más de una persona.

En vez de preguntarle si estaba segura, Max exhaló entre dientes.

—A eso hay que sumarle que el propano ha bajado más de lo que debería. Vamos a tener que traer un camión hasta aquí arriba. Nos queda menos de la mitad. Según los cálculos de Kim, deberíamos estar muy por encima de eso.

—¿Cómo quieres que lo abordemos? —preguntó Eddie.

—Diría que pateando algunos culos.

Lana le brindó una débil sonrisa a Max.

—Tengo ganas de patear culos.

—¿Qué culos? —inquirió Poe cuando entró, sudoroso aún tras su sesión matutina de ejercicio.

—Los de quienes han estado mangando comida y gastando propano.

—¿Propano? ¿Cuánto nos queda?

—Menos de la mitad.

—Pero Kim dijo que no llegaríamos a la mitad hasta dentro de cinco días. Ella nunca se equivoca. ¿Qué comida falta?

—Un poco de casi todo. Comida congelada, enlatada, alimentos imperecederos, snacks, comida precocinada.

Poe se pasó la mano por la cara y se sentó en un taburete.

—Voy a deciros que no he sido yo, pero seguro que todo el mundo dice eso.

—No has sido tú. —Lana lo descartó con un manotazo lleno de irritación—. He cocinado contigo. He visto el cuidado con el que mides las cosas y después lo marcas en la lista del inventario.

—Kim no es... Y no solo porque me caiga bien, sino porque no le van las tonterías. Y no es de las que mienten.

—Kim no ha sido —convino Eddie—. Siempre guarda un poco de lo que tiene en el plato para dárselo a Joe. Uno no hace eso y después roba. Porque eso es robar, tío.

Con los puños apoyados en las caderas, Lana contempló los armarios con el ceño fruncido.

—Voy a tener que volver a calcular las comidas y las porciones.

—Nos ocuparemos de conseguir más provisiones cuando tengamos el camión —dijo Max.

—Yo iré contigo —se ofreció Poe—. Se necesitan por lo menos dos para conducir, y mejor si somos tres.

Se giraron a la vez y miraron a Shaun cuando entró. Él se subió las gafas.

—¿Qué?

—Han bajado las provisiones de comida y el propano —respondió Poe.

—¿De veras? Bueno, hemos estado comiendo y viviendo, así que los suministros bajan. —Fue hasta la despensa y cogió una lata de Coca-Cola—. Esta es mi ración y yo no bebo café ni té.

—¿Qué más has cogido de ahí?

—¿Por qué yo? —le replicó a Poe.

—Porque, hermano, llevas escrito «culpable» en la cara.

—Tonterías. Si alguien coge cosas, lo más probable es que seas tú, para no perder tu puñetero tono muscular. ¿Y sabes qué? No tengo que aguantar gilipolleces ni de ti ni de nadie. Esta puta casa es mía.

—Una casa a la que no habrías llegado sin nosotros —le recordó Poe, y se levantó, aprovechando su impresionante estatura y constitución—. Esta puta casa ahora es de todos. Las provisiones son de todos. Y nadie coge más de lo que le corresponde.

—Qué te den por el culo. —Pero en los ojos de Shaun brillaba algo más que una expresión de desafío.

Al ver eso, al sentir la ira que aumentaba dentro de Poe, Max actuó.

—Tranquilo —murmuró, y después se volvió hacia Shaun—. Si subo a tu habitación, ¿encontraré comida escondida?

—No tienes derecho a entrar en mi habitación. ¿A ti quién te ha nombrado capitán del puto barco? Solo estás aquí porque le hice un favor a Eric.

—Tío. —Eddie soltó un suspiro—. Muy endeble. Y acabas de reconocerlo.

—¿Y qué coño pasa? Vale, he cogido una puta bolsa de Doritos. Tenía hambre.

—Eso ya es bastante malo, pero es más que eso —dijo Lana—. Falta más comida.

—Vale, una noche me hice macarrones con queso. No podía dormir. Demandadme.

—¿Y la pasta y el estofado enlatados? —preguntó Lana.

—¡No he sido yo! —Detrás de sus gafas, las lágrimas brillaban en sus pestañas—. La carne estofada es repugnante. Cogí los Doritos y los macarrones con queso y, vale, un par de pastelitos. Es todo. Por las noches me pongo nervioso. Cuando estoy nervioso me da por comer.

—¿Qué está pasando? —Las voces habían atraído a Kim, que entró seguida de Eric y Allegra.

—Están mosqueados porque me he comido unos Doritos.

—Porque ha cogido más de lo que le corresponde —le corrigió Lana.

—¿Qué más haces cuando te pones nervioso por las noches? —exigió Poe—. ¿Duermes con la luz encendida, pones la calefacción de tu cuarto?

—Leo. Vale, leo, pero tengo una lamparita de lectura. Utilizo mi lamparita de lectura. Y me gusta que la habitación esté fresca para dormir. Se lo podríais preguntar a mi compañero de cuarto si no estuviera muerto.

Las lágrimas rodaban por su cara cuando se sentó en un taburete.

—Oye, tranquilizaos todos. —Eddie levantó las manos, con una leve sonrisa—. No es para tanto. Vale, Shaun tenía hambre.

—Cogió más de lo que le corresponde. —La voz de Max se endureció—. Más de lo que acordamos entre todos. Tenemos que pensar en el grupo, no solo en nosotros mismos. Nos falta comida y propano porque alguien ha sido egoísta.

—¡Yo no soy el culpable de todo! No he cogido ese asqueroso estofado.

—Por Dios, déjale en paz. —Eric le dio una palmadita en la rodilla a Shaun—. No es el fin del mundo porque... vaya, eso ya ha pasado.

Max dio un paso con los puños apretados a los lados. Conocía a su hermano. Reconocía ese comportamiento.

—¿Tú has metido mano, Eric?

—¿Y qué pasa si lo he hecho? ¿Es que vais a votar para echarme de la isla? ¿Quién te ha coronado rey? Tú trajiste a este tío, que ni siquiera estaba invitado, y su estúpido perro. Sin ellos tendríamos más comida.

—Qué cruel, tío —comentó Eddie.

Lana se esforzó por tranquilizarse. Estaba perdiendo la paciencia. Ni los gritos, ni las acusaciones ni los insultos resolverían el problema.

—Teníamos suficiente para dos semanas y ahora no. Es así de simple.

—Pues conseguid más. —Desafiante, Eric agitó una mano hacia Lana—. Eres tú quien se ocupa de la cocina. A lo mejor te has vuelto descuidada. Por lo que sabemos, metes mano cuando remueves la comida y vigilas la cocina como si estuvieras al cargo, joder.

Max agarró a Eric del hombro.

—Cuidadito.

Le apartó la mano con brusquedad y se encaró con Max.

Lana vio en Eric algo más que mal genio. Le aturdió descubrir algo cercano a la ira.

—¿Qué vas a hacer al respecto? —Eric levantó una mano. Pequeñas llamas azules surgieron en las yemas de sus dedos—.

¿Quieres intentar mangonearme, como siempre has hecho? Inténtalo. Inténtalo ahora y veremos qué pasa.

—¿Qué coño te ocurre?

—Todos estamos estresados. —Allegra agarró a Eric del brazo y tiró de él—. Vamos, vámonos ya. Lo que pasa es que estamos todos encerrados aquí y nerviosos. Vamos a dar un paseo, ¿vale? En serio, quiero salir de aquí un rato.

—Claro, cielo. —Eric le sostuvo la mirada a Max, cargada de ira, mientras dejaba que Allegra se lo llevara de allí—. Pirémonos de aquí. Qué panda de pringados.

Allegra lanzó una mirada de disculpa por encima del hombro y se llevó a Eric al vestíbulo.

—Ese tío está colocado. —Eddie soltó una bocanada de aire—. Ojalá tuviera un poco.

—Mis padres no tendrían drogas en la casa. Y nosotros no trajimos nada.

—Shaun tiene razón. Voy a preparar un poco de té, ¿vale? —Kim esperó a que Lana asintiera—. El cuerpo de Poe es un templo, y si Eric tuviera algo, lo sabríamos. Viajamos durante días por carretera.

—No son drogas, no de las que decís. Es el poder —les explicó Max—. Está ebrio de poder. Nada de esto era propio de él.

—Puede que sí, puede que no. Lo siento —agregó Kim—. Es tu hermano. Pero lo cierto es que Shaun la cagó y lo lamenta.

—Por las noches me entra miedo. Oigo cosas. Y me da por comer cuando me pongo nervioso. No era mi intención joderlo todo.

—Bueno, pues lo has hecho —respondió Kim sin rodeos—, y ahora tendrás que compensarlo. Eric la ha cagado, y si lo ha hecho, Allegra lo sabía y seguramente haya participado. Pero a él le importa una mierda. Eso va a ser un problema.

—Hablaré con Allegra. —Lana se frotó la frente—. Creo que puedo hablar con ella. Parece que es capaz de tranquilizarle, que es justo lo que Eric necesita.

—No está manejando bien el poder —comentó Max con tono sereno—. No sabe cómo hacerlo, y ese es otro problema. Yo me encargo. Pero por ahora nos ocuparemos de lo prioritario e iremos a ver si conseguimos un camión de propano. Y trataremos de traer más provisiones.

—Antes deja que me dé una ducha; lo he reducido a noventa segundos —añadió Poe.

—Nos resultarías útil —reconoció Max—. Pero... creo que me sentiría más tranquilo si tú estuvieras aquí en mi ausencia.

Poe asintió y miró hacia la ventana.

—Lo entiendo.

—Tengo una lista empezada arriba.

Lana hizo señas a Eddie antes de salir de la cocina para que la siguiera. Esperó hasta que llegó a su dormitorio y a continuación cerró la puerta con cuidado.

—¿Ocurre algo? —le preguntó Eddie.

—En realidad sí. ¿Me harías un favor? Si ves una droguería o una farmacia, siempre nos vienen bien más suministros de primeros auxilios o médicos.

—No hay problema.

—Y necesito... necesito un test de embarazo.

Eddie levantó las manos y retrocedió de manera cómica.

—¡Hala!

—¡Por favor, no le digas nada a Max! No quiero decir nada hasta estar segura.

—¡Vaya! Es la leche. ¿Estás bien? Tú... ¿echas la pota por las mañanas?

—No, es por otras cosas. Con todo lo que está pasando no he pensado en los retrasos. Simplemente no me di cuenta hasta hace un par de días. —Cogió la lista y se la entregó—. Cuando lo hice, me vinieron a la cabeza otras cosas. Pero un test sería de mucha ayuda, si consigues encontrar uno.

—Eso está hecho. Ah, quédate cerca de Poe y de Kim, ¿vale? Son legales. Se nota. Shaun es un poco gilipollas, un poco metepatas. Yo lo he sido lo bastante como para saberlo. Sé que Eric es algo así como tu cuñado, pero ahí hay algo raro.

—No te preocupes. Vosotros limitaos a volver sanos y salvos.

Mientras bajaba de nuevo para verlos marcharse, las palabras de Eddie resonaron en su cabeza. «Hay algo raro.»

Había dicho lo mismo del círculo negro del bosque.

# 14

El descenso por la sinuosa carretera de montaña resultó complicado en algunos tramos e hizo que Eddie anhelara los días en que los quitanieves funcionaban y esparcían sal en las carreteras. Mejor aún, los días atrapado en su mierda de apartamento porque había sesenta centímetros de nieve, escuchando a Kid Cudi, tal vez algo de Pink Floyd, mientras fumaba petas y comía Cheetos.

Pero, en general, prefería la peligrosa bajada, pasando de largo con sigilo unas cuantas casas que parecían vacías, antes que llegar a lo que imaginó que sería el lugar de aprovisionamiento para excursionistas, turistas y tal vez unos cuantos lugareños.

Divisó un supermercado de buen tamaño, con un letrero que mostraba un oso a un lado, un ciervo enorme al otro, y en medio se leía: ALIMENTACIÓN Y FARMACIA STANLEY.

El que hubiera farmacia significaba que a lo mejor podía hacerle ese favor a Lana para que saliera de dudas sobre si estaba embarazada.

Menudo sorpresón si lo estaba. Miró de reojo a Max antes de explorar el resto de la mal planificada ciudad.

Justo enfrente, cruzando la carretera de dos carriles, se encontraba Confecciones Stanley, un edificio con aspecto de cabaña. Al lado había un establecimiento estrecho y con la fachada de cristal: Licorería Stanley.

¡Cerveza, colega! ¡Por Dios, que haya cerveza!

—Supongo que el bueno de Stanley es un pez gordo por estos lares. Antes de marcharnos le echaré un vistazo a la licorería, para ver si queda cerveza.

—No me parece nada mal.

—Abriremos una bien fría en honor al bueno de Stanley. Pero, oye, ahí hay algo diferente. Hamburguesería Mamá Bea. Puede que fuera la madre de Stanley.

Max se detuvo frente al supermercado. Se quedó sentado durante un momento y estudió el terreno.

—Las nuestras son las primeras rodadas de neumáticos desde la última tormenta, pero veo algunas pisadas, así que aquí hay alguien, o lo ha habido en estos dos días.

—El silencio me pone los pelos de punta, tío. No quiero que me disparen otra vez. —Eddie señaló con la cabeza hacia el supermercado—. Supongo que es la primera parada. Comida antes que cerveza.

—Comida, cerveza, propano. —Max se bajó y se colgó al hombro el rifle que había llevado consigo—. Vamos a ver qué queda en el supermercado.

La puerta no estaba cerrada con llave y se abrió con suavidad. Había dos hileras de carros ordenadas frente a cuatro cajas. Las cestas metálicas estaban apiladas en forma de pirámide, como si esperaran pacientes a los clientes que solo necesitaban unas cuantas cosas. Max mantuvo una mano en el arma que llevaba a la cadera mientras exploraba el establecimiento.

El suelo estaba reluciente. Alcanzaba a ver numerosos estantes vacíos en los pasillos, pero lo que quedaba parecía estar bien colocado.

—Qué raro —dijo Max. Eddie no paraba de moverse a su lado—. Da la impresión de que esté abierto y esperando la llegada del camión para reponer las estanterías. Demasiada normalidad, ya sabes. Parece que Stanley dirige con mano de hierro.

Eddie rio con disimulo.

—Supongo que tenemos que ir de compras. —Dicho eso, cogió un traqueteante carro—. Voy a buscar algunas cosas para Joe. Seguro que tienen galletas para perros.

—Tú ve por la izquierda y yo por la derecha. Nos encontraremos en el centro.

«Raro» lo resumía todo, pensó Max mientras pasaba por la sección de frutas y verduras. No quedaba ni una hoja de lechuga, pero los expositores estaban relucientes. No había leche ni nata en la sección de lácteos, pero se sorprendió al encontrar mantequilla y algunos quesos.

Cargó en el carro lo que estimaba más necesario y práctico. Los carteles le indicaron qué productos faltaban. Cualquier artículo perecedero. Nada de fruta o verdura fresca, pero sí encontró harina, azúcar, sal, bicarbonato y levadura en polvo, especias y hierbas secas.

Los alimentos enlatados habían sido los más afectados, pero aun así encontró sopas, judías, latas de pasta de tomate y tomate frito. Cogió una lata de jamón, sonriendo al añadirla a la compra porque sabía que haría reír a Lana.

Le vendría bien reír.

Estaba en la sección de pastas y arroces cuando oyó la voz de Eddie.

—¡Eh! ¿Qué ocurre?

Max desenfundó la pistola y sintió el peso del rifle en su hombro. Se movió con rapidez y sigilo en dirección a la voz de Eddie.

—Tranquilo, no busco problemas. Menudo perro tienes. A lo mejor quiere una galleta. Acabo de coger unas pocas para mi perro.

Max oyó un gruñido y la risa nerviosa de Eddie.

—Vale, a lo mejor no quiere.

Max rodeó el extremo del pasillo y vio la espalda de un hombre —un muchacho, se corrigió—, y un gran perro gris a su lado. Aunque no hizo ningún ruido, tanto el perro como el chico se dieron la vuelta.

—Tampoco te tengo miedo a ti.

Quince años, tal vez dieciséis, calculó Max, delgado y con una despeinada mata de pelo rizado de color castaño y unos ojos llenos de valentía, de un vívido tono verde.

Cuando su acompañante canino gruñó de nuevo, el chico le puso una mano en la cabeza.

Max actuó por instinto y enfundó el arma.

—No tienes por qué, ya que no tenemos intención de herir a nadie. Necesitamos provisiones. No queremos hacer daño ni llevarnos lo que otros necesitan.

—Eres tú quien va armado —señaló el chico.

—Solo somos cautos —intervino Eddie antes de que Max pudiera hablar—. Hace poco me dispararon por la espalda mientras paseaba a mi perro.

El chico miró de nuevo a Eddie.

—¿Dónde?

—Bueno, estaba en... Te refieres a dónde me dieron —se percató Eddie, y se tocó debajo de la clavícula con un dedo—. Joe y yo estábamos echando una meada y, ya sabes, volviendo al coche, y de repente ¡pum! Estaría en el otro barrio si Lana... es la chica de Max... y Max no me hubieran curado. Me cosieron con aguja e hilo y cuidaron de mí a pesar de que casi no me conocían.

Movió el hombro con cuidado, pues todavía le palpitaba al recordar lo que dolía.

—A ver.

—¿En serio? —Servicial, Eddie se desabrochó la chaqueta, la camisa y tiró de la camiseta de manga larga que llevaba debajo para enseñar su herida—. Ahora no parece que fuera para tanto, ya que Lana me quitó los puntos ayer. Todavía me duele un poco. También detrás. —Se tocó con el dedo en la espalda—. La bala salió.

El chico estudió la herida con calma.

—Se está curando bien. ¿Disparaste tú a alguien?

—No. Y espero no tener que hacerlo nunca. Nosotros venimos en son de paz, ya sabes.

—¿Dónde está tu perro?

—¿Joe? Está en... —Su voz se fue apagando y miró a Max—. No pasa nada si se lo digo, ¿no?

—No voy a hablar con él todavía —dijo el chico—. Hablaré con él después.

—Vale, bien, verás... el hermano de Max tenía un amigo que tenía una casa en el bosque, así que Max, Lana y yo, y Joe, conseguimos llegar hasta aquí.

—¿Quién es el amigo?

—Shaun... Joder, Max, no me acuerdo del apellido.

—Iseler —contribuyó Max.

—Conozco a los Iseler. Compran aquí. Les abastecimos la cabaña, como hacemos cada año. —El chico se giró, sin duda decidido a hablar ya con Max—. ¿Están arriba?

—No lo consiguieron —respondió Max—. Shaun sí. Nosotros sí. Somos ocho.

—Y Joe —añadió Eddie—. ¿Cómo se llama tu perro?

—Lupa —dijo el chico con una sonrisa—. Le gustaría una galleta.

—Claro. —Eddie metió la mano en la cesta y abrió la caja de galletas—. No va a arrancarme la mano, ¿verdad?

—No a menos que yo se lo diga.

—Ja, ja. No lo hagas, ¿vale? Aquí tienes, Lupa. Qué buenas están, ¿eh? —Lupa miró a Eddie con sus ojos serenos de un tono dorado y después le quitó la galleta de los dedos—. Qué perro tan guapo. ¿Puedo...? —Eddie hizo como si lo acariciara.

—Él te avisará.

Eddie acercó una mano con cautela hacia la cabeza de Lupa.

Al ver que Lupa no gruñía ni ladraba, se arriesgó y le acarició el pelaje.

—Ah, sí, qué bien. Eres un cabroncete precioso, sí que lo eres.

—¿Tienes nombre? —preguntó Max.

—Sí —dijo el chico, sin añadir nada más.

—¿Esto es tuyo?

—Supongo que ahora sí. Era de mi tío. Ha muerto.

—Lo siento.

El chico se encogió de hombros.

—Era un gilipollas. Me pegaba siempre que podía.

—Entonces siento eso y no lo otro. Podemos pagar parte de las provisiones.

—Lo apuntaré en la cuenta de los Iseler —dijo, y sonrió con satisfacción—. El dinero ya no significa una mierda.

—No, pero podemos hacer un trueque.

—No tenéis nada que necesite. Es mejor que os llevéis lo que queráis.

—¿Estás aquí tú solo?

—No. Estamos bien.

—Es evidente que la tienda está limpia —comentó Eddie.

—Mi tía y yo limpiamos después de... Después. Ella también ha muerto. Lo hizo lo mejor que pudo. No habéis venido a destrozar las cosas. De lo contrario, Lupa no habría sido tan simpático, así que podéis llevaros lo que necesitéis.

—Te lo agradecemos —le dijo Max—. Una de las cosas que necesitamos es propano. ¿Hay alguna posibilidad de que podamos subir un camión hasta la casa de los Iseler para llenar el generador?

El chico enarcó tanto las cejas que se ocultaron debajo del pelo, que le caía sobre la frente.

—Conseguir subir un camión hasta allí con estas carreteras sí que sería tener suerte.

—Nos las apañaremos si conseguimos encontrar uno.

El chico estudió a Max durante un momento y asintió.

—De acuerdo. Cargad las provisiones y yo os llevaré.

—¿Te parece bien si cruzo la calle y cojo cerveza, si es que hay?

—A mí no me gusta. Si la encuentras, te la puedes llevar.

Max cogió menos cantidad de todo de lo que tenía previsto, pensando en el chico y en quien estuviera con él.

—Deberíais venir con nosotros —le dijo al chico mientras cargaban las provisiones—. La casa es grande y tendremos comida, calefacción y luz.

—No. Me gusta la tranquilidad. —Hizo una pausa—. Pero sois muy amables por ofrecérmelo. No lo olvidaré.

—Si cambias de opinión, ya sabes dónde estamos.

—Sé dónde estáis. Dirigíos a la otra punta de la ciudad, tomad la primera curva a la izquierda. La puñetera Gas y Electricidad Stanley no tiene pérdida. Veréis tres camiones de propano en el aparcamiento de atrás. El primero de la izquierda está lleno más de la mitad. No explotéis por los aires —añadió con una media sonrisa.

—Gracias. —Eddie se agachó y acarició de nuevo a Lupa con entusiasmo—. Hasta luego, chaval. Tienes que subir a jugar con Joe. Gracias, tío —repitió.

—Si necesitáis cualquier cosa o tenéis problemas, ya sabes dónde encontrarnos —se despidió Max—. Aunque solo quieras una comida caliente. Mi novia es una cocinera increíble.

—Nos pasaremos por allí. —El chico le puso la mano en la cabeza a Lupa y se apartó.

Max se puso al volante y Eddie lo acompañó hasta el lugar donde habían dejado el todoterreno.

—No me gusta dejarle aquí —murmuró Eddie.

—No podemos obligarle a venir. Pero bajaremos la semana que viene, le echaremos un vistazo y le traeremos comida caliente y un poco del pan de Lana; he encontrado levadura de sobra.

Miró por el espejo retrovisor y vio al chico de pie en mitad de la carretera, viéndolos marchar.

Le rodeaba una brillante luz y oyó su voz, alta y clara, en su cabeza.

*Me llamo Flynn.*

—Se llama Flynn.

—¿Eh? ¿Cómo lo sabes?

—Me lo acaba de decir. Tiene sangre de duende.

—Tiene... ¿Es un duende? —Boquiabierto, Eddie se giró para mirar—. ¿Como Will Ferrell en la película?

Max rio, con un placer que casi había olvidado.

—Por Dios, Eddie, nunca me decepcionas. No, así no. Es una criatura mágica y tengo la impresión de que si hubiéramos tenido la más mínima intención de causar problemas, ahora no nos estaríamos yendo con provisiones y propano.

—Esto es la leche. He conocido a un puñetero duende. Bueno, entonces supongo que estará bien. Y además tiene un perro grande.

—No es un perro. Su nombre dice lo que es. Lupa. Lobo.

—Me tomas el pelo. No me tomas el pelo —comprendió Eddie—. ¿Le he dado una galleta a un lobo? ¿He acariciado a un lobo? ¡Es súper alucinante!

—Es un mundo muevo, Eddie. —Max giró al llegar a la curva—. Joder, es un mundo nuevo.

En la casa, Lana se mantuvo ocupada adaptando su receta de pollo toscano según los ingredientes que tenía a mano. Kim y Poe se quedaron en el salón mientras ella trabajaba y, dado que descartó con una mano sus ofrecimientos de ayuda, pasaron el rato jugando al Scrabble.

—¿«Cabilla»? Dame un respiro. —No era la primera vez que Poe apuntaba con el dedo la jugada de Kim—. ¿Y eso qué es? ¿«Camilla», dicho por un gangoso?

Ella agitó sus largas y exóticas pestañas asiáticas.

—¿Me desafías de nuevo?

—Esta vez vas de farol. Pones esa «ll», utilizas las siete putas letras, ¿y consigues doble puntuación? Yo digo que es una trola.

—Aquí mismo tenemos el diccionario, tan grande y malvado. Si me desafías, pierdes otro turno.

Poe se levantó, se paseó de un lado a otro durante un rato y distrajo a Lana de sus preocupaciones y de su cabreo lo suficiente para hacerla reír.

—¿Cuántos desafíos has perdido? —le preguntó Lana.

—Tres, pero... Joder. Intentas colármela. Lo sé. Te lanzo el guante.

—Y pierdes otra vez. —Kim cogió el diccionario y pasó las hojas—. «Cabilla», una de sus cuatro acepciones. «Pieza de madera, clavija o tubillón que se utiliza para...

Se interrumpió, sin ofenderse, aunque con cierta chulería, cuando Poe le arrebató el diccionario de las manos.

—¡Cabrón!

Cuando lo dejó, Kim cogió siete letras de la bolsa, las colocó y se frotó las manos.

—Bueno, vamos a ver...

El juego se detuvo cuando la puerta de la entrada se abrió y se cerró de nuevo. Poe se irguió en su asiento y su cara enfurruñada endureció el gesto.

Eric y Allegra entraron cogidos de la mano.

—Relájate —dijo al ver la cara de Poe—. En serio —añadió cuando este se levantó despacio—. He sido un capullo. Un auténtico capullo. Lo siento. Lana, me disculpo sobre todo contigo, pero con todos en general. Sin excusas. He sido un imbécil y, por si sirve de algo, me siento como un imbécil.

—Lo siente de veras, y yo también. En parte es culpa mía.

—No lo es. —Eric soltó la mano de Allegra para rodearla con el brazo.

—Lo es. He estado quejándome de que me aburría, de que me sentía encerrada. Me he estado portando como una arpía. Y él... solo cogió algo de comida para mí, para animarme. Ambos sabíamos que era una estupidez y que estaba mal. No volveremos a hacerlo.

—Podéis reducir mi ración hasta que nos pongamos a la par.

—También la mía.

—No. —Eric se arrimó para darle un beso a Allegra en la cabeza—. Yo cogí la comida, yo subí la calefacción.

—Yo dije que tenía frío. Yo... —Exhaló un suspiro—. Yo me quejé.

—La subí yo.

—Vamos a dejarlo. —Lana percibió la frialdad y la brusquedad de su voz, pero no pudo hacer que sonara más amable. Se habían comportado como críos egoístas que cogen galletas del tarro a hurtadillas.

Eric encogió los hombros al oír su tono.

—Entiendo que hacen falta más que palabras, pero es lo que tengo para empezar. ¿Dónde está Shaun? Quiero pedirle disculpas también a él.

—Está arriba. —En vez de levantar la vista, Kim continuó moviendo las letras en su soporte—. Estaba muy deprimido. Se llevó al perro y se marchó arriba.

—Vale. Esperaré hasta que esté listo. Ah, ¿y Max y Eddie?

—Han salido a por provisiones y a buscar propano. —Ahí estaba de nuevo, pensó Lana. Ese tonillo. El de un padre enfadado que habla con un hijo imbécil.

En una muestra de desprecio hacia sí mismo, Eric se frotó la cara con las manos.

—Mierda. Tendría que haber ido con ellos, debería haber ayudado. Añadid eso a la lista de cagadas. Estás preocupada. Lo veo. Puedo bajar a pie y cerciorarme de que están bien.

—Eric, están a kilómetros de aquí —comenzó Allegra.

—Solo a poco más de cinco —respondió Poe con despreocupación—. Según Shaun.

—Bajaré ahora mismo. Quizá necesiten que les eche una mano.

—No. No llevan fuera tanto tiempo. —Lana añadió un chorro de vino a la olla—. Ya pensaremos en eso si no han vuelto dentro de una hora.

—Dadme algo que hacer —insistió Eric—. Los hechos dicen más que las palabras.

—Hoy te toca traer leña y mantener el fuego encendido —le recordó Lana.

—Cierto. Estoy en ello. Y esta noche me ocuparé de limpiar la cocina, sin importar a quién le toque.

Volvió a la entrada. Allegra se mordió el labio y después se acercó a Lana mientras la puerta principal se abría y se cerraba.

—Eric se siente fatal, de verdad. Los dos nos sentimos fatal.

—Deberíais. Si Max y Eddie no encuentran provisiones tendré que reducir las raciones, y aun así solo tendremos suficiente para una semana, como mucho.

—Ojalá fuera posible deshacerlo. No lo es. ¿Puedo ayudarte?

—No. Gracias —añadió.

—¿Hay algo...?

Lana se giró en la cocina y miró a Allegra a los ojos.

—Puedes subir y traer lo que Eric y tú hayáis escondido en vuestro dormitorio.

—Por supuesto. —Allegra se marchó, visiblemente alicaída.

—Sé que he sido dura, pero...

—Yo habría sido más dura —la interrumpió Kim—. Sé que intentamos seguir adelante. Tú cocinas, Poe hace pesas. Yo le doy palizas al Scrabble al pobre Poe.

—¡Oye!

—Debería haber dicho al sexy y fibroso Poe. Eddie tiene a Joe; Max hace planes y cálculos.

—¿Planes y cálculos? —repitió Lana.

—Qué hacer, cuándo y cómo hacerlo. Qué hacer después, qué se necesita. Por eso está al mando. Por eso nos alegramos de que lo esté. Shaun... Sé que la ha cagado, pero está destrozado por lo de sus padres y no quiere demostrarlo. Está asustado pero no quiere que lo sepamos. Lee, hace rompecabezas y le da a los porros porque no puede jugar a videojuegos. Si pudiera...

—¿Qué?

—Sé que no es esencial ni práctico, pero es terapéutico. —Kim esbozó una pequeña sonrisa—. Como el Scrabble. Si Shaun pudiera pasar una hora al día con la Xbox para desfogarse, a mí no me importaría recortar combustible de otra parte. Podrías preguntarle a Max...

Lana levantó una mano para interrumpir a Kim. No podía, no debía ser todo sacrificios, pensó. También había que vivir.

—No tenemos por qué preguntárselo todo a Max, pero le diré que creo que es algo muy provechoso.

—Genial. Estupendo. Y concluyo diciendo que todos buscamos una manera de sobrellevarlo, pero Eric y Allegra actúan casi todo el tiempo como si esto fuera una especie de fiesta y estuvieran un poco aburridos de ella y de nosotros. Así que se emborrachan, practican mucho sexo, se escaquean de sus tareas y practican más sexo.

—¿Eso han estado haciendo?

—¿Practicar sexo? —intervino Poe. Soltó un bufido—. Más que los conejos.

—No, escaqueándose de sus tareas.

—Mira, nosotros no somos cotillas —comenzó Kim.

—Habla por ti. —Poe apuntó a Kim con el dedo—. Sí, casi siempre. Alguno nos ocupamos de hacerlas porque no vale la pena discutir.

—Pues se terminó la fiesta —anunció Lana—. Todo el mundo cumple con sus deberes, todo el mundo cumple las reglas. Y no hagas que me sienta como si fuera la supervisora de la casa.

Allegra entró de nuevo, con los ojos llorosos y las mejillas enrojecidas por la vergüenza. Depositó en la encimera unas bolsas abiertas de patatas fritas, algunos refrescos y una botella de vino.

—Puedes registrar nuestro dormitorio. Te juro que esto es todo, pero puedes registrarlo.

Lana no dijo nada, solo se limitó a añadirlo al inventario.

—Sé que ha sido estúpido y egoísta. Ha sido pueril. Lo siento. Tengo miedo. Sé que me quejo de que me aburro. No sé cómo puedo estar aburrida y asustada a la vez, pero lo estoy.

—Todos tenemos miedo. —El desdén en la voz de Kim no mostraba demasiada comprensión—. Líbrate del aburrimiento haciendo algo.

—Para ti es más fácil... ¡Lo es! Todos sois más fuertes, más listos o simplemente más capaces. Lo intento. Juro que lo intento. Pero es algo más, ¿vale? —Se presionó los ojos con los dedos para secárselos—. Me parece que estoy enamorada de Eric, pero también me da miedo. Él tiene miedo de sí mismo. Lo que le está pasando es demasiado. Es muy gordo y es aterrador. ¿No lo entiendes?

Lana recordó el momento en el puente de Nueva York, el repentino estallido de poder, y se ablandó un poco.

—Yo sí. Max y yo podemos ayudar a Eric.

—Lo sé. —Allegra se volvió hacia Lana y la miró como si tuviera todas las respuestas—. Eric lo sabe. Él... Vale, está un poco celoso y resentido con Max, pero lo intenta. Y de verdad prometo que yo también le estoy ayudando. Puedo hacer que se ría o que piense en otra cosa, o simplemente dejar que se desahogue. Lo que pasa es que a veces es demasiado, ¿sabes? Y juro que hago todo lo que puedo para mantenerlo calmado. Sé que coger comida ha estado mal, pero le distraía. Y era divertido. Me avergüenza reconocerlo, pero era divertido y a mí también me distraía. Es mucho que sobrellevar, todo es tan grande, y nunca había tenido que lidiar con todo lo que ha pasado, con tener que estar aquí, aislados de esta manera, lo que está pasando con Eric y cómo me siento al respecto. Todo eso. Solo estoy asustada y lo estoy intentando. —Ahogó un sollozo y se tapó la cara con las manos—. No me odies. Puede que no sea buena persona, puede que no sepa hacer las cosas como el resto de vosotros, pero lo intento.

—Vale. —Lana se acercó a ella—. De acuerdo. Pero lo intentamos todos juntos. Y nadie te odia.

Allegra rodeó a Lana con los brazos y se aferró a ella, sorbiendo por la nariz.

—Me tocas mucho los huevos. —Esta vez Kim se encogió de hombros, pero mantuvo un tono de voz sereno—. Pero no te odio. No demasiado.

Allegra se apartó con una risa llorosa y exhaló.

—Gracias, lo digo en serio. Voy a subir a recomponerme y después bajaré y haré algo, como ha dicho Kim. Haré algo.

Cuando Allegra se fue, Lana regresó a la encimera.

—Es duro —comentó—. Todo esto es duro. Supongo que tenemos que concedernos un respiro de vez en cuando.

—El arrepentimiento cuenta —apuntó Poe—. Y supongo que no se me ha ocurrido pensar en cómo debe ser tener todo ese poder y que te pase todo eso. Tú sabrás más del tema.

—Es mucho que sobrellevar. Para los que lo tenemos y para los que no.

Eric entró corriendo con una carga de leña.

—Puedo oírlos. Los he oído venir. Suena como un camión. Suena a algo de mayor tamaño que un coche.

—Gracias a Dios. —Lana cogió el abrigo de camino y salió corriendo.


Eddie conducía el todoterreno y trataba de aplastar la nieve todo lo posible para proporcionar a Max y al camión una mejor adherencia. Habían enganchado un par de sacos de arena de la gasolinera y los habían colocado en la plataforma trasera del todoterreno para que la arena se fuera esparciendo a lo largo de la carretera, con la ayuda mágica de Max.

Pero la marcha era ardua.

Sabía que Max lo empujaba con su magia, y aun así el camión avanzaba con mucha dificultad. Le vio apretar los dientes a medida que la pendiente se hacía más pronunciada, como si empujara el camión él mismo. El sudor le resbalaba por las sienes y por la nuca.

—Vamos, Max, vamos.

Divisó la casa en cuanto coronó la pendiente, y sintió una chispa de esperanza cuando Lana salió corriendo. Vio a algunos más correr tras ella.

—Lo vamos a conseguir. —Entonces vio por el retrovisor que el camión resbalaba casi un metro hacia atrás—. ¡Joder!

Lana proyectó su poder, se imaginó un gancho y una cadena, se imaginó enganchándolos al camión y tirando montaña arriba. El corazón le retumbaba con violencia y entonces sintió que la cadena se tensaba y comenzó a tirar.

—Ayúdame —le espetó a Eric—. Tú puedes ayudar.

—Lo intento. —Su rostro palideció y sus ojos se oscurecieron—. Pesa muchísimo.

—Inténtalo con más fuerza. ¡Tira!

Un metro, después otro, y a continuación sintió que por fin el poder de Max se unía al suyo. Concentró todo lo que poseía en el camión de color azul claro con una enorme cisterna blanca y que llevaba al hombre al que amaba en su interior.

—¡Lo va a conseguir! Ya casi ha llegado. —Poe corrió, resbalando y deslizándose por el sendero que habían excavado en la nieve.

—No sueltes aún —le dijo Lana a Eric—. No le sueltes.

—Le tenemos. —Eric la agarró el hombro con la mano—. Mira, mira, está a punto de conseguirlo, ya ha llegado junto al generador.

Cuando Lana vio que Max estaba a salvo, soltó y echó a correr.

Eric volvió la mirada hacia la casa, vio a Allegra y le lanzó un beso. Divisó a Shaun en la ventana de su habitación y agitó la mano con entusiasmo.

Cuando llegó hasta el camión, Lana se echó en los brazos de Max.

—¡Lo has conseguido!

—Ha sido complicado. —Apoyó la frente en la de ella, resollando por el esfuerzo—. Tu ayuda ha inclinado la balanza.

—Tío, subir ese mastodonte hasta aquí ha costado lo suyo. —Poe le dio un puñetazo a Max en el hombro y fingió darle otro a Eddie. Entonces se quedó boquiabierto cuando descubrió las provisiones cargadas en la parte de atrás del todoterreno—. ¿Qué? ¿Habéis atracado un almacén?

—Un supermercado.

—¿Tenían todo eso?

—Es una larga historia —le explicó Eddie, que se estaba secando el sudor de la cara—. Ahora tenemos que averiguar cómo sacar el combustible del camión y meterlo en el generador.

—Max sabrá cómo. —Eric le brindó una sonrisa de arrepentimiento a su hermano—. Lo ha traído hasta aquí. Lo siento, hermano. Lo siento muchísimo.

—Ya hablaremos. —Pero le puso una mano en el hombro a Eric y le palmeó—. Y sí, averiguaremos cómo llenar el generador.

—Yo sé cómo. —Shaun perdió el equilibrio en el camino excavado y aterrizó de culo. Las gafas se le resbalaron.

Poe se acercó, le agarró del brazo y le ayudó a levantarse.

—Un empollón siempre será un empollón.

Shaun se las arregló para sonreír, a pesar de su culo mojado.

—Sí. Solía quedarme mirando cuando el tío de la gasolinera venía a llenar el depósito. Me gusta ver cómo funcionan las cosas.

—Enséñanos cómo se hace, tío. —Eddie retrocedió mientras

Joe le olisqueaba las botas y los pantalones como un loco—. Voy a llevar las provisiones a la casa. Lana, ¿por qué no me acompañas? Puedes echar un vistazo.

Ella se percató de que ponía los ojos en blanco de manera exagerada, le dio un último achuchón a Max y después se montó en el todoterreno.

—Habéis dado con la madre de los supermercados.

—Sí, así es. También tenían farmacia. Me he guardado lo que querías en la mochila. De lo contrario, Max se habría preguntado para qué coño lo quería.

—Gracias, Eddie.

—Solo voy a desearte buena suerte, porque no sé qué quieres que salga. Está en el bolsillo delantero.

—Me llevaré tu mochila. Primero tenemos que descargar. He de hacer inventario. Es necesario saber lo que tenemos, y después iré arriba.

—Sube ahora que casi todo el mundo está aquí. No se tarda mucho, ¿verdad? Una vez estuve con una chica que creyó que a lo mejor estaba embarazada. No lo estaba, así que ¡uf!, pero recuerdo que fue bastante rápido. Diré que has subido a por unos calcetines, porque has salido corriendo con zapatos y se te han mojado los pies.

—Bien. Muy bueno. —Se colgó la mochila al hombro y se apeó para ir a la parte de atrás y coger algo de la carga.

—Me había quitado las botas. —Allegra agarró una caja de cartón—. Tuve que volver a ponérmelas, por eso he tardado en salir.

—Eso pesa mucho. Mejor coge una de esas bolsas. Tú también, Lana —ordenó Eddie—. Y quítate esos calcetines mojados y ponte algo que te caliente los pies. No queremos que nadie se ponga enfermo.

—Tienes razón. Tú empieza a separar las cosas por categorías: comida enlatada, productos imperecederos, etc. Enseguida vuelvo.

Corrió escaleras arriba y cerró la puerta. Después fue al baño sin demora, cerró y echó el pestillo. Ella ya lo sabía, pero quería... necesitaba verificarlo.

Incluso sabía cuándo, pensó mientras abría la prueba y seguía las instrucciones. Aquella noche que regresó a casa del trabajo y bebieron vino. Aquella noche antes de que todo se volviera una locura, cuando hicieron el amor de manera apasionada y maravillosa. Y después, mientras el resplandor se extendía, aquel destello, aquella explosión salvaje y maravillosa dentro de ella.

Vida, pensó. Luz.

Promesa y potencial.

Dejó la prueba sobre la cómoda, se quitó los zapatos, los calcetines mojados y los pantalones empapados hasta las rodillas.

A continuación ahogó un grito cuando la prueba brilló, centelleó.

La cogió y vio el potente destello en el signo positivo.

¿Qué sintió? Miedo, sí, miedo. Tanta muerte, tanta violencia, todo era desconocido. También tuvo dudas. ¿Era lo bastante fuerte, lo bastante capaz? Y sorpresa, a pesar de que ya lo sabía.

Y por encima de todo, por debajo de todo, entrelazado con todo aquello, ¿qué sentía?

Alegría. Después de tanta tristeza, aquello era una alegría.

Con una señal brillando en una mano, posó la otra sobre su vientre, sobre lo que el hombre al que amaba y ella habían engendrado.

Y sintió una dicha sin igual.

## 15

También vio alegría cuando se lo contó a Max.

Esperó. Organizar e inventariar las provisiones encabezaba la lista de prioridades. Pero antes tenía que terminar de preparar la cena. Dado que contaba con lo necesario, aprovechó la oportunidad para introducir a Poe, el más interesado, en los pasos básicos de la elaboración del pan.

Lana se aferró con fuerza a su certeza en todo momento.

No se lo contó a Eddie de inmediato, pero cuando la miró a los ojos con una expresión inquisitiva, sonrió y se palmeó el vientre. Y recibió una sonrisa enorme y bobalicona a cambio.

Un buen día, pensó mientras Poe metía las barras en el horno. Un día especial.

Al tiempo que Lana celebraba la noticia, Max se sentó con Eric delante de la chimenea del salón. Compartieron una de las cervezas que Eddie había cogido de la licorería.

—Encontraré una forma de compensaros a todos. Me siento como una mierda. Sé que no basta con eso, así que os compensaré a todos.

Aunque la ira de esa mañana se había esfumado, la decepción persistía. Pese a todo, cuando Max estudió a su hermano vio vergüenza y culpabilidad.

Y se recordó que Eric era joven y que sus padres le habían mimado por ser un bebé que llegó por sorpresa cuando ya eran mayores.

—Espero que lo hagas, pero lo más importante es el poder que está creciendo en tu interior, cómo lo manejas y qué haces con él. Es algo nuevo y excitante.

—Sí. Lo que pasa es que... tío, es salvaje. Puede que antes estuviera un poco celoso porque tú poseías algo y yo no. Ahora que lo tengo, me he dejado llevar. Eso lo sé.

—En realidad no es de extrañar. Además, tú nunca has estudiado la magia, sus dogmas, ni has formado parte de un grupo ni de un aquelarre.

—Antes no poseía nada.

—No sabías que lo poseías —le corrigió Max—. Siempre ha estado dentro de ti. Necesito que comprendas, Eric. —Se acercó, decidido a recalcar lo vital, lo importante que era aquello—. Es natural estar excitado y entusiasmado, sobre todo porque tu poder se ha manifestado con mucha rapidez. Pero poseer este don requiere respeto y responsabilidad. Y práctica. El lema de los brujos de «No hacer daño a nadie» es más que una filosofía. Son los cimientos de todo.

—Lo comprendo. —El entusiasmo se superponía a la vergüenza—. Lo entiendo a la perfección.

Max asintió, apaciguadas sus peores dudas.

—Es nuevo para ti. Es lógico. Necesitas orientación, y Lana y yo estamos aquí para apoyarte. Ninguno sabe hasta dónde llegarán nuestros poderes y tenemos que asegurarnos al cien por cien de que los controlamos. Que ellos no nos controlan a nosotros.

—Es un subidón. Es decir, tienes que reconocerlo. —Eric señaló la chimenea e hizo que las llamas crecieran—. Fíjate, es impresionante.

—Es un subidón —convino Max—, pero si no estudias, practicas y lo controlas, el fuego podría dominarte a ti. Podrías incendiar un edificio, quemar a gente.

—Por Dios, ahora soy un pirómano. —Eric puso los ojos en blanco y bebió un trago de cerveza—. Ten un poco de fe en mí.

—No es necesario que tengas intención de causar daño o de provocarlo. Lo que poseía antes de esto era pequeño y maravilloso. Lo que ha aumentado desde entonces, eso sí que es un subidón. Pero yo he tenido años para construir esos cimientos, para estudiar y practicar. Y aun así hay mucho más por saber, por aprender. ¿Por qué ha florecido tanta luz en medio de tanta oscuridad? ¿O es esa la razón en sí?

—Estamos llenando el vacío. —Eric se inclinó hacia delante, con la impaciencia pintada en el rostro—. He pensado mucho en esto. Joder, no hay gran cosa que hacer por aquí, así que he dedicado el tiempo a pensar en ello. La gente como nosotros ha madurado porque el virus ha eliminado el ruido, las mentalidades contrarias, los números.

—Esos números eran personas. No puedo creer, ni quiero hacerlo, que lo que es una celebración de luz, de amor, de vida, florezca a partir de la muerte y el sufrimiento.

—Es una teoría. —Eric se encogió de hombros—. Nosotros no hemos causado el virus. Ni los daños, ni la muerte. Piensa en ello como un golpe del poder.

—Yo también he pensado en ello —respondió Max con sequedad—. Yo lo veo como una especie de equilibrio. Se nos ha dado más, o lo que ya teníamos ha emergido para que podamos equilibrar la oscuridad y la muerte. Ayudar a reconstruir, ayudar a reestructurar el mundo con más luz. Más bondad, más tolerancia.

—Es lo mismo.

—Creo que con práctica y estudio verás la diferencia.

Los ojos de Eric se tornaron malhumorados al tiempo que se echaba hacia atrás.

—Entonces ¿qué? ¿Voy a ir al colegio y tú vas a ser mi profesor?

—Considéralo una forma de empezar a compensarnos a todos.

Eric tuvo que sonreír, incluso brindó con Max con su cerveza.

—Me tienes acorralado. Vale, vale. ¿Cuándo empezamos?

—Ya lo hemos hecho.

Eric asintió y fijó la mirada en su cerveza.

—No lo he comentado porque yo... Pero ¿crees que mamá y papá están vivos?

—Espero que sí. Confío en que estén sanos y salvos.

—Puede que sean como nosotros. Es posible.

—Es posible. —Jamás había visto ni la más mínima señal en ninguno de ellos. Pero claro, tampoco la había visto en Eric—. Lo que sí sé es que eres mi hermano. Eres mi familia y estamos juntos.

—Esta mañana me he portado como un gilipollas contigo.

—Ya está hecho. Empezamos aquí. —Alargó el brazo y posó una mano sobre la de Eric.

—Vale.

Lana esperó hasta que Max apoyó la espalda en el respaldo. Escuchar a Eric hablar sobre sus padres la ayudó a aplastar parte de su persistente resentimiento. Además, era el tío de su futuro hijo. Pariente de sangre.

—¿Quién tiene hambre?

Eric se levantó como un resorte.

—Puedo poner la mesa.

—Ya lo ha hecho Kim, pero acepto tu ofrecimiento de recoger.

—Hecho. De verdad que lo siento, Lana.

—Lo sé. ¿Por qué no vas a decirle a Allegra que ya está la cena? Comer juntos como un grupo, como una familia, podría aliviar algunos sentimientos heridos.

—Tienes razón. Tenemos que ser un equipo, remar juntos. Voy a por ella.

Max se levantó mientras Eric salía con celeridad.

—Sigues un poco cabreada con él y no te culpo.

—No tanto como antes. Lo superaré, sobre todo si no vuelve a hacer nada parecido.

—Nos aseguraremos de que no lo haga. Necesita orientación y está dispuesto a aceptarla.

—Muy bien. Tengo motivos para saber que no podría tener un mentor mejor que tú.

—Se cabreará y se mosqueará, yo perderé la paciencia, pero... —Max fue hacia ella—. Así nos las gastamos nosotros. Pareces contenta.

—Estoy contenta. —Entusiasmada, pensó mientras se arrimaba a él, y un poco aterrorizada—. Y lo estaré aún más si podemos pasar un ratito a solas después de cenar.

—Echo de menos pasar tiempo a solas. Podríamos dar un paseo.

—Estaba pensando en una velada en nuestro cuarto.

—¿De veras? —La besó en la frente, en las mejillas, en los labios.

—Sí. Subamos después de cenar y cerremos la puerta. Dejemos todo fuera, salvo nosotros.

—Pues vamos a comer. —La atrajo hacia él y dejó el siguiente beso para más tarde—. Deprisa.

El ambiente durante la cena resultó muy diferente del de la mañana. Si no habían dejado todo atrás, iban bien encaminados. Quizá una buena comida, el orgullo de Poe por su pan recién hecho y el botín de provisiones borraran gran parte del resentimiento. Y sin duda Eric se esforzó. Bromeó con Shaun hasta que su cara triste se iluminó, habló con Poe sobre partir leña y desafió al grupo entero a un torneo de juegos de mesa.

—La cena estaba buenísima —le dijo a Lana—. Gracias. Y lo mismo digo del pan, Poe. Yo recojo. Kim tiene que poner las reglas para el torneo. Es el cerebro de la casa.

—Así Joe y yo tendremos tiempo de dar nuestro paseo.

Vamos, colega. —Eddie se palmeó el muslo mientras se levantaba y Joe se incorporó y salió de debajo de la mesa.

—Lana y yo vamos a pasar de la noche de juegos. —Max la cogió de la mano mientras se apartaba de la mesa—. Tengo que idear un plan de estudios.

—¡Jo, tío! —protestó Eric con una sonrisa.

—Ha estado bien. —Lana volvió la mirada mientras Max y ella subían—. Parece que entre todos le hemos dado un vuelco a la situación. A lo mejor necesitábamos la pelea para despejar el ambiente y que se generara cierta unidad.

—Son jóvenes.

—Y nosotros somos muy viejos.

Max se echó a reír.

—Más jóvenes. Les vendrá bien disfrutar de una noche de lanzarse pullas y fanfarronear mientras juegan a algo.

La llevó a la habitación y la cogió en brazos.

—Y a nosotros nos viene bien esto —dijo, y se apoderó de su boca.

—Quiero contarte una cosa.

—Tenemos toda la noche para hablar. Te he echado de menos, Lana. —Le quitó las horquillas con las que se había recogido el pelo mientras cocinaba—. He echado de menos dejar el mundo fuera para que solo estemos tú y yo.

Pues primero aquello, pensó. Sí, primero aquello. Encerrados bajo llave para que solo quedara dentro el amor.

Max encendió la chimenea; ella encendió las velas. Y el resplandor de la magia se unió al amor.

Lana agitó la mano para quitar la colcha a casi un metro de distancia, haciéndole reír.

—Es una cosilla que he estado practicando.

—Ya veo. Bueno, para no ser menos... —Levantó las manos y las bajó en el aire. La ropa de Lana cayó, formando un montón a sus pies.

Se miró, encantada.

—Esto no parece obra de un brujo serio y formal.

—Es obra de un hombre que te desea. Mi preciosa Lana. No he dedicado tiempo suficiente a mirarte.

—Ahora lo haremos. —Abrió los brazos.

Sí, aquello, pensó. Esa vez sus bocas se encontraron al tiempo que se tocaban. Lana le despojó del jersey para sentir su cuerpo, más delgado que antes, más duro. Demasiado estrés, pensó, demasiado trabajo y demasiadas preocupaciones.

Esa noche le daría más que eso. Muchísimo más.

Le emocionó que la cogiera en brazos, que la estrechara mientras yacían sobre las frescas sábanas. Max puso la mano de Lana sobre su corazón y después se la llevó a los labios. Ella tiró de él para que sus bocas se unieran. Afortunada, pensó, era afortunada por que la amaran tanto, por tener tanto amor en su interior.

Las manos de Max la recorrieron; sus palmas estaban más ásperas que antes. Max sabía dónde deseaba que la tocara, dónde rozar y dónde presionar para acelerarle el pulso. Sabía dónde saborearla para que la sangre fluyera bajo su piel.

Se entregó a él, presa del amor. Ebria de deseo, cambió de posición para cubrir de besos su pecho. El corazón de Max latía rebosante de fuerza, de vitalidad. El suyo palpitaba a toda velocidad, siguiendo el ritmo del de Max.

Se abrió, le acogió en su interior, le abrazó con fuerza.

—Así —susurró—. Quedémonos así durante un momento.

Sin moverse, sin prisas. Se abrazaron sin más, unidos en un solo ser. Un momento tan solo para mirarle a los ojos, de un intenso color humo.

Entonces arqueó la espalda, alzándose hacia él. Se movió con él y dejó que ese momento y los que siguieron los arrastraran a los dos.

Pensó en aquella noche de hacía semanas, a toda una vida de distancia, en la que, ya saciados, se acurrucaron del mismo modo. Cuando la luz prendió dentro de ella.

Mientras el fuego crepitaba y las velas titilaban, le pasó los dedos por el pelo. Estaba un poco encrespado debido a su inexperto intento de contárselo ella misma, pensó con una sonrisa. Le acarició la mejilla, áspera por la incipiente barba de varios días.

Muchos cambios para ambos, pequeños y enormes, pensó.

Y todavía no le había contado el más importante de todos.

—Max.

Se dio la vuelta para incorporarse, pero entonces se dio cuenta de que él no estaba saciado, sino medio dormido. El día, tan lleno de tensión, trabajo y presión —a nivel personal, físico y mágico— había sido agotador.

Consideró la posibilidad de esperar a la mañana siguiente, pero decidió que no, que el momento era ese, antes de apagar las velas. Ese momento, mientras su acto de amor flotaba aún en el ambiente.

—Max —repitió—. Tengo que decirte una cosa. Es importante.

—Mmm.

—Muy importante.

Él abrió los ojos de golpe. Se incorporó.

—¿Qué ocurre? ¿Ha pasado algo mientras no estaba?

—No pasa nada. —Le cogió la mano y, con los ojos clavados en los suyos, la posó en su vientre—. Max. Vamos a tener un hijo.

—¿Un...? —Se interrumpió. Lana vio todos sus sentimientos. Confusión, sorpresa, cautela—. ¿Estás segura?

En vez de hablar, se levantó, fue hasta la cómoda y cogió la prueba de embarazo, donde la había escondido. Esta centelleó en su mano. Después en la de él, cuando se la dio.

—Es lo que hemos creado juntos. Tú y yo.

Max levantó la mirada hacia ella y Lana vio lo que más necesitaba. Vio alegría.

—Lana. —La atrajo hacia él, presionando el rostro entre sus

pechos. Inspiró su aroma, asimiló semejante milagro—. Un hijo. Nuestro hijo. ¿Te encuentras bien? ¿Has tenido náuseas? ¿Has...?

—Me siento más fuerte que nunca. Llevo dentro lo que hemos creado juntos. Nuestro amor, nuestra luz, nuestra magia. Eres feliz.

—No tengo palabras para expresarlo —dijo—. Las palabras son lo mío, pero en estos momentos no las encuentro para describir lo que siento. —Posó la mano en su vientre de manera protectora—. Nuestro.

—Nuestro —repitió, y puso la mano sobre la de él—. Prefiero que quede entre nosotros por ahora. No quiero contárselo a los demás. Bueno, Eddie lo sabe. No quería decirte nada hasta estar segura, así que le pedí que me consiguiera la prueba. Pero no deseo decírselo a nadie más.

—¿Por qué? Es algo de gran trascendencia. Es algo hermoso.

—Nuestro —reiteró—. Como esta noche. Solo nuestro. Y puede que en parte sea solo por pura superstición. Dicen que no hay que contarlo hasta el final del primer trimestre. Y esos son todos mis conocimientos sobre estar embarazada. Dios mío. —Se sentó junto a él y enseguida se levantó de nuevo—. Y nada de alcohol. Eso está descartado. Puede que por eso el vaso de vino que Allegra me dio me oliera tan raro. En fin. ¡Dios mío! No puedo buscar en Google qué tengo que hacer y qué no, qué debo esperar. Esa parte, el no saber, me pone nerviosa. Y puede que sea egoísta y supersticiosa en cuanto a no contarlo.

—Pues no se lo diremos a nadie hasta que estés preparada. Y averiguaremos lo que sea necesario.

—¿Cómo?

—Buscaremos un libro. Tiene que haber una biblioteca o una librería en alguna parte. Mientras tanto, utilizaremos el sentido común. Descansa cuando necesites descansar, lleva una buena alimentación.

—Creo que tengo que tomar vitaminas especiales.

—A lo mejor también encontramos de eso. Pero las mujeres han tenido hijos sin tomar vitaminas durante miles de años.

Lana le lanzó una mirada acerada, con una sonrisa en la cara.

—Para un hombre es fácil decirlo.

—Lo es, ¿verdad? —Le asió la mano—. Juro que cuidaré de ti, de los dos. Es el destino, Lana. La manera en que ha ocurrido, cuando tomamos todas las precauciones. El momento en que ha ocurrido. Esta señal —agregó, mirando el centelleo—. Este hijo es obra del destino. Aprenderemos lo que hay que hacer para traerle a él o a ella a este mundo y para hacer del mundo un lugar seguro para nuestro hijo.

Lana se sentó a su lado de nuevo.

—Siempre sabes cómo tranquilizarme. Cómo infundirme confianza. Te creo. Esto es obra del destino. Encontraremos la forma.

Max le giró la cara hacia él y la besó.

—Te quiero. Ya os quiero a los dos.

—Yo siento lo mismo.

Tomó las manos de Lana en las suyas.

—Te juro lealtad, te entrego todo lo que soy, todo lo que tengo o tendré. Te protegeré, te defenderé, te amaré hasta mi último aliento. Sé mi pareja, mi esposa, mi compañera, desde este momento.

El corazón de Lana se llenó de emoción.

—Lo seré. Lo soy. Yo te juro lealtad, te entrego todo lo que soy, todo lo que tengo o tendré. Te protegeré, te defenderé, te amaré hasta mi último aliento. Sé mi pareja, mi esposo, mi compañero, desde este momento.

—Lo seré. Lo soy. —Besó sus manos unidas y después selló la promesa posando los labios en los de ella—. Esto es cuanto necesitamos entre nosotros, pero quiero darte un anillo. Quiero ese símbolo para nosotros.

—Para los dos —dijo—. El círculo, el símbolo.

—Para los dos. —Se tumbó con ella una vez más y la acarició mientras se miraban a los ojos—. No te he preguntado de cuánto crees que estás.

—De casi siete semanas.

Vio la comprensión en sus ojos.

—Por supuesto. Es el destino —murmuró, y abrazó a su mujer y a su hijo.


El ambiente se mantuvo distendido durante dos semanas, la viva estampa del trabajo en equipo.

Max se conocía y conocía su hermano. Tal y como preveía, chocaron más de una vez durante las prácticas y el estudio. Pero Max le aseguró a Lana que hacía progresos.

Surgían discusiones, pero nada fuera de lo normal, sin mayor trascendencia, tal y como podría suceder en cualquier grupo aislado.

A principios de marzo el deshielo derritió parte de la nieve y, aunque el terreno era un barrizal, las señales de que la primavera regresaría algún día hicieron que todos pasaran más tiempo fuera.

Poe cogió un arco de caza y todos los días dedicaba una hora a practicar. Lana le observaba a menudo desde la ventana de la cocina mientras disparaba flechas a un blanco que había dibujado en un cuadrado de contrachapado.

Estaba mejorando. Para alivio de Lana, Poe todavía no había disparado sus flechas a ninguno de los ciervos que deambulaban libremente por el bosque.

Shaun y Eddie forjaron un vínculo gracias a la pesca y la Xbox.

Poe bajó con Max y le informó de que el chico lobo, como llamaba él al muchacho llamado Flynn, seguía sin estar interesado en unirse al grupo.

Sin que nadie se diera cuenta, Max le consiguió a Lana algunas vitaminas prenatales que había encontrado en la farmacia.

Cuando entró en la novena semana, Lana se sentía fuerte y sana. Cocinaba, se unía a las prácticas con Max y Eric, daba largos paseos con Max o con Eddie y Joe y participaba —perdiendo casi siempre— en lo que pasó a ser la noche de juegos tres días a la semana.

Sabía que Max leía con detenimiento mapas y rutas, buscando la mejor dirección que tomar en primavera. Aunque había comenzado a sentirse integrada, incluso satisfecha, en su extraño nuevo hogar, entendía sus razones.

Necesitaban encontrar más gente, un lugar que pudieran defender en vez de uno con una única carretera de entrada o de salida. E incluso con todo lo que habían conseguido en el pequeño pueblo, las provisiones no durarían eternamente.

—¿Por qué esperar? —preguntó Allegra en una discusión de grupo—. ¿Por qué no nos vamos ya?

—Porque tenemos refugio y provisiones. Tenemos calefacción y electricidad —le recordó Max—. No queremos viajar sin nada de eso y toparnos con una tormenta de nieve. Otro mes y evitaremos esa posibilidad.

—Otro mes. —Allegra se llevó las manos a la cabeza y la meneó—. Sé que me estoy quejando, pero menuda mierda. Ya llevamos una eternidad aquí. No hemos visto ni un alma, salvo a ese chico tan raro con el que os encontrasteis. Si el objetivo es dar con más gente, estamos fracasando estrepitosamente.

—¿Y si encontramos a la gente equivocada cuando todavía no estemos preparados? —preguntó Kim.

—Vale, sé que las cosas eran un descontrol en la universidad, e incluso de camino aquí. Pero hace semanas de eso. Lo más probable es que las cosas estén volviendo a la normalidad. A estas alturas ya tienen que haber desarrollado una vacuna. No sabemos nada porque estamos en medio de ninguna parte.

—Tiene razón —intervino Eric.

—Sí, y entiendo que estamos en esta jaula y que ignoramos qué hay afuera. —Shaun se removió en su asiento—. Pero Max tiene razón en cuanto a que nieva de marzo hasta principios de abril. Hemos tenido un deshielo, así que nos estamos poniendo nerviosos otra vez, pero no durará.

—¿Qué? ¿Es que eres el nuevo meteorólogo local?

Shaun se sonrojó ante el ataque de Allegra, pero se mantuvo firme. Su amistad con Eddie le había infundido confianza, pensó Lana.

—No, pero he pasado mucho más tiempo aquí que tú. Que ninguno de vosotros. Tuvimos mucha suerte de llegar aquí. Si esperamos hasta mediados de abril, tendremos más posibilidades de salir de la jaula sin quedarnos atrapados o congelados, y de averiguar qué hay ahí afuera.

—Diles lo que me has dicho a mí —le dijo Poe a Kim—. Vamos —insistió al ver que ella se le quedaba mirando—. Es necesario que lo tengamos en cuenta.

—Vale. Qué aguafiestas. —Se apoyó en el respaldo de la silla y tamborileó con los dedos sobre la mesa—. En febrero oímos las noticias desde Nueva York, y Eddie oyó lo mismo. No hay progresos con la vacuna, el gobierno es un caos y hay más de dos mil millones de muertos.

—No sabemos si todo eso es cierto —objetó Allegra—. O si alguna cosa lo es.

—Los datos empíricos lo sustentan. Lo que vimos con nuestros propios ojos. Podemos ser optimistas y albergar la esperanza de que después de eso se realizaran avances con la vacuna y que la tuvieran al cabo de otra semana, más o menos. Pero después hay que producirla en masa y distribuirla, y los medios de transporte también son un caos. Pero ciñéndonos al optimismo, supongamos que se ha creado la vacuna, se ha fabricado y se ha distribuido. Eso lleva su tiempo —continuó Kim—. La gente estaba cayendo como moscas. La vacuna en cuestión ¿curaría o inmunizaría? ¿Curaría a alguien que ya se estaba muriendo? Al ritmo que sucumbían los infectados y los no inmunes, podríamos prever de forma realista otros mil millones de muertos. Y estimar que casi la mitad de la población mundial se ha extinguido. Eso siendo optimistas.

—Cuéntales la versión pesimista —la instó Poe.

—La vacuna no llegó a desarrollarse. Utilizando nuestro propio campus como baremo, la tasa de mortalidad podría ser del setenta por ciento, lo cual supondría unos cinco mil millones de personas.

—No pienso creerme eso. —A Allegra le temblaba la voz mientras buscaba a tientas la mano de Eric—. No me lo creo.

—Existe un término medio entre el optimismo y el pesimismo. —Kim guardó silencio durante un momento, pero Poe le hizo una señal para que continuara—. Incluso en un término medio, ahí fuera habrá un caos tremendo. Los cadáveres que no se han enterrado debidamente propagarán otras enfermedades. Los gilipollas presas del pánico y la violencia provocarán más muertes. La desesperación provocará suicidios. A eso hay que sumarle los fallos en las infraestructuras, la comida putrefacta, la falta de electricidad y los sistemas de comunicación poco fiables. Estar aquí atrapados durante un par de meses parecerá un picnic.

—¿Cuál es tu solución? —exigió Eric—. ¿Quedarnos aquí para siempre?

—No, no podemos. No tendremos combustible suficiente para pasar otro invierno. No podríamos defendernos si alguien quiere quitarnos lo que tenemos. Y necesitamos saber —agregó Kim—. Necesitamos a la gente, y más nos vale que algunos de los supervivientes sean médicos, científicos, ingenieros, carpinteros, soldadores y agricultores. Más nos vale que la gente siga queriendo tener hijos. Necesitamos formar comunidades, lugares seguros.

»¿Os hacéis una idea de cuántas pistolas habrá solo en este estado? —prosiguió—. No seremos los únicos que estén armados. Por Dios, pensad en las armas nucleares y biológicas a las que algún chalado podría ponerle las manos encima. Así que, sí, tenemos que irnos de aquí, intentar empezar a recomponer las cosas antes de que alguien haga que todo vuele por los aires.

—Yo... —Allegra se apretó la sien con una mano—. Me duele la cabeza. ¿Puedo...?

Lana se levantó y fue a la reserva de medicamentos.

—En una escala del uno al diez, ¿cuánto te duele?

—Un ocho. Puede que un nueve.

—Tómate dos. —Le llevó un par de pastillas de ibuprofeno a Allegra.

—Gracias. —Se las tomó con agua—. De verdad que no me encuentro bien. Voy a tumbarme.

—Lo siento —comenzó Kim.

Allegra meneó la cabeza.

—No. —Volvió a menear la cabeza—. No.

—¿De verdad crees que es tan grave? —preguntó Eric.

—Creo que tenemos que estar preparados para ello, sí.

—Por Dios. —Cerró los ojos y exhaló—. Voy a subir y a asegurarme de que está bien. —Se dispuso a salir, se detuvo y miró a Max—. ¿Qué pasa con la gente como nosotros?

—Los hay buenos y malos, como el resto.

—Sí.

Eddie estaba sentado, sin dejar de acariciar la cabeza de Joe.

—Supongo que cuando nos vayamos, habrá que pensar en dirigirnos al sur, hacia Kentucky, para empezar. Conozco aquello. Como ha dicho antes Poe, tenemos que encontrar algún lugar en el que podamos cazar, pescar y labrar la tierra.

—Pescar se nos da bien.

Eddie sonrió al oír las palabras de Shaun.

—Sí que se nos da bien.

Lana se armó de valor y se volvió hacia Kim.

—¿Optimista o pesimista? No me vengas con evasivas —agregó al ver que Kim se preparaba para hacer justo eso.

—Pesimista. Mirad, la periodista no era ninguna pirada. Estuve viéndola durante toda una semana antes de aquel último noticiario. Mantuvo la compostura incluso cuando le pusieron una pistola en la cabeza, incluso cuando ese tío se voló la cara a su lado. Dijo lo que sabía, lo que creía y lo que sentía que la gente necesitaba saber. Las cifras en aquellos momentos, el desmoronamiento del Gobierno, la ley marcial, todo aquello y sin visos de conseguir una vacuna. Un setenta por ciento, tal vez más. Joder, si alcanza una cota tan alta de bajas, ya estás jodido.

—De acuerdo. —Consideraría la situación con lucidez, se dijo Lana. Por su hijo—. Todos tenemos nuestros puntos fuertes. Poe se está convirtiendo en un arquero muy bueno.

—Todos tenemos que entrenar con las armas —añadió Max—. Todos debemos aprender a defendernos, a cazar y a pescar. A cocinar.

Lana esbozó una leve sonrisa.

—Yo puedo dar clases de cocina. Las cambiaré por clases de conducir.

—Yo soy buena conductora. Ningún conductor asiático se desmorona bajo presión, negrito.

—Es tu parte negra la que sabe conducir —le dijo Poe a Kim con una risita—. Tenemos un mes para dejarlo todo atado.

—Después ponemos rumbo al sur. —Max asintió y miró a Eddie—. Un clima más cálido, temporada de cultivo más larga.

—Conseguiremos electricidad. Eólica o fluvial —les aseguró Kim—. Construiremos un invernadero; alargaremos la temporada de cultivo. Tiene que haber un montón de ganado por ahí. Cogeremos vacas, gallinas y cerdos.

—¿Nos construiremos un mundo? —preguntó Eddie.

Kim se encogió de hombros.

—Es lo que hay.

Lana durmió mal, atormentada por los sueños.

Cuervos que daban vueltas, tal y como lo habían hecho sobre el círculo negro. Y el destello de algo más, algo más oscuro que prácticamente cubría el cielo. Un rayo sangriento restalló y le siguió el rugido de un trueno.

Corrió, sujetándose el abultado vientre con un brazo, resollando y con el sudor y la sangre resbalando por su cuerpo. Cuando ya no pudo seguir corriendo se escondió, agazapándose en las sombras mientras aquello que la perseguía se movía a toda velocidad de forma sinuosa, serpenteaba, reptaba.

La mañana puso fin a la espantosa noche llena de pesadillas. Se levantó con el corazón llorando en su interior. Caminó, armada con un cuchillo y una pistola; una persona a la que no reconocería la mujer que había sido en Nueva York.

Caminó un kilómetro, dos, tres, con un único propósito. Protegería al hijo que llevaba dentro a toda costa.

# 16

Durante dos semanas el tiempo se dividió entre planes, ideas, rutas, alternativas y la clase de entrenamiento al que Lana jamás imaginó que tendría que someterse.

No había empuñado un arma en toda su vida y ahora sabía disparar un revólver, una semiautomática y una escopeta de dos cañones. Su puntería mejoró, aunque todavía necesitaba trabajarla, pero dudaba de que alguna vez superara su aversión visceral, a juzgar por la fuerte impresión que la atravesaba cada vez que apretaba el gatillo.

Apretar el gatillo y disparar un proyectil diseñado para perforar la carne. Esperaba con toda su alma que jamás tuviera que apuntar a ningún ser vivo y apretar el gatillo.

Pero había dejado de sobresaltarse cada vez que disparaba un arma.

Prefería el papel de profesora; demostrar, explicar, introducir a otra persona en la elaboración de una sopa básica, enseñar a combinar sobre la marcha una serie de ingredientes para transformarlos en una comida apetitosa.

Trabajó en su destreza con el arco, aunque todos la consideraban un auténtico desastre. Aprendió a cambiar una rueda y a llenar el depósito, y recibía clases de conducir todos los días. Esas clases eran su parte favorita del día; una hora al volante, solo con Max a su lado.

Aquello suponía pasar una hora aprendiendo algo que le gustaba hacer y tiempo para que ambos hablaran sobre el bebé.

Las clases tuvieron que posponerse cuando la nieve regresó de forma repentina y copiosa. Se derretía bajo el cielo soleado, y se congelaba cuando la temperatura se desplomaba por la noche, dejando placas de hielo por encima y por debajo de la nieve que todavía quedaba. Esparcieron cenizas que sacaron de las chimeneas con el fin de mantener los senderos despejados.

Lana percibía que, al igual que ella, todos anhelaban la llegada de la primavera. Y temía lo desconocido que traería el reverdecer de la naturaleza.

Mientras Max y Poe estaban fuera en un viaje de exploración, Lana decidió realizar un inventario completo de la casa, anotando lo que consideraba que debían llevarse consigo. Numerosos artículos de cocina, como la olla grande, la sartén, el abrelatas manual, un colador, tazones, el mortero y la mano que Max había encontrado en otra cabaña. Sus cuchillos, por supuesto.

Podían apañárselas con una sola cuchara de madera, una espumadera y una espátula, pero si, tal y como estaba planeado, se llevaban otro coche, incluiría más provisiones y más equipo.

Habían establecido como prioridad para la salida de ese día hacerse con una furgoneta o un todoterreno. Guardó más cosas, confiando en que Max lo consiguiera.

Levantó la mirada de la lista de suministros médicos y de primeros auxilios cuando entró Kim.

—Estos aguantan bien, pero no vendría mal buscar más una vez que nos pongamos en camino —dijo—. Puedo complementar los medicamentos con remedios naturales cuando llegue la primavera. Tengo algunos conocimientos sobre eso.

—Yo sé un poco. Mi madre estaba muy metida en la medicina natural y en la medicina china. —Kim se paseó hasta la ventana mientras hablaba—. Oye, me apetece mucho salir y tomar el sol. Hoy hace más calor. ¿Qué me dices? No quiero perder puntos por ignorar el sistema de compañeros.

—Claro. Me vendría bien un paseo.

—La nieve se ha derretido un poco, así que la tierra está blanda, pero...

—Deja que me ponga las botas. —Dejó el cuaderno y fue a la entrada—. ¿Te encuentras bien?

Kim se encogió de hombros y cogió sus botas.

—Estoy inquieta. Supongo que es porque sabemos que nuestro tiempo aquí se acaba. Es un poco aburrido, eso sin duda. Todo el rato es lo mismo. Pero la rutina se vuelve cómoda. Quiero irme. Tenemos que irnos, pero...

—Lo sé. —Lana cogió una de las chaquetas ligeras y un pañuelo—. Creo que todos lo sabemos.

—Llevo toda la mañana con una extraña sensación de temor a cuestas. Mi nube negra personal. —Kim se subió la cremallera de la chaqueta y se puso un gorro de punto sobre su negro cabello, más largo por delante que por detrás—. Seguro que me lo ha contagiado Allegra. No estoy cargando contra ella —afirmó después de que Lana le diera un codazo—. Ha estado cumpliendo con su parte y no se queja tanto. Pero, por Dios bendito. —Abrió la puerta e inspiró hondo mientras salían—. Casi puedes ver su nube negra.

—Por lo que he visto y por lo que ella dijo, tengo la sensación de que procede de una familia adinerada. Hija única de padres ricos, divorciados, y puede que ambos la consintieran un poco para compensarla.

—Sí, la princesita blanca, de familia protestante y descendiente de los primeros colonos. Lo siento, eso sí ha sido cargar contra ella, y en realidad apenas la conocía antes de todo esto, y solo de manera superficial desde que Eric y ella empezaron a salir.

—¿Eric y tú estuvisteis...?

—¿Qué? Oh, no. —La risa borró parte del estrés en el rostro de Kim—. Íbamos a algunas clases juntos y el año pasado salió con una amiga mía durante una temporada. Conocía más a Shaun; somos un par de empollones. En realidad, fue solo una casualidad que los cinco acabáramos marchándonos juntos. Todos nos escondimos en el teatro, en el cuarto de atrezo. Poe tenía coche y Shaun esta casa, así que decidimos largarnos de allí a toda pastilla. Éramos uno más; mi amiga Anna. Ella no lo consiguió.

—Lo siento. No sabía que habías perdido a alguien. ¿Estabais unidas?

—Éramos compañeras de habitación. No teníamos mucho en común, pero conectamos y nos hicimos muy amigas. Era alumna de teatro, y así fue como terminé en el cuarto de atrezo. Ella me arrastró allí. Quería quedarse, resistir, pero yo la convencí de que teníamos que irnos, marcharnos con los demás.

—Tenías razón, Kim. No podías arriesgarte a quedarte.

—Lo sé, y a eso me aferro. Fue la primera noche que pasamos fuera... No habíamos llegado muy lejos, las cosas eran un caos. Encontramos una casa vacía; en realidad una choza. Anna estaba desolada, supongo que todos lo estábamos. Por la mañana... La encontramos por la mañana.

Lana no dijo nada mientras Kim se recomponía e inspiraba hondo.

—Se colgó de la rama de un árbol. Utilizó una sábana. Y se había prendido una nota al abrigo. Solo ponía: «Lo siento mucho». —Y añadió—: No sé por qué he pensado tanto en ella hoy. Es parte de mi nube negra. ¿Dónde están todos? Sé que Max y Poe han salido a comprar un coche.

Cambio de tema, pensó Lana, y le dio un pequeño apretón a Kim antes de bajar el brazo.

—Me parece que Eddie y Shaun han sacado a Joe para que haga ejercicio, y puede que practiquen un poco con el arco.

—Es bueno para Shaun, me refiero a Eddie y a Joe. Hasta en el círculo de los empollones era el único al que solían acosar o ignorar. Eddie le trata como si fuera guay, y seguramente es la primera vez en la vida que Shaun está remotamente cerca de ser guay. Y ha hecho más que cumplir con su parte. Tenemos la casa gracias a él. Sí, la cagó, pero desde entonces no solo ha cumplido las reglas, sino que además ha trabajado muy duro.

—Así es —convino Lana—. Se enfrenta a las clases de cocina como si fueran de ciencias, y eso está muy bien.

Kim se agachó para recoger una rama, fina como la cola de un látigo, y la agitó de forma distraída mientras caminaban. Irradiaba inquietud.

—Está feo decirlo, pero toda esta mierda que ha pasado, la puñetera plaga global, vernos obligados a estar en modo superviviente, podría ser la clave del éxito para Shaun.

—Va a suponer el éxito o el fracaso para todos. —Se detuvieron y observaron a una manada de ciervos que cruzaban entre los árboles—. Me preocupaba un poco que esta situación, esta dinámica, perjudicara la relación entre Max y Eric. Todavía hay momentos en los que puedo ver el resentimiento de Eric, pero se lo traga y hace lo que hay que hacer.

—Max es el líder. Todos lo saben. A Eric le cuesta más aceptarlo, pero también lo sabe.

—El que Max lleve las riendas fue algo natural para mí y después para Eddie. Para el resto de vosotros...

Kim agitó la rama y meneó la cabeza.

—Mira, yo podría haberles dicho a todos que teníamos que racionar las provisiones, salir a buscar más y trazar un plan. Y Poe se habría puesto de mi parte, porque no es tonto. Pero no habríamos conseguido que todos lo acataran. Pese a todo, Eric asumió el mando de camino aquí y podría decirse que ha tenido que renunciar a ese papel desde que Max y tú os unisteis a nosotros. —Miró a Lana—. Y tenemos provisiones, organización y un plan porque lo habéis hecho vosotros. ¿Y Allegra?

Es la princesita y Eric su caballero. Supongo que a ellos les funciona. En fin, ¿dónde están?

—No lo sé. ¿No estaban en la casa?

—No los he visto, y los abrigos que suelen ponerse para salir no estaban en la entrada.

—Quizá también necesitaran dar un paseo. Hace bueno y el sol sienta bien. Supongo que es posible que nieve más, pero quiero creer que el invierno ha terminado.

—Deseo ver crecer las cosas de nuevo, hacer que las cosas crezcan de nuevo. —Kim alzó el rostro e inspiró.

—Un huerto. Eso es lo primero que quiero hacer. En Chelsea cultivaba hierbas en las macetas de la ventana. Ojalá las hubiera traído. —Dieron la vuelta, siguiendo la regla de no alejarse demasiado de la casa sin haber avisado a alguien—. Me alegro de que quisieras dar un paseo. No era consciente de cuánto necesitaba salir yo también.

Ambas se giraron al oír pasos apresurados. Lana agarró a Kim del brazo cuando miró hacia la izquierda. Casi divisaban la casa y estaban lo bastante cerca como para ver y oler el humo de las brasas que habían dejado en las chimeneas. Si tenían que echar a correr...

Entonces Joe salió de entre los árboles. El instantáneo alivio de Lana, incluso la carcajada por su propia paranoia, se esfumó cuando el perro se pegó a ella, temblando.

—¿Qué ocurre, Joe?

Shaun se abrió paso entre los árboles y estuvo a punto de estamparse de cara en la nieve medio derretida antes de que Eddie le agarrara y volviera a levantarle.

—¿Qué ha pasado? —exigió Lana.

—Ahí atrás hay algo muy raro. —Shaun se subió las gafas, cuyos cristales se habían empañado con el vaho de su resuello—. Muy raro. Deberíamos regresar a la casa. Vamos a buscar a Max.

—Espera. Respira. ¿Qué has visto?

—¿Alguna de las dos lleva un walkie-talkie? —preguntó Eddie.

—No, solo hemos salido a dar un paseo.

Shaun, con la cara enrojecida por la carrera y resollando todavía, giró la cabeza para mirar hacia los árboles.

—Iré a por uno. Contactaré con Max, él se llevó uno, y le diré que vuelva. Necesitamos que vuelva.

—Volando —añadió Eddie.

Shaun echó a correr con torpeza, resbalando a cada paso.

—Eddie —dijo Lana con brusquedad. Se le estaba agotando la paciencia y su inquietud aumentaba—. ¿Qué ocurre?

—¿Has visto *La bruja de Blair*? Ya sabes, la película.

—No —respondió Lana mientras Kim decía: «Claro».

—Me encantan las pelis de miedo. —Eddie consoló a Joe con una mano y miró por encima del hombro—. Pero no me gusta vivir en una. ¿Te acuerdas de que salían todos aquellos símbolos colgando de los árboles? —le dijo a Kim.

—Sí. Escalofriante.

—Bueno, ¿quieres que te diga qué es escalofriante? Ahí atrás hay un huevo de ellos, colgando por todas partes. Está apartado de nuestra ruta, pero Joe ha cogido ese camino y hemos visto pisadas, así que hemos ido a echar un vistazo. Todos esos símbolos, como... ¿cómo se dice? —Dibujó en el aire con los dedos.

—Pentagramas. —A Lana se le encogió el pecho.

—Sí, eso, y también esos muñequitos tan raros. Hechos con ramitas, cuerda de cáñamo y jirones de tela. Sé que algunos jirones son de mi camiseta de los Grateful Dead. *La bruja de Blair*, niña, y no es bueno.

—Necesito verlo.

Eddie negó con la cabeza.

—Es malo, Lana. Malo como aquel círculo negro. Eso se percibe. Y hay sangre en la nieve. Parece fresca. Un montón de sangre y... bueno, ya sabes, vísceras. Joe se ha hecho pis, y yo casi me meo encima.

—¿Qué círculo negro? —quiso saber Kim.

—Luego te lo explicamos. Necesito que me lo enseñes. Si alguien se acerca tanto a la casa y utiliza magia negra, tengo que verlo y neutralizarlo.

—Sabía que dirías eso. —Eddie bajó las manos después de pasárselas por la cara—. Esperemos a Max, ¿vale?

—Eddie, necesito verlo. De esta forma podré explicarle el simbolismo a Max y reunir así lo que necesitamos para neutralizarlo.

—Vale, vale, pero no vamos a ir más allá del lugar en el que Joe se ha hecho pis y yo casi me meo encima. Ya llega Shaun.

Shaun volvió corriendo, con la cara roja por el esfuerzo y resoplando con fuerza.

—Se lo he dicho. —Se dobló por la cintura y apoyó las manos en las rodillas—. Ya vienen. Tardarán diez o quince minutos, pero ya vienen.

—Estupendo. Ahora llévame, y dentro de diez o quince minutos Max y yo veremos qué tenemos que hacer.

—¿Que te llevemos? —Shaun levantó la cabeza, todavía doblado por la cintura. Su rostro palideció debajo del enrojecimiento de su piel—. ¿Allí? Yo no pienso volver. Ninguno deberíamos hacerlo. Max...

—No está aquí —señaló Lana.

—¿Prefieres esperar aquí tú solo? —preguntó Kim, dando un paso al frente.

—Joder, no. —Siguió a Kim, girando la cabeza a uno y otro lado—. Es que esto no me parece que sea buena idea.

—Tampoco lo es dejar símbolos de magia negra —replicó Lana—. El mes pasado encontramos un lugar donde se realizó un ritual oscuro, peligroso. Y también demasiado cerca de la casa. Lo purificamos. Y eso es lo que vamos a hacer con esto, sea lo que sea.

—No nos lo habías contado —le recriminó Kim.

—No, y puede que haya sido un error. —Cuando Eddie se

detuvo, Lana dirigió la mirada hacia la nieve aplastada a la izquierda—. Se acerca a la casa.

—Sí. Es escabroso. Hay un montón de matorrales, ramas caídas, rocas. Por eso no nos salimos del camino.

—Si esperamos a que Max...

Kim se giró hacia Shaun.

—Ella es tan bruja como él.

Para zanjarlo, Lana avanzó sobre la nieve pisada. Recorrió menos de dos metros antes de detenerse. Lo sintió palpitar, bombear, rezumar. Más oscuro y potente que el círculo, comprendió mientras la piel se le humedecía.

Aquello fue una ofrenda. Eso, mucho se temía, era la materialización de dicha ofrenda.

Se llevó una mano al vientre, a su hijo, y juraría que sentía un pulso también ahí. La luz palpitaba.

Siguió adelante, confiando en ella.

Sangre, muerte. Sexo. Olió todo aquello, mezclado y revuelto.

Entonces lo vio. De las ramas colgaban pentagramas invertidos. Trece por trece por trece. Sangre roja manchando la nieve blanca y vísceras amontonadas en un altar improvisado de piedras, donde habían destripado a alguna criatura.

Los muñecos: seis representaciones humanas y una de cuatro patas.

Mientras la oscuridad golpeaba contra ella, la luz latía en su interior y el silencio sepulcral se tornaba denso y penetrante, lo supo.

Y lloró por dentro.

Alzó una mano para comprobarlo, de poder a poder, e impuso su luz sobre la oscuridad. Sintió la sacudida cuando fue absorbida con avidez de su palma.

—Tenemos que regresar —dijo con absoluta calma—. Necesito algunas cosas. —Max era una de ellas.

—¡Buena idea! —Shaun dio un paso atrás, pero se quedó paralizado al oír un fuerte ruido.

—¡Madre mía, madre mía, es un oso! —Kim dio un paso hacia atrás, tambaleándose.

—Le ocurre algo —aseguró Eddie, que se descolgó el rifle que llevaba a la espalda mientras Joe dejaba de temblar y gruñía.

El oso avanzó entre sacudidas y convulsiones. Lanzaba zarpazos al aire, con los ojos centelleantes, de un macilento tono amarillo.

—Se supone que no hay que correr. —Shaun agarró a Kim del brazo, con mano temblorosa—. No corras o puede que te persiga. Y él es más rápido. Es mejor retroceder poco a poco, darle espacio, pero permaneciendo juntos para hacer más bulto. Es un oso negro y no son agresivos, pero este...

—No está bien. —Eddie exhaló despacio—. ¿Alguien más va armado?

—Yo. —Kim desenfundó con torpeza la pistola que llevaba a la cadera.

—Shaun tiene razón en que no debemos correr. Vamos a intentar retroceder. Con cuidado —agregó Eddie. El oso se levantó sobre las patas traseras, rugiendo—. Mierda. ¡Mierda! No ha funcionado.

—Está infectado. Tienes que matarlo. Dispárale —ordenó Lana lanzando energía pura.

El primer disparo le dio en el pecho. El animal profirió un alarido, se puso a cuatro patas y embistió.

Disparos de rifle y de pistola. Lana se llevó una mano al vientre, recurrió a lo que se le había otorgado y formó una irregular esfera de luz.

El oso rugió y lanzó un alarido de dolor que rasgó el aire cuando sus patas delanteras cedieron. Con pesar, Lana vio que sus ojos se tornaban negros, no con la muerte en ellos, todavía no, sino con miedo.

Entonces Eddie acabó con su vida.

—Volvamos a la casa —ordenó Lana—. Todos. Puede que

haya más. —Se dejó llevar por su instinto, extendió una mano al frente e hizo arder los símbolos colgados—. Deprisa.

—Eric y Allegra —logró decir Kim mientras corrían por la nieve mojada—. Puede que todavía sigan fuera. Tenemos que encontrarlos y llevarlos dentro.

—Eric y Allegra son los que han hecho eso. Deprisa —repitió Lana.

Cuando llegaron al claro que rodeaba la casa, Eric y Allegra estaban plantados en el sendero, cogidos de la mano.

—Nos habéis estropeado la sorpresa. —Allegra se apartó el pelo y sonrió.

—Nos lo habéis ocultado. —El pánico resbaló por la espalda de Lana. No necesitaba comprobar quién tenía más poder, no cuando lo sentía agitarse.

Necesitaba a Max. Todos necesitaban a Max.

—No quería alardear. —Con una carcajada, Allegra apoyó la cabeza en el hombro de Eric. Ese coqueto gesto femenino contrastaba con el frío placer de su rostro—. Ha sido divertidísimo veros jugar con vuestros talentos inferiores mientras los nuestros aumentaban y se hacían más oscuros, más placenteros. Y ahora... —Giró el dedo y los envolvió en un círculo de fuego negro—. Vamos a esperar a que lleguen a casa los últimos miembros de nuestro alegre grupito.

Lana levantó una mano cuando Kim alzó su arma.

—No atravesará el círculo y puede que rebote y nos dé a uno de nosotros.

—Qué lista eres. Te sacrificaremos la última. —Eric sonrió, con rostro teñido por el poder y el regocijo, letalmente oscuros ambos—. Max será el primero.

Al mirar a Eric a los ojos y ver su regocijo, el temor arraigó dentro de Lana y sintió náuseas.

—Es tu hermano.

—Que le den a mi hermano. —Agitó los dedos y disparó negros rayos al cielo—. Durante toda mi vida ha ido siempre por delante, y se suponía que yo debía seguirle, pero nunca conseguía estar a la altura. El hijo bueno, en el cuadro de honor, el importante escritor. El poder. Ahora tengo mucho más que él. ¿Y se cree que puede sermonearme? ¿Enseñarme? ¿Entrenarme? —Alargó una mano y lanzó un oleoso rayo negro a un pino en la orilla del bosque. Este se partió en dos y las mitades dentadas ardieron en la nieve—. ¿Se cree que su blanco y débil poder se puede comparar al mío?

—Se... se ha convertido a la oscuridad —barbotó Shaun—. Como... como Anakin Skywalker.

Con el desprecio reflejado en la boca, Eric arrojó un dardo negro al anillo de fuego.

—Por Dios, eres un puto bicho raro.

—Tú no eres así, Eric.

Desvió esa expresión de desprecio hacia Lana y después se miró la mano. Algo negro y sinuoso se enroscaba alrededor de su brazo. Cuando lo levantó, negros cuervos poblaron el cielo y comenzaron a volar en círculo.

—Lo soy. Por fin lo soy y tengo lo que siempre ha sido mío. La humanidad ha muerto. Yo me alzo sobre su putrefacto cadáver y soy yo mismo. Somos nosotros mismos —dijo volviéndose hacia Allegra—. Ahora somos lo que vive.

—Prospera y toma. Todo lo que deseamos. A cualquiera que deseemos. —Allegra se arrimó a Eric y le acarició la mejilla con la suya—. Tal vez deberíamos quedarnos a uno como mascota.

—Estás enfermo, tío. —Eddie agarró a Joe del collar para que no se separara de él—. Estás muy enfermo.

—Puede que a él. —Allegra consideró la idea—. Después de que asemos a su perro a la parrilla.

—Carguémonos a uno ya. El héroe que pone las reglas tarda mucho. Vamos a cargarnos a uno y a divertirnos un poco. Elige tú, cielo.

—Mmm. —Allegra se acercó, con su rubio cabello agitán-

dose a su espalda mientras caminaba alrededor del círculo—.
Es difícil elegir. Son todos tan aburridos... Menos ella. —Se detuvo delante de Lana—. Pero tiene que ser la última, ella y esa
putilla que crece en su interior. Tiene que ver morir al resto.

—Creía que simplemente eras un poco tonta.

Pillada por sorpresa, Allegra miró a Lana, parpadeando.

—¿Qué?

—Ya me has oído. —Protegería a su bebé costara lo que costase, pensó Lana. De modo que sonrió con desdén—. Un poco
tonta, muy quejica y una inútil. Ahora veo que te subestimé.
En realidad eres tonta de remate, una quejica y una completa
inútil. No sé qué es lo que le pone a Eric de todo eso, creo que
te has valido del sexo y de cierto poder chapucero para llevártelo a tu terreno.

—Es un hombre —dijo Kim, detrás de Lana—. Un tío pierde la chaveta por un par de tetas. Lo siento, chicos, pero aquí
tenemos un buen ejemplo de ello.

Mientras estaba ahí, de pie, con las piernas separadas, se levantó el viento y comenzó a agitar el cabello de Allegra.

—Tú no tienes ni idea de lo que soy, de cuánto lleva esperando este día, de lo que hay dentro de mí. Pero lo sabrás antes
de que te arranque esa masa de células que se retuercen en tu
interior, desde luego que lo sabrás. Lo verás.

Allegra abrió los brazos, que se convirtieron en alas, pálidas como su cabello, con los bordes dentados y afilados.
Se elevó y giró. El humo se alzó de las llamas en el remolino de
viento.

—¡Ahí la tenéis! —Con una carcajada, Eric levantó los brazos. Sus alas eran negras, oleosas como el rayo, y brillaban bajo
el resplandor del fuego.

—¿Qué son? —balbuceó Shaun—. ¿Qué son?

—Muerte. La oscuridad. Desolación —murmuró Lana.
Y arrogancia, pensó.

Mientras ellos, al igual que sus cuervos, volaban en círculo,

Lana recurrió a lo que era, a lo que tenía, y rezó para que fuera suficiente.

—Cuando os diga que corráis, corred. Hacia la casa.

—Estamos atrapados aquí —dijo Shaun.

—No lo estaremos.

Lana proyectó su luz y golpeó el círculo oscuro con ella. Este se resquebrajó.

—¡Corred! —gritó cuando se hizo añicos.

Ahondó en busca de más y lo lanzó hacia arriba. Oyó un sonido, como el del beicon chisporroteando en una sartén caliente, un rugido agraviado de dolor, mientras corría con los demás.

Unos rayos manaron del cielo, convirtiendo la casa en una hoguera. El calor, el estallido, la arrojó hacia atrás. Antes de que pudiera incorporarse, Allegra abatió sobre ella una de sus alas chamuscadas. Desesperada, Lana la agarró, la retorció, pese a que sus dientes la atravesaban y se le clavaban en las manos. Presa de un dolor insoportable, arrojó su poder. Eric saltó para apretar a Allegra contra sí, para apartarla.

Eddie levantó a Lana de un tirón.

—Max. Max y Poe. Ya vienen. Tenemos que intentar escapar.

Lana oyó disparos, corrió a ciegas mientras la sangre chorreaba de sus manos. Vio que Kim se detenía e intentaba levantar a Shaun, que se tambaleaba, y disparaba una y otra vez con la otra mano. Con espanto, vio aquella ala chamuscada y herida atacar a Kim. Mientras luchaba por hallar poder suficiente para defenderla, Shaun apartó a Kim de un empujón. Los afilados dientes serrados le atravesaron: cara, garganta, pecho e intestinos.

Allegra giró profiriendo un grito triunfal cuando la vida abandonó el cuerpo del muchacho.

—No, no, no. —Kim se arrastró sobre la sangre, que ya formaba un charco—. ¡Shaun!

—Ha muerto. —Después de decir aquello, Eddie arrastró a Kim por el lodazal de la carretera mientras Max llegaba.

—Al coche. Todos. —Max empujó con los brazos hacia arriba a la vez que los llamaba a gritos, luchando para crear un escudo. Con los dientes apretados, Poe se situó junto al vehículo y disparó su rifle—. Al coche.

—No sin ti. —Blanca como la cal y temblando, Lana se zafó de Eddie, que la agarraba del brazo—. Jamás sin ti. Son fuertes, Max. Tanto que ninguno puede detenerlos solo. Eric...

—Lo sé. Necesito que te subas al coche. —El sudor resbalaba por su cara mientras se esforzaba por proteger a su familia—. No será sin mí, pero tenemos que actuar rápido.

—Juntos lo haremos más rápido.

—Eric.

Le temblaban los brazos, le ardían los músculos, pero Max mantuvo el escudo.

—Mira lo que ha hecho ella. —Allegra apoyó el rostro en el hombro de Eric—. Me ha herido, Eric. Tiene que pagarlo.

—Lo pagará. Todos lo pagarán.

—Eric, tienes que parar. ¿Por qué haces esto?

—¡Porque puedo! Porque tus reglas ya no valen. —Lanzó más rayos contra el escudo—. Porque tu tiempo ha terminado y el mío ha llegado por fin. ¡Porque sienta jodidamente bien!

—Estás pervirtiendo lo que hay en ti. Estás...

—¡Oh, cierra la puta boca y muérete!

La explosión derribó a Max contra el capó del coche e hizo que le sangrara la nariz. Con un pitido en los oídos, miró el rostro de su hermano y solo vio odio y codicia en él.

Tomó una decisión.

—Poe, ponte al volante. Lana, atrás. No puedo aguantar mucho más. —Se desplazó poco a poco hacia el asiento del copiloto y se montó, con los ojos clavados en los de Eric en todo momento.

En el asiento trasero, Lana levantó sus manos ensangrentadas mientras Kim lloraba.

—Lana, tienes que ayudar a Poe. Da marcha atrás y rápido. Conduce. Lana, mantennos en la carretera.

Jamás dejarían atrás lo que se aproximaba, pensó. Eric y Allegra girando juntos, uniendo sus fuerzas. El viento sacudió el coche y la tierra comenzó a resquebrajarse a su alrededor. La casa ardía en llamas en la montaña. Solo tenía que incendiar el coche del mismo modo, atravesar el escudo de Max y lanzar un negro rayo contra el vehículo.

Lana se llevó una mano herida al vientre y rezó por su hijo. Luego levantó la otra mano para guiar el coche mientras Poe avanzaba marcha atrás a una velocidad de locos.

—Lo siento, Max —murmuró.

—Yo también. Dios, yo también.

Cuando pasaban junto al camión de propano, Max bajó el escudo y encauzó ese poder y todo lo que tenía hacia el tanque. Colisionó con los rayos que Eric lanzaba.

En un instante, Lana vio la sorpresa y la alarma en la cara de Eric, y acto seguido la explosión escupió fuego y metal por los aires. Oyó unos gritos espantosos entre la estremecedora explosión.

—Da media vuelta en cuanto puedas. —Max miró al frente—. Dirígete al pueblo. No podemos dejar a Flynn aquí, ni a nadie que esté con él. Si sobreviven a eso, irán a por quien esté más a mano.

—Allegra ha matado a Shaun. Han matado a Shaun. Me apartó y ellos lo han matado. Nunca le hizo daño a nadie y lo han matado.

Eddie abrazó a Kim mientras Poe conseguía girar el coche en el arcén.

—El tío ha sido un héroe. Un verdadero héroe.

Joe apoyó la cabeza en el regazo de Eddie y soltó un aullido de tristeza.

—A Lana le sangran mucho las manos. —Poe aferraba el volante con firmeza—. Necesitamos algo para vendárselas.

—Ha intentado matar al bebé. No podía dejar que lo hiciera. Puedo detener la hemorragia. —Lana juntó las manos y cerró los ojos. Los abrió de nuevo cuando sintió que la mano de Max cubría las suyas.

Él la miró a los ojos, con los suyos llenos de dolor, de culpa y una pena atroz.

—Nos has salvado —le dijo.

—Le he perdido. ¿Cómo he podido mirarle y no ver que ya le había perdido?

—Le querías.

—Lo que amaba murió con el alzamiento de la oscuridad. Lo que amaba... el Juicio Final lo mató. ¿Y el bebé? ¿Se encuentra bien?

—Ella está bien. Lo sé.

—¿Ella?

—Allegra así lo creía. Parecía saberlo, y yo lo percibo.

—Supongo que hay que daros la enhorabuena. —Kim se enjugó las lágrimas con los nudillos—. A quien más quería matar Allegra era a ti y al bebé. Eric quería acabar con Max por encima de todas las cosas. El resto éramos pura diversión. Y todos estaríamos muertos, todos nosotros, de no ser por Lana y por Max.

—Siento lo de tu hermano, tío. Pero... —Eddie se limpió sus propias lágrimas—. Detesto que hayamos tenido que dejar a Shaun allí de esa forma.

—Fue un héroe. —Exhausta, Lana inclinó la cabeza hacia atrás—. La luz se lo llevará. Yo sé que lo hará. No estará solo. Dio su vida por una amiga. No estará solo.

—No hemos sido lo bastante rápidos. Tenemos que aprender a ser más rápidos, a ser más. —Max abrió su ventanilla y se asomó para mirar hacia atrás—. No nos sigue nada que pueda ver o sentir. Pero habrá más como ellos. Necesitamos otro vehículo y provisiones. Armas.

—Teníamos otro todoterreno en marcha, pero lo dejamos cuando Shaun... —dijo Poe—. En cuanto nos llamó por el walkie, lo dejamos y regresamos tan rápido como pudimos. Mierda. —Las lágrimas, la ira y la pena brillaban en sus ojos. Golpeó el volante con el puño—. Mierda.

Cuando llegaron al pueblo, Flynn y su lobo salieron y se plantaron en medio de la calle.

Max se bajó del coche.

—Necesitamos provisiones, otro vehículo, y tú y quien esté aquí tenéis que venir con nosotros. Hay fuerzas oscuras que pueden dirigirse hacia aquí.

—Ya tenemos protección.

—No es suficiente. Han herido a mi mujer —comenzó Max.

Cuando Lana se bajó del asiento de atrás, Flynn desvió la mirada y la posó en ella. No apartó los ojos de los suyos mientras se acercaba y asía con suavidad las manos de Lana.

—Protegerla. Defenderla. La Elegida. Se curarán, pero deberías limpiarte la sangre.

—Lo haré. Por favor, haz caso a Max. Esto no es seguro, ya no.

—Estamos listos. Solo estábamos esperando. —Se dio la vuelta, miró a un lado y después al otro.

De los edificios salió gente, sobre todo niños. Algunos muy jóvenes, otros adolescentes. Una mujer más o menos de su edad, un hombre con el cabello blanco y un delantal de carnicero. Una mujer que parecía una anciana y que se apoyaba en un bastón.

Veinticinco, tal vez treinta personas, calculó Lana, y todas esperando en silencio.

Joe bajó de un salto del coche y corrió hacia Lupa moviendo el rabo para olfatearle. Lupa se quedó quieto un momento, muy digno, y después se sentó y se puso a dar saltos como si estuviera bailando.

Una de las niñas pequeñas rompió a reír y a dar palmas mientras el perro y el lobo jugaban a pelearse.

—Esta es la mujer que lleva dentro a la Elegida. La espera ha terminado, ahora comienza la siguiente época. Iremos con ellos.

—Vamos a necesitar más de un coche —comentó Eddie.

Flynn sonrió.

—Tenemos varios. Y un remolque para la vaca.

—¿Tienes una vaca?

—Una vaca significa leche. Puedo acompañarte a que te laves las manos —le ofreció a Lana.

—Gracias. —Después de mirar a Max, fue con él—. ¿Cómo sabías lo del bebé, lo de la niña?

Flynn le lanzó una mirada larga y serena.

—¿Cómo es que tú no lo sabías?

## 17

Arlys estaba sentada en lo que había sido el estudio de una casa de dos dormitorios, pasando sus notas a máquina de forma laboriosa, con mayúsculas, en una vieja Underwood. Bill Anderson la había cogido para ella en una tienda de segunda mano llamada Trastos Viejos. Era grande, pesada, maciza, pero con ella podía escribir una o dos páginas de noticias de la comunidad al día.

Seguía siendo una puñetera periodista.

Había llamado a su creación *El Boletín Nueva Esperanza*, y esperaba de todo corazón que Chuck tuviera éxito en su empeño de recuperar internet.

Compartía con Fred la pequeña casa de ladrillo blanco, con su amplio porche delantero y su estrecho patio trasero. Chuck vivía en la puerta de al lado, ya que había reclamado el sótano —¡menuda sorpresa!— de la casa de ladrillo rojo, mientras que Bill y Jonah ocupaban dos de los tres dormitorios.

Rachel, Katie y los bebés se habían instalado en la más grande, una casa esquinada de dos plantas situada enfrente. Se habían agrupado por costumbre, por instinto y por lo conveniente que resultaba tener un colegio de primaria justo al otro lado de la calle.

Rachel y Jonah habían montado una especie de centro médico allí —las oficinas administrativas eran las consultas—, un centro comunitario en la cafetería y una mezcla de servicio de guardería y centro educativo en las aulas.

Habían viajado hacia el sur y Arlys había documentado cada etapa del viaje. La tormenta invernal estaba cerca de la frontera de Virginia Occidental, donde tuvieron que refugiarse durante dos días en un vivero abandonado que olía a tierra y a putrefacción.

El vivero les había abastecido de semillas, plantones, fertilizante y herramientas.

El primer grupo con el que se encontraron, que se dirigía a pie hacia el este, se unió a ellos. Tara, una profesora de primero de preescolar, ahora clarividente; Mike, de doce años, con una fractura en el brazo mal colocada; y Jess, de dieciséis.

Les hicieron hueco y al final encontraron un centro de atención de urgencias donde Rachel le recolocó el brazo a Mike.

Allí recogieron suministros médicos, algunos equipos y una furgoneta.

Se desviaron dos veces, evitando el sonido de disparos, y encontraron a más gente que iba a pie, en coche o que se ocultaba. No todos se unieron a ellos, pero sí la mayoría.

Su grupo, compuesto en ese momento por setenta y ocho personas, entró el 15 de marzo en la ciudad de Besterville, Virginia, con una población de ochocientas treinta y dos personas según el cartel (en el que alguien había rebautizado la ciudad como Worsterville con pintura en aerosol). Encontraron una ciudad fantasma, en la que parecía que la mayoría de la gente se había desvanecido sin más. Aunque habían cerrado las puertas con llave y echado el cierre al puñado de tiendas y establecimientos que recorrían la calle principal, no hallaron signos de vandalismo ni de saqueos.

Y allí se detuvieron. Transcurridas siete semanas, Arlys seguía sin saber por qué había sido ese lugar y en ese momento.

Habían pasado por otras ciudades y urbanizaciones, zonas rurales y aglomeraciones urbanas.

Pero habían parado allí y ahora ya eran doscientas seis personas. La cifra variaba de una semana a otra, a veces de un día para otro, a medida que llegaban más personas y otras proseguían su viaje.

Rebautizaron la ciudad y reemplazaron los carteles en los límites. Y Nueva Esperanza se convirtió en un hogar.

Había días en que se despertaba añorando con desesperación la vida que había conocido, pero entonces recordaba el miedo, el horror del túnel, el frío helador. Y los cadáveres que encontraron a lo largo del camino, los que hallaron en las casas, en el lugar que habían reclamado como suyo.

Así que escribía sus boletines en la vieja Underwood, en un antiguo escritorio, con la fotografía enmarcada de su familia y ella en Navidad.

En las noticias de ese día informaría de que Drake Manning, electricista, y Wanda Swartz, ingeniera, continuaban trabajando para proporcionar electricidad a la comunidad. Como única periodista, editora jefe y publicista, se debatía entre si debía o no incluir las afirmaciones de los miembros más recientes de la comunidad acerca de que Washington D.C. era básicamente una zona de guerra entre las autoridades militares, los saqueadores organizados y las facciones de los sobrenaturales.

Sopesó el derecho del público —lo que quedaba de él— a saber y el pánico que podía provocar. Después incorporó la realidad. Los rumores se extendían como la mantequilla sobre una tostada caliente entre la comunidad. Más valía informar.

Le puso cierto colorido local; mencionó los progresos en el huerto comunitario —la creación de Fred—, en el bonito y extenso parque de la ciudad; anunció «La hora de los cuentos» para niños de todas las edades; y recordó a los lectores que llevaran los libros que encontraran y que no quisieran a la biblioteca de la ciudad, en el antiguo First Bank de Virginia.

Anunció las listas de inscripción de voluntarios para jardinería, el banco de alimentos, el centro de suministros, el intercambio de ropa, las labores de vigilancia, la búsqueda de provisiones y la cría de animales.

Arlys cogió su boletín de dos páginas y se dirigió al salón. Aunque el mobiliario le parecía, y seguramente siempre lo haría, de un tedioso estilo colonial americano, el toque que Fred le había dado lo atenuaba.

Media docena de pequeños jarrones con flores primaverales; cuencos poco profundos llenos de piedras lisas gracias a la acción del riachuelo cercano; un artístico y original marco creado con pequeños retales de colores, lazos y botones. Unas velas colocadas en la limpia chimenea aportaban un toque acogedor y luz en la oscuridad.

Las feas y viejas cortinas de las dos ventanas delanteras habían desaparecido. En su lugar, Fred había colgado sartas con abalorios de colores que proyectaban un arcoíris cuando se reflejaba en ellas la luz del sol.

Ella buscaba informar; Fred animaba de forma instintiva, pensó Arlys. Se preguntó cuál de las dos proporcionaba el mejor servicio.

Salió al porche. Fred le había insistido para que la ayudara a pintar dos viejas sillas metálicas de un tonto color rosa chicle. Una maceta blanca con un geranio del mismo color ocupaba la mesa que había en medio.

Fred había pintado sus símbolos mágicos alrededor del marco de la puerta.

Un par de flamencos rosas protegían un lateral de los escalones del porche, y una familia de gnomos de jardín, el otro. Unos carillones tintineaban con la brisa primaveral.

Arlys la consideraba la casa de hadas de Fred y, para su sorpresa, estaba contenta allí.

La gente paseaba por la calle o montaba en bici. Conocía las caras, la mayoría de los nombres y podía señalar las virtudes o los defectos de su comunidad. Divisó a Bill Anderson enfrente, calle arriba, limpiando el escaparate de Trastos Viejos. Se había hecho cargo de la tienda y la había organizado. La gente cogía lo que necesitaba y lo intercambiaba por su tiempo o sus habilidades.

Llegaría el momento en que necesitarían un sistema más definido, reglas e incluso leyes, y las leyes entrañaban castigos; eso era algo de lo que hablaba con frecuencia con el que consideraba que era el grupo neurálgico de la comunidad.

Algunos tendrían que estar al mando, y ya había uno o dos que pugnaban por asumir el control.

Cruzó la calle hasta el colegio de una sola planta. Katie estaba sentada en una mesa fuera, amamantando a uno de los bebés mientras otro dormía en una camita acolchada y el tercero hacía gorgoritos en una silla balancín.

Lo poco que sabía sobre bebés lo había aprendido casi en su totalidad en las últimas semanas, pero reconocía a tres bebés felices, sanos y muy guapos cuando los veía.

—Te juro que cada vez que los veo están más grandes.

—Los tres tienen buen apetito. —Katie levantó la cara hacia el cielo—. Hace un día demasiado bonito para estar dentro, así que me he acomodado aquí afuera. —Colocó un pisapapeles en una de sus listas de inscripción cuando la brisa sopló—. El aire fresco es bueno para todos. Acabo de ver a Fred.

Hacía buen día, reconoció Arlys, y aprovechó para sentarse al lado de Katie.

—Pensaba que estaba en el huerto.

—Ha venido a por su dosis de bebés. ¿Boletín nuevo?

—Sí, recién salido de la estúpida máquina de escribir. Si Chuck consigue su milagro tecnológico, le pego un morreo. Joder, le ofreceré el favor sexual que prefiera.

—Empiezo a echar de menos el sexo. —Katie suspiró—. ¿Es desleal? Amaba muchísimo a Tony...

—No lo es. Es humano.

—Puede que sea porque empiezo a sentirme integrada, sobre todo las dos últimas semanas. Ya no me despierto asustada en la oscuridad cada noche. Despertar en el mismo lugar todos los días y tener un propósito produce una sensación de estabilidad. Sé que no hago tanto como el resto, pero...

—Eso no es cierto. Tú estás amamantando y criando a tres bebés.

—Tengo ayuda. Todo el mundo me ayuda.

—Tres bebés —repitió Arlys—. Llevas nuestro censo y te ocupas de las listas. Hoy me he dado cuenta de que ya no me sé el nombre de todo el mundo. Las caras sí, pero no los nombres. Tú sí. Te he visto convencer con tu encanto a la gente para que se apunte o para que dirija una tarea, una actividad. Tienes mano con la gente. Eres una organizadora comunitaria nata.

—Cuesta decirle que no o quejarse a una madre que está dando el pecho. Y hablando de utilizar el encanto para convencer a la gente, nos vendría bien otra alumna para la clase matutina de yoga. Es bueno para el estrés, y tú tienes mucho. No me digas que no tienes tiempo. Todos tenemos un hueco.

—Esa mujer es rara, Katie.

—¿Qué tiene de raro un hada de cincuenta años que se llama a sí misma Rainbow? —Katie esbozó una sonrisa—. Además, es buena profesora. Yo he ido a un par de clases y doy fe de que tiene paciencia y sabe lo que hace. Prueba una vez, ¿vale? Tú inténtalo. Si no te gusta, no volveré a darte la lata.

—Vale, vale. ¿He dicho encanto? Persistente sería más acertado. —Pero Arlys apuntó su nombre en la lista—. ¿Cuántas hadas tenemos ya?

Katie metió la mano en la bolsa de los pañales y sacó un cuaderno. Hojeó las fichas de su lista.

—Ocho, pero no están incluidas las pequeñas que van y vienen. Anoche, en plena madrugada, vi una cosa cuando Duncan estaba inquieto. Unas luces que danzaban alrededor del patio trasero. Y esta mañana han brotado unas flores a lo largo de la valla que ayer no estaban. Tengo que preguntarle a Fred qué son, pero es... Puede que otra razón de que no esté asustada constantemente. —Con delicadeza maternal, Katie cambió del pecho al hombro al bebé. Arlys vio que se trataba de Duncan—. En fin, ocho hadas. Al menos ocho que se sienten lo bastante cómodas como para reconocerlo. Y cuatro duendes. No sé cuál es la diferencia. Doce que entran en la categoría de bruja, brujo o hechicero. Y tenemos veintiocho apuntados con ciertos tipos de habilidades. Como Jonah. Tengo cinco con sueños proféticos, dos cambiantes, comprobados, y puedes estar segura de que impresiona presenciarlo. Tenemos a cuatro con telequinesia, un alquimista, dos clarividentes, y alguno más.

Muchos, comprendió Arlys. No había llevado la cuenta.

—Con las cifras en la mano, más del veinte por ciento de la comunidad posee capacidades mágicas.

—Creo que somos incluso más. Pienso que hay quienes lo ocultan, que tienen miedo. —Duncan, apoyado en el hombro de Katie, dejó escapar un pequeño y claro eructo—. También tenemos un porcentaje, pequeño, pero ahí está, que son fanáticos antimagia.

—Kurt Rove.

—Sería presidente de una coalición antimagia. Me alegra que esté trabajando en la tienda de piensos y que no pase mucho tiempo en la ciudad.

—Por lo que he oído, incluso allí es como un grano en el culo.

—No entiendo a la gente como él, ni al puñado que se junta con él. Rachel me comentó que Jonah tuvo que salir y plantar cara a Don y a Lou Mercer cuando le dieron la tabarra a Bryar Gregory.

—¿La molestaron? —La callada y tranquila Bryar, que figuraba en la lista de Katie como clarividente, recordó Arlys.

—Salió a dar un paseo porque no podía dormir. Por lo visto, los Mercer estaban sentados en el porche, tomándose unas cervezas, puede que demasiadas, y la vieron. La siguieron, se burlaron de ella, le bloquearon el paso y fueron ofensivos y unos cerdos. Resulta que Jonah lo vio y se acercó para ponerle fin. La cosa habría podido acabar mal, ya que eran dos contra uno, pero Aaron Quince, el duende, que creo que está colado por ella, se presentó allí. Los Mercer se echaron atrás. Y Aaron acompañó a Bryar a casa.

»No lo entiendo —prosiguió Katie—. Hace unos meses, la gente se moría literalmente en la calle. Todos hemos perdido a familiares, amigos y vecinos. Somos cuanto queda, pero la gente como los Mercer, como Kurt Rove, denigran y difaman a los que tienen capacidades que podrían ayudar a que todos sigamos adelante. Porque son diferentes.

—Yo tengo una teoría —intervino Arlys—. Las crisis apocalípticas sacan lo mejor o lo peor de las personas, a veces ambas cosas. Y en ocasiones, esas crisis apocalípticas no surten ningún efecto en ciertos tipos. Lo que significa que los gilipollas siguen siendo gilipollas, sin importar cuáles sean las circunstancias.

—¡Vaya! Es una buena teoría. —Abrazó al bebé—. Arlys, creo que Duncan y Antonia... Creo que son diferentes.

—¿Por qué dices eso?

—Tienen sueños. Todos los bebés los tienen, Hannah también sueña, pero ellos... Es diferente. Te he dicho que anoche Duncan estaba inquieto, pero más bien estaba excitado. Lo que soñó, sea lo que sea, lo turbó. Y la semana pasada, una noche, oí llorar a Hannah. Cuando llegué a la habitación de los niños había dejado de llorar. Y Duncan estaba en la cuna con ella, despierto. Suelo poner juntas a Antonia y a Hannah en una cuna y a Duncan en la otra, y así lo hice. Pero él estaba con las niñas, y Antonia y él me miraron y sonrieron. Él estaba a un lado de Hannah y Antonia al otro. Como si la hubieran ayudado a que se volviera a dormir.

—Qué tierno.

—Lo es. Lo son. Cuidan de ella. A veces los dejo juntos en el parque y salgo un minuto. Cuando regreso, hay algún juguete allí que yo no he puesto. Y justo anoche, cuando estaba dando de mamar a Duncan, me puse a pensar en Tony. En cuánto habría querido a los niños y en cuánto le echo de menos. Y Duncan me puso la manita en la mejilla. Me acarició la mejilla. Cuando bajé la mirada, me estaba mirando... —Las lágrimas le anegaron los ojos y Arlys vio al bebé acariciar la mejilla de su madre—. Me estaba mirando igual que me mira ahora. —Agachó la cabeza y le dio un beso—. No pasa nada, cielo. Todo va bien. Soy afortunada por tener a estos tres hermosos bebés, Arlys. Son una bendición. Y cuando pienso en la gente como Rove y los Mercer, tengo miedo. Albergan odio en su interior. No hay que tener capacidades mágicas para verlo, para saberlo. Odian a cualquiera que sea diferente.

—A mí también me asusta. Odian lo que temen y no entienden. Pero hay más como nosotros que como ellos, Katie. Seguiremos cuidando los unos de los otros, igual que Jonah cuidó de Bryar. Estamos construyendo algo aquí. Todavía no sé qué narices es, pero es nuestro. Y vamos a conservarlo. Voy a dejar esto en su sitio y a ver cómo está Rachel. Y me parece que más tarde tendremos un boletín extra. Un editorial. Sobre los gilipollas —agregó, y Katie se echó a reír—. Oh, tú también lo harías.

—Tienes toda la razón.

Arlys se dirigió al colegio y se vio envuelta por una luz tan extraña como el hada cincuentona. La luz mágica arrojaba un resplandor ligeramente dorado. Colgó el boletín en el tablón de corcho y echó un vistazo a las notas que estaban clavadas. Ofertas para intercambiar una habilidad por otra o por una pieza mecánica. Se buscaban voluntarios para un club de lectura, de ganchillo, y también para un partido de softball.

Gente buscando a gente, pensó.

Eso era lo que estaban construyendo, a pesar del puñado de tontos incapaces de ver más allá de su propio fanatismo.

Siguió caminando y dobló la pequeña esquina hacia los despachos. Vio a Rachel y a Jonah a través de la ventana de cristal, acurrucados juntos en el escritorio.

¿Acaso Rachel no veía cómo la miraba Jonah?, se preguntó Arlys. ¿No podía percibirlo? Ese hombre estaba tan enamorado que incluso Arlys, que se consideraba una inexperta y sobre todo nada interesada en tales cuestiones, podía verlo a kilómetros de distancia.

Llamó con los nudillos en el marco de la puerta, que estaba abierta.

—Arlys. —Rachel dejó el bolígrafo y distendió los hombros—. ¿Boletín nuevo?

—Acabo de ponerlo en el tablero. Esta tarde habrá una edición extra. Sobre la intolerancia frente a la aceptación. Sobre la decencia frente a la gilipollez. Mi editora me ha dado permiso para utilizar un lenguaje duro. Me he enterado de lo de Bryar y los Mercer. Tuvo suerte de que estuvieras cerca, Jonah.

Él se encogió de hombros.

—Estoy seguro de que me habrían dado una buena paliza si Aaron no hubiera llegado. Estaban borrachos y en un plan lo bastante agresivo como para atizarme de lo lindo.

—Yo apuesto por ti —dijo Rachel—. Puede que escribir sobre eso, incluyendo el lenguaje duro, genere más resentimiento. Pero tal vez sacar ese forúnculo y reventarlo sea mejor que dejar que se ulcere.

—Es posible que hagan falta algo más que palabras. —Jonah se levantó y rodeó el escritorio con su silla giratoria para ofrecérsela a Arlys—. Siéntate —dijo, y después se apoyó en la mesa—. Creo que necesitamos una reunión, una reunión seria. Rachel, Katie, Chuck, Fred, Bill, tú y yo. Y también incluiría a Lloyd Stenson y a Carla Barker.

—Lloyd era abogado y Carla, ayudante del sheriff —intervino Rachel—. Lloyd, a falta de un término mejor, es uno de los encantadores de animales, así que, con Jonah, tenemos a tres representantes de la parte mágica, y todos tienen la cabeza bien amueblada.

—Hay que hablar sobre leyes oficiales, reglas y consecuencias —comenzó Jonah—. Supongo que tenemos que redactar una especie de constitución comunitaria. Una vez que lo hagamos, la presentamos en una reunión con toda la comunidad al completo. La gente se está integrando y eso es bueno. En general, trabajamos juntos, pero ese asunto con Bryar no es el primer incidente, y no será el último.

—Todos estamos armados, de un modo u otro —medió Rachel—. Teniendo en cuenta cómo es la naturaleza humana, ¿qué pasa si alguien dispara a alguien en vez de intentar darle un puñetazo? ¿Qué habría pasado si los Mercer hubieran hecho daño a Bryar? Hay que ponerle remedio antes de que eso ocurra.

—Estoy de acuerdo —respondió Arlys. ¿Acaso ella misma no había estado sopesando la necesidad de avanzar hacia una organización más oficial?—. A algunos no les va a gustar lo de las reglas ni las consecuencias, así que hemos de hacerlo de manera sencilla y clara. Y si tenemos leyes, significa que necesitamos que alguien las haga cumplir.

—Espero que Carla se ocupe de ello —apuntó Jonah—. Tiene experiencia y es seria. Y tal vez podríamos pedirle a Bill Anderson que trabaje con ella.

—¿Bill?

—También es serio, cae bien a la gente y le respetan. No estoy seguro de si querrá aceptar el reto, pero vamos a necesitar a alguien más aparte de Carla. En fin, sería un comienzo. Ahora mismo, dirigir un comité es algo, como tú dirías, voluntario, y se puede rotar.

—Tiene que ser más oficial. —Rachel golpeteó la mesa con el bolígrafo—. Como no ha venido ningún paciente esta mañana, Jonah y yo hemos estado intentando elaborar una agenda. Hasta ahora hemos tenido que centrarnos en la comida, el refugio, la seguridad, las medicinas y las provisiones. Pero necesitamos contar con una organización.

Arlys asintió.

—Y tener una organización lleva aparejadas unas leyes, unas costumbres, una estructura jerárquica y unas consecuencias. E información.

—Está en la lista —dijo Rachel—. Vamos a tener que enviar grupos de exploración. Ahora mismo parece que somos los únicos que quedan en el mundo. Pero sigue llegando gente, así que sabemos que no es así. Tenemos que saber qué hay ahí afuera. A lo mejor Chuck consigue restablecer las comunicaciones, pero no sabemos con quién contactaremos o a qué peligros nos exponemos si contactamos con la gente equivocada.

—La naturaleza humana es como es —murmuró Arlys—. Y también la sobrenatural. Tener poderes no te inmuniza contra ser violento. Solo lo lleva a otro plano. ¿Qué coño hacemos si establecemos leyes y uno de nuestros sobrenaturales las viola?

—Más vale que encontremos la solución.

Arlys miró a Jonah y suspiró.

—De acuerdo.

—¿En mi casa? Tenemos espacio y Katie puede acostar a los niños. —Rachel lanzó una mirada a Jonah—. ¿Esta noche?

—Cuanto antes mejor.

—Se lo diré a Fred. —Arlys se levantó—. E iré a hablar con Bill y con Chuck. Katie está afuera, se lo contaré cuando salga. ¿A las nueve?

—Perfecto. Carla está trabajando en el huerto comunitario. —Jonah se metió las manos en los bolsillos mientras miraba a Rachel—. Ya que hemos terminado, ¿quieres que vayamos a hablar con ella? Podemos reunir a los demás mientras estamos fuera.

—Claro. Deja que coja un walkie-talkie.

Rachel sacó dos del cajón de la mesa, dejó uno encima, con

el cartel que decía que el médico no estaba disponible, y se enganchó el otro al cinturón.

Fueron juntos a ver a Katie, que estaba cambiando a Hannah mientras los gemelos seguían en una manta, chillando y agitando las manos y los pies.

—Parece que acabe de darles medio kilo de chocolate. —Mientras reía, cogió a Hannah para acariciarla con la nariz.

Jonah le puso una mano en el hombro a Rachel.

—¿Oyes eso?

—¿El qué? Ahora sí —añadió cuando captó el ruido de motores—. Viene alguien.

—Más de uno. —Jonah bajó a la acera.

Vio que más gente salía de sus casas y de otros edificios a echar un vistazo. Se colocó una mano sobre los ojos a modo de visera para protegerse del sol y miró.

—¡Madre del amor hermoso!

Rachel cogió su walkie-talkie, que no paraba de sonar, y sujetó a un bebé en brazos mientras respondía.

—El vigilante los ha dejado pasar —le dijo a Jonah, y bajó para reunirse con él.

—No sé si habrá tenido muchas opciones. Entre coches y camionetas, serán unos quince vehículos. Y un puñetero autobús escolar.

Katie, con dos bebés a cuestas, y Arlys bajaron a la acera. Juntos contemplaron a Max entrar con su grupo en Nueva Esperanza.

## 18

Arlys estudió con recelo y cautela al hombre que se apeó del coche que encabezaba la marcha. Alto y delgado, vestía vaqueros y camiseta negra, el cabello oscuro se le rizaba de forma caprichosa en la nuca y calzaba unas botas ajadas. Le pareció duro y guapo, con el aspecto desaliñado de un hombre que llevaba días, tal vez semanas, en la carretera.

Desprendía cierto halo de confianza y de poder. Se quitó las gafas de sol con una mano y levantó la otra, haciendo una señal para que esperaran. Llegaron más coches y camionetas, superando los quince que había calculado Jonah. Algunos llevaban enganchados remolques para caballos.

El hombre escudriñó la calle, a la gente, como si tratara de discernir si eran bien recibidos o si acababan de entrar en un ambiente hostil. Parecía preparado para enfrentarse a ambas situaciones.

Junto a ella, Jonah cambió el peso de un pie al otro y luego bajó para aproximarse a él.

—Soy Jonah Vorhies. —Le ofreció la mano después de vacilar durante un instante.

—Max Fallon. —Aceptó la mano que le tendían—. ¿Estás al mando?

—Ah...

Arlys siguió su instinto y habló mientras se unía a ellos.

—Fuimos los primeros en llegar aquí. Soy Arlys Reid.

Una mujer se bajó del asiento del pasajero, ganándose una rápida mirada de advertencia por parte de Max.

Llevaba el largo cabello, de color rubio oscuro, recogido en una coleta. Una camiseta holgada cubría su pequeña barriga de embarazada.

—Yo te conozco —dijo mientras rodeaba el capó del coche—. Veía tu informativo. No me lo perdí hasta el día en que nos fuimos de Nueva York. Soy Lana. Max y yo vivíamos en Chelsea. —Lana le puso una mano en el brazo a Max—. Hemos seguido vuestros carteles —agregó—. Desde...

—El sur de Harrisburg —concluyó Max cuando Lana le miró—. Hemos recogido a gente por el camino.

—Sí, ya lo veo. —Jonah se mantuvo en su sitio cuando un chico flacucho y un alegre perro bajaron del asiento de atrás—. ¿Cuántos sois?

—Noventa y siete personas, dieciocho menores de catorce años. Ocho perros, dos de ellos cachorros, tres vacas lecheras, dos Holstein, una Guernesey y un becerro. Dos terneros Black Angus. Cinco caballos, incluyendo una yegua preñada, ocho gatos, una docena de gallinas, más o menos, y un gallo.

Jonah exhaló un suspiro.

—Qué barbaridad. Sois el grupo más grande que ha llegado, incluso sin todos esos animales. ¿Tenéis intención de instalaros aquí?

—Nueva Esperanza. Seguir vuestros carteles ha infundido justo eso en la gente. —Max miró hacia atrás cuando un musculoso hombre de color y un hombre blanco de aspecto duro empezaron a recorrer la hilera de coches.

Arlys les lanzó una mirada y después se concentró. El corazón se le salía del pecho.

—Ay, Dios mío. ¡Ay, Dios mío! ¿Will? Will Anderson.

—Loca de contenta, corrió hacia él y le rodeó con los brazos. Notó que él se tensaba y comenzaba a apartarse—. Will, soy Arlys. Arlys Reid.

—¿Arlys? —La apartó y la contempló con sus ojos azules grisáceos—. Por Dios. Por Dios bendito. Arlys. ¿Mi padre? ¿Dónde está mi padre?

Le agarró del brazo con fuerza, lo sintió estremecerse y señaló calle arriba, por donde Bill bajaba siguiendo la fila de vehículos.

—¡Papá!

Bill se detuvo y, cuando las piernas no le sujetaron, se apoyó en una camioneta y alargó una mano hacia su hijo. Will echó a correr.

—Nueva Esperanza —murmuró Lana mientras los veía abrazarse—. Es lo que necesitamos todos. Lo que todos buscamos.

—Bill jamás se dio por vencido. —Jonah exhaló otro suspiro—. Parece que tenemos nuestro primer atasco en Nueva Esperanza. Será mejor que busquemos la forma de solucionarlo. Tenemos un sistema. Todavía tiene sus pegas, pero es un sistema. Podríamos empezar llevando algunos de esos vehículos al aparcamiento del colegio.

—¿Hay algún lugar donde podamos soltar a los animales? —preguntó Max—. Van a necesitar comida y agua.

—Ah. —Jonah se rascó la nuca—. Rachel, deberíamos contactar con la granja. En realidad, no era una granja hasta hace poco —le explicó a Max—. Hay dos, pero están demasiado lejos de la ciudad y no nos parece seguro, así que estamos improvisando. Tenemos un par de vacas, otro par de caballos, una cabra hembra y unas cuantas gallinas. También hay una tienda de piensos pero, con lo que traéis, necesitaremos más. Estamos cultivando heno. No puedo deciros mucho al respecto. No soy agricultor.

—Con nosotros vienen dos.

—Esto va mejorando. ¡Aaron! —Jonah señaló a un hombre al otro lado de la calle—. ¿Puedes coger a un par de personas para ayudar a llevar los remolques a la granja e instalarlos? —Se inclinó para acariciar al perro que se acercó a olerle—. Un perro guapo.

—El mejor del mundo. Se llama Joe. Yo soy Eddie. Puedo echar una mano con los animales —le dijo a Max. Luego se dirigió a Arlys—: Yo también te he visto en la tele. Tenéis unos renacuajos preciosos —añadió con una sonrisa espontánea mientras miraba a los bebés—. Nosotros traemos a varios en la caravana.

—Estacionemos unos cuantos vehículos en el aparcamiento. Corred la voz por la caravana, ¿quieres, Poe?

—Claro.

—Una vez hecho eso, tenemos un sistema de inscripción. Estamos intentando llevar un registro de la gente. Nombre, edad, habilidad. —Jonah gesticuló—. Katie se encarga de eso. Creo que nos vendría bien tener ayuda con tantos como sois.

—Yo me ocupo —se ofreció Katie—. ¿De cuánto estás? —le preguntó a Lana.

—De unos cuatro meses y medio. ¿Son... trillizos?

—Todos son míos.

Lana respiró de manera entrecortada y se frotó la barriga.

—¡Uau! —miró a Max—. ¡Uau!

Él le rodeó los hombros con un brazo y la besó en la sien.

—Saquemos los coches de la carretera.

—Hazlo tú. Yo estoy bien aquí. Puedo... inscribirnos. Max. —Le dio una palmadita con la mano en el corazón al ver que él vacilaba—. La confianza ha de ser algo recíproco. Hemos tenido problemas a lo largo del camino —le recordó.

—A todos nos ha pasado. ¿Hay algún médico con vosotros? —preguntó Rachel.

—Un enfermero jubilado; es genial. Adelante. —Lana le dio un empujoncito a Max—. También nos acompaña una estudiante de enfermería. Un veterinario. Un bombero y dos policías con formación en primeros auxilios. Ningún médico, pero...

—Rachel es doctora —intervino Katie—. Y Jonah es paramédico.

—Una doctora. —Lana posó una mano en su vientre y miró a Rachel con alivio—. Max.

Él le acarició la espalda.

—Enseguida vuelvo. Se sentirá mejor si los examina a ella y al bebé.

—Eso es lo que haremos. ¿Has dicho que te llamas Lana?

—Lana Bingham. —Le ofreció la mano a Rachel mientras se acercaba—. Tengo veintiocho años. Soy chef... era chef. Yo...

Sorprendida, se sobresaltó cuando Duncan trató de alcanzarla. Se retorció en brazos de su madre, balbuceando y estirando los brazos hacia Lana.

—No sé casi nada sobre tener un bebé ni sobre qué hacer después de tenerlo. —Cogió a Duncan, visiblemente nerviosa.

El niño le puso una mano sobre el corazón y los nervios se esfumaron. Sintió su luz con tanta claridad como sentía la luz en su interior.

Se sorprendió de nuevo contemplando aquellos infantiles y profundos ojos azules, pero con un halo verde a la luz del sol.

—Él es especial... Quiero decir que es precioso. —Continuó mirándole mientras hablaba—: Si no queréis sobrenaturales en Nueva Esperanza, es mejor que nos lo digas ahora.

Duncan le agarró el dedo y la luz brilló.

—Él es especial —reconoció Katie con serenidad—. También lo es su hermana, Antonia. Igual que Jonah, y muchos otros en la comunidad.

Las lágrimas anegaron los ojos de Lana mientras apoyaba la mejilla en la cabecita de Duncan.

—Lo siento. Son las hormonas, o eso es lo que me dice Ray, nuestro enfermero.

—Katie, ¿por qué no anotas la información de Lana? ¿Chef profesional? —preguntó Rachel.

—Sí, y puedes creerme si te digo que sé mucho más sobre filetear una corvina que sobre embarazos, partos o ser madre.

—Muchos padres empiezan así. Yo soy una cocinera pésima. Podemos intercambiar los servicios de obstetricia y ginecología por clases de cocina. ¿Y aparte de ser chef?

—Bruja.

—¿Y estás con Max? —Katie, sentada a su mesa, apuntó la información de un modo tan natural y práctico que hizo sonreír a Lana.

—Sí. Él es el padre y mi marido. Max Fallon. Tiene treinta y un años. Puedo decirte, sin exagerar, que es capaz de hacer lo que sea. Ha mantenido todo esto, a toda esta gente unida. Es escritor, pero...

—Max Fallon. —Katie levantó la vista—. No he caído en la cuenta. A mi marido le encantaban sus libros. Sé que tenemos algunos en nuestra biblioteca.

—¿Tenéis una biblioteca? —preguntó Lana, y sus ojos se llenaron de lágrimas una vez más.

—Tenemos una biblioteca, un huerto comunitario, una guardería e instalaciones médicas. ¿Tiene Max otras habilidades?

—Es brujo.

—¿Te gustaría que tu marido te acompañara durante el examen? —preguntó Rachel.

—Sí, por favor.

—Hazle pasar, Katie. Voy a llevar a Lana adentro y a ponerla cómoda.

Jonah cogió a Duncan y vio a Lana entrar con Rachel.

—Están sanas. —Depositó a Duncan sobre la manta—. No he podido evitar verlo. Sanas y fuertes. El bebé... Hay algo resplandeciente en él. No sé cómo describirlo. Algo... más. —Se interrumpió cuando Max llegó.

—Acaban de entrar. Te acompañaré.

Lana se puso una bata mientras Rachel le explicaba que habían buscado suministros y equipamiento en hospitales y clínicas durante el viaje.

—Aún necesitamos muchas cosas, pero en su momento no teníamos espacio para cargar con más. Y parte de lo que hay no podemos utilizarlo hasta que volvamos a disponer de electricidad. Crucemos los dedos. Adelante, Max. Primero, ¿calculas que estás de cuatro meses y medio, es decir, dieciocho semanas?

—Fue concebido el dos de enero. Eso es seguro.

—¿Cuándo tuviste el período por última vez?

—Sinceramente, no lo sé, pero sé la fecha de la concepción.

—De acuerdo. —Rachel fue hasta el calendario de la pared, pasó las hojas hacia atrás y contó—. Dieciocho semanas y tres días. Así que sales de cuentas, si calculamos cuarenta semanas desde la concepción, sobre el 25 de septiembre.

—Pero los nueve meses se cumplirían a principios de septiembre.

Rachel dejó el calendario y sonrió.

—En realidad son diez meses de gestación. Cuarenta semanas.

—Entonces, ¿por qué dicen que son nueve? ¿Lo ves? —le dijo a Max—. No sé nada.

—Ahora ya lo sabes.

Rachel señaló hacia la báscula.

—¿Sabes cuánto pesabas antes de quedarte embarazada?

—Cincuenta y dos kilos y medio. Ah, Dios, tengo que subirme ahí, ¿verdad?

Resignada, Lana se subió a la báscula, pero cerró los ojos.

—Estatura: un metro y sesenta y ocho centímetros. Peso: cincuenta y siete kilos y quince gramos.

—¿Cinco kilos? —Lana abrió los ojos como platos—. ¿Cinco?

—Es magnífico para la etapa del embarazo en la que estás. Con tu estatura y tu constitución, un aumento de peso de once a dieciséis kilos sería muy bueno. Pero todo el mundo es distinto, así que no te estreses por eso.

—¿Has dicho dieciséis kilos? Creía que Ray exageraba.

—¿Por qué no te sientas en la camilla? No cruces las piernas. Vamos a ver la tensión. ¿Duermes bien?

—Depende. Tengo sueños.

—No siempre hemos podido parar o encontrar el mejor refugio para pasar la noche —agregó Max.

—Mmm. La tensión es buena. —Rachel lo anotó—. ¿Náuseas matutinas?

—No. Algún pequeño mareo de vez en cuando, y tengo hambre a todas horas.

—¿Alergias, enfermedades, tomas medicación?

—No, nada.

—¿Es tu primer embarazo?

—Sí.

Rachel preguntaba y Lana respondía. Max se paseaba por la habitación.

—¿Has sentido algún movimiento?

—Creo que he sentido algo al ver el cartel en el que pone «Nueva Esperanza». Entonces se movió. Ha sido realmente alucinante.

Max se dio la vuelta.

—No me lo habías dicho.

—Hablabas con Poe por el walkie-talkie. Estabas preocupado. No sabíamos si seríamos bienvenidos aquí, ni tampoco qué esperar. Y no ha sido como las mariposas que he sentido otras veces. Ray llamaba a eso movimiento fetal. No ha sido así. Ha sido excitante. ¿Eso es normal?

—De las dieciocho a las veinte semanas es bueno notar movimiento. Se moverá más, pero no te preocupes si no lo sientes todos los días ahora mismo. No te preocupes, ese es el lema.

—Rachel miró el ecógrafo y suspiró—. Necesito que te tumbes y que coloques los pies en los estribos. —Se acercó y cogió unos guantes de una caja—. Tengo que hacer una exploración interna. En cuanto tengamos electricidad, haremos una ecografía.

Max señaló.

—¿Eso?

—Sí. Cuando logremos utilizarlo podréis ver al bebé en el monitor y oír su corazón. Puedo medir el peso y la estatura, comprobar un montón de cosas. Hasta determinar el sexo, si queréis.

—Es una niña. Lo sé, del mismo modo que sé la fecha de la concepción. Sé que está sana y fuerte, pero...

—Sigues preocupada.

—¿Una ecografía mostraría cosas que le ayudarían a mitigar esa preocupación? —preguntó Max.

Rachel brindó a Max una sonrisa tranquilizadora; entendía que los padres se preocupaban por todo, incluso en circunstancias normales.

—Los bebés han venido al mundo sanos y fuertes desde mucho antes de la existencia de los ecógrafos.

—¿Pero?

—Soy médica. Me encantaría tener disponibles todas las herramientas.

—Puedo ayudar con eso.

Max se acercó a la máquina y apoyó las manos en ella. Rachel sintió que el aire vibraba a su alrededor antes de que la máquina cobrara vida.

Lana alargó una mano para acariciar el brazo de Max.

—Max tiene un don para las máquinas y los motores.

Durante un momento, la compostura profesional perdió la batalla y Rachel lo celebró con el puño cerrado.

—¡Joder, sí! Tenemos una ingeniera y un electricista, y un informático, y todos querrán conocerte lo antes posible.

—¿Puedes utilizarla ahora para Lana y el bebé?

—Vamos a averiguarlo. Si hubiera sabido que esto era una opción, no habrías tenido que quitarte la ropa interior.

—Si piensas que el pudor influye en algo, no es así.

—Entonces, de acuerdo.

Rachel cogió un tubo de gel y se puso los guantes.

—Voy a extenderte esto en el abdomen. —Le levantó la bata.

—¿Le dolerá? —preguntó Max, y cogió a Lana de la mano.

—Es indoloro. —Rachel cruzó mentalmente los dedos y pasó el transductor sobre el gel—. Ahí. —Señaló el monitor con la cabeza—. Ahí está vuestro bebé.

—No puedo... ¡Ay, Dios mío, sí que puedo! —Lana agarró con fuerza la mano de Max—. Puedo verla. Se mueve. Puedo sentirla moverse.

—¿Oís eso? Es un latido bueno y fuerte. Y por el tamaño, coincido con tu fecha de la concepción.

—Es muy pequeña. —Max alargó el brazo y siguió la imagen con el dedo.

—He visto pimientos morrones más grandes —convino Lana—. ¿Se está desarrollando bien?

—Mide casi catorce centímetros y pesa ciento noventa y ocho gramos. Se desarrolla como debe. Y tienes razón otra vez. Es una niña.

—Le veo los deditos de las manos. —A Lana se le quebró la voz—. Tiene dedos.

—Ocho dedos, dos pulgares —confirmó Rachel—. Vamos a echar un vistazo más de cerca al corazón, al cerebro y a sus otros órganos, pero puedo decir que veo un feto perfectamente formado de dieciocho semanas, femenino. ¿Cuánto tiempo va a funcionar esto? —le preguntó a Max.

Todavía siguiendo el contorno del bebé con el dedo, Max se llevó la mano de Lana a los labios.

—¿Cuánto tiempo necesitas?

A Rachel también le entraron ganas de llorar.

—Si no os lo he dicho antes, dejad que os lo diga ahora. Bienvenidos a Nueva Esperanza.


Lana salió con una lista de las cosas que podía hacer y las que no en la mano. Una hilera de gente formaba cola frente a la mesa de Katie. Lana buscó a Ray y se acercó para abrazarle.

—Te lo dije, mamá.

—La doctora me ha dicho que está perfecta. Las dos lo estamos. Espera hablar contigo y con Carly después de que os hayáis instalado. Me cae bien. Me cae muy bien.

Le dio una palmadita en la mejilla con su mano grande.

—Tenías razón al seguir los carteles.

—Hola, soy Fred. —La joven se acercó con paso alegre y una sonrisa—. Vosotros sois Lana y Max, ¿verdad? Habéis traído al hijo de Bill. Está muy feliz. Están en Trastos Viejos. Creo que necesitan pasar un rato juntos. Pero Jonah ha dicho que debería enseñaros esto y la casa que cree que os conviene. Si os apetece.

—Yo tengo que ocuparme de algunas cosas —le dijo Max a Lana—. De algunas personas.

—Adelante. Yo puedo ir con... ¿Fred? ¿Es diminutivo de Frederica?

—Diminutivo de Freddie. Mi madre era muy fan de Freddie Mercury. Ya sabes. ¿Queen?

Lana soltó una carcajada.

—Sí. Y me encantaría echar un vistazo y ver la casa.

—Está justo cruzando la calle. ¿La ves? —Señaló una vivienda de dos plantas de ladrillo blanco y con un porche que se encontraba un poco más arriba—. Antes era más grande. ¿La ves? —repitió—. Convirtieron una parte en apartamentos. Están pasados de moda y necesitan trabajo, pero la casa está muy bien.

—Me encantaría verla. Haz lo que tengas que hacer. —Lana

levantó la cabeza para besar a Max y se marchó con Fred.

—Yo vivo ahí mismo. Arlys y yo compartimos la casa.

—¿La conociste al venir aquí?

—No, trabajábamos juntas en Nueva York. Yo era becaria en la cadena. Chuck vive allí; él ocupa el sótano, y Bill y Jonah también viven ahí. Arlys y yo fuimos a Hoboken a por Chuck; es hacker y era su principal confidente.

—¿Cómo fuisteis a Hoboken?

—A través de los túneles del metro.

Lana se paró en medio de la calle.

—¿Atravesasteis el túnel? ¿Arlys y tú solas?

—Tuvimos que hacerlo. No fue agradable. De hecho fue realmente horrible, pero ya pasó y llegamos hasta Chuck. Tenía un Humvee y nos marchamos de allí. Está intentando restablecer las comunicaciones. Si alguien puede... Por el camino conocimos a Jonah, a Rachel, a Katie y a los bebés. Me encantan los bebés. Y fuimos a Ohio porque la familia de Arlys... En fin...

—Lo siento.

Unos pendientes de cuentas multicolores se balanceaban en las orejas de Fred.

—Pero encontramos a Bill y se vino con nosotros. Dejamos carteles para Will. Y conocimos a Lloyd y a Rainbow y... Ya sé que hablo mucho. Estoy emocionada.

—Yo también.

Unos escalones conducían directamente de la acera al porche. Fred abrió la puerta.

—Alguien la reformó según el modelo de planta abierta.

—Sí.

A Lana le pareció espaciosa, y tenía una luz decente a pesar de las pequeñas ventanas delanteras.

—Puedes cambiar los muebles si quieres. A nadie le importa que cambies cosas con otra de las casas vacías. Ahora ya no quedarán tantas desocupadas. Me alegro.

—Puedo apañármelas. Agradezco mucho esto.

Los gustos de las personas que habían vivido allí eran sencillos y diáfanos. Un sofá tapizado en gris, que le recordaba a los ojos de Max; sillas con un dibujo en gris y azul marino. Mesas de madera oscura en un suelo de roble dorado. Una chimenea con una amplia repisa.

Pero la cocina la atrajo. Habían extendido el suelo hasta allí, creando así un espacio fluido, y una encimera de madera de color crema, cubierta de granito gris oscuro, definía las zonas.

Se paseó por la estancia, agarrándose las manos al ver la cocina de seis fuegos, los electrodomésticos de acero inoxidable, el generoso espacio de encimera. Hornos dobles y amplias puertas correderas para permitir la entrada de más luz.

—Es una buena cocina.

—Todo está lleno de polvo, pero...

—Lo limpiaremos. Es una buena casa. Tiene un bonito patio. Me han dicho que hay un huerto comunitario. ¿Tenéis hierbas frescas?

—Claro. Tuvimos que cultivarlas a partir de semillas, pero ahora tenemos un montón.

—Me gustaría saber si puedo conseguir semillas o trasplantar algunas. ¿A quién se lo podría preguntar?

—Yo estoy al cargo, más o menos, así que la respuesta es sí. ¿Quieres ver la planta de arriba?

—Por supuesto.

—Katie me ha dicho que eras chef en Nueva York.

—Lo era. Segundo chef, ayudante de chef —explicó—. Trabajé en Delray's tres años y medio.

—¡Conozco Delray's! —Fred la condujo escaleras arriba con paso animado—. Es decir, leí algunas críticas. En realidad, no podía permitirme comer allí, pero leía las críticas. Era el sitio de moda.

—Qué tiempos aquellos —murmuró Lana—. Cocinaré para ti.

—¿De verdad? Si te consigo queso, ¿puedes preparar lasaña?

—Si me consigues queso, te prepararé la mejor lasaña que hayas probado en tu vida.

—Tenemos vacas lecheras y una cabra. Si tienes leche, puedes hacer queso y mantequilla. Elaborar queso es más difícil, pero estoy en ello. Encontré un libro, y estoy utilizando ortigas y cardos para el... ¿Qué pasa?

—Cuajo. Es muy ingenioso, Fred.

—Hice un poco de requesón que no estaba nada mal. Soy un hada, por cierto.

—Debería haberlo sabido. Resplandeces.

—Tu bebé es luminoso. Lo ha dicho Jonah. Él ve ese tipo de cosas. Yo puedo percibirlo, pero él además puede verlo. Este sería un estupendo cuarto para el bebé.

Con el bebé, con la luz en mente, Lana contempló la habitación que había sido el cuarto de invitados a la vez que despacho. Pero Fred tenía razón. Sería una estupenda habitación para el bebé. Ni demasiado grande ni demasiado pequeña, con buena luz gracias a la ventana con vistas al patio trasero.

—Podemos sacar esto y meter cosas de bebé.

—Ni siquiera sé qué necesita un bebé.

—Yo te ayudaré, y también Katie. Ahora lo sabe todo sobre los bebés. Y tiene ropita de cuando los suyos eran recién nacidos. Acabamos de formar un club de ganchillo. Les encantará hacerte cosas para tu hija.

—Un club de ganchillo. —Un hada que elaboraba queso, una doctora, una casa con una buena cocina y un bonito patio—. Esto es como un sueño.

—Hay algunas cosas malas. Tenemos guardias, por si acaso. Y casi todo el mundo nos acepta y la mayoría se alegra de tenernos porque podemos ayudar.

Lana no tenía que oír un «pero» para saber que lo había.

—No todos aceptan a los sobrenaturales.

—No todos, aunque no te lo dicen a la cara. Pero hay más gente buena que mala. El otro dormitorio es más grande y está bastante bien amueblado. El cuarto de baño de aquí arriba y el aseo de abajo debieron de reformarlo poco antes, porque lo han modernizado. No como los apartamentos.

Lana entró y se sentó en un lado de la cama.

—¿Estás cansada? Puedes tumbarte un rato.

—No estoy cansada. Estoy abrumada. Empezaba a dudar de que quedara auténtica bondad. Y entonces descubres que sí que queda. Estamos muy agradecidos.

—Somos cuanto tenemos. Deberíamos practicar la bondad. —Fred se sentó junto a ella—. Os estáis uniendo a la comunidad, y eso nos hace a todos más fuertes. ¿Puedo tocarte la barriga?

—Claro.

Lana asió la mano de Fred y la colocó en su tripa.

—¡Está dando patadas!

—Ha empezado a hacerlo hoy.

—Ella también es feliz. ¿Tienes hambre? Tenemos alimentos listos para comer en casa.

Bondad, pensó Lana. La simplicidad de la bondad.

—Siempre estoy hambrienta, o más bien lo está ella. Pero lo que de verdad me gustaría es ver el huerto.

—¿De veras? Hay un agradable paseo a pie. Podemos parar para que tomes algo durante el camino.

—Queen Fred —dijo Lana, haciendo reír a Fred—. Me encantaría. Ha pasado mucho desde que di un paseo solo porque era agradable.


En el colegio de primaria, Rachel revisó la información de los nuevos pacientes —había visto a veintidós del grupo de Max— y añadió algunas notas adicionales.

Jonah se detuvo cuando volvía de la enfermería, donde guardaban más suministros, y la miró a través del cristal.

Había dejado que Clarice, una mujer que había tenido una peluquería, le cortara el pelo. A Jonah le encantaba la profusión de rizos que enmarcaban su rostro.

Habían montado la clínica juntos y a menudo trabajaban codo con codo durante horas. El respeto que le tenía como persona y como médico había aumentado, y además había averiguado más cosas sobre ella. Pequeñas cosas, pensó.

Le gustaban los libros de ciencia ficción, había sido un miembro distinguido del equipo de atletismo en el instituto, nunca había montado a caballo y le daban un poco de miedo.

Había coleccionado dispensadores de caramelos PEZ, algo que le resultaba muy tierno.

Sabía que había vivido en una casa compartida con otros residentes durante un año y que el culebrón diario había hecho que redujera sus gastos al mínimo para poder pagar un pequeño apartamento para ella sola.

Sabía cuándo necesitaba un descanso, tener cinco minutos para ella. Y sabía que sus sentimientos por ella, sobre ella, habían cambiado. Lo que ahora sentía no era un simple enamoramiento. Lo que no sabía era qué hacer al respecto.

Ella levantó la vista en ese momento. Jonah vio la fatiga en sus ojos y algo de desconcierto.

Para disimular el hecho de que había estado observándola, se dirigió hasta la entrada.

—Lo siento. No quería desconcentrarte.

—Acabo de terminar. O lo haré en cuanto archive todo esto.

—Yo me ocupo de eso. Tómate un descanso, doctora. Ray puede asumir parte de la carga, ¿no crees?

—Está dispuesto y capacitado. Carly, la estudiante de enfermería, ha adquirido cierta experiencia durante el trayecto hasta aquí, pero necesita más formación.

Jonah continuó archivando la información de los pacientes mientras ella se quedaba sentada, frotándose la nuca.

—¿Jaqueca?

—Solo un poco de sobrecarga —dijo—. Tenemos a una diabética de tipo dos. Se lo han controlado bien y han encontrado medicamentos orales, pero andamos cortos de suministros. Parte del grupo toma algún tipo de medicación; para la hipertensión, desequilibrios mentales, betabloqueantes, anticoagulantes, inhaladores para el asma...

Jonah asintió y terminó de archivar.

—Venía a avisarte de que vamos a necesitar más suministros. Después de hoy andamos cortos incluso de lo más básico. No íbamos mal —añadió mientras se volvía hacia ella—, pero acabamos de incorporar a un centenar de personas. Es hora de salir a buscar.

—Iré contigo.

—Te necesitamos aquí. Veremos quiénes son los más idóneos y les daremos un empujoncito para que se presenten voluntarios. Creo que tenemos que posponer la reunión, al menos por hoy. Hay demasiadas cosas de las que ocuparse. Y cuando la hagamos, si nos sentimos cómodos con ellos para entonces, es probable que debamos incluir a Max y a... se llama Lana, ¿verdad?

—Sí, y estoy de acuerdo en incluirlos. Bill querrá tener a su hijo en la reunión.

—Así me formaré una opinión mejor de Will. Va a mudarse con nosotros. ¿Mi impresión inicial sobre él? Ha recorrido cientos de kilómetros para encontrar a su padre. Eso dice mucho sobre su corazón y su carácter.

—Una vez más, estoy de acuerdo. En una cosa discrepo. No podemos ni debemos posponer la reunión. Katie se ha ocupado de las inscripciones y Lloyd la ha ayudado durante un rato. Ambos han venido a decirme que Kurt Rove, los Mercer y Denny Wertz estaban al otro lado de la calle, observando. Y Katie ha visto a los Mercer acercarse y meterse con un chico, un adolescente con un perro. Al parecer, uno de ellos le soltó indirectas y le amenazó con matar al perro cuando este les gruñó.

—Mierda. ¿Por qué Katie no mandó a alguien a buscarme?

—Estaba a punto de hacerlo cuando Rove cruzó la calle pavoneándose y la gente del grupo de recién llegados intervino. También se acercó Max. Lo que fuera que les dijera o hiciera consiguió que Rove y los Mercer recularan. Así que necesitamos esas reglas, Jonah. Necesitamos imponer orden. Y lo necesitamos ya.

—De acuerdo. —Se frotó la cara—. Vale. Tenemos unas tres horas. ¿Incluimos a Max, a Lana y a Will Anderson?

—Creo que es lo correcto. Puedo pasarme a decírselo a Max y a Lana. Tú puedes hablar con Will.

—Necesitas un descanso, Rachel. ¿Cuándo has comido por última vez?

—Ha sido un día largo, doctor Vorhies.

Jonah abrió el cajón de la mesa y sacó una barrita de proteínas.

—¿Por qué no pueden hacerlas de helado de chocolate o rosbif en su jugo? —La abrió y le dio un bocado—. Están malísimas. La buena noticia es que duran eternamente.

—Podrían ser como los *Twinkies*, el pastelito relleno de nata.

Ella rio un poco.

—*Zombieland*. Me encanta esa película. La otra buena noticia es que por muy jodido que esté el mundo, no tenemos un apocalipsis zombi.

—Todavía.

Rachel soltó un suspiro y volvió a morder la barrita.

—Tú sí que sabes animarme, Jonah.

—¿Y si damos un paseo? Te vendrá bien tomar el aire y pasar un rato fuera de aquí. Iremos a decirle a Max lo de la reunión, y también a Bill y a su hijo. Puede que nos acerquemos al huerto.

—Me vendría bien un paseo.

Se levantó y Jonah olvidó apartarse. Y se recordó a sí mismo que había traído al mundo a gemelos en circunstancias desesperadas, y que había sacado de Nueva York a esos gemelos, a su madre, a Hannah y a Rachel. En los últimos cuatro meses había hecho cosas que jamás imaginó que haría o que podría hacer.

Así pues, ¿por qué era incapaz de hacer nada en ese asunto en concreto?

No se apartó, y se dio cuenta de que ella tampoco.

—Quiero preguntarte una cosa.

Rachel mantuvo la mirada clavada en la de él.

—Adelante.

—Si nada de esto hubiera ocurrido, si las cosas fueran como solían ser y te hubiera invitado a tomar una copa, o tal vez a ir al cine, ¿habrías aceptado?

Ella esperó un segundo.

—¿Qué tipo de película? Eso es importante. Si me hubieras llevado a ver una película extranjera de cine independiente con subtítulos te habría respondido que no. Esa no es forma de relajarse después de un día en urgencias.

—Nunca he visto una película extranjera de cine independiente con subtítulos.

—Entonces es posible que sí. —Esos ojos oscuros de color chocolate siguieron fijos en los suyos—. A veces cuesta volver atrás, intentar recordar cómo eran las cosas. Pero puede que sí. ¿Por qué no lo hiciste?

—Estaba en ello.

—Bueno, pues tal y como están ahora las cosas, perdiste la oportunidad de disfrutar de una noche de cine. ¿Se te ocurre alguna otra cosa?

—No quiero estropear nada ni hacer que nos sintamos mal

entre nosotros. Tenemos que trabajar juntos y construir una estructura social. Así que, si no...

—Oh, por Dios santo.

Puso los ojos en blanco al tiempo que le agarraba de la nuca y tiraba de él hasta que sus bocas se encontraron.

Jonah sintió que se le fundía el cerebro. Que simplemente se derretía. La realidad superó todos sus anhelos, todas sus fantasías. Aguantó, un segundo, dos, tres, hasta que sintió su mano posarse sobre su desbocado corazón.

—No me siento rara. —Con sus grandes y preciosos ojos clavados en los suyos, susurró de manera pausada—: ¿Y tú?

—No estoy seguro. Debería asegurarme.

Hizo que se pusiera de puntillas y se apoderó de su boca una vez más. No se preguntó por qué había esperado tanto. ¿Para qué cuestionar lo que parecía perfecto?

—No. No me siento raro.

—Estupendo. Deberíamos dar ese paseo. Hablar con Max y con Bill.

—Cierto. —La soltó, recordándose que tenían prioridades.

—Después deberíamos seguir paseando. Hasta mi casa.

Su mirada se tornó más penetrante.

—Tu casa.

—Mi cama. Tenemos un par de horas. Como has dicho, necesito un descanso. Creo que tú también lo necesitas.

—Te deseo desde hace mucho tiempo.

—Puede que no haga tanto para mí, ya que me habría llevado una sorpresa si me hubieras invitado al cine. Pero en algún lugar de Pennsylvania, no mucho después de que conociéramos a Arlys, Fred y Chuck, empecé a desearte.

—Deberíamos echar el cierre.

—Sí.

Rachel dejó el walkie-talkie como solía hacer cuando se le presentaba una urgencia médica.

—¿Rachel? —Salieron y cerraron la puerta—. Tengo que advertirte de que tengo... bastante energía acumulada.

—Bueno... —Le brindó una sonrisa mientras paseaban juntos bajo la extraña luz de la entrada principal—. Por suerte para ti, yo tengo la cura.

Al cabo de una hora, Jonah se consideraba curado.

## 19

En el gran salón, con sus cómodos sillones y el precioso suelo antiguo de madera de castaño, Max aceptó la cerveza que le ofrecían. No estaba seguro de qué esperar de aquella invitación, pero suponía que Jonah y el resto de los allí reunidos esa noche querían formarse una opinión mejor de Lana y de él.

Dado que él quería hacer lo mismo con respecto a ellos, la cosa le parecía bien.

No había comentado ninguna de las reservas que rondaban sus pensamientos. No cuando casi podía ver la tensión que emanaba de Lana, no cuando vio el placer que le había producido poner un jarrón con flores en el que, por el momento, era su dormitorio.

No cuando había visto a la niña, su hija, moviéndose dentro de ella.

Podía guardarse sus preocupaciones y sus dudas por ahora, al menos hasta que conociera mejor la situación actual allí. Pero no se le iba de la cabeza el incidente con Flynn ni las malas vibraciones que desprendían los hombres que se habían propuesto provocar al chico.

—Katie y Fred bajarán dentro de un momento. —Rachel encendió unas cuantas velas más antes de sentarse al lado de

Jonah en el sillón de enfrente—. Están acostando a los niños. Arlys ha ido a intentar sacar a Chuck de su continua búsqueda de wifi. Os agradecemos que hayáis venido. Sé que todavía os estáis instalando.

—¿Qué pasa con el resto de vuestro grupo? —preguntó Jonah.

—Están organizando las cosas —respondió Max.

—Estupendo. Mañana puedo echarte una mano con eso. Muebles, provisiones, ese tipo de cosas.

—Te lo agradecemos.

—Katie, los bebés y tú vivís aquí —comentó Lana.

—Nosotros no éramos tantos cuando llegamos —respondió Rachel—. Pero hemos acabado muy cerca unos de otros. Nosotros estamos aquí. Jonah, Chuck y Bill, y ahora también Will, viven al lado; Fred y Arlys al otro lado de ellos. Somos los que más tiempo llevamos juntos.

—Lloyd Stenson cogió un apartamento al otro lado de la calle, y Carla Barker está en uno de los pisos que hay encima de Trastos Viejos. Vendrán esta noche. —Jonah estudió su cerveza, tanteando—. Ya habíamos acordado reunirnos hoy. Al llegar vosotros, hemos decidido que vuestro grupo debía estar representado.

—¿En qué?

Jonah levantó la vista hacia Max.

—Ahora somos más de trescientos. Casi toda la gente se lleva bien. Todo el mundo colabora.

—Y todos están lidiando aún con sus traumas —prosiguió Rachel—. Con lo que han perdido, lo que han ganado, podría decirse. Lo que han sufrido. Algunos se reúnen en una especie de terapia de grupo que organizan cada vez en casa de uno. Otros buscan distintas maneras de sobrellevarlo. Trabajando en el huerto, formando grupos dedicados a diversas actividades, buscándose una afición. Lloyd construye cosas. Estamos trabajando en un invernadero; es un proyecto de la comunidad. Y ha adecentado los columpios del parque para que los niños puedan jugar mientras la gente está sembrando o quitando las malas hierbas. También hay un club de lectura, grupos de oración...

—Tenemos a gente que se turna para cuidar de los animales —agregó Jonah—. Con tantos como habéis traído, habrá que aumentar el número.

—Estás diciendo que, en su mayoría, la gente ha encontrado la forma de seguir adelante. Ha encontrado su lugar. —Lana tomó un sorbo de agua mientras reflexionaba—. Pero no todos.

—Las personas son como son —comenzó Jonah.

—Como el grupito que atacó hoy a Flynn.

Jonah asintió al oír las palabras de Max.

—Don y Lou Mercer. Son básicamente unos gilipollas.

—Flynn no. Si lo fuera, habrían tenido que buscar atención médica.

—No es la primera vez que buscan problemas —explicó Rachel—. Ni que los encuentran. Que es la razón de esta reunión. —Desvió la mirada cuando oyó que se abría la puerta y el sonido de voces—. Son Arlys y Chuck.

—Necesito electricidad. Si consigo electricidad, podré profundizar más. Si me consiguen electricidad, a lo mejor puedo llegar de nuevo a la sede central de AOL y encargarme de recuperar internet.

Max observó al desgarbado veinteañero con una perilla descuidada y el pelo enmarañado —rubio platino con mechones de color morado— pararse en seco y quedarse boquiabierto.

—¡Me cago en la puta! ¡Max Fallon! Es el puñetero Max Fallon.

—Te lo dije —comenzó Arlys.

—¿Eh? No te presté atención. —Se acercó como un rayo, cogió la mano de Max y se la estrechó, sacudiéndole el brazo como si bombeara agua—. Soy un gran fan tuyo. Fui a tu firma en la librería Libros del Alma el año pasado, a pesar de que sobre todo leo libros electrónicos. *Bajo asedio.* ¡Impresionante! Es mi favorito.

Aquello desconcertó a Max. Había pasado tiempo —mucho, se percató— desde la última vez que había pensado en sí mismo como escritor.

—Gracias.

—Max Fallon —dijo Chuck de nuevo—. ¡Qué pasada!

—Y este es Chuck —presentó Arlys—. Nuestro residente del sótano.

—Ese soy yo. ¿Hay cerveza? ¿Fría?

—Fred las ha enfriado —le dijo Jonah.

—Genial. —Cogió una y la abrió—. Bueno, tú eres Max y... lo siento, no estaba prestando atención. ¿Lucy?

—Lana.

—Max y Lana. ¿Habéis traído a cerca de cien personas? Más impresionante todavía. —Bebió un trago—. ¿Cómo están las cosas por ahí?

—Hemos seguido vuestros carteles, vuestra ruta, así que el camino estaba más despejado de lo que preveíamos. Hay zonas problemáticas aquí y allá. Las hemos evitado siempre que hemos podido y hemos apechugado con ello cuando no.

—¿Saqueadores? Menuda panda de gilipollas. Te matan por una lata de judías.

—Aquí y allá —repitió Max.

—Nosotros nos topamos con algunos a las afueras de Baltimore. Perdimos a tres personas. Habrían sido más, pero... —La voz de Chuck se fue apagando y miró a Jonah.

—No pasa nada. Había sobrenaturales con nosotros que levantaron un muro de fuego. Eso les hizo retroceder.

—La moto y el jeep incendiados —murmuró Lana—. Los restos calcinados en el jeep. Pasamos por allí.

—Los evitas cuando puedes —reconoció Jonah—. Te enfrentas a ellos cuando no. Tenemos puestos de vigilancia, atendidos día y noche. Harley estaba en la carretera del norte cuando llegasteis y pasasteis porque...

—Nos leímos el uno al otro. —Max oyó la puerta de nuevo, más voces, y se relajó un poco al reconocer a Will—. Sabía que no éramos saqueadores y que no teníamos intención de hacer ningún daño.

Max se levantó cuando Will entró con un hombre que no cabía duda de que era su padre. La misma mandíbula, los mismos ojos. Max cogió la mano de Will.

—Le has encontrado, como dijiste que harías.

—Sí. Papá, estos son Max y Lana. Me han ayudado a llegar.

Bill Anderson no estrechó manos, sino que le dio un fuerte abrazo primero a Max y después a Lana.

—Lo que necesites, cuando sea. Me habéis devuelto a mi chico.

—Con o sin nosotros, no habría parado hasta lograrlo.

—Significa mucho para mí. —Bill levantó una botella de vino—. De mi bodega privada. —Esbozó una amplia sonrisa y guiñó un ojo.

Fred bailoteó escaleras abajo.

—Tú eres Will. El Will de Bill. —Corrió hacia Bill y le abrazó con fuerza—. Me alegro muchísimo por ti. Soy Fred. —Apoyó la cabeza contra el brazo de Bill y sonrió a Will—. Yo ayudé a hacer los carteles. Con un poco de magia de hada.

Will le cogió la mano y se la besó, haciéndola reír.

—Oh, seguro que son Lloyd y Carla. Ya abro yo. Katie viene de camino y ya estaremos todos aquí.

Max dejó que fluyera a su alrededor, estudiando la situación. No cabía la menor duda de que Lana disfrutaba del momento; gente, conversación, sin tener que preocuparse por dónde estarían al día siguiente, o al siguiente.

Calculó que Lloyd tendría la misma edad que Bill, unos sesenta años, con un aspecto fibroso, casi duro. Carla, de constitución recia y cabello corto, le estudiaba con atención, lo mismo que él a ella.

Katie bajó corriendo las escaleras, pidiendo disculpas.

—Lo siento. Los niños están inquietos. ¿Te has mudado al lado? —le preguntó a Will.

—Desde luego. De todas formas, no había mucho espacio disponible.

Cuando ella se sentó junto a Jonah en el sofá, Will se acomodó en el brazo del sillón de Arlys.

—A lo mejor sacamos un rato para ponernos al día.

—Claro que sí. —Y bajó la voz—. Siento lo de tu madre y tu hermana.

—Lo sé. —Puso una mano sobre la de ella—. Y yo siento lo de tus padres y lo de Theo. Una pérdida enorme.

En el sillón, Rachel le dio un toquecito a Jonah en la rodilla. Él se movió, miró con cierta reticencia y después se encogió de hombros.

—Vale, empecemos. Rachel, Arlys y yo hemos hablado de esto por la mañana, antes incluso de la incorporación de noventa y tantas personas y unos cuantos animales. Hemos sobrevivido, y hemos recorrido un largo camino para convertir Nueva Esperanza en un hogar. Sé que tener electricidad es una prioridad, y también lo es la seguridad. A eso hay que sumarle los suministros, sobre todo médicos, y eso significa partidas de búsqueda y de exploración.

Mientras hablaba, Arlys sacó un cuaderno y un lápiz.

—Tal vez sea el momento de que tengamos un ayuntamiento —sugirió Lloyd—. De presentar a nuestros nuevos vecinos y pedir voluntarios.

—Sí. Antes de que tengamos lo que podría llamarse una asamblea pública, queremos hablar de algunas cosas. Supongo que todos sabéis que anoche los Mercer le hicieron pasar un mal rato a Bryar y después a Aaron.

—He oído que si tú no hubieras salido y los hubieras espantado, el asunto podría haber ido más de allá de la provocación por parte de los Mercer. Son unos alborotadores —agregó Carla—. Algunos nacen así.

—Puede. Hoy han intentado causar problemas a un chico del grupo de Max.

—También me he enterado de eso. —Carla estudió a Max—. Y de que recularon cuando te encaraste con ellos.

—Alborotadores y abusones. Algunos nacen así.

—Tenemos que preguntarnos qué haremos si la cosa no se queda solo en molestar a alguien. Hasta ahora no han pasado de las palabras y un par de puñetazos. —Jonah hizo una pausa—. Pero Bryar no debería tener miedo de salir a pasear por la noche. Nadie debería.

—Casi todo el mundo va armado —intervino Carla—, incluso la gente que no debería, y vuelvo a referirme a los Mercer.

—Kurt Rove —agregó Bill—. Sharon Beamer. Puedo nombrar a algunos más.

—Necesitamos un plan, un sistema. —Rachel le puso una mano en la rodilla a Jonah—. Reglas, leyes.

—Cuando se tienen leyes, se necesita alguien que las haga cumplir y alguien que litigue y que legisle. —Con el ceño fruncido, Lloyd se miró las manos, unidas por las yemas de los dedos—. Algunos se opondrán a que les digan qué pueden y qué no pueden hacer. ¿Quién redacta las leyes, quién las promulga y las hace cumplir, quién decide las consecuencias de violarlas?

—Empezamos de cero, ¿no? —preguntó Jonah—. Quizá debamos empezar por los puntos claves. Con sentido común.

—No causar ningún daño —propuso Lana, levantando la mano acto seguido—. Lo siento, no pretendía interrumpir. Es nuestra regla principal.

—Me parece una buena regla. —Bill le brindó una sonrisa—. Tendríamos que matizarla un poco. Dañar a otra persona, dañar la propiedad, dañar a los animales. Acaparar provisiones, porque eso es perjudicial.

—Podemos explicar que es por el bien común. —Arlys continuó escribiendo—. Pero eso nos lleva de nuevo a la aplicación y a las consecuencias.

—Supervisión policial —dijo Jonah, y miró a Carla.

—Yo era ayudante del sheriff de una pequeña localidad, así que sí, conozco las disputas y la dinámica de los pueblos. Es un poco más complicado cuando tienes más armas que personas, y cuando algunas personas tienen lo que denominaríamos armas no convencionales.

—¿Cuántos problemas han provocado los sobrenaturales? —inquirió Max.

—No muchos. Un par de críos armando alboroto —explicó Jonah.

—Casi siempre probando sus habilidades —intervino Fred.

—Yale Trezori voló un árbol por los aires, Fred —le recordó Chuck.

—Lo sé, pero no era su intención, y se asustó. Solo tiene catorce años. Creo que...

—Adelante —la animó Rachel.

—Creo que deberíamos crear una especie de colegio o de centro de formación para los chicos, o incluso para la gente que es novata con sus habilidades.

—Hogwarts —bromeó Chuck, dándole un codazo en las costillas.

—Algo así. A Bryar se le daría muy bien. Tiene mucha paciencia.

—¿Hay alguien en tu grupo que esté cualificado? —le preguntó Rachel a Max—. ¿Quién estaría dispuesto enseñar y juntar a los críos?

—Sí, nosotros ya hemos empezado con eso. —Miró a Arlys y le dio dos nombres.

—Podríamos organizarlo en el salón de la Legión Americana —sugirió Fred—. Está a solo una manzana de la calle principal, y los niños podrían ir andando. Hablaré con Bryar, y si ella está dispuesta, Aaron también lo estará. Tendría una excusa para estar con ella.

—Es una buena idea. —Jonah miró de nuevo a Max—. ¿Las personas que has nombrado nos ayudarían a organizarlo?

—Hablaré con ellas.

—Genial. Carla, ¿estás dispuesta a asumir las funciones policiales?

—Estoy dispuesta, Jonah, pero ¿estará la gente dispuesta a aceptar la autoridad? Además, nunca he estado al mando, y no podría hacerlo sola.

Aunque en un principio había pensado en pedírselo a Bill, Jonah se lo había replanteado.

—Esperaba que Max estuviera dispuesto.

Max enarcó las cejas.

—¿Por qué?

—Porque sabes estar al mando —señaló Jonah—. Y para que esto funcione necesitamos que todo el mundo esté representado. Tú tienes a un par de policías en tu grupo. Eso sería la guinda del pastel.

Max meneó la cabeza.

—Sí, Mike Rozer. Era un poli de una gran ciudad, con más o menos una década de experiencia. Es un tío serio. El otro es Brad Fitz y tiene experiencia, pero es impulsivo. Y está amargado. No es una buena combinación.

—De acuerdo. ¿Lo harías?

Lana le tocó el brazo a Max antes de que este pudiera hablar.

—Nos has traído hasta aquí sanos y salvos. Has impedido que la gente perdiera la cabeza. Todos los que han venido aquí con nosotros, casi un centenar de personas, lo saben, y por eso acuden a ti. Si tú formas parte de esto, se sentirán parte de esto.

—¿Quieres que lo haga?

—Creo que estás destinado a hacerlo.

—De acuerdo. —Meneó la cabeza—. De acuerdo, lo inten-

taremos. Pero deberías elegir a otro de entre tu gente y a un sobrenatural. Equilibrar la balanza.

—Diane Simmons —dijo Arlys sin levantar la vista de su
cuaderno—. Es ágil de mente, seria, y no tolera idioteces.

—Es una cambiante —agregó Katie.

—Estoy de acuerdo. Diane y Carla son mujeres sensatas
—comenzó Lloyd—. Y la primera impresión dice lo mismo de
Max. Pero explicar las leyes y conseguir que la comunidad en
su conjunto las acepte, que reconozcan la autoridad de las personas que hemos nombrado, es otra cuestión.

—Esperaba que tú explicaras las cosas —dijo Jonah—. Eres
listo y justo, y aquí nadie diría lo contrario. La gente te respeta,
Lloyd, así que si tú lo planteas como si el asunto estuviera ya
zanjado, la mayoría de la gente lo va a aceptar. Puede que no
sea una manera justa, pero ahora mismo es la mejor manera.

—¿Y la gente que no lo haga?

—Será minoría.

Lloyd se frotó la nuca y se pellizcó el puente de la nariz.

—Permitid que le dé un par de vueltas a esto. Si conseguimos implantar lo que proponéis, ¿qué hacemos con los infractores? ¿Los encerramos en un armario?

—Una puerta cerrada no detendría a algunos infractores
mágicos —señaló Max—. Lana y yo teníamos un método distinto.

—Lo llamamos tiempo de reflexión. —Lana se echó a reír—.
Parte del propósito de eso era hacer que se sintieran idiotas.
En su mayoría han sido incidentes por culpa de la crispación,
una pelea a puñetazos o algunos enfrentamientos mágicos. Apli-
cábamos la misma regla en cualquiera de los casos. Un tiempo
de reflexión.

—Dentro del círculo, durante un lapso de tiempo determi-
nado —explicó Max—. Incomunicados. Tiempo para calmar-
se, para reflexionar sobre ser un imbécil. Daba muy buen resultado.

—Yo estuve diez minutos dentro —reconoció Will—. Al principio de conocernos. Resulta humillante y desolador. Después de un minuto, lo único que deseaba era salir y darle una patada en el culo a Max. Nueve minutos después, tenía una perspectiva diferente.

La sonrisa de Max reflejaba el sereno afecto entre ellos.

—Aprendiste rápido.

—Bueno, dejad que piense en eso —dijo Lloyd—. Que intente preparar el discurso y un enfoque.

—Muy bien. —Jonah miró de nuevo a Max—. Entretanto, teníamos la esperanza de que colaboraras con el equipo de electricidad. Y que nos proporcionaras a algunas personas para explorar y buscar.

—De acuerdo. No sé qué puedo hacer con la electricidad cuando hablamos de toda una ciudad, pero lo veremos. Para explorar, no hay nadie mejor que Flynn y Lupa.

—Ese es el chico al que han provocado hoy —recordó Rachel—. ¿Lupa?

—Su lobo.

—¿Te refieres a un lobo de verdad?

—Sí. Un duende y su lobo, que mantuvieron a un pueblo de casi treinta personas a salvo y bien alimentado durante más de dos meses. Enviaría a Eddie y a Joe, el perro de Eddie.

—¿Un perro normal?

—Un perro normal y un buen hombre. Para buscar comida, Poe y Kim. Eddie, Poe y Kim se han instalado en los apartamentos anexos a nuestra casa —les dijo Lana—. Son los que más tiempo llevan con nosotros. No son mágicos, pero son listos y serios.

—Envía a un mágico con ellos —sugirió Bill—. Siempre han sido una ventaja.

—¿Aaron, de momento? —Rachel se volvió hacia Jonah—. Y deberías ir tú. Tienes formación médica, por si acaso hay problemas, y sabrás qué suministros médicos se necesitan.

Jonah asintió; él había pensado lo mismo.

—¿Puedes tener lista a tu gente al amanecer, Max?

—Sí.

—Creo... —Fred miró en torno a la habitación—. Creo que no deberíamos referirnos a ellos como la gente de Max. Si estamos juntos, estamos todos juntos. Somos todos iguales.

—Fred tiene razón, como de costumbre. —Arlys cerró su cuaderno—. Y es un orden del día muy ambicioso para lo que parece ser la primera reunión del Consejo Municipal de Nueva Esperanza.

Cuando Lana despidió a Max con un beso al amanecer, casi parecía algo normal. Su chico se iba a trabajar y ella tenía una lista de tareas y recados en la cabeza.

—Buena suerte. Aunque tal vez te iría mejor si yo fuera contigo. —Le asió la mano y entrelazó los dedos con los suyos.

—A ver qué tal va la cosa. Y seamos optimistas. Deberías asegurarte de que todo está desconectado. No sirve de nada recuperar la electricidad si acabamos explotando.

—Bien pensado. Lo haré. Después, bajaré a trabajar en el huerto comunitario a cambio de llevarme algunas hierbas.

—Nada que requiera demasiado esfuerzo físico. —Posó una mano en su vientre—. Llevas un cargamento muy valioso.

—Rachel me dijo que hacer ejercicio de forma prudente es bueno para el bebé y para mí, así que seré prudente. Luego revisaré los víveres. Arlys dijo que el salón de la Legión Americana, donde van a montar el centro de formación para los chicos, cuenta con una gran cocina. A lo mejor puedo organizar una cocina comunitaria allí. Preparar pan y otros alimentos básicos.

Max se inclinó y la besó en la cabeza.

—Eres feliz.

—Sí. ¿Tú no, sheriff?

Max se apartó, meneando la cabeza al tiempo que reía.

—Creo que eso se lo dejaremos a Mike. —Escudriñó la calle y los edificios desde el porche delantero—. Son tiempos extraños, Lana.

—Volverás a escribir. Escribirás sobre los tiempos extraños. La gente necesita historias, Max, y a quienes se las cuenten. Así que voy a montarte un despacho.

—Parece que vas a tener un día más ajetreado que yo.

La puerta al fondo del porche se abrió. Joe salió a toda prisa a saludar a Max y a Lana. Eddie le siguió con paso tranquilo.

—Muy buenas, vecinos.

—¿Estás listo? —le preguntó Max.

Eddie dio un golpecito a su mochila y se ajustó el rifle que llevaba al hombro.

—Sí. Poe y Kim vienen ya. Hablando del rey de Roma...

Lana acarició de nuevo a Joe mientras Poe y Kim se acercaban. Algo bueno había salido de toda la tragedia, pensó. Se habían encontrado el uno al otro y parecían encajar muy bien.

—¿Necesitáis alguna cosa para los apartamentos? —les preguntó—. Bill Anderson dijo que echaría una mano con eso.

—Joe y yo estamos bien.

—Hemos decidido dejar la casa tal cual una temporada. —Kim levantó la mirada hacia Poe—. Si acaba siendo nuestro cuartel general, no me importaría pintar las paredes. Y hay que retirar el papel pintado, que es horroroso.

—No pongo objeciones a eso. Queremos conocer esto mejor —agregó Poe—. Hasta ahora no hay quejas. ¿Quién es el tal Aaron con el que vamos a salir? Conocimos a Jonah. ¿Saben lo que se hacen, Max?

—Es evidente que Jonah sí, y como él propuso a Aaron, diría que sí a los dos.

Vio a Jonah subiendo por la calle con otro hombre. Un poco más joven, más delgado, y se movía como un bailarín.

—Ahora podréis conoceros. Tened cuidado.

—Me vendrían bien algunas galletas para perro —pidió Eddie.

—Veremos qué podemos hacer. Lana, ¿quieres alguna cosa? —preguntó Kim...

—En realidad sí. Si te topas con un juego de cuchillos de cocina decentes...

—¿Como los que tenías en las montañas?

—Cualquier cosa que se parezca remotamente a esos sería genial. De hecho, cualquier utensilio de cocina decente me vendrá bien.

—Estamos en ello. —Poe le dio un empujón a Kim en el brazo—. Vámonos de compras.

—Iré a recoger a Flynn y... Mierda, ahí está. Nunca sabes cuándo va a aparecer ese chico.

Flynn estaba en medio de la calle, callado como una tumba, con Lupa a su lado. Joe soltó un ladrido de contento y corrió a disfrutar de un revolcón matutino con el lobo.

—¿Listos para el rock and roll? —preguntó Eddie.

Flynn asintió y después esbozó una sonrisa.

—Conduzco yo.

—Joder. —Eddie se quitó la gorra de béisbol, se rascó la mata de pelo y volvió a ponérsela—. Si no nos estampamos contra un árbol, volveremos. Los duendes no tienen ni puta idea de conducir —añadió antes de ponerse en marcha.

—Ese debe de ser mi grupo.

—Buena suerte. —Lana alzó el rostro para recibir otro beso—. Ten cuidado.

—No te excedas —le advirtió.

Ella vio que los tres grupos se mezclaban y se dirigían al aparcamiento junto al colegio.

Se dijo que no debía preocuparse. No serviría de nada. Y Max los había llevado a los tres hasta allí. En medio de tormentas, grupos de saqueadores, carreteras inundadas por las crecidas primaverales. Los había llevado porque alguien tenía que hacerlo, pensó. Porque, uno tras otro, quienes se habían unido a ellos acudían y confiaban en él.

Y había hecho todo aquello mientras lloraba por un hermano que había enloquecido a causa del poder.

Sí, le montaría un despacho, decidió mientras encendía unas velas y comenzaba a desenchufar cosas. Los dos habían tenido que recuperar al menos una parte de quienes habían sido. Él se había convertido en un líder, un hombre con autoridad debido a las circunstancias. Un brujo cuyo poder había aumentado a cada kilómetro del viaje.

Y era escritor. Era alguien que podía escribir sobre lo que había ocurrido en el mundo y al mundo, lo que quedaba y cómo luchaban por reconstruirlo pese a que otros seguían intentando destrozarlo.

Necesitaba escribir, tomarse ese tiempo para sí mismo. ¿Y no le ayudaría a sobrellevar la pena que todavía le acompañaba?

Del mismo modo que ella necesitaba hacerse un hueco en esa extraña nueva realidad. Crear un hogar para su hija, encontrar un trabajo, no solo algo que fuera necesario hacer, sino que además satisficiera sus necesidades.

Así pues, organizaría una cocina. Cocinaría. Eso era lo que mejor se le daba.

Max le había preguntado si era feliz, y lo era. Estaba contenta de tener una oportunidad de hacerse un hueco para ella, para él, para el bebé. Si una parte de ella se preguntaba si echaría de menos Nueva York, la vida que había conocido, otra parte era consciente de que tenía que dejarla a un lado.

Esa vida era ya un cuento de hadas.

# 20

Jonah condujo por la carretera, sorteando coches abandonados.

—Ya hemos pasado unas cuantas casas —señaló Kim—. Casi siempre hay algo útil en las casas abandonadas.

—Podemos registrar alguna a la vuelta. Los suministros médicos son nuestra prioridad. Hay un hospital dentro de unos diez desvíos. Hace cosa de seis semanas cogimos lo que pudimos. Necesitamos más.

Poe escudriñaba la carretera, las casas desperdigadas.

—En este furgón nos cabrán más cosas, pero si nos encontramos con problemas, desde luego no quemará el asfalto.

Jonah había sopesado eso antes de decidirse por el furgón de gran capacidad.

—Tenemos que evitar los problemas. Hay un par de gasolineras en el cruce que hay más adelante. Es posible que podamos llenar el depósito y las latas de cuarenta litros que llevamos. A la vuelta.

Kim se echó hacia delante en su asiento y señaló.

—¿Eso de ahí es un centro comercial?

—Sí. Un lugar interior y exterior. Una especie de outlet.

—Podría ser práctico. ¿Lo habéis registrado ya?

Aaron se giró un poco en su asiento.

—Lo intentamos hace algunas semanas. Otro grupo lo había ocupado. No fueron cordiales.

—Descubrirás que Aaron tiene tendencia a restar importancia a las cosas —dijo Jonah—. Empezaron a dispararnos antes incluso de que entráramos en el aparcamiento. Había... ¿unos veinte?

Aaron se encogió de hombros.

—Más o menos. Suplían la falta de estrategia con potencia de fuego. De haber esperado a que entráramos en el aparcamiento, podrían habernos liquidado.

—Vale la pena echar otro vistazo, ¿no? Lo más seguro es que veinte personas no lo hayan vaciado —señaló Poe—. Y es posible que se hayan largado. Es decir, ¿para qué vivir en un centro comercial cuando hay casas?

Jonah miró de reojo a Aaron, que no dijo nada. Suspiró.

—Aaron ha comentado eso mismo unas cuantas veces. Volveremos después de ir al hospital.

Mientras el grupo de Jonah se desviaba hacia el hospital, Eddie miraba por la ventanilla lateral de la camioneta de exploración.

—Deberían ser más personas. Y sí, sé que ya lo he dicho, pero es que deberían ser más. ¿A qué distancia hemos llegado?

—A menos de veinte kilómetros. No muy lejos.

—Podríamos recorrer otros dieciséis, y después comprobar las carreteras secundarias. A lo mejor encontramos otro asentamiento como el nuestro y nos enteramos de qué coño está pasando por medio de alguien que venga del sur.

Antes de que Eddie terminara la frase, Flynn pegó un volantazo a la derecha y tomó con brusquedad una estrecha carretera que giraba de inmediato de nuevo a la derecha.

—¡Por Dios, Flynn! He dicho...

—Ruido de motores. —Sacó la camioneta de la carretera y

se detuvo donde la curva y los árboles tapaban la vista de la carretera principal—. Espera.

Flynn corrió hasta una loma, y aunque había visto mucho a esas alturas, Eddie se quedó boquiabierto cuando este se fundió sin más con uno de los árboles.

Se convirtió en el árbol. Una habilidad de duende extrañísima y, joder, muy guay.

Pero todavía le provocaba escalofríos verlo.

—Esperad, chicos. No os mováis —ordenó Eddie a Lupa y a Joe cuando se bajó de la camioneta, acuclillándose al lado con el rifle preparado.

Ya oía los motores, parecían sobre todo motos. Un rugido profundo y gutural. Se acercaban a toda velocidad. Junto al árbol, en el puto árbol, Flynn tendría una vista clara de la carretera.

Eddie esperaba no tener que utilizar el rifle, aunque estaba resignado a usarlo. Había disparado a un hombre, a un saqueador alto y corpulento, durante un ataque a su grupo al sur de Charles Town, en Virginia Occidental.

Jamás olvidaría ese momento. Era un acto que no deseaba repetir.

Pero...

El rugido aumentó, alcanzó su máximo volumen y comenzó a desvanecerse. Eddie se levantó y soltó un trémulo suspiro.

Flynn salió del árbol.

—Saqueadores.

—¿Estás seguro?

—Cinco motos, tres de ellos con una mujer de paquete. Una camioneta con cuatro dentro y dos en la caja. Una autocaravana. Solo he podido ver a dos dentro. En el lateral había pintada una calavera con dos tibias cruzadas. Llevaban a un hombre desnudo atado al techo de la autocaravana. Muerto.

—Joder. Justo cuando piensas que el mundo no puede estar más jodido... Buen oído, tío. —Oído de duende, pensó Eddie, lo que significaba que tal vez ese día no tuviera que matar a nadie—.

Al menos se alejan de Nueva Esperanza. —Aliviado, Eddie miró de nuevo hacia la camioneta—. Bien, podríamos seguir por esta carretera, ¿no? Es una tontería arriesgarnos a que nos los encontremos al doblar una curva. Sobre todo cuando son tantos.

—Primero deberíamos ir a pie.

—¿Por qué?

—Porque ellos también pueden oír los motores. Y algunas de estas plantas... —Flynn señaló la pequeña arboleda—. Las flores silvestres y las hierbas pueden ser de utilidad. Deberíamos recoger unas cuantas.

—Se supone que debemos explorar, no practicar la jardinería. —Pero Eddie hizo una señal a los animales para que bajaran de la parte de atrás de la camioneta cuando Flynn ya se adentraba en la arboleda—. Tiene que haber algunas casas por aquí —continuó mientras el duende se agachaba para excavar con su cuchillo—. Tampoco tenemos que buscar, pero no está de más echar un vistazo. Podría haber alguien escondido. No es lógico que no haya nadie en ningún lado.

Lupa profirió un débil gruñido de advertencia que hizo que Flynn se irguiera y retrocediera de golpe cuando una chica salió de repente de un árbol y trató de atacarle con un cuchillo.

Eddie levantó el rifle y lo bajó cuando Flynn retrocedió por segunda vez.

—Qué va, de eso nada. ¡No pienso disparar a una cría!

—Es lo bastante mayor para abrirme en canal —espetó Flynn.

Lupa zanjó el problema de un salto; derribó a la chica y se colocó sobre sus hombros mientras ella trataba de recobrar el aliento que la caída le había robado.

Flynn se movió a la velocidad de un rayo y le arrebató el cuchillo antes de que pudiera agredir a Lupa.

—No te hará daño. No vamos a hacerte daño.

Ella lanzó una mirada feroz a Flynn con sus ojos de color castaño dorado.

—No me toques. Si lo haces, seré yo quien te haga daño.

—Nadie está tocando a nadie. —Eddie volvió a colgarse el rifle del hombro y levantó las manos—. Vamos a tranquilizarnos todos, ¿de acuerdo?

Joe se arrastró hacia ella y le lamió la cara. Los labios de la chica temblaron y cerró los ojos.

Flynn enfundó el cuchillo y se metió el de la chica en el cinturón. A continuación se puso en cuclillas y posó una mano en la cabeza de Lupa.

Y le habló a la mente de la chica.

*Soy como tú.*

Ella abrió los ojos de golpe.

*Mentiras, mentiras.*

*No. Soy como tú. Me llamo Flynn. Eddie no es como nosotros, pero está con nosotros. Y no somos los que han pasado por la carretera.*

—Vamos, Flynn, llama a Lupa. Deja que la chica se levante.

—Estamos hablando.

—Estáis... Ah. Vale, guay.

*No tienes por qué huir. Pero si necesitas hacerlo, no te perseguiremos. Tenemos algo de comida en las mochilas. Puedes quedártela.*

—¿Tiene hambre? Está muy delgada. —Flacucha, sucia y muy cabreada, en opinión de Eddie—. ¿Quieres algo de comer, muchacha?

Flynn sonrió.

—¿Lo ves? Está con nosotros. Tiene sed —dijo. Se quitó la mochila de la espalda y sacó la botella de agua del bolsillo lateral—. No pasa nada, Lupa.

El lobo retrocedió y se sentó.

—No me toques.

Sin mediar palabra, Flynn dejó el agua al lado de la chica, se levantó y retrocedió.

—Tiene unos doce años. No podemos dejarla aquí sola.

—Catorce —le corrigió Flynn, leyendo sus pensamientos.

—Lo que sea. No es seguro, tío.

—Sabe cuidarse sola. Pero no tienes por qué estar sola —prosiguió Flynn mientras ella cogía el agua y bebía—. A menos que quieras estar sola. Tenemos gente, gente buena.

—Chicas —añadió Eddie—. No solo hay chicos. Tienes que venir con nosotros.

—No os conozco.

—Ya, los desconocidos son peligrosos, pero aun así. Estar aquí afuera tú sola no es seguro.

—No te haremos daño. Lo sabrás si miras.

Ella observó a Flynn mientras bebía.

—No sé hacerlo. No sé por qué puedo oírte en mi cabeza.

—¿Ni convertirte en árbol, en piedra? —Volvió a brindarle una sonrisa—. Es lo que somos. Puedo ayudarte a aprender. No te obligaremos a que vengas, pero deberías.

—¿Por casualidad te has perdido? —aventuró Eddie—. Si tienes a alguien podemos ayudarte a buscarlos.

—Están muertos. ¡Todos muertos!

Flynn sacó el cuchillo y lo depositó en el suelo.

—Los demás tenemos que vivir. Vamos a ir andando hasta las casas cercanas a ver si hay alguien vivo y necesita ayuda. Si no hay nadie, nos llevaremos las provisiones, si encontramos alguna. Acompáñanos. Hay más como nosotros donde vivimos ahora. También hay más como Eddie.

La chica agarró el cuchillo y se levantó. Su cabello, casi del mismo color que el de Flynn, casi del mismo tono que el de la corteza del árbol, era un amasijo de enredos. Sus ojos, grandes y oscuros, mostraban más una actitud beligerante que miedo.

—Me marcharé cuando quiera.

—De acuerdo.

Flynn se giró y empezó a caminar. Aunque le ponía nervioso tener a una chica salvaje con un cuchillo detrás de él, Eddie echó a andar con Flynn.

—¿Tiene nombre ese perro? —preguntó la chica.

—Se llama Joe. Es un gran perro —respondió Eddie—.
Y Lupa también es un buen perro para ser un lobo.

Flynn no se molestó en mirar hacia atrás.

—¿Tienes nombre?

Cuando la chica le puso una mano temblorosa en la cabeza
a Joe, el perro le brindó una sonrisa feliz, sacando la lengua.
Sus labios estuvieron a punto de curvarse, casi afloró a ellos una
sonrisa, por primera vez en semanas.

—Starr. Me llamo Starr.

Utilizaron la puerta trasera del hospital, invisible desde la carretera, y cargaron el furgón. Kim montó guardia en la parte
delantera del edificio.

Alguien había entrado desde su última visita. Alguien más
interesado en los opiáceos y la morfina que en suturas, vendas
y antibióticos. Jonah cargó con un electrocardiógrafo, un monitor fetal y, recordando el parto de los gemelos, cogió todo lo
que pudo de la unidad de intensivos de Neonatología.

Tal y como había hecho con anterioridad, Jonah hizo caso
omiso de las salpicaduras de sangre seca en paredes y puertas.
Al menos esa vez no había cadáveres que sacar e incinerar en
masa en una pira.

Pero el hedor de la muerte tardaba tiempo en desvanecerse.

—Es un buen botín —decidió Jonah una vez cargaron el
furgón—. Poe, ¿puedes conducir tú este?

—Claro.

—Aaron, a ver si podemos llevarnos una ambulancia. No nos
vendría mal tener una, y todo lo que podamos cargar en ella de
lo que hay en el resto de la flota de ambulancias.

Poe rodeó el edificio hasta la parte de delante.

—Están intentando coger una ambulancia.

—Estupendo. Ya me inspiran más confianza.

—Max confía en ellos, y eso es mucho. Quiero pasar por

ese centro comercial, Poe. No hay que dejar pasar una buena oportunidad. ¿Cuánto espacio nos queda ahí atrás?

—Suficiente, sobre todo si consiguen... Y ahí vienen. Genial.

Le brindó una sonrisa a Kim y salió detrás de la ambulancia.

Max estaba en un cuarto lleno de ordenadores, interruptores y monitores mientras el hombre y la mujer que lo acompañaban, armados con linternas, hablaban de redes, cajas de conexiones, amperios, transformadores y cables aéreos y soterrados.

Les entendía menos que ellos a él, pensó, y eso que la mayor parte de las veces no les entendía nada en absoluto. Tenían herramientas y era evidente que sabían usarlas, y le ignoraron mientras lo hacían.

Chuck, en su nueva versión de un sótano, estaba sentado y farfullaba por lo bajo a la vez que realizaba una operación en las tripas de un ordenador. Por lo que Max pudo entender, lo que murmuraba versaba principalmente sobre conseguir que el ordenador funcionase con una batería improvisada el tiempo suficiente para que se él colara en el sistema.

Todo estaba frito, comprometido, dañado. Un apagón, por lo que Max pudo discernir, que se había propagado de manera imparable, cortando la corriente no solo de la central sino de toda la red y quemando todos los transformadores.

Max no sabía nada de vatios, amperios o cables desfasados, pero sí entendía de energía. De cómo la energía podía utilizarse para encender algo.

Ignoró la charla sobre volver a bajar a las entrañas, unir alguna cosa, pinzar otra, y estudió el cuadro que tenía ante sí.

Alargó una mano y se imaginó transfiriendo su energía. Accionando un interruptor, encendiendo una luz. Mucho, demasiado grande, comprendió, y redujo el objetivo. Un paso, pensó, una vela en la oscuridad.

Titubeó durante un instante, dos. ¿Y si esa acometida de

energía echaba a perder los avances que el talento y la tecnología habían logrado hasta el momento? Saber cómo se encendía una luz era muy distinto a saber cómo funcionaba esa luz.

Redujo el objetivo todavía más. Arrancar un motor, pensó; no sabía construir uno, pero sí utilizar lo que poseía para hacer que cobrara vida.

Fe, pensó. Creer. Aceptar. Abrir.

El monitor que tenía delante parpadeó y se encendió.

El debate —no una discusión, sino una acalorada discusión sobre tecnología— continuó. Max le dio un golpecito en el hombro a Chuck y señaló el monitor.

—¿Puedes trabajar con eso?

—¿Qué? ¿Uh? ¡Hay que joderse!

Chuck se impulsó con su silla de oficina a lo largo de la mesa. Sus dedos se lanzaron sobre el teclado y se detuvieron a un par de centímetros.

—Tío, es la primera vez que la tecnología me pone nervioso. Agarraos el sombrero, chicos. Y chica.

Drake Manning le propinó un puñetazo en el brazo a Chuck.

—¿Cómo lo has encendido?

—No he sido yo. —Chuck apartó una mano del teclado lo suficiente para señalar a Max con el pulgar.

—¿Tú te lo has camelado?

—Podría decirse así.

—¡Hostia puta! —Manning, cuyo cinturón mostraba varios agujeros ajados debido a la constante pérdida de peso, con su canosa mata de pelo cubierta por una gorra de béisbol de los Phillies, soltó una carcajada—. ¿Cuánto aguantará, señor mago?

—No lo sé. Es mi primer día de trabajo.

—Estoy dentro. Estoy dentro. —Chuck movía los dedos sobre el teclado como si tocara el piano—. Sí, encanto, no he perdido mi toque.

—¿Puedes conectar la corriente aquí? —pidió Manning.

—¿Cagan los osos en el bosque? Dame un momento. Por Dios, cuánto he echado de menos esto. Lo he echado de menos un huevo.

—Eso. —Manning se inclinó sobre el hombro de Chuck y señaló un punto del monitor—. Solo eso. Si volvemos a conectarlo todo, acabaremos cargándonos el sistema. Solo este sector. Lo tenemos todo apagado. Conecta la electricidad y probemos. Paso a paso.

—Ya está. Eso creo.

Manning suspiró.

—Prueba a encender la luz, Wanda. Solo la luz. —Cuando las luces se encendieron al pulsar el interruptor, Chuck levantó el puño en alto. Manning se limitó a presionarse los ojos con los dedos. Después bajó las manos y miró a Max—. Cuando termine tu primer día de trabajo, te invito a una birra. —Se dio la vuelta y correspondió a la sonrisa de Wanda con otra—. Muy bien, equipo, encendamos las luces.

Los coches en el aparcamiento del centro comercial estaban volcados o boca abajo, como si fueran tortugas con el caparazón destrozado.

Cuervos, buitres y ratas picoteaban y roían los cadáveres de perros, gatos y ciervos. Y lo que en otro tiempo fueron seres humanos. El aire hedía a descomposición y basura.

Jonah pasó por delante de un cuerpo que colgaba de una soga. Alrededor del cuello llevaba aún un cartel de cartón:

PUTA SOBRENATURAL VUELVE AL INFIERNO

Mientras rodeaba el aparcamiento no vio más señales de vida que las aves atiborrándose y las rollizas ratas. En algún momento enviarían a un grupo de voluntarios para que incineraran o enterraran a los muertos, recogieran la basura y se deshicieran de las montañas de heces.

Estacionó frente a la entrada, delante de las puertas de cristal destrozadas, y se preguntó por qué una parte de la raza humana era tan deleznable.

Se bajó mientras Poe aparcaba a su lado.

—Hace mucho que se largaron. —Kim se apeó, con una expresión pétrea—. Los cadáveres tienen al menos dos o tres semanas.

—Podrían volver —argumentó Poe.

—¿Para qué? El mundo es grande y está vacío. Hay otros muchos lugares que profanar y destruir. Ojalá no hubiéramos venido. —Poe la rodeó con un brazo cuando se le quebró la voz. Ella irguió los hombros—. Pero lo hemos hecho, así que deberíamos coger lo que podamos.

—Los muertos se merecen algo mejor.

Jonah hizo un gesto de asentimiento a Aaron.

—Nosotros se lo daremos. Volveremos en cuanto podamos y lo haremos.

Pensó en el cadáver ahorcado. Lo bajarían antes de marcharse. Al menos podían hacer eso ahora, y después volverían para enterrarlos o incinerarlos.

—Primero tenemos que cuidar de los vivos.


Lana siguió el consejo de Fred y trasplantó algunas hierbas en macetas. Ponerlas al sol cerca de la puerta de la cocina le proporcionó un momento de felicidad. Sabía que contemplarlas, olerlas y recogerlas le proporcionaría más momentos como ese.

Era la primera vez en su vida que trabajaba en un huerto. Había ayudado a escardar y a quitar las malas hierbas a los surcos de zanahorias y judías, le habían enseñado a colocar estacas en los tomates. Había visto montículos sembrados de patatas, las desparramadas plantas de calabacines, calabazas y berenjenas. Los tallos de maíz.

Y había oído a los niños jugar mientras trabajaba.

Y lo mejor de todo, tras una concienzuda inspección de lo que decidió que sería una cocina comunitaria, era que tenía planes.

Optó por trabajar en esos planes sentada en el porche delantero con un vaso de té helado. Posó la mano de forma distraída donde el bebé le daba patadas y levantó la mirada cuando vio a Arlys.

—He oído que has estado ocupada.

—He pasado un día maravilloso. ¿Tienes un minuto? Tengo té helado.

—Suena bien.

—Te traeré un vaso. —Más maravilloso todavía era tener visita, poder sentarse y charlar sin preocuparse por los peligros que podrían acechar en el siguiente tramo de carretera, pensó—. No tiene hielo, pero lo he enfriado bien. —Lana agitó los dedos mientras le ofrecía el vaso a Arlys.

—Gracias. ¿Una lista de deseos? —Dio un golpecito con dedo en el cuaderno de Lana.

—Un par de ellos. El proyecto de la cocina comunitaria. ¿Conoces a Dave Daily?

—Claro. Un tipo grande que se ríe a carcajadas.

—Era cocinero, y se ha involucrado en el proyecto. Tenemos a un par de personas con experiencia en despiezar presas. Me encantaría contar con un ahumadero, para el jamón, el beicon y cosas así. De hecho, he encontrado un libro en la biblioteca sobre cómo se hace.

Impresionada e interesada, Arlys estudió a Lana por encima del borde de su vaso.

—Sí que has estado ocupada. Yo he pasado un rato con Lloyd, trabajando en el orden del día para la asamblea pública.

—Eso te preocupa.

—Va a haber protestas, gente a la que no le gusta que le digan qué puede hacer y qué no. Pero es necesario, y tenemos que hacerlo antes de que ocurra algo y nos pille sin una organización sólida para ocuparnos de ello. He escrito un boletín editorial sobre la tolerancia frente a la intolerancia, la aceptación frente a los temores obsoletos. No ha dado en el blanco con todos.

—Yo he trabajado en el huerto esta mañana. Casi todos han sido simpáticos y atentos. Pero un par de personas han mantenido las distancias. También con Fred. No me entra en la cabeza que alguien pueda mirar a Fred y ver otra cosa que no sea luz y felicidad.

—Ella fue mi primera experiencia personal con lo mágico. Puede que esa sea la razón de que esto haya sido más fácil para mí que para otros. Para algunos, su primera experiencia fue con algo aterrador, letal. Se encontraron con los sobrenaturales oscuros. Cuesta más convencerles para que acepten que aquellos que poseen habilidades que superan las nuestras no pretenden causar daño.

No, pensó Lana, no todos los seres mágicos pertenecían a la luz.

—El hermano de Max. Su propio hermano. Se convirtió. Él y la mujer con la que estaba. Creo que ella siempre fue oscura y que le convirtió a él. Mataron a uno de nuestro grupo. Un hombre inofensivo; un chico, en realidad. Intentaban matarnos a todos, sobre todo a... —Se llevó una mano al vientre—. Max tuvo que tomar una decisión y eligió la luz. Eligió lo que era correcto, a pesar de que eso entrañaba destruir a su propio hermano. Amaba a Eric, pero eligió la luz.

—Debió de ser terrible para él.

—Lo fue, y lo sigue siendo. Jamás he visto un poder semejante. Enorme y oscuro. —Todavía atormentaba sus sueños—. Estaban dominados por él, ebrios de poder.

—Fred y yo lo vimos en los túneles, al salir de Nueva York.

—Asintió ante sus palabras, recordando aquella cosa que volaba en la negrura—. Enorme y oscuro.

—Entonces lo sabes. No cuesta tanto entender por qué alguien que se ha enfrentado a eso tiene miedo.

Lana volvió la cabeza y acto seguido se levantó al ver la camioneta.

—Son Eddie y Flynn.

Arlys se colocó a su lado.

—Traen a alguien con ellos.

Flynn aparcó delante de la casa cuando las divisó.

*Son buena gente*, le dijo a Starr.

*No las conozco.*

*Nunca lo harás si te quedas sentada en la camioneta.*

La chica se apeó de mala gana mientras las mujeres iban a su encuentro. Lupa y Joe se bajaron de un salto.

—Esta es Starr. No quiere que la toquen.

Lana reparó en que su huesudo cuerpo estaba cubierto por una harapienta camisa y unos vaqueros desgarrados. Tenía el cabello enredado y apelmazado. En sus ojos reinaba la desconfianza.

—Soy Lana. Y esta es Arlys.

Starr encorvó los hombros mientras algunos se acercaban o se paraban a mirar.

—Yo llegué aquí ayer —prosiguió Lana—. Sé que da un poco de miedo al principio, pero...

—No estoy asustada, y no tengo que quedarme.

Fred se acercó corriendo, con unas gafas rosas de montura tachonada a modo de diadema en sus esponjosos rizos rojos.

—He visto regresar la camioneta. ¡Anda, hola!

—Esta es Fred. —Arlys le puso una mano en el brazo al hada para advertirle de que no se acercara—. Starr no quiere que la toquen.

—Ah. —Una expresión compasiva apareció al instante en el rostro de Fred—. Resulta raro que todo el mundo te mire y se haga preguntas, ¿verdad? Pero este es un buen sitio. A lo mejor te apetece acompañarme; Arlys y yo vivimos justo ahí. Podrías entrar y asearte un poco.

—No tengo que quedarme.

—Bueno, aunque te vayas, antes podrías ponerte ropa limpia y tal vez comer algo. Luego puedes decidir. —Fred retrocedió y señaló hacia la casa—. Vamos.

Starr dio un paso y después otro. A continuación siguió a Fred por la acera.

—Llena de luz —reconoció Lana.

—Me alegro de librarme de ella. —Eddie puso los ojos en blanco—. No creo que me clavara ese cuchillo en las costillas, claro, pero el trayecto de vuelta ha sido tenso. Un viaje inquietante.

—No le hará daño a Fred. Tiene miedo y está herida. —Flynn se dio un golpecito en el corazón.

—Trató de apuñalarte, pero sí, tienes razón. La hemos encontrado a unos veinticinco kilómetros al norte. Flynn dice que es como él.

—Eso también la asusta. Hemos visto a un grupo de saqueadores dirigiéndose al sur. No nos han visto. No hemos encontrado a nadie aparte de a Starr. Solo algunos cadáveres. Hemos conseguido algunas provisiones, pero nos pareció que debíamos traerla. Mañana podemos salir otra vez.

—No sé si eso... —La voz de Lana se fue apagando y después señaló. Una luz se encendió junto a la puerta de una casa al otro lado de la calle.

—¡La madre que me parió! Ya me imagino la comida caliente, las duchas calientes y... ¡La madre que me parió! —Eddie le echó el brazo por los hombros a Flynn—. ¡Tío! Vamos a tener luz.


En la cocina de la casa que compartía con Arlys, Fred sacó una bolsa de patatas fritas y una lata de Coca-Cola que ella enfrió.

—Seguramente deberías comer algo saludable, pero esto es rápido y lo que yo querría tomar. Soy un hada —dijo con naturalidad mientras cogía otra bolsa para ella—. Pero tú eres como Flynn, ¿verdad? Se me da muy bien adivinar.

Starr miró las patatas con recelo. Y con anhelo.

—No sé lo que soy.

—Oh, no pasa nada. Yo estaba cagada de miedo cuando me salió esto. —Extendió sus alas y las agitó mientras comía patatas fritas—. La gente también quiso hacernos daño a Arlys y a mí. Pero encontramos más gente, buena gente. Ahora estamos aquí.

Fred le abrió amablemente las patatas a Starr y luego la lata de Coca-Cola.

La niña introdujo la mano con cautela y cogió una patata. Después de dar un minúsculo mordisco de prueba, se la metió en la boca y cogió más.

Y mientras comía, unos grandes y silenciosos lagrimones comenzaron a rodar por sus mejillas.

—No voy a tocarte. —Las lágrimas anegaron los ojos de Fred y se desbordaron con compasión—. Pero podrías imaginar que te estoy dando un abrazo. Siento lo que te ha pasado, sea lo que sea. Ojalá no ocurrieran cosas malas.

—Todo es malo.

—No, en realidad no. Pero puede parecerlo.

—El mal mató a mi padre, a mi hermano pequeño. El Juicio Final.

—Te estoy dando otro abrazo. ¿Y tu madre?

—La mataron ellos. Los que nos persiguen.

Un escalofrío recorrió la espalda de Fred.

—Los saqueadores.

Starr meneó la cabeza.

—Ellos no. Los otros. Intentamos huir, pero nos atraparon. Nos violaron una y otra vez. Y se rieron. Somos sobrenaturales y pueden hacernos lo que quieran.

Fred bajó las alas y las replegó.

—Voy a sentarme contigo. No te tocaré, pero necesito sentarme.

—Y nos hicieron daño. —Las palabras salían de la boca de Starr amargas e hirientes—. Siguieron haciéndonos daño. Mi madre dijo... dentro de mi cabeza me dijo que corriera y me metiera en el árbol. Que me quedara ahí hasta que fuera seguro salir. Que no saliera pasara lo que pasase. —Starr se frotó la cara con brusquedad, embadurnándose de suciedad y lágrimas—. Mi madre gritó, luchó e intentó alejarse de mí para me dejaran tranquila y le hicieran daño a ella. En mi cabeza me gritó: «¡Corre!». Así que corrí y corrí. Cuando oí que venían a por mí, me metí en el árbol. La oí gritar, pero no salí. No salí hasta que ellos se fueron. —Y concluyó—: La mataron. La colgaron de un árbol.

—Oh, Starr, lo siento mucho. No es suficiente, pero lo siento mucho. Tu madre te quería. Quería que estuvieras a salvo.

—La mataron porque yo hui.

—No. —Fred se levantó, cogió una servilleta de papel y la partió en dos para compartirla—. Os habrían matado a las dos, y ella lo sabía. Te quería y se aseguró de que no te mataran.

—Entonces no tenía un cuchillo, así que no pude trepar al árbol y cortar la soga para bajarla. Pero encontré uno y regresé. Intenté encontrarlos para matarlos. Pero no pude dar con ellos.

—Creo que tu madre era tan valiente y cariñosa como cualquier madre. Y que se alegraría de que ahora estés aquí con nosotros. Si tú quieres, podrías vivir aquí con Arlys y conmigo. Tenemos espacio. —Al ver que Starr se limitaba a menear la cabeza, Fred intentó pensar en la mejor solución—. Quizá prefieras tener tu propia casa, al menos por ahora. Tenemos apartamentos. Podrías quedarte en uno. Estarías con nosotros, pero también sola. Puedo enseñarte uno y conseguirte ropa y provisiones. Podrías... ya sabes, lavarte, tener comida de verdad y tal vez descansar un rato.

—Puedo marcharme cuando quiera.

—Claro, aunque espero que no quieras hacerlo. Nueva Esperanza es un buen lugar para... —Su voz se fue apagando y levantó la vista a la luz del techo—. ¿Has hecho tú eso?

—Yo no he hecho nada.

—Hay luz. Si tú no has... La leche, creo que han conseguido que vuelva la electricidad. —Fred se limpió las lágrimas y sonrió—. Creo que eso hace de ti nuestra buena estrella. El día en que has llegado hemos recuperado la electricidad.


Cuando Max y su equipo llegaron a la ciudad, los recibieron con vítores.

La gente salió corriendo a apelotonarse alrededor del camión.

Max vio a Lana riendo y corriendo hacia él.

La atrapó cuando saltó a sus brazos.

—Lo has logrado.

—Les he dado el impulso. Ellos han hecho el resto.

Lana posó los labios en su oreja.

—Nos vamos a dar una ducha caliente. Juntos.

—El mejor de los premios.

Alguien le dio un golpecito en la espalda; otra persona le puso una cerveza en la mano.

Eddie sacó su armónica, una mujer se sentó en la acera con un banjo. Cuando Jonah llegó, la gente bailaba en la calle.

—Hay electricidad —susurró Jonah, como si rezara—. Han conectado la electricidad. Vamos, Aaron, busca a Bryar y baila con ella. Descargaremos esto más tarde.

—Lo haré. —Aaron abrió la puerta y miró hacia atrás—. No cargues con eso.

Jonah llevó la ambulancia al aparcamiento del colegio. Se bajó y se volvió hacia Poe y Kim.

—Id a celebrarlo. Enseguida habrá muchos voluntarios para ayudar a descargar.

Les brindó una sonrisa, que se desvaneció en cuanto se unieron a la multitud. No podía soportar la multitud, ni siquiera atravesarla para llegar a su casa y encerrarse en ella. Así que utilizó la entrada lateral del colegio. Se sentó en la mesa y apoyó la cabeza entre las manos.

No oyó que la puerta se abría de nuevo ni tampoco las voces. Estaba demasiado inmerso en su propio mundo. No oyó nada salvo sus atormentados pensamientos hasta que Rachel le tocó el brazo.

—No te encontraba. Poe me ha dicho que te había visto entrar aquí. Así que...

—Nos iremos. —Max cogió a Lana de la mano.

—No. No, no os vayáis. —Jonah irguió la espalda, con una inconmensurable tristeza en sus ojos claros.

—¿Qué ha pasado? —preguntó Rachel—. Poe no nos lo ha dicho.

—Hemos conseguido un montón de suministros y equipo en el hospital. No hemos tenido ningún contratiempo ahí. Y después hemos ido a probar suerte a un centro comercial en el que tuvimos problemas con anterioridad.

—¿Saqueadores? —La mano de Rachel le apretó el brazo—. ¿Os habéis cruzado con saqueadores?

Él meneó la cabeza.

—No, se habían ido. Causaron muchos destrozos dentro y fuera. Joder, se mearon en la ropa amontonada y colgada en los percheros. Kim la ha cogido de todas formas. Ha dicho que la orina se puede lavar. Nos hemos encontrado con el vandalismo de costumbre. Cristales rotos, pintadas obscenas en las paredes, basura amontonada. Y cadáveres. Personas mutiladas, descomponiéndose. También animales. Dentro y fuera. Ratas y aves carroñeras desgarrándolos. Tenemos... —Paró y se aclaró la garganta—. Tenemos que enviar un grupo, cavar tumbas o... puede que otra incineración masiva. Los cadáveres llevan un tiempo allí. Yo...

Miró a Max y a Lana.

—Se puede limpiar y purificar el lugar —dijo Max—. Podemos hacerlo nosotros. Las almas de las vidas perdidas se pueden bendecir.

—Hay que hacerlo. Aaron también lo percibió. No hemos hablado mucho de ello, pero lo percibió. Y yo... Y yo... ¿No tenemos whisky?

Rachel fue al aparador y cogió una botella y un vaso. Sirvió un par de dedos.

Jonah se lo bebió de un trago.

—No creo que todo fuera obra de los saqueadores. Hay algo más. Y quien fuera, lo que quiera que fuera, parecía peor. Colgaron a una mujer, una sobrenatural. A todos nos ha parecido que no podíamos dejarla así. Que al menos teníamos que bajarla. Teníamos una escalera. Me he subido a cortar la cuerda.

»Veo la muerte —les dijo a Max y a Lana—. Ese es mi "don". Muerte, traumatismos físicos, enfermedad. Me he subido a cortar la cuerda y lo que quedaba de ella se ha girado y me ha rozado el brazo. He visto su vida. He visto imágenes fugaces de quién lo había hecho. He visto lo que le hicieron. He oído sus gritos. He visto su muerte. —Sepultó el rostro en el pecho de Rachel cuando ella le rodeó con los brazos—. Se llamaba Anja. Tenía veintidós años. Era como Fred. Le amputaron las alas antes de...

—No lo hagas. —Rachel le acarició el cabello, la espalda—. No lo hagas.

Max acercó una silla y se sentó junto a la mesa.

—¿Ver la vida de los muertos es nuevo para ti?

—Sí. Otro don más.

—Te resulta duro, pero yo sí creo que es un don. Un don para aquellos que vivieron. Alguien los recuerda. Eso es algo que todos queremos. Que alguien nos recuerde. Podemos ayudarte. Lana más que yo. —Max miró a Lana al ver que ella no decía nada—. Tú tienes empatía. Un tacto sanador.

Lana se acercó.

—Jonah, creo que tienes lo que tienes porque tú también lo posees.

—¿Qué dice de mí el hecho de que si pudiera encontrar a los que la violaron, mutilaron y asesinaron, los mataría sin el menor remordimiento?

Max se levantó.

—Que eres humano. Volveré contigo y la enterraremos.

—Cuando grabes su nombre en la lápida, cuando lo pronuncies, liberarás su alma —le aseguró Lana con una mano sobre la hija que se movía dentro de ella—. Llevarás paz a la tuya. Hay que marcar su tumba con su nombre, pronunciar su nombre. —Miró a Max—. Eso es lo que siento.

—Entonces está bien. Eso es lo que haremos. Iré contigo ahora. Podemos enviar a un grupo mañana para que se ocupe del resto.

Jonah asintió, se levantó y le estrechó la mano a Max.

—Gracias.


Vívidas y desagradables imágenes mantenían en vela a Max a altas horas de la madrugada. No había visto ni sentido lo mismo que Jonah cuando enterraron los restos profanados de una mujer joven que no había hecho ningún mal a nadie.

No había visto su vida ni su luz. Él solo vio muerte, crueldad, solo un desperdicio de vida. Y mientras Jonah colocaba la lápida de piedra en la cabecera del montículo, mientras él mismo utilizaba el fuego para grabar el nombre, había imaginado demasiado bien el miedo y la agonía que habían rodeado los últimos momentos de aquella vida.

«Graba su hombre, pronuncia su nombre.» Así se hizo, y Max esperaba que la joven que no le había hecho ningún daño a nadie encontrara la paz.

Creía que Jonah la había hallado, al menos por el momento, gracias al ritual de respeto.

Pero en la oscuridad de la noche, en el silencio, en el vacío que seguía al deber cumplido, Max no encontraba paz alguna.

Pensó en Eric, recordó lo mucho que le había fascinado cuando era un recién nacido, cuánto había disfrutado mientras aprendía a dar sus primeros pasos. Recordó cuán frustrado se sentía Eric con cinco y seis años, desesperado por no estar a la altura de un hermano que era ocho años mayor que él.

Sin embargo, Eric fue la primera persona a quien le confió el secreto de lo que era, lo que poseía. Porque había confianza entre ellos. Un sentimiento fraternal.

¿Cómo no había visto los cambios? ¿Cómo había estado tan ciego? Si se hubiera permitido ver, habría tenido tiempo suficiente para arrancar a Eric de las garras de la oscuridad antes de que se arrojara de cabeza a ella.

Debería haber cuidado de él. Debería haber estado más pendiente. En cambio, había matado a su hermano.

Aquello en lo que se había convertido al final no podía borrar quién había sido antes. Igual que el espantoso final de aquella joven no borraba quién había sido la chica a la que habían enterrado.

Pero él jamás tendría ocasión de enterrar a su hermano, de grabar ni de pronunciar su nombre. De dar paz a su alma.

Para vivir con la decisión que había tomado, se esforzó por hacer lo que había que hacer. Buscar comida, refugio, avanzar. Seguir las señales. Había vuelto a matar para defender la vida de aquellos que se habían convertido en su responsabilidad. No hacer daño, un juramento en el que creía con todo su ser. Lo había incumplido, había tomado esa decisión porque no le quedó otra opción, y aceptaba que era posible que tuviera que volver a hacerlo otra vez.

Ahora tenía una oportunidad de construir una vida allí, con Lana, con su hija, con los hijos que podían llegar después. De modo que haría lo que tuviera que hacer.

Lana se removió mientras dormía, como ahora hacía a menudo. Los sueños la acosaban, sueños que no podía recordar. O que decía que no podía recordar. Pero esa vez, en lugar de acurrucarse contra él, se dio la vuelta y se levantó de la cama.

—¿Te encuentras bien?

Fue hasta la ventana y se detuvo, desnuda bajo la azulada luz de la luna.

—Es tu destino crear a la salvadora. Vida surgida de la muerte; luz surgida de la oscuridad. Es tu destino salvar a la salvadora. Vida surgida de la muerte; luz surgida de la oscuridad —vaticinó Lana. Max se levantó para ir con ella. No la tocó, no habló mientras ella miraba por la ventana con los ojos tan negros como la noche—. El poder exige un sacrificio para alcanzar un horrible equilibrio. Pide sangre y lágrimas, y aun así se alimenta del amor y de la felicidad. Tú, hijo de los Tuatha de Danann, has vivido antes, vivirás de nuevo. Tú, padre de la salvadora, padre de la Elegida, aprovecha los momentos y atesóralos, pues los momentos son efímeros y finitos. Pero la vida y la luz, el poder de lo que vendrá, su legado, son infinitos. —Lana le agarró la mano y la colocó sobre su dulce y abultado vientre.

»Es ella. Un corazón que late, alas que se baten, luz que resplandece. Ella es la espada que brilla, el rayo certero. Es la respuesta a preguntas aún por formular. Ella lo será. —Lana retuvo su mano y volvió a la cama—. Ella es tu sangre. Es tu presente. Ahora duerme y descansa en paz. —Lana hizo que se tumbara y se tendió a su lado. Ahuecó una mano sobre su mejilla—. Eres amado. —Cerró los ojos y exhaló un suspiro. Durmió.

Y Max también durmió.

# TINIEBLAS A LA LUZ

La luz en las tinieblas resplandece;
y las tinieblas no prevalecieron contra ella.

Juan 1, 5

## 21

El autoproclamado Consejo Municipal decidió que no habría un momento mejor para celebrar una reunión pública. Tener de nuevo electricidad levantaba la moral y el ánimo, pero ese pequeño milagro no tardaría mucho en diluirse, como era de esperar.

Acordaron actuar mientras imperaba la gratitud y el agradecimiento.

Correr la voz no supuso ningún problema, como tampoco encontrar voluntarios para colocar las hileras de sillas en el salón de la Legión, ya que en la cafetería del colegio no habría espacio para acoger a la numerosa población si, tal y como estaba previsto, asistía la mayoría.

Montaron largas mesas en la tarima mientras Chuck se encargaba de tener el sistema de sonido listo.

Arlys se encontraba en medio del salón y se lo imaginó lleno. Esbozó en su mente un sinfín de situaciones, que iban de una bastante buena al caos total.

—¿Crees que estamos listos, Lloyd?

—Supongo que tanto como es posible. —Bajó la mirada a la carpeta que tenía en las manos—. Es un buen plan, un plan sensato. Eso no significa que vayan a aceptarlo. Empezando por lo de pedirles que dejen sus armas en el vestíbulo. Algunos no lo harán.

—Y me preocupa que esos sean los más propensos a causar problemas. Pero por algo hay que empezar. —Se volvió cuando Lana entró con una cesta enorme. Entonces olisqueó el ambiente—. Dios mío, ¿qué es lo que huele tan bien?

—Pan. Recién horneado. —Dejó en la tarima la cesta llena de pequeños panes redondos y barras—. Hay de distintos tipos. Estoy preparando un montón de aperitivos diferentes. Teníamos levadura envasada, pero no dura para siempre, así que estoy haciendo más ahora mismo. Y voy a intentar elaborar levadura seca.

—¿Sabes hacer levadura? —Arlys prácticamente metió la cabeza en la cesta.

—Sí. La levadura está presente en la fruta, en las patatas e incluso en los tomates. Voy a experimentar. Que otro se ocupe de averiguar cómo moler harina.

—Si no me como un trozo de ese pan —Lloyd inspiró con fuerza por la nariz—, es posible que me quede seco aquí mismo.

—Sírvete. La idea era que hubiera un poco para cada casa. Sé que son pequeños, pero...

—¡Alabado sea el Señor! —dijo Lloyd con la boca llena.

—Iniciativa comunitaria en acción. —Arlys partió para ella un trozo del pan redondo de Lloyd—. Vamos a tener reglas, vamos a tener una organización... —Comió un bocado—. Pero también vamos a tener un pan que hace que se te salten las lágrimas. ¡Todavía está caliente!

—El pan simboliza la hospitalidad. Compartimos el pan. —Lana sonrió, mirando la cesta—. Quería estrenar la cocina comunitaria con este símbolo.

—¿Te casas conmigo? —Lloyd cogió otro pedacito.

—¡Oye! —Arlys le propinó un codazo—. Ponte a la cola.

Lana rio y agitó la mano con el anillo que Max le había colocado en el dedo una tranquila noche de primavera.

—Ya estoy pillada, pero hornearé pan para ti. ¿Lo siguiente? Fred y yo vamos a dedicarnos en serio a elaborar queso.

—Si lo consigues, te coronamos reina de Nueva Esperanza.

Lana rio al oír las palabras de Arlys y se ahuecó el cabello.

—Me quedaría bien una corona. Volveré con más.

Arlys se sentó junto a la cesta.

—Lo vamos a conseguir, Lloyd.

Él se sentó al otro lado, partió lo que quedaba del pan redondo y le ofreció la mitad.

—No te quepa duda.


A las ocho, el salón era un hervidero. Algunos habían protestado por tener que dejar sus armas y unos cuantos habían hecho caso omiso de la orden. Pero la mayoría las había dejado fuera del salón.

El ambiente festivo perduraba aún, confirmando lo oportuno de la reunión. Arlys vio entrar a Kurt Rove, con la pistola aún a la cadera. Echó un buen vistazo a la multitud antes de dirigirse hacia donde estaban los Mercer, que le habían guardado un asiento.

Sabía que si surgían problemas, ese sería el foco.

Arlys tomó asiento en la larga mesa y abrió su cuaderno. Esperaba tener mucho que anotar.

Fred se acercó a ella.

—Algunos ya están cabreados.

—Sí, ya lo veo.

Jonah se dirigió hasta la tarima. Empezó con un «Mmm» que reverberó en la sala y sorprendió a todos, que se callaron antes de echarse a reír.

—Tenemos sistema de sonido gracias a Chuck. —Esperó el aplauso—. Y funciona porque hemos recuperado la electricidad gracias a Manning, Wanda, Chuck, otra vez, y Max.

El aplauso fue estruendoso, repleto de vítores y silbidos.

Arlys reparó en que Rove se limitó a cruzar los brazos sobre el pecho.

—Os pedimos a todos que ahorréis electricidad. Para aquellos de vosotros que no tengáis lavadora en casa, Manning ha trucado las máquinas de monedas de la lavandería. Hemos puesto un registro de entrada para los turnos. Por ahora hay detergente en el inventario y Marci Wiggs se encarga de dirigir el comité para preparar jabón. Marci, ¿por qué no te levantas y nos dices cómo va eso?

Muy listo, pensó Arlys mientras la mujer se ponía en pie y empezaba a hablar. Mencionar otros asuntos básicos, la colaboración ciudadana.

Animó a intervenir a otros voluntarios: elaboración de velas, ropa, leña, cría de ganado, el huerto, el proyecto del invernadero, el mantenimiento de la comunidad.

—Tal vez algunos no conozcáis a Lana; ¿puedes ponerte de pie, por favor? Ha estado organizando la cocina del salón de la Legión para convertirla en una cocina comunitaria que cubra las necesidades básicas de aquellos que no sabemos ni freír un huevo. —Eso provocó algunas risas y más aplausos—. Empieza esta noche. ¿Lana?

—He tenido muchísima ayuda para poner esto en marcha. —Recitó los nombres de los equipos de limpieza y de organización—. Tenemos nuevo equipamiento gracias a Poe y a Kim, a Jonah y a Aaron, y vamos a darle buen uso. Dave, Mirium y yo hemos decidido estrenar la cocina con el alimento más básico y satisfactorio. El pan. —Cogió la cesta para que la gente pudiera ver el contenido y sonrió ante la calurosa respuesta—. Habrá cestas en el vestíbulo. Coged vuestra parte al salir. Entretanto tenemos...

—Yo no pienso aceptar nada que venga de ella. —Con los brazos todavía cruzados, Rove miró a Lana e hizo una mueca de desprecio—. ¿Cómo sabemos con qué ha hecho eso? ¿Quién le ha dado permiso para apoderarse de la cocina de este sitio? Lo próximo que hará será poner un caldero al fuego.

—Soy nueva utilizando ojos de tritón —respondió Lana con frialdad—. Pero tengo algunos aperitivos y algunas recetas impresas para todo el que quiera probar.

—¡Me quedo con la parte de Kurt! —gritó alguien.

Lana esperó a que las risas se calmaran.

—También hemos comenzado la construcción de un ahumadero detrás de la cocina. Si alguien tiene experiencia ahumando carne, me encantaría hablar con esa persona. Dave y yo nos dedicaremos a preparar salchichas de carne de venado y mortadela de Bolonia en los próximos días. Arlys lo anunciará en el boletín cuando estén listas. Esperamos tener la cocina abierta seis días a la semana, y estamos siempre dispuestos a enseñar a aquellos que, como Jonah, quieran aprender a freír un huevo.

Cuando se sentó, Max le frotó la pierna por debajo de la mesa.

—Gracias, Lana. Esta mujer sí que sabe cocinar —agregó Jonah—. Anoche probé su pasta, sin ojos de tritón. Rachel, ¿nos informas de cómo va la clínica?

Ella se puso en pie.

—De nuevo doy las gracias a Jonah, Aaron, Kim y Poe. Ahora contamos con una ambulancia completamente abastecida y buenos equipos médicos. Y gracias al trabajo del grupo de electricistas, la clínica podrá utilizar dichos equipos. Volvemos a tener bastantes existencias de medicamentos. Además, gracias a Fred, Tara, Kim y Lana hemos empezado con buen pie con la medicina natural. —Echó un vistazo a sus notas—. Jonah y yo continuaremos impartiendo clases sobre reanimación cardiopulmonar el primer miércoles de cada mes, a las siete de la tarde, y cursos de primeros auxilios los lunes a esa misma hora a todo el que quiera apuntarse. Como siempre, la clínica abre todos los días a las ocho y, o bien Jonah o bien yo, estaremos disponibles para atender las urgencias las veinticuatro horas del día, los siete días de la semana. Al personal de la clínica se han incorporado Ray, que es enfermero; Carly, estudiante de enfermería, y Justine, curandera. Trabajaremos juntos para que Nueva Esperanza tenga buena salud.

—¡Curandera, y una mierda! —vociferó Lou Mercer—. ¿Qué es lo que hace? ¿Te pone las manos encima y te arregla el brazo roto? —Profirió una carcajada y algunos se unieron a él.

—Eres libre de solicitar al médico que prefieras —respondió Rachel, con un tono tan frío como el mes de febrero—. Igual que lo eres de sentarte ahí y portarte como un capullo. Te seguiremos tratando las hemorroides.

—Mira, puta...

—Doctora Puta —espetó—. Y como único médico de la comunidad, recuerdo a todos los presentes que los medicamentos de los que disponemos ahora terminarán acabándose. Caducarán. Sin un químico, sin un farmacéutico, sin un laboratorio y sin los medios, tendremos que depender de otros tipos de medicina y de sanación, y de aquellos que poseen las habilidades y la capacidad de proporcionarlos. Hay que vivir en el mundo que tenemos.

—Yo tengo diabetes. —Una de las nuevas pacientes de Rachel se levantó—. Y no soy la única que necesita medicación diaria. Agradezco muchísimo que un grupo de mis vecinos salieran a buscar y encontraran las medicinas que necesitamos. Y me tranquiliza saber que cuando no haya más, habrá alguien que intente mantenerme con vida y con buena salud. No tengo más que decir.

—Creo que no hay nada más que añadir. —Rachel dio un paso atrás y se sentó.

Jonah retrocedió y concedió a la sala un momento para comentar.

—El que no quiera oír lo que vamos a decir esta noche no tiene por qué quedarse. Del mismo modo que a quien no le guste lo que hay que hacer para construir esta comunidad y mantenerla a salvo, no tiene por qué quedarse en Nueva Esperanza. Hemos sobrevivido para llegar aquí. Ya no basta con sobrevivir, así que voy a pasarle el testigo de esta reunión a Lloyd.

Lloyd fue hasta el atril y abrió su carpeta antes de sacar sus gafas del bolsillo de la camisa y colocárselas en la nariz. Dirigió la mirada a la audiencia por encima de la montura.

—Llegué a Nueva Esperanza el 1 de abril y hacía un tiempo de mierda. Una lluvia helada, algo de aguanieve y mucho viento. Llegué solo, después de que los saqueadores atacaran al grupo con el que había viajado durante varias semanas. Nos separamos, y supongo que tuve suerte, porque cuando corríamos en todas direcciones, sin ningún tipo de plan, me caí por un barranco. Me golpeé la cabeza y me machaqué la pierna. Así que conservé la vida. No sé nada de los demás; cuando recobré el conocimiento y conseguí salir a rastras, estaba solo.

»Muchos de nosotros llevábamos solos desde principios de enero —continuó—. Ya no lo estamos. —Algunos aplaudieron—. Tuve suerte. Me marché cojeando, y aquel primer día de abril llegué cojeando a Nueva Esperanza. Bill Anderson estaba de guardia ese día y me llevó directamente a la clínica, donde Rachel me trató la pierna y me dio una botella de agua. La joven Fred me trajo una naranja y una barrita Milky Way. Y no me avergüenza decir que lloré como un bebé. Arlys me entregó una muda de ropa, y Katie y ella se aseguraron de que hubiera mantas y algo de comida y agua en la casa a la que Chuck me llevó. La casa en la que hoy vivo.

»Estaba herido y me curaron. Tenía hambre y me dieron comida. No estaba desnudo, pero por Dios que apestaba y que mi ropa eran harapos, y ellos me vistieron. Me dieron cobijo. Me dieron lo que todos y cada uno de nosotros tiene aquí hoy. Una comunidad. —Hizo una pausa y se colocó bien las gafas—. La historia de todos los aquí presentes no se diferencia demasiado de la mía. Quiero que lo recordéis. Quiero que no olvidéis que sois afortunados, porque Jonah tiene razón. No basta con sobrevivir. Cuando llegué cojeando a Nueva Esperanza había treinta y una personas viviendo aquí. Ahora somos más de trescientas.

»Cuando nos atacaron, el grupo con el que estaba huyó sin pensárselo dos veces, y yo era uno de ellos. No teníamos un líder ni pensábamos en nada más allá de nuestra propia supervivencia. No teníamos planes ni una organización. Nueva Esperanza ya tiene más que eso, y vamos a consolidarlo. Ya hemos estado hablando sobre las distintas formas de hacerlo y cómo avanzar. Ahora vamos a hablar de cómo mantener nuestra comunidad a salvo de los saqueadores y de los que amenacen la paz desde fuera, así como de aquellos que perturben esa paz desde dentro. —Se quitó las gafas y se las limpió distraídamente en la manga de la camisa.

»Ha habido algunos incidentes y, en general, podríamos calificarlos como de poca importancia. Peleas a puñetazos, amenazas de utilizar la violencia e intimidación física. Nuestra Bryar fue amenazada, intimidada y acosada por dos hombres cuando daba un paseo por la calle principal. Al pequeño Dennis Reader le robaron la bicicleta que Bill le había arreglado del porche de la casa en la que vive. Hicieron pintadas muy desagradables en la puerta de la casa en la que viven Jess, Flynn, Dennis y algunos otros niños. Nuestra residente de más edad, a la que cariñosamente llamamos "Mama Zee" y que vive en el apartamento que está enfrente del mío, llegó a casa después de trabajar en el huerto, al que dedica su tiempo con sus ochenta y seis años, y se la encontró saqueada. —Hizo una nueva pausa y apoyó las manos a ambos lados del atril—. Así que yo os pregunto: ¿somos una comunidad que va a quedarse de brazos cruzados sin hacer nada mientras una joven no puede pasear en paz, mientras destrozan el hogar de una anciana o a un niño pequeño le roban la bicicleta del porche? —Los gritos de "¡No!" y las miradas severas o furtivas a los Mercer dieron a Lloyd justo lo que quería—. Me alegra oír eso. —Levantó una mano para acallar el ruido—. Me alegra oír eso. Y estoy de acuerdo. Los fundadores de esta comunidad están de acuerdo. La gente que nos acogió, que curó nuestras heridas y nos proporcionó comida y cobijo está de acuerdo. Hemos sobrevivido, y trabajamos cada día para mantener seguros nuestros hogares contra cualquiera que venga aquí a hacernos daño. Ya es hora de aplicar leyes que nos mantengan a todos a salvo de cualquier miembro de nuestra comunidad que pretenda causar daño.

Rove se puso en pie de golpe.

—¿Leyes? Haber llegado aquí primero no da derecho a nadie para decirle al resto qué hacer ni cómo vivir. Por Dios bendito, hay cosas más importantes de las que preocuparnos que la bicicleta de un crío. Mirad quién se sienta ahí arriba, tratando de controlarnos al resto como si fueran todopoderosos. La mitad de ellos no son como nosotros.

—Tienes dónde caerte muerto gracias a la gente que está aquí arriba. Si quieres irte con la música a otra parte, nadie te lo va a impedir. —Lloyd no levantó la voz, su tono no se volvió más mordaz. Y sus palabras estaban cargadas de significado—. Se te darán provisiones y se te deseará buen viaje igual que a todos los que han elegido seguir su camino.

—¿Así van a ser las cosas?

—Así van a ser las cosas.

—Pero ¿quién lo decide? —Una mujer en la primera fila levantó la mano—. ¿Quién escribe las leyes y qué ocurre cuando se incumplen?

—Esa es una buena pregunta, Tara. Empezaremos con lo que creo que toda persona razonable de esta habitación estará a favor: leyes contra la violencia, el robo y el vandalismo. He redactado las leyes que coincidimos que son más fundamentales. Vamos a pasar copias en lugar de que yo os las lea una por una desde aquí arriba. Solo voy a poner como ejemplo el asesinato. —Inspiró hondo por la nariz—. Bien, estaremos de acuerdo en que quitar una vida no se puede tolerar. Pero ¿y si se quita esa vida en defensa propia, o defendiendo a otra persona? Eso es algo que hay que regular. La primera medida de regulación es el orden público. Tenemos a Carla, que sirvió seis años como ayudante del sheriff; a Mike Rozer, que estuvo diez años en la policía; y a Max Fallon, que trajo a casi un centenar de personas sanas y salvas hasta Nueva Esperanza, y están dispuestos y capacitados para servir a la comunidad desempeñando este puesto.

Esa vez fue Don Mercer quien se puso en pie.

—No pienso aceptar órdenes de una ayudante de sheriff imbécil que seguramente se sentaba todo el día sobre su gordo culo a comer donuts, ni de un policía gilipollas que nadie de aquí conoce. Y, desde luego, no pienso aceptar nada de alguien de su clase. —Señaló a Max—. Han sido los de su clase los que han causado todo esto, y la mayoría lo sabemos. ¿Qué impide que ese puto bicho raro nos aniquile a cualquiera de nosotros si se le antoja? A tu marido lo mató uno de los suyos, ¿verdad, Lucy?

Una mujer delgada, con el cabello corto y canoso, asintió.

—Uno de los suyos mató a mi Johnny. Se lanzó sobre nosotros como un demonio del infierno. Pude escapar con vida por los pelos.

—Seguro que fue uno de los suyos el que destrozó la casa de la vieja. Y también el que le quitó la bici al crío. Leyes, y una mierda. Es solo otra forma de joder a los verdaderos seres humanos.

Max se levantó despacio y apenas miró a Rove cuando este se puso en pie con una mano en su pistola.

—Fueron seres humanos los que mataron a tres de nuestro grupo, nos tendieron una emboscada y asesinaron a otros tres seres humanos antes de que pudiéramos detenerlos. Si quieres dividirnos en bandos, hay oscuridad en ambos. Yo lo sé. Uno como yo, pero no como yo, causó la muerte de un joven que nos había dado refugio. Se volvió en contra de todo aquello en lo que creemos quienes aceptamos la magia. Él y la mujer que le convirtió segaron una vida, y les habrían quitado la vida a mi esposa y a mi hija, a mis amigos. Él era mi hermano, era de mi sangre, mi familia, y para impedir que matara, para impedir que utilizara su don para destruir, yo mismo le quité la vida. —Desvió la mirada y la clavó con frialdad acerada en Rove—. Créeme, si desenfundas esa pistola y amenazas a alguien de aquí con ella, te detendré. Si alguno de los que poseen un don pretende hacer el mal, lo detendré.

»Has insultado a mi esposa, que ha utilizado su talento para preparar el sencillo presente que es el pan. Pero eso no es un delito, no es más que ignorancia. Saca esa arma si estás decidido a aprender la diferencia.

—¡Esto es una gilipollez! —Lou Mercer se levantó—. ¿Qué derecho tiene a amenazar con utilizar sus supercherías para ir a por uno de nosotros?

—¿Qué derecho tiene Kurt a amenazar a nadie con una pistola?

Kurt se giró hacia Manning.

—Mi arma está enfundada.

—Sé lo bastante listo para no desenfundarla y siéntate de una puta vez.

—Son todo chorradas. —Lou agitó los brazos—. ¿Leyes de mierda que se inventan? Nos imponen un cuerpo de policía sin muchas luces y todo porque algunos de los que están ahí arriba llegaron aquí antes que el resto. Y una mierda. Yo digo que votemos. Seguimos estando en el puto Estados Unidos y podemos votar. No vamos a dejar que nos impongan nada.

—A lo mejor quieres leer detenidamente las leyes antes...

—¡Cierra la puta boca! —le gritó Lou a Lloyd—. No tienes más derecho que yo. Yo digo que votemos esta mierda. Votemos si vamos a dejar que un puñado de gilipollas nos digan cómo vamos a vivir.

—De acuerdo, Lou, podemos hacer una votación. Lo haremos a mano alzada —sugirió Lloyd—. Que levanten la mano todos aquellos que no quieran tener leyes en Nueva Esperanza, una autoridad competente para hacer cumplir esas leyes ni un sistema de justicia que decrete las consecuencias por violar dichas leyes. —Escudriñó la sala. Ya tenía una idea bastante exacta de dónde vería manos levantadas y se alegró al comprobar que aún se le daba bien juzgar a las personas—. Yo cuento catorce en contra. ¿Arlys?

—Catorce en contra —confirmó.

—Chorradas —insistió Lou.

—Tú has pedido la votación. Estamos votando. Que levanten la mano todos aquellos que estén a favor tener leyes en Nueva Esperanza, una autoridad competente para hacer cumplir las leyes y un sistema de justicia que decrete las consecuencias por violar dichas leyes. —Asintió—. Ya que es evidente que hay más de doscientos votos a favor, que es la mayoría, gana la moción a favor de crear leyes. Eddie, Fred, ¿os importaría repartir las listas para que la gente pueda leer lo que se propone?

Cuando se disponían a entregar un montón en cada hilera para que fueran pasándolos de unos a otros, Rove se abrió paso a empujones, cogió un papel de las manos de Eddie, lo arrugó y lo tiró.

—Tío, no seas capullo.

Rove cogió impulso con el brazo y cerró el puño, echando chispas por los ojos. Lanzó un puñetazo a la cara de Eddie, pero erró por un par de centímetros. La ira se convirtió en sorpresa y después en frustración. Luego en asco.

—Sabía que eras uno de ellos.

—No lo es. —Lana se levantó—. No del modo al que se refiere. Yo he bloqueado su puñetazo, señor Rove —prosiguió mientras bajaba—. Porque no voy a dejar que intimide ni agreda físicamente a un amigo.

—Jolín, Lana, me las puedo apañar yo solito.

Ella le dio una palmadita en el hombro.

—Lo sé. Vamos, pasa los aperitivos. —Cuando Eddie se fue, Lana ocupó su lugar. Apuntó con el dedo el puño de Rove. Este llevó el hombro hacia atrás y bajó el brazo—. ¿Le gustaría probar conmigo, señor Rove? —Sin mirar a su alrededor, Lana levantó una mano cuando Max se puso en pie—. ¿O va a dejarlo en insultos e intolerancia?

Reconocía el odio cuando lo tenía delante, y más allá de ese odio podía ver la humillación que lo impregnaba, cuántas ganas tenía de hacerle daño. Y cuánto miedo le tenía.

Varias personas más se levantaron mientras él se quedaba inmóvil, con el puño cerrado y temblando. Algunos se colocaron junto a ella, detrás de ella.

—Vete a casa, Kurt —le aconsejó Manning, y apartó a Lana con suavidad—. Vete a casa y tranquilízate.

Rove dio media vuelta y se encaminó hacia el fondo. De los catorce que habían levantado la mano con él para votar por el no, solo nueve se marcharon con Rove.

—Tienes cojones —le dijo Manning a Lana—. Si no te molesta que te lo diga.

—No me molesta, ya que no hace tanto que los tengo.

## 22

Durante una semana, luego dos, a medida que mayo daba paso a junio, Nueva Esperanza se dedicó a construir.

Un invernadero, un ahumadero, una zona de picnic detrás del huerto. En un par de ocasiones recibieron la llegada gente: un grupo de tres y otro de cinco.

Restituida la electricidad, Chuck unió su magia particular a la de Max para recuperar la línea de internet. Era una conexión lenta e irregular a través de módem y solo daba servicio a unos pocos lugares que habían designado como prioritarios, pero aportaba su rayito de esperanza.

Muchos con seres queridos desaparecidos hacían cola a diario frente a la nueva biblioteca de la ciudad para enviar correos electrónicos y comprobar religiosamente si habían tenido respuesta.

A pesar de que no llegaba ninguna, no perdían la esperanza.

Aunque Chuck continuaba con su cruzada, seguían sin tener comunicación con el mundo exterior. Tal vez Arlys no pudiera navegar por la red, pero contaba con el software necesario para publicar el boletín sin tener que aporrear las teclas de la vieja Underwood.

Y Max volvió a escribir.

Jonah se mudó con discreción al dormitorio de Rachel.

Los huertos crecían con fuerza, y nadie se quejaba porque se beneficiaran de un poco de ayuda mágica.

—Parece que hemos encontrado el equilibrio. —Lana se sentó en su porche delantero, en una silla pintada de un alegre tono rojo, y disfrutó de té helado y una galleta de azúcar de la remesa que había preparado con su parte de las provisiones.

Arlys estaba sentada con ella, como hacía a menudo al final del día.

—Es como un paraíso —prosiguió—. Y te lo dice una urbanita de toda la vida. Tenemos bayas frescas, uvas...

—Que te hacen pensar en la levadura.

—También pienso en tartas, mermeladas y jaleas. Ya estamos recogiendo algunos tomates, verduras, frescas y riquísimas lechugas y verduras de hoja verde. Bill ha llevado cajas con tarros y tapas a la cocina. Estoy viendo crecer el maíz, cosa que esta urbanita de toda la vida encuentra alucinante. Rachel ha dicho que el bebé está perfectamente, y que ya pesa más de cuatrocientos cincuenta gramos. Te juro que parece que pese más, y después me imagino tragándome medio kilo de azúcar y entiendo la correlación. —Se acarició la barriga, exhalando un suspiro de satisfacción—. Y hablando de levadura, hemos elaborado y deshidratado una poca. Y gracias a Chuck no tengo que apuntar recetas hasta que me den calambres en la mano. Además, Rove, los Mercer y esa cascarrabias de Sharon Beamer no han causado más problemas desde la asamblea.

—Tú dales tiempo.

—Oh, no me arruines el buen humor. Ahí está Will. —Lana le saludó con la mano—. ¿Cómo van las cosas por ahí?

—¿Por dónde?

—Entre Will y tú. —Lana levantó las cejas de forma deliberada—. He captado ciertas vibraciones.

—Tu radar no funciona. Solo somos amigos, con una infancia en común. —Arlys bebió un trago de su vino y vio a Will cruzar la calle—. Pero es agradable a la vista.

—Señoras.

—No nos queda cerveza —le dijo Lana—. Pero tenemos vino.

—No me importaría tomarme una copa. Acabamos de volver de una partida de caza.

—No me digas que voy a tener que hacer más salchichas de carne de venado.

—Es buena carne.

—En fin. Voy a por una copa.

—Siéntate —le ordenó Arlys—. Ya voy yo. Medio kilo de azúcar —añadió cuando se levantó y entró en la casa.

—¿Medio kilo de azúcar?

Lana se palmeó la barriga.

—Cómete una galleta.

—Tampoco me importaría. —Cogió una y la mordió. Cerró los ojos—. Ay, Dios, está de muerte. Podrías ganarte la vida así.

—Qué tiempos aquellos.

Arlys salió con la copa y le sirvió vino. Will se apoyó contra el poste. Miró hacia atrás cuando tres ciervos bajaron corriendo por la calle principal.

—Menos mal que a Fred se le ocurrió poner esa valla invisible alrededor de los huertos —comentó—. No tenemos que recorrer más de ochocientos metros para cazar un venado.

—Menos mal también que aprobamos la ordenanza municipal que prohíbe usar armas de fuego dentro de los límites de la ciudad —añadió Arlys—. O acabaríamos con más ventanas reventadas de un disparo por accidente.

—Qué razón tienes. Estábamos pensando en invadir la casa de Rachel esta noche para jugar a la ruleta en DVD. ¿Te apuntas?

Arlys enarcó las cejas.

—¿Quiénes?

—Mi padre y yo, Chuck, si conseguimos sacarle del sótano, y algunos más. Tienen una pantalla enorme y un reproductor de DVD. La entrada son aperitivos o bebida.

—A lo mejor me apunto —dijo Arlys con una sonrisa. Sí que era un placer para los ojos, pensó mientras Lana se levantaba e iba hasta el otro lado de los escalones—. ¿Qué dices tú, Lana? ¿Te apetece una noche de ruleta?

—Algo viene. Todo cambia. Algo viene. Siempre existió. Algo viene. Termina. Comienza.

Will se encaminó hacia ella y luego corrió a su lado cuando se tambaleó.

—Oye, oye, oye. —Le dio su copa a Arlys sin miramientos y sujetó a Lana.

—Estoy bien. Solo un poco mareada.

—Voy a buscar a Rachel. Y a Max —dijo Arlys.

—No, no, solo me he mareado. Estoy bien.

—Voy a por Rachel —insistió Arlys, y cruzó la calle como un rayo.

—Vamos. —Will la llevó a la silla y la sentó—. ¿Qué es esto?

—Té helado.

—Vale, seguro que es bueno. Bebe un poco. Te has puesto muy pálida. ¿Qué es lo que viene?

—No lo sé. —Posó la mano sobre su bebé—. Tan solo tenía una sensación de inevitabilidad. Y de tristeza. Practico, pero no tanto como debería. No sé controlarlo o interpretarlo como debería.

Rachel, ataviada con camiseta y pantalón corto, cruzó la calle a paso rápido.

—¿Qué ocurre?

—Acabo de tener un momento —le explicó Lana mientras Rachel le tomaba el pulso—. Vino y se fue. Me siento bien.

—Tienes el pulso acelerado.

—Me he asustado. Era una de esas sensaciones que tengo. Simplemente me dominan. No sé cómo explicarlo. Me envuelven y me empapan. No es algo físico. No de la manera habitual.

—Iré a buscar a Max.

—Oh, no vayas. —Cuando él retrocedió, Lana le suplicó a Will—: No le preocupes. Estoy bien.

—Max me pegará una patada en el culo si no voy a buscarle, y con razón.

—De acuerdo, de acuerdo. No puedo ser responsable de que Max te pegue una patada en el culo. Rachel, en serio, nos has examinado al bebé y a mí esta misma mañana. Sé lo que era; no es algo médico y ya ha pasado. —Cogió la mano de Rachel y después la de Arlys—. Algo viene, y pronto. Es lo único que sé con seguridad.

—«Todo cambia» —repitió Arlys—. «Termina. Comienza.»

—¿He dicho eso? En cierto modo es como estar fuera de mi cuerpo. O dentro. No soy clarividente. —Bajó la mirada hacia su vientre—. Pero puede que ella lo sea. No puedo ver lo que ella ve. Solo sentirlo.

Oyó unos pasos apresurados, pero vio a Chuck, no a Max, corriendo por la acera.

—¡Tengo algo! —Agitó el papel que sujetaba y subió corriendo al porche—. Una comunicación. Más o menos.

—¿Una comunicación por internet? —Arlys le arrebató el papel antes de que pudiera recobrar el aliento.

ATENCIÓN A TODOS LOS HUMANOS
TEMEROSOS DE DIOS

Si estás leyendo esto, eres uno de los seres electos. No hay duda de que has perdido a tus seres queridos y has sentido desesperación. Muchos la sienten aún. No hay duda de que has presenciado con tus propios ojos las abominaciones que han profanado el mundo que Nuestro Señor creó. Puede que creas que el fin de los tiempos ha llegado.

¡Pero confía!

¡No estás solo!

¡Ten fe!

¡Sé valiente!

¡Nosotros, los supervivientes de esta plaga demoníaca originada por los hijos de Satanás, nos enfrentamos a una importante prueba! Solo nosotros podemos defender nuestro mundo, nuestras vidas, nuestras propias almas. ¿Vais a quedaros de brazos cruzados mientras nuestras mujeres son violadas, nuestros hijos mutilados, mientras la supervivencia misma de la humanidad se ve amenazada por los impíos, por los sobrenaturales? El futuro de la raza humana está en nuestras manos. Para salvarlo, debemos empaparlo en la sangre del demonio.

¡Reuníos, guerreros electos! Cazad, matad, destruid el mal que nos amenaza. «No dejes con vida a ninguna hechicera», así lo dice El Señor. ¡Es el momento del castigo divino! ¡Es la hora de la matanza! ¡Este es el momento de los Guerreros de la Pureza!

Estoy con vosotros. Soy uno de vosotros. La luz de la justa venganza me colma.

Reverendo y comandante Jeremiah White

—Es un texto muy malo —acertó a decir Arlys—. Recargado y muy aterrador.

—Los guerreros de la pureza. —Lana se agarró al poste del porche—. Flynn dijo que al final había conseguido que Starr hablara un poco más. La banda que mató a su madre se llamaban a sí mismos guerreros de la pureza y llevaban tatuajes. Espadas cruzadas con una «G» y una «P» debajo.

—Lo sé. Igual que sé quién es ese tal Jeremiah. —Arlys le devolvió el papel a Chuck—. Ya estaba incitando al derramamiento de sangre en enero, durante las primeras semanas del Juicio Final.

—Tiene una página rudimentaria —les contó Chuck—. Me he topado con ella mientras buscaba mensajes. Hay más. Ha subido algunas fotos; son muy gráficas. Y tienen una del tatuaje del que hablas. Lo llama «la marca de los electos». Está pirado, tío. Es un enfermo y un pirado. Afirma que está trabajando para alojar un foro. Me he metido y tiene más de doscientas visitas. Menos de cincuenta visitas únicas, así que la gente vuelve y mira la página de nuevo.

—Cincuenta no son muchos —murmuró Arlys—. Pero...

—Eso sugiere que no somos los únicos que tienen electricidad e internet —concluyó Chuck.

—No seríamos los únicos horrorizados por el pirado ese —comentó Arlys—. Pero...

—Algunos disfrutarán de ello. —Rachel asintió, con expresión seria—. Incluyendo a unos pocos de Nueva Esperanza. ¿Puedes decirme cuándo está, o estaba, publicando? ¿Dónde está el servidor en el que está alojada la página?

—Creo que es dinámico, lo cual hace que sea más aterrador, porque no sé cómo puede serlo. De todas formas, ahora que lo he localizado, puedo monitorizarlo. El resto de lo que he encontrado es anterior al Juicio Final. Son cosas que llevan en la red desde antes de que se cayera. Pero si hay un pirado, habrá más.

Se interrumpió cuando Max frenó junto al bordillo en una camioneta. Salió por un lado y Will por el otro.

—Estoy bien —se apresuró a decir Lana.

—Will me ha dicho que te has desmayado.

Le lanzó una mirada cargada de frustración a Will.

—Me he mareado un poco.

Max ahuecó las manos sobre su cara y la examinó.

—¿Has tenido una visión?

—No, no... Es difícil de explicar. Creo que ha sido el bebé el que la ha tenido y que de alguna forma se ha filtrado a través de mí.

—Estáis conectados físicamente —señaló Rachel—. Tu salud, la del bebé. En realidad no sé nada sobre este otro aspecto de las cosas, pero me parece que esa conexión podría llegar hasta ahí.

—No es la primera vez —coincidió Max—. ¿Podría causarle algún daño?

—Yo diría que conducir queda descartado.

Consternada, Lana se la quedó mirando. Conducir le encantaba.

—¡Venga ya!

—Voy a ponerme del lado de la doctora —dijo Arlys—. Estabas ida, Lana. Estabas en otra parte. Yo pasaría de conducir y manejar maquinaria pesada —añadió, tratando de aligerar el golpe.

—De todas formas, eres una pésima conductora. —Max la besó en la frente.

—Pagarás por eso más tarde, pero hay otras cosas de las que preocuparse. ¿Chuck?

Cuando Chuck le entregó el papel a Max y empezó a explicarlo, Lana se sentó de nuevo y reflexionó. Nada de riesgos, decidió. Lo que le afectaba a ella, le afectaba al bebé.

Y, al parecer, también al revés.

Rachel le sirvió más té.

—Hidrátate. Y quiero saber si tienes más mareos. Si tienes sensaciones inusuales, ya sean físicas o no. No sirve de nada que te estreses por lo que ha descubierto Chuck. Es solo un fanático y este es un país muy grande.

—Eso ayuda, pero tal y como hemos dicho, aquí mismo tenemos a unos pocos que podrían seguir esa llamada, y que seguramente lo hagan.

—La mayoría no están aquí. —Max releyó el papel—. Mike y yo hemos ido a ver a Rove. Solo para echar un vistazo. Se ha marchado, igual que los Mercer, junto con Sharon Beamer, Brad Fitz y Denny Wertz.

—Eso explica por qué no los hemos visto en los últimos días. —Arlys asintió—. Y no han cogido provisiones ni han informado de nada. Bueno, a mí no se me rompe el corazón.

—Yo me alegro de que se hayan ido —reconoció Lana—. Dormiré mejor sabiendo que no están.

—También explica por qué nos faltan dos camionetas —prosiguió Max—. Setenta y cinco litros de gasolina y comida. Armas. Por eso hemos salido a mirar. —Acarició el brazo de Lana con aire distraído mientras escudriñaba la calle—. De todas formas, imagino que la mayoría pensará que el hecho de que se hayan marchado compensa esas pérdidas.

—Mientras tanto, me vuelvo al sótano a ver si puedo encontrar a alguien más que se haya conectado. —Chuck se pasó los dedos por su descuidada barba—. No es por ser aguafiestas, pero calculando todos los técnicos y hackers que había en el mundo antes del Juicio Final, y que no estoy consiguiendo nada de nada navegando por la red... —Se encogió de hombros—. Hay que echar cuentas, ¿no? Cabe suponer que el Juicio Final ha aniquilado a más, a muchos más, del cincuenta por ciento. En fin... —Dejó que su voz se fuera apagando y a continuación se marchó.

—Tiene razón. —Max acariciaba el brazo de Lana para reconfortarla e infundirle tranquilidad—. Podemos llegar a esa conclusión por lo que todos vimos de camino hacia aquí y porque el número de personas que llega para quedarse o que pasa de largo se ha reducido casi a la nada en las últimas dos semanas.

—Hace que sea aún más importante construir y conservar lo que es nuestro —agregó Arlys—. Las leyes, el orden, la educación, el abastecimiento de agua y de comida.

—La seguridad —añadió Max—. Él es solo un fanático y el mundo es grande —repitió—. Pero tiene seguidores. A eso hay que sumar a los saqueadores y a los sobrenaturales oscuros. Aquí no llegan ni las leyes ni el Gobierno que puedan existir todavía ahí afuera. Aunque tampoco importa, porque no sabemos qué o quién está al mando. Así que tenemos que proteger lo nuestro.

—Estoy de acuerdo. Estoy de acuerdo con todo —afirmó Rachel con las manos en los bolsillos y contemplando la calle. La tranquilidad—. Hemos hecho muchos progresos en poco tiempo. Incluso contar con el marco de un sistema de reglas, con responsabilidades comunitarias, ha proporcionado unos cimientos a la gente. Puede que la marcha de los que, como Rove, no quieren esos cimientos incremente eso. El mundo es grande y tenemos la oportunidad de hacer que esta parte sea segura y sólida.

—Tiene que haber algo más que reglas y responsabilidad. Estamos vivos. —Lana posó una mano en su barriga cuando su hija se agitó—. Muchos de nosotros seguíamos de duelo mientras hacíamos lo que había que hacer. —Miró a Will—. Muchos hemos perdido partes de nosotros mismos. Pero también hemos encontrado otras partes. Hemos descubierto cosas dentro de nosotros mismos que no sabíamos que estaban ahí. Estamos vivos —repitió—. A lo mejor es el momento de celebrarlo. Casi ha llegado el solsticio.

Max le brindó una sonrisa.

—El día más largo del año. Un momento de celebración.

—Sí, y algunos lo celebraremos. Es posible que sea demasiado pronto para una celebración comunitaria por todo lo alto, solo faltan unos pocos días. Hace falta más tiempo para planear eso, y me parece que esa celebración es justo lo que necesitamos.

—De pequeño, el Cuatro de Julio fue siempre mi fiesta favorita.

Arlys se giró y sonrió a Will.

—Lo recuerdo. Barbacoa, desfiles, perritos calientes y fuegos artificiales.

—La tarta de cerezas de mi madre.

—Me encantaba la tarta de cerezas de tu madre.

—Un día de la Independencia al estilo de Nueva Esperanza. Disponemos de unas tres semanas para organizarlo —señaló Will—. Y la organización hará que la gente se anime, ¿no os parece?

—La festividad estadounidense por antonomasia. —Arlys ladeó la cabeza—. Comida, juegos, artesanía, música, baile. Me gusta. Me gusta mucho.

—Podríamos empezar el día con un homenaje a los que hemos perdido. —Lana asió la mano de Max—. Para honrar a amigos y a familiares que no están con nosotros. Y terminarlo con una celebración.

—Ahora me gusta más si cabe. Voy a escribir un boletín —decidió Arlys—. Lo sacaré hoy.

—Yo tengo un par de ideas al respecto —le dijo Will a Arlys—. Te acompañaré. Esto es algo bueno, Lana. Algo muy bueno.

—Voy a avisar a Jonah. Will tiene razón. —Rachel le dio una palmadita a Lana en el brazo—. Esto es algo bueno.

A solas en el porche con Lana, Max se sentó a contemplar la ciudad.

—¿Eres feliz aquí? Ahora solo estamos nosotros —dijo antes de que pudiera responder.

—No es la vida que imaginé. Y todavía hay veces que me despierto esperando estar en el ático. Hay muchas cosas que echo de menos. Pasear hasta casa entre el ruido y la multitud. Recuerdo que hablábamos de tomarnos un par de semanas para ir a Italia o a Francia. Lo recuerdo y lo echo de menos. Pero sí, soy feliz aquí. Estoy contigo y dentro de unos meses tendremos una hija. Estamos vivos, Max. Tú nos sacaste de una pesadilla y nos trajiste aquí —añadió—. ¿Y tú? ¿Eres feliz aquí?

—Tampoco es la vida que imaginaba y hay muchas cosas que echo de menos. Pero estoy contigo. Vamos a tener una hija.

Ambos podemos hacer un trabajo que nos satisface y tenemos poderes que aún estamos aprendiendo a manejar. Tenemos una finalidad. Estamos vivos y tenemos una finalidad. Celebraremos eso.

El día del festival amaneció bajo un suave resplandor rosado.

Lana pasó las primeras horas igual que el día anterior, preparando comida con su equipo de cocina. Se centró en lo suyo y dejó la decoración a los demás, con Fred al mando.

Había hecho innumerables hamburguesas de carne de venado y pavo silvestre mientras oía practicar a los músicos y los martillos golpeando clavos. En el salón, más allá de la cocina, Bryar y otras personas trabajaban con grupos de niños en la confección de farolillos chinos en rojo, blanco y azul, y estrellas de papel con los nombres de los seres queridos que habían perdido.

Cuando el cielo azul se imponía al rosado amanecer, Lana salió afuera, conmovida al ver a tanta gente allí reunida mientras un coro recién formado cantaba *Amazing Grace*.

Vio a Bill y a Will Anderson colgar sus estrellas en el viejo roble en el borde del césped. Estuvieron al lado de Arlys cuando colgó las suyas.

Muchos otros se acercaron con aquellos símbolos, hasta que llenaron las ramas más bajas.

Los farolillos que las hadas encenderían al anochecer rodeaban el parque. Guirnaldas de flores adornaban las farolas y las pérgolas de reciente construcción. Las parrillas se alineaban a lo largo de una zona reservada para cocinar.

A mediodía, los músicos tocaban en una glorieta que los voluntarios habían terminado de pintar justo la noche anterior. Las parrillas echaban ya humo.

Había mesas con objetos de artesanía, todos listos para ser

intercambiados. A los niños les pintaban la cara y les daban paseos en poni. Otros jugaban a la petanca o a la herradura.

El huerto ofrecía un banquete: tomates, pimientos, calabazas de verano, maíz; Rachel decía que el bebé estaba ya tan grande y sano como una mazorca.

El caluroso y soleado día hizo que muchos se tumbaran a la sombra a disfrutar de un vaso de los litros y litros de té helado que ofrecía la cocina comunitaria.

Oyó que hablaban de hacer un equipo de softball, uno de adultos y otro de niños, y aprovechar el campo de la liga infantil, que se encontraba a ochocientos metros de la ciudad.

Más conversaciones sobre ampliar la granja, trasladándola a una de las que estaban a algo más de un kilómetro y medio de distancia.

Charlas agradables, pensó, conversaciones llenas de esperanza.

Bailó con Max sobre el verde césped, con un vestido veraniego que se ahuecaba sobre su vientre. Cotilleó con Arlys mientras Eddie tocaba su armónica, disfrutando del sol. En los columpios, Fred y Katie se balanceaban con los bebés en el regazo.

¿Era feliz? Max se lo había preguntado hacía unas cuantas semanas. Ese día, en ese momento, podía responderle con un sí rotundo.

Levantó una mano para saludar a Kim y a Poe y dejó escapar un suspiro.

—Lo repetiremos cada año, ¿verdad?

—Por supuesto que sí. Y prepararemos alguna cosa para las fiestas, Navidad y Janucá —añadió Arlys.

—¡Sí! El solsticio de invierno. —Lana se frotó el vientre en círculos—. Será el primero para ella.

Arlys levantó el rostro y sacudió de nuevo su cabello; un atrevido corte con mucho movimiento y reflejos gracias otra vez a Clarice.

—¿Todavía no tenéis nombre para el bebé?

—Estamos en ello, pero no hay ninguno que destaque. El verano pasado me fui a vivir con Max. Parecía algo muy gordo, alucinante. Y ahora, aquí estamos, esperando un bebé. Max está jugando a la herradura. Apuesto toda mi levadura en polvo a que no había jugado a eso en su vida.

Profirió una carcajada cuando él lanzó una, hizo que se detuviera y girara en el aire, retrocediera y después cayera limpiamente dentro de la barra.

—¡Y hace trampa!

La maniobra hizo reír a Carla, su pareja de juego, y que Manning, uno de sus rivales, explotara en un simulacro de indignación. Max levantó las manos fingiendo inocencia y después miró a Lana. Sonrió de oreja a oreja y le guiñó un ojo.

—También era muy serio en lo referente a la magia. Se ha relajado conmigo, pero antes jamás habría jugado así. Es genial verle relajarse. Voy a por más maíz, y de paso a darle un pequeño empujón al otro equipo.

—Te echaré una mano.

Lana se levantó y se acercó sin prisas a la zona donde jugaban a la herradura. Más maíz, desde luego, pensó mientras revisaba las mesas. Y tomates. Echaría un vistazo para ver cómo iban de hamburguesas de pavo silvestre y venado.

Pero primero guio la herradura volante de Manning hasta la barra e hizo que diera tres volteretas antes de caer con acierto y un sonido metálico. Le brindó una sonrisa a Max y le guiñó el ojo.

Manning prorrumpió en carcajadas, hizo un pequeño bailecito y después le lanzó un beso.

Sí, pensó, era bueno, muy bueno, jugar sin más.

—Oye. —Will se acercó corriendo y tiró del brazo de Arlys—. Necesitamos a otro para jugar a la petanca.

—Iba a...

—Oh, vamos, ve con ellos. A estas alturas soy una experta recolectora de maíz.

—No sé jugar a la petanca.

—Genial, yo tampoco. —Will le agarró la mano y miró las estrellas que se mecían en las ramas—. Es un día estupendo. —Se acercó, siguiendo un impulso, y besó a Lana en la mejilla. A continuación hizo que Arlys se girara hacia él y la besó en la boca despacio y con calma—. Un día realmente estupendo.

Lana sonrió todo el camino hasta que llegó a los tallos de maíz.

Olía a verde y a tierra, y la música, las voces y el tintineo metálico la acompañaron mientras retorcía las mazorcas para cogerlas de los tallos. Oyó las risas de los niños, un sonido mágico para sus oídos, transportado por la suave brisa veraniega.

Todo parecía muy tranquilo; el cielo azul, las altas y verdes plantas, su roce contra la piel.

Se quedó quieta un momento, con los brazos cargados de maíz, dando gracias por lo que tenía.

El bebé se puso a dar patadas, una rápida sucesión de patatas, que casi hizo que le pitaran los oídos. Oyó llorar a uno de los críos de Katie, un quejido prolongado que se escuchó por encima de la música y las voces. Cuando se dio la vuelta para emprender el regreso, algo cayó al suelo delante de ella.

Lana bajó la mirada. Se quedó paralizada.

Estaba chamuscada, con los bordes doblados y ennegrecidos, pero reconoció la fotografía de Max y ella juntos, la que había guardado antes de que se marcharan de Nueva York. La fotografía que estaba en la casa de la montaña cuando...

El cielo se encapotó, cubriéndose de negros cuervos que volaban en círculo.

—¡Max! —El maíz cayó al suelo con un ruido seco cuando echó a correr, abriéndose paso entre las verdes matas. Oyó los primeros disparos.

Los gritos resonaban mientras luchaba por abrirse paso.

Vio a Carla tirada en el suelo, con los ojos muy abiertos pero vacíos. Y Manning... Santo Dios, Manning estaba sangrando sobre la fina tierra donde habían estado jugando a la herradura.

El grito se le atascó en la garganta cuando Kurt Rove golpeó a Chuck en la cara con la culata de su rifle.

A su alrededor, los atacantes disparaban pistolas y flechas de manera indiscriminada mientras hombres y mujeres que conocía agarraban a los niños a fin de protegerlos o llevarlos a un lugar seguro.

Rainbow, que enseñaba yoga cada mañana, lanzó un resplandeciente escudo sobre una mujer con un niño pequeño. Después, su cuerpo se precipitó hacia delante al recibir un tiro por la espalda.

Lana vio a un hombre alto, delgado y con una dorada melena agitándose con la brisa, levantar un rifle y apuntar hacia arriba cuando Fred se elevó, batiendo las alas de manera frenética, con uno de los bebés en sus brazos.

En cuestión de segundos, solo segundos, el mundo cambió.

Lana no tenía más arma que su poder, de modo que lo proyectó siguiendo su instinto. El rifle que apuntaba a Fred y al niño salió volando de las manos del hombre. Y él volvió su enloquecida mirada azul hacia ella.

—¡Ahí! —Señaló con el dedo, y el que estaba a su lado, moreno y musculoso, con un tatuaje de pureza en el bíceps, levantó los brazos. Sujetaba una pistola en cada mano—. ¡Mata a la bruja! —gritó.

Cuando Lana elevó las manos para luchar, para proteger a su hija, resonó un trueno. La tierra se estremeció.

—¡Es nuestra!

Eric y Allegra surgieron imponentes de detrás del edificio, con las alas chamuscadas y la cara surcada de cicatrices.

Todo pareció detenerse. Seguía oyendo los gritos, los disparos, incluso el sibilante murmullo del maizal cuando alguien corrió a esconderse allí, pero parecía una ilusión.

Habían sobrevivido. Estaban vivos. Y veía la muerte en sus ojos.

Recurrió a todo lo que poseía para luchar.

Max corrió a toda velocidad hasta ella y se colocó delante.

—¡Corre!

—¿Adónde? —Eric profirió una carcajada mientras lanzaba rayos negros al cielo—. No hay adónde huir ni lugar donde esconderse. Apártate, hermano. Esta vez no te queremos a ti.

—Queremos lo que lleva dentro. —Allegra descendió, batiendo las alas. Max lanzó su poder y empujó a Lana hacia atrás.

—Corre. Salva a nuestra hija.

—Juntos somos más fuertes. Tenemos más poder. —Lana agarró a Max de la mano.

—Esto no es necesario, Eric, nada de esto lo es —gritó Max—. Te has aliado con un demente que caza a los que son como nosotros. Te traicionará. Todos te traicionarán.

—Vaya, no se me había ocurrido. —Lanzó a Allegra una mirada de sorpresa—. A lo mejor deberíamos pensar en esto. Salvo que... Sí, se me olvidaba una cosa. Tú intentaste matarme. Me he equivocado, Max. Sí que te queremos. Muerto.

—A los dos. ¡A los tres! —gritó Allegra, con su claro cabello ondeando al viento—. Invocamos a la oscuridad. ¡Nosotros gobernamos la oscuridad! Y con ella repudiamos la luz.

Igual que Lana había hecho con Max, Allegra cogió la mano de Eric. Truenos ensordecedores y rayos negros. Lana interceptó los ataques junto con Max y los devolvió.

Y sintió que el poder sacudía la tierra bajo sus pies.

La sangre manó del brazo de Max, donde un rayo le había atravesado. Al otro lado del parque, unos cuantos corrían hacia ellos. Flynn y Lupa, Jonah y Aaron.

Conservó la esperanza durante un momento. Todos juntos repelerían la oscuridad.

—Vienen a ayudar. Solo tenemos que...

Lana vio la negra oleada, sintió su cáustico poder antes de que Max girara con ella. Clavó los ojos en los de ella y le sostuvo la mirada mientras la protegía, mientras protegía a su hija con su cuerpo.

Recibió el impacto del odio, de la oscuridad, con toda su fuerza. El golpe le atravesó y la alcanzó a ella mientras salían despedidos y caían juntos en el maizal. La sangre manaba del tajo que tenía en el brazo, donde la oleada la había alcanzado.

Sin aliento, con la cabeza dándole vueltas, se arrastró para liberarse, rodó y trató de arrastrar a Max para ponerlo a salvo.

Él yacía cubierto por la sangre de sus innumerables heridas, con la piel llena de quemaduras.

—No. No. Max. —Mientras arrastraba su cuerpo entre sus brazos y apretaba el rostro contra el suyo, lo supo. Sabía que había muerto.

Muerto. Inerte. Asesinado.

La cólera, el dolor, la ensordecedora furia se apoderó de ella. Cubierta por la sangre de Max, derramando la suya, liberó su poder con un grito que rasgó el aire como una espada.

Su poder resplandeció, rojo y salvaje, contra la oleosa negrura.

Alaridos de dolor respondieron a su grito.

«Corre.» Max le había dicho que corriera, pero no le hizo caso. Le había dicho que salvara a su hija, pero al final él dio su vida para salvar las de ambas.

No había adónde huir ni lugar donde esconderse. Sollozando desconsoladamente, le quitó el cinturón del arma a Max. Con suma ternura, le sacó el anillo del dedo y se lo puso en el pulgar. Le besó el rostro, los labios, las manos.

«Salva a nuestra hija, cueste lo que cueste.»

Oyó su voz en la cabeza, en el corazón, y sin dejar de llorar, se abrió paso entre las plantas de maíz hacia el bosque. Comenzó a correr.

Un movimiento a su derecha hizo que girara, alargando la mano para luchar, para defenderse. Starr salió del árbol.

—Estás herida —dijo, y Lana solo pudo asentir con la cabeza—. A ellos les has dejado peor.

Mientras Starr señalaba, Lana miró hacia el parque. Aquel furioso y desesperado dolor que había surgido de ella en una enorme explosión había destruido a algunos de los agresores. No quedaba rastro de Eric y Allegra, aparte de una delgada columna de humo que teñía el cielo.

Su ya destrozado corazón se resintió todavía más al ver a Arlys acercarse cojeando hacia el cuerpo sin vida de Carla, a Rachel arrodillada junto a Chuck, inconsciente y cubierto de sangre. Otras personas a las que conocía, que le importaban, se apresuraban a ayudar o corrían a la calle, pistola en mano.

—¿Y Katie y los bebés?

—Jonah los llevó adentro. Han matado a Rainbow. Era una buena mujer. Han venido a por ti. A por ella —dijo Starr. Estiró el brazo y posó la mano sobre el bebé de Lana. Era la primera vez en semanas que tocaba a alguien.

—No puedo quedarme. Volverán. No puedo... Han matado a Max.

—Lo siento. Era un buen hombre. —Starr agachó la cabeza—. Nos quieren muertos, a todos nosotros, pero más aún a la salvadora.

—No es la salvadora —replicó Lana con fiereza—. Es mi hija.

—Es ambas cosas. Podía oírlos. —Starr se llevó la mano a la cabeza—. Podía oír todo el odio. Me dolía la cabeza, así que corrí a esconderme, como hice con mi madre. No he luchado, pero la próxima vez lo haré. Lucharé. Ellos ayudarán, te protegerán. La protegerán a ella.

—Tengo que protegerla. No puedo quedarme. Volverán a intentarlo. Regresarán y lo intentarán de nuevo.

Starr asintió.

—Entonces tienes que escapar. Tienes que esconderte. Todavía puedo oírles en mi cabeza. Pondré el nombre de Max en el árbol por ti.

Cegada por las lágrimas, Lana echó a correr. Corrió hacia todas las pesadillas que la habían atormentado por las noches.

## 23

Lana se mantuvo alejada de las carreteras principales durante
días. Se refugió donde pudo, buscando ropa y provisiones
en casas aisladas. Además de ropa encontró una cadenita, en la
que metió el anillo de Max para colgárselo al cuello.

Comía todo lo que podía y se preocupaba por el bebé.

Cada vez que veía cuervos volando en círculo y oía sus
graznidos, cambiaba de rumbo.

Una vez se tumbó junto a un árbol muerto, demasiado exhausta y consumida por la pena como para seguir adelante.
Se quedó dormida mientras contemplaba el cielo a través de las
desnudas ramas, y soñó. Soñó con una joven de ojos grises y
cabello negro que le decía que se levantara, que se pusiera en
marcha, que siguiera adelante.

Así que Lana se levantó, se puso en marcha y siguió adelante.

Cada terrible día daba paso a una espantosa noche.

Sin noción del tiempo o de la distancia, se metió a dormir
en un coche abandonado a un lado de la carretera. El sonido de
motores la despertó al despuntar el alba.

Su primera reacción fue pedir ayuda, pero un instinto más
poderoso le ordenó que se quedara inmóvil y en silencio. Ese

enérgico instinto le provocó escalofríos cuando los motores se apagaron.

Oyó puertas de coche que se abrían y se cerraban de golpe. Unas voces de hombre se colaron por las ventanillas que había dejado abiertas con la esperanza de que entrara algo de brisa.

—Tenemos que regresar a esa ciudad de mierda y destruirla. Alguien de allí sabe dónde está la puta.

—El reverendo dice que no está, que no está allí.

Oyó pasos acercándose y agarró con más fuerza la pistola con la que dormía. Después, el inconfundible sonido de una cremallera y el de la orina cayendo sobre el asfalto.

—En mi opinión, es un despilfarro de gasolina, y si tanto la quieren esos dos bichos raros, deberían habérsela cargado cuando tuvieron la ocasión. En vez de eso perdimos a seis buenos hombres. Se suponía que teníamos que estar matando sobrenaturales, no trabajando con ellos.

—No veo que nadie te haya pedido tu opinión. El reverendo sabe lo que se hace. Tiene un plan, y creo que acabaremos con todos ellos después de cargarnos a la mujer. Jodida bruja. Ahora tengo una deuda que saldar con ella.

—Oh, ¿es que te estropeó esa bonita cara cuando liberó su poder?

—Que te jodan, Steed.

Oyó una carcajada, el sonido de la cremallera.

—Lo que sé es que los bichos raros están peor que tú, razón por la cual estamos peinando hasta el infierno en busca de una puta del demonio embarazada.

—Si la encuentro primero, le clavaré un cuchillo a ella y al engendro que lleva dentro.

—A las brujas hay que ahorcarlas o quemarlas.

—Ya llegará eso. Vamos a registrar este par de coches a ver si hay algo que merezca la pena llevarse.

—Olvídate de eso. Hay una gasolinera con un supermercado a poco más de treinta kilómetros al este. El botín será mejor.

Lana siguió aferrando con fuerza la pistola cuando sintió que el coche se bamboleaba.

—De todas formas es una puta chatarra.

Contuvo el aliento cuando los pasos siguieron adelante y unas puertas se abrieron y se cerraron de nuevo. Se quedó inmóvil mientras un motor cobraba vida y los neumáticos chirriaban.

Contó los latidos de su corazón uno a uno después incluso de que el coche se largara a toda velocidad y el silencio imperara de nuevo.

—No habría dejado que te tocaran —murmuró mientras salía del asiento trasero con las piernas temblorosas—. Al este. Ellos van al este, así que nosotras iremos al oeste.

Pero no a pie. Por mucho que hubiera caminado y deambulado, no había puesto suficiente distancia entre su hija y aquellos que querían hacerle daño.

Se arriesgaría a ir por la carretera, al menos por el momento.

Se puso al volante y dejó el arma en el asiento del copiloto. Tardó un momento en serenarse, en reunir el poder que había dejado de lado desde el día en que había brotado en forma de una arrasadora y letal cólera.

Cuando acercó una mano, el motor no se encendió con un rugido. Sonó como si se estuviera ahogando, martilleó y luego arrancó. Condujo mientras amanecía a su espalda.

El sol ya estaba alto cuando el coche se quedó sin gasolina. Lo dejó donde se paró y continuó a pie de nuevo, rodeada por imponentes montañas.

Sin noción del tiempo, caminó, condujo cuando pudo encontrar otro coche, buscó comida, agua. Aunque se preguntaba cuánta distancia sería suficiente, evitó cualquier ciudad donde la gente pudiera haberse congregado.

¿Cómo iba a saber si eran amigos o enemigos?

Relegó su antigua vida a un rincón. Mataba conejos y ardillas, los despellejaba y asaba la carne en una fogata que encendía con su poder para alimentarse.

Ella, que en otro tiempo creía que la comida podía y debía ser arte, ahora comía para sobrevivir, para alimentar al bebé que moraba en su interior.

Árboles, rocas, cielo, carreteras interminables, la patética emoción de encontrar una casa con ropa limpia y unas botas que casi eran de su número. A eso se reducía su mundo.

Sentir al bebé moverse dentro de ella se convirtió en su consuelo. La felicidad pasó a ser encontrar un melocotonero, saborear la dulce y fresca fruta y que su zumo bajara por su garganta, reseca por el calor del verano.

La seguridad radicaba en no oír más voz humana que la suya, no ver más silueta que su propia sombra.

En las semanas transcurridas desde que abandonó Nueva Esperanza se convirtió en una nómada, una vagabunda, una ermitaña, sin más planes que seguir avanzando, encontrar comida y refugio.

Hasta ese momento.

Coronó una densa colina arbolada y se agachó de inmediato para ponerse a cubierto.

En aquel terreno que se ondulaba suavemente para después volverse llano se alzaba una casa. Un amplio huerto se extendía en la llanura en toda su plenitud. Arrastró la mochila que había encontrado y sacó unos prismáticos.

Rojos tomates maduros, guisantes, judías, pimientos, zanahorias. Surcos de lechugas, repollos, plantas de calabacines, berenjenas. El floreciente maizal le trajo a la memoria el olor de la sangre, de la muerte.

De Max.

Se hizo un ovillo durante un momento, combatiendo las acometidas de tristeza y dolor, y después se obligó a mirar de nuevo con los prismáticos.

Había un par de caballos, separados por una cerca con una vaca blanca y negra, separada a su vez de unas vacas negras; vacas para carne, además de un ternero.

Echó un vistazo a una pocilga en la que había cinco cerdos tumbados.

¡Gallinas! Casi lloró al imaginarse los huevos.

La casa en sí era sólida y de planta cuadrada, pintada de blanco y con un espacioso porche. Contaba con un tradicional granero de un alegre color rojo.

Vio de pasada un cobertizo, un pequeño silo, un par de molinos de viento, un invernadero, algunos árboles y arbustos ornamentales y lo que creyó que podría ser una colmena. Más allá se extendían más campos de cultivo. Trigo, pensó, trigo y tal vez heno.

Era evidente que no estaba abandonada y, dado que había una camioneta aparcada en la entrada, con toda seguridad había alguien dentro, pensó.

Huevos, verduras frescas, árboles frutales.

Podía esperar.

Se quedó dormida mientras esperaba.

Un ladrido la despertó e hizo que el corazón casi se le saliera del pecho.

Un par de perros corrían por la parte delantera de la casa, dando saltos y retozando sobre un trozo de hierba.

Volvió a mirar por los prismáticos cuando salió un hombre. Bronceado, de aspecto fuerte y ataviado con una camiseta y unos vaqueros desgastados. Cubría su desaliñado cabello castaño con una gorra de béisbol y unas gafas de sol le tapaban los ojos.

Cargó un par de cestas grandes de mimbre llenas de productos agrícolas en la camioneta y entró de nuevo en la casa. Volvió a salir con otras dos antes de silbar a los perros.

Los animales se subieron de un salto a la parte trasera de la camioneta. Después de cargar más cestas, se montó y se marchó.

Lana contó hasta sesenta y después contó de nuevo antes de levantarse.

No podía oír nada más que pájaros y ardillas charlatanas.

Se sujetó el vientre con una mano y descendió por la rocosa ladera con la vista fija en la casa.

Si el hombre no vivía solo, podría haber alguien dentro. Aunque tenía ganas de echar a correr hacia el huerto, se aproximó a la casa con cautela, rodeándola para mirar por las ventanas.

Otro porche recorría la parte de atrás y algunas hierbas aromáticas crecían bajo el potente sol. Sacó su cuchillo y cortó albahaca, tomillo, orégano, cebollino y eneldo, disfrutando de los aromas mientras las guardaba en una bolsa de plástico que sacó de la mochila.

Podía haber alguien dentro, en el piso de arriba. Pero se arriesgaría.

Corrió tan rápido como su alterado centro de gravedad le permitía y arrancó un tomate de la mata. Lo mordió como si fuera una manzana y se limpió el jugo que resbalaba por su barbilla.

Cogió vainas de guisantes, un puñado de judías verdes, una reluciente berenjena, desenterró una zanahoria, una cabeza de ajo. Arrancó una lechuga y se comió una hoja mientras reunía lo que podía llevar en la mochila y en los bolsillos.

Guardó manzanas, un poco verdes, junto con un racimo de uvas negras. Se comió algunas mientras contemplaba dos lápidas de piedra a la sombra del manzano.

ETHAN SWIFT
MADELINE SWIFT

Vio que habían muerto en febrero a causa de la plaga, con dos días de diferencia.

Y alguien —¿el granjero?— había marcado sus tumbas y plantado rosales amarillos entre ellas.

—Ethan y Madeline, espero que vuestras almas descansen en paz. Gracias por la comida.

Con los ojos cerrados, se quedó a la sombra y deseó poder

acurrucarse bajo el árbol y dormir. Despertar en un mundo libre de miedo y en el que no tuviera que moverse constantemente. En el que Max la rodeara con sus brazos y su bebé naciera en una atmósfera de paz y seguridad.

Ese mundo había terminado, pensó. Vivir en el mundo de hoy entrañaba hacer lo que fuera necesario.

Desvió la mirada hacia las bulliciosas gallinas y se imaginó salteando pollo en una de las porciones de mantequilla que había guardado, condimentado con ajo y hierbas frescas.

Y supuso que aunque lo más seguro fuera que el granjero no echara de menos las verduras, sin duda notaría que le faltaba un pollo. Y ya que era posible que quisiera quedarse por la zona uno o dos días, regresaría y le birlaría una de las gallinas antes de ponerse en marcha.

Por el momento, se conformaría con un par de huevos.

Caminó entre las gallinas hasta el corral abierto, donde encontró un solo huevo moreno debajo de una gallina aposentada en el nido, que parecía recelar de ella tanto como Lana del ave.

—Ya ha recogido los huevos —murmuró—. Tengo suerte de que te hayas retrasado.

—Suele hacerlo.

Lana se giró con el huevo en una mano, como si fuera una granada, y con la otra extendida, lista para proyectar su poder y defenderse.

El hombre levantó las manos, alejándolas de la pistola que llevaba a la cadera.

—No voy a hacerte nada por un huevo ni por lo que hayas cogido. Sobre todo porque estás comiendo por dos. Si la necesitas, tengo agua. También leche. Y un poco de beicon para acompañar ese huevo.

Tuvo que tragar saliva antes de dirigir la primera palabra a otro ser humano desde que abandonó Nueva Esperanza.

—¿Por qué?

—¿Por qué, qué?

—¿Por qué ibas a darme nada? Te estaba robando.

—También robaba Jean Valjean. —Se encogió de hombros—. Él también tenía hambre. Mira, puedes coger ese puñetero huevo y marcharte, o bien puedes entrar y comer algo caliente. Depende de ti.

Lana bajó la mano y la posó sobre su vientre. Pensó en el bebé.

Ese hombre había plantado un rosal para sus difuntos. Lo tomaría como una señal.

—Agradecería comer algo caliente. Puedo darte algo a cambio, y también por las frutas y las verduras que he cogido.

El hombre sonrió.

—¿Qué tienes?

—Puedo trabajar.

—Bueno. —Se rascó la nuca—. Podemos hablarlo.

Retrocedió para dejarle espacio de sobra.

Aún podía echar a correr, pensó Lana.

—Vamos, si hubiera querido hacerte daño, ya te lo habría hecho.

Se dio la vuelta y se dirigió hacia donde Lana vio a los perros brincando y meneando la cola, justo fuera de la alambrada del gallinero.

—¿Cómo sabías que estaba aquí?

—Vi el reflejo de tus prismáticos. O de lo que supuse que eran unos prismáticos. Los perros y yo decidimos salir, parar carretera arriba y volver a pie para ver qué tramabas. No te harán nada.

Como si quisieran demostrarlo, ambos perros, de grueso pelaje color canela y ojos alegres, se acercaron para frotarse contra sus piernas.

—Este es Harper y este es Lee. *Matar a un ruiseñor* era el libro favorito de mi madre.

Le vio dirigir la mirada hacia el manzano, hacia las tumbas. Le entregó el huevo; se sentía tonta con él en la mano.

—¿Eran tus padres?

—Sí. Sí —repitió, encaminándose hacia la casa—. Esas botas han corrido lo suyo.

—Ya habían corrido lo suyo cuando las encontré.

Aceptó aquella respuesta, continuó hasta el porche y abrió la puerta, que no estaba cerrada con llave. Al ver que ella vacilaba, exhaló una bocanada colmada de impaciencia.

—Me criaron en esta casa las dos personas que están enterradas ahí. Vivieron aquí durante treinta y cinco años, se labraron una buena vida para ellos y para mí. No pienso faltarles al respeto engañando a una mujer embarazada bajo el techo que me dieron. ¿Entras o no?

—Lo siento. He olvidado que la gente puede ser honrada.

Entró a un amplio y confortable salón, con una gran chimenea de piedra y mobiliario sencillo, que combinaba estilos de un modo alegre y acogedor.

Había bastante polvo y pelos de perro.

Unas escaleras llevaban al piso de arriba. Al pie había una cesta de la colada llena de sábanas y toallas revueltas.

Continuó por un pasillo y se detuvo cuando ella lo hizo delante de una habitación con estanterías repletas de libros y recuerdos.

—Mi madre era una ávida lectora. Últimamente he estado poniéndome al día con la lectura.

Como en un sueño —¿estaba soñando?—, se vio atraída por la habitación, por los recuerdos de la vida que tuvo en otro tiempo. Y por algo más, cuando alargó el brazo y cogió un libro de la estantería: el amor.

—Max Fallon. Le gustaban sus libros. Yo todavía no le he leído. ¿Eres fan de él?

Lana levantó la mirada, con los ojos anegados en lágrimas y aferrando el libro, la foto de su amor, contra el corazón.

—Mi... mi marido.

—¿Él era fan?

—Max. —Comenzó a mecerse, a llorar—. Max. Max.

—¡Mierda! —Se quitó la gorra y se pasó las manos por el pelo—. Tal vez deberías sentarte. Puedes quedarte el libro. Yo voy a por la camioneta. Así que... —Señaló y salió de la habitación.

Lana se sentó en el borde de un gran sillón de piel azul marino y lloró hasta quedarse sin lágrimas.

El hombre fue carretera arriba a por su camioneta, regresó y puso una tetera con agua al fuego.

En el gallinero parecía muy tranquila, pensó. Dispuesta —y sospechaba que capaz— a defenderse. Sus grandes ojos azules mostraban agotamiento, pero también bravura. Y en ese momento le pareció que el embarazo, muy avanzado, le confería el aire de una fecunda guerrera.

Pero ahí, en su biblioteca, todo se había desmoronado, mostrándose frágil, vulnerable y desolada.

Se las apañaba mejor con su vertiente feroz y capaz.

Cuando la oyó acercarse, puso una sartén al fuego.

—Lo siento —dijo.

—Perder a alguien es una putada. Casi todas las personas que quedamos lo sabemos. —Fue a la nevera y sacó beicon envuelto en un paño—. Max Fallon era tu marido.

—Sí.

—¿Le perdiste por el Juicio Final?

—No. Nos sacó de Nueva York. Nos alejó y nos mantuvo a salvo. Ellos le mataron. Le mató su hermano.

—¿Su hermano?

—Su hermano se pasó a la oscuridad, su hermano y la retorcida zorra que le convirtió. Su hermano y los hombres que nos odian porque no somos como ellos. Querían matarme a mí. A ella. —Se rodeó el vientre con los brazos—. Max nos salvó. Murió por nosotras. Le mataron. Eric, su hermano, y los guerreros de la pureza. Mataron a Max, y a personas con las que estábamos construyendo una vida. Intentaron matar a más gente. Tuve que marcharme, porque me querían a mí y matarían a quien se interpusiera en su camino. Me persiguieron. Todavía me persiguen. E intentarán matarte si me ayudas.

Él asintió.

—¡Bah! —dijo, y después se volvió hacia el fogón—. ¿Quieres los huevos revueltos o fritos?

Lana se puso nerviosa otra vez y eso casi la dejó sin aliento. Cerró los puños.

—¿Quién eres?

—Swift. Simon Swift. En otra vida fui el capitán Swift, del ejército de Estados Unidos. En esta soy un granjero. ¿Quién eres tú?

Se quitó la mochila despacio y la dejó a un lado.

—Lana Bingham. Era chef. Soy bruja.

—Lo segundo lo supe en el gallinero, cuando me diste un pequeño golpe.

—No era mi intención...

—No fue demasiado. Seguro que tienes más poder que eso. ¿Eres chef? ¿Por qué cocino yo?

Ella resopló, tomó aire y después se agachó junto a su mochila. Sacó algunas hierbas aromáticas, un tomate, un pimiento y un par de cebolletas.

—¿Te apetece una tortilla?

—Claro.

—Es un buen fogón. Es una cocina estupenda. —Se le quebró la voz de nuevo. Simon pudo ver, además de oír, cómo luchaba por conservar la calma—. ¿De dónde sacas el gas?

—De un pozo de gas.

—¿Un qué?

—Un pozo de gas natural. —Señaló hacia la ventana con gesto vago—. Se encuentra en la casa. Tenemos alumbrado de gas, estufa de gas... Todo funciona con gas. También contamos con energía eólica.

Lana se lavó las manos en el fregadero y a continuación hizo lo mismo con las hierbas y las verduras.

—Necesito algunas cosas. Más huevos, un cuenco péqueño, un batidor.

—Tengo de todo.

Después de calentar la sartén, puso el beicon al fuego. Cogió un práctico cuchillo de chef de su soporte, sacó una tabla de cortar y comenzó a picar.

Cocinar. Normalidad. ¿Cómo podía haber algo normal?

Y, sin embargo, picando hierbas se sentía más ella misma de lo que se había sentido en semanas.

—Estuviste en el ejército.

—Sí. Durante unos diez años. Me había hartado, pero sobre todo me fui porque mi madre enfermó. Cáncer. Mis padres necesitaban ayuda aquí mientras ella luchaba contra la enfermedad. Luchó y la venció. Y después... Bueno, llegó el maldito Juicio Final.

—Lo siento.

Trabajaron juntos en silencio durante algunos minutos. Simon le acercó la lata que utilizaba para guardar la grasa del beicon, un cubo de plástico que servía para fabricar abono con los desperdicios de la cocina. Y observó, un tanto sorprendido, mientras ella cocinaba.

—¿Cuánto tiempo llevas en la carretera? —le preguntó.

—No lo sé. He perdido la noción del tiempo. Era el 4 de julio cuando me marché.

—Hace unas seis semanas de eso. ¿De dónde te fuiste?

—Estábamos en un lugar al que llamamos Nueva Esperanza, en Virginia. Creo que al sur de Fredericksburg. ¿Dónde estoy ahora?

—Has recorrido un buen trecho. Estamos en Maryland, al oeste.

—¿Cómo se llaman estas montañas?

—Las Blue Ridge.

—¿Hay más personas?

—Algunas. Hay una ciudad, ahora más bien un asentamiento. Hacemos trueques. Me disponía a llevar mis productos. Están moliendo harina. Tenemos algunas ovejas, un telar. Hay un herrero, un carnicero. Nos las apañamos con lo que hay.

Lana asintió mientras envolvía las verduras con el huevo.

—¿Hay algún médico?

—Todavía no. Un ayudante de veterinario es lo más parecido que tenemos.

Volcó la tortilla en uno de los platos que Simon había puesto, la cortó por la mitad y depositó un trozo en el segundo plato.

—¿Hay algún sobrenatural?

—Han aparecido algunos. A nadie le molesta. ¿Quieres leche?

—Detesto la leche, pero sí, seguramente sea buena para el bebé.

Simon sacó la jarra y le sirvió en un vaso bajo.

Se sentaron en la encimera de la cocina, de elegante granito gris moteado. El primer bocado hizo que cerrara los ojos mientras su organismo lo asimilaba.

Simon tomó un buen bocado.

—Vale, lo de chef iba muy en serio. No he comido nada tan bueno desde hace mucho tiempo.

Lana comió despacio, haciendo cálculos.

—Si pudiera quedarme un par de días, podría pagarte cocinando. Y teníamos huerto en Nueva Esperanza, así que aprendí a trabajarlo. Podría echarte una mano con eso. No tendría que haber ningún problema si me quedo un par de días.

Para ninguno de los dos.

—Y luego ¿qué?

—No lo sé. No he pensado en nada que no sea moverme, poner tierra de por medio, mantener a salvo al bebé.

—¿Para cuándo la esperas? Has dicho que es niña, ¿no?

—Sí. Para la última semana de septiembre.

—¿Piensas dar a luz tú sola, en la carretera?

Sabía cómo sonaba aquello, era algo que le preocupaba en todo momento, pero no parecía tener otra opción.

—Espero encontrar un lugar y hacer lo que haya que hacer. No dejaré que le pase nada. Cueste lo que cueste, nada ni nadie le hará daño.

—En el asentamiento hay mujeres, casas dispersas.

—No puedo... no puedo poner en peligro a tanta gente. Tú no conoces a los guerreros de la pureza.

Un bonito parque, un alegre festejo. Cadáveres desparramados, humo. La sangre de Max empapando la fértil tierra.

—Sí que los conozco. Algunos pasaron por el asentamiento hace unas semanas. No tuvieron un caluroso recibimiento.

El miedo tiñó de nuevo su voz.

—Han estado aquí.

—Por lo que he oído, algunos de ellos viajan por ahí en busca de otros que piensen como ellos. Como he dicho, aquí no los encontraron.

Simon pensó mientras comía. Entre los guerreros de la pureza, los saqueadores y los capullos normales y corrientes, la carretera no era nada segura para una mujer sola. Y a eso había que sumarle que dicha mujer salía de cuentas dentro de unas ocho semanas.

Y feroz o no, todo apuntaba a que llevaba una diana en la espalda.

Se terminó la tortilla y se volvió hacia ella.

—Deberías considerar quedarte aquí. Te ocuparías de la cocina, eso está más que claro. Podrías quedarte al menos hasta que tengas a la niña. Arriba hay cuatro dormitorios. Yo solo utilizo uno.

—Podrían encontrarme. Eric...

—¿Ese es el hermano de tu marido?

—El poder le ha hecho enloquecer. El bebé tiene algo, algo especial. No lo sé. Pero Eric y Allegra quieren matarla.

—Bueno, si tu hija es especial y es importante, es otra razón más para que esté a salvo aquí. No me gusta la gente que crea problemas, que inicia guerras, que busca joder las cosas en general. Da igual cómo sean, no me gustan.

—Ni siquiera me conoces.

Después de apartar su plato vacío, se encogió de hombros.

—¿Qué diferencia hay?

Nada, nada de lo que pudiera haberle dicho la habría tranquilizado más.

—Te estoy muy agradecida. Y estoy muy cansada. Estoy tan cansada. ¿Podemos ir día a día?

—Claro. Puedes elegir dormitorio. No tendrás ningún problema para saber cuál es el mío. —Se levantó y empezó a recoger.

—Yo fregaré los platos. Es parte del trato.

—La próxima vez son todo tuyos. No te ofendas, pero parece que estás hecha polvo. Así que ve arriba, elige una cama y desconecta. Yo tengo que llevar mis productos a la ciudad. Deberías quedarte con la habitación de mis padres. Es una suite de esas. Tiene su propio cuarto de baño.

—Simon, gracias.

Él llevó los platos al fregadero.

—¿Sabes hacer pastel de carne?

—Si tienes carne, además de lo que ya he visto, puedo hacerte un pastel de carne con el que te chuparás los dedos.

—Prepáralo para cenar y estamos en paz.

## 24

En el piso de arriba, Lana encontró el dormitorio principal, con su cama con dosel. Estaba cubierta por un edredón verde botella, junto con cuatro mullidos almohadones del mismo color, con un ribete de un apagado tono dorado que hacía juego con las paredes.

Recordó que los padres de Simon habían muerto allí. Él había ordenado la habitación, había limpiado lo que tuvo que ser desgarrador, había despejado cualquier rastro de la enfermedad.

Pese al persistente agotamiento, reconoció que el hecho de que se molestara en dejar la habitación tal y como sin duda le gustaría a su madre decía mucho sobre el hijo.

Un hombre que le había dado comida y amparo. Aquello hizo que se acordara de Lloyd, de lo que había dicho en la primera asamblea de la comunidad.

De todas formas, echó el pestillo a la puerta y lanzó un encantamiento para impedir que entrara nadie. No consideró que fuera una exageración acercar una silla y colocarla bajo el pomo.

Quería dormir, simplemente desvanecerse durante un rato. Sobre sábanas limpias, con almohadones, tapada con un edredón del color del bosque. Al recordar a la madre de Simon, pensó en la suciedad y la mugre que llevaba encima a causa del viaje y fue al cuarto de baño anexo.

No le faltaría el respeto a la mujer cuyo hogar le ofrecía refugio manchándole la cama.

Simon también había puesto orden allí. Había un montón de toallas de felpa sobre las encimeras, limpias, aunque polvorientas. Dejó la mochila a un lado y abrió la puerta de cristal de la ducha.

Gel de ducha, champú, acondicionador e incluso una maquinilla de afeitar de mujer. Dado que sus suministros habían mermado, Lana prescindió de la sutileza mientras se desvestía. Utilizaría lo que necesitara y se disculparía más tarde.

Si lloró un poco mientras el agua caliente caía sobre ella, mientras veía la suciedad, que desaparecía con rapidez, colarse por el desagüe, se dijo que tenía todo el derecho a derramar unas cuantas lágrimas.

Se dio el capricho —a saber cuánto duraría aquel regalo— de envolverse el cabello en una toalla y el cuerpo con otra.

Suave, increíblemente suave.

Se giró mientras se miraba en el espejo. Sus pechos, su vientre, tan abultados. Ya debía de estar de treinta y tres o treinta y cuatro semanas. Creía con toda su alma que su hija se encontraba sana y fuerte. Sentía esa luz, esa vida; ambas dependían de ella.

Si eso significaba que tenía que aceptar la generosidad de un desconocido, lo haría. Con cautela, pero lo haría.

Echó una ojeada a las cestas de las estanterías que había al lado del espejo.

Loción corporal, cremas faciales, todo maravillosamente femenino.

—Madeline Swift —murmuró—. Te estoy agradecida y espero que no te importe.

Se embadurnó bien, sintiendo cómo su sedienta piel absorbía la hidratación. Dado que nada de lo que llevaba en la mochila parecía estar limpio, tomó prestado un albornoz colgado en la puerta del baño.

Llena de gratitud, retiró el edredón y se metió entre las sábanas. Durmió y no soñó con nada.

Se despertó sobresaltada, con el corazón acelerado mientras trataba de recordar dónde estaba.

La granja, el hombre de rasgos toscos y generosidad desinteresada. Se levantó tan rápido como le permitió su abultado vientre, hizo la cama y volvió a colgar el albornoz. Se vistió.

El sol le indicó que eran más de las doce del mediodía; había adquirido experiencia calculando la hora. Así que había dormido al menos dos horas. Si quería quedarse a pasar la noche —Dios, cuánto deseaba quedarse a pasar la noche— tenía que ganárselo.

Presa de la curiosidad, recorrió en silencio el piso de arriba. Encontró otro cuarto de baño, más pequeño que el que Simon le había permitido usar a ella, y que sin duda era el que él utilizaba.

Había una toalla colgada en la puerta de la ducha y un cepillo de dientes en una taza sobre un pequeño tocador.

Encontró un cuarto de invitados —ya que no se imaginaba a Simon Swift durmiendo con un edredón salpicado de bonitas violetas—, y otra habitación, una mezcla de dormitorio y sala de estar, supuso, con una zona de costura debajo de la ventana.

Por último, la habitación de Simon, con la cama sin hacer, una camisa tirada sobre el respaldo de una silla. Se respiraba un ligero olor a tierra y a hierba.

Reparó en la escopeta apoyada en el rincón; respetaba su decisión de tener un arma cerca mientras dormía.

No le encontró abajo, así que miró por las ventanas, hasta que lo divisó trabajando en el huerto. Los perros dormían debajo del manzano, junto a las lápidas, y los caballos le observaban con las cabezas sobre la cerca.

Lo primero que le vino a la cabeza fue salir y ofrecerse a ayudar, pero se fijó en que los platos que habían utilizado esa mañana estaban limpios y ya secos junto al fregadero. No vio más evidencias de que hubiera preparado una comida mientras ella se había duchado, dormido y explorado la casa.

Así que se ganaría su sustento rebuscando en la cocina y preparándole la comida.

Cuando Simon entró, muerto de calor y de hambre, precedido por la llegada en tromba de los perros, la vio en los fogones. Algo olía de maravilla y se dio cuenta de que era en parte el aroma de una mujer.

Se había recogido el cabello con descuido y brillaba como los caramelos de mantequilla. Cuando se dio la vuelta, su rostro le sorprendió. Poseía una belleza serena y cautelosa.

Desconfiaba de él, pensó, pero no pareció molestarle la embestida de los perros, ni que movieran frenéticos la cola.

Simon se esforzó por parecer natural.

—¿Qué cocinas?

—Un salteado de verduras y arroz. He pensado que te vendría mejor comer que tener ayuda en el huerto.

—Bien pensado. —Fue al fregadero y se lavó la tierra de las manos y de los brazos—. ¿Dónde cocinabas? Me refiero para ganarte la vida.

—En Nueva York.

—Una gran ciudad.

—Lo era. —Sirvió comida en un plato, cogió la servilleta de tela que había encontrado en un cajón y le entregó ambas cosas—. He visto masa madre en tu nevera.

—Sí, a mi padre le gustaba hacer pan. No sabía cocinar nada más, pero le gustaba hacer pan. He estado alimentándola, pero...

—Haré pan, si quieres.

—Sería estupendo. —Se sentó—. ¿No vas a comer?

Lana asintió, pero no cogió el plato ni se sentó.

—Quiero darte las gracias...

—Ya lo has hecho.

—No me había dado una ducha de verdad desde... Perdona si me pongo emotiva. La culpa es en parte de las hormonas. Pero poder lavarme el pelo... He usado el champú de tu madre y su gel de baño. Y tiene... tenía, crema facial. Estaba abierta y he usado un poco. Lo he usado sin...

—Podrías hacerme el favor de no llorar por eso. —Simon la miró mientras comía con una expresión irritada en sus ojos castaños. Unos ojos en los que el verde y el dorado se difuminaban—. Eso me arruinaría este salteado, y está muy bueno. A ella no le importaría, y desde luego a mí tampoco. Mira, yo me ocupé de las cosas de mi padre. No fui capaz de revisar las de ella. Así que usa lo que quieras.

—Tenía más de repuesto. Sin abrir. Podrías intercambiarlas.

—Úsalas. —Esta vez su tono fue un poco fuerte—. Si hubiera querido intercambiar su puñetera crema para la cara, lo habría hecho.

Lana comprendía el dolor, la pérdida, de modo que no dijo nada más hasta que se sirvió un plato de comida para ella y se sentó.

—Dime si hay alguna habitación prohibida en la casa mientras esté aquí.

—Aparte de la que está cerrada con llave en el sótano, donde escondo los cadáveres mutilados de mis víctimas, no.

Lana tomó un bocado de salteado. Simon tenía razón. Estaba de muerte.

—De acuerdo, no me acercaré por ahí. ¿Tienes alguna alergia alimentaria?

—Soy alérgico a las espinacas, por naturaleza.

—Entonces no pondré espinacas en el pastel de carne.


Simon le dejó mucho espacio a Lana. Supuso que se quedaría un par de días, hasta que se recuperara. No tuvo problemas en darle ese tiempo y ese espacio, sobre todo porque, ¡santo Dios!, esa mujer sí que sabía cocinar.

Además, durante ese par de días cumplió más que de sobra con su parte. Quizá no había prestado atención al polvo y a los pelos de perro hasta entonces, pero sí notó que habían desaparecido. A lo mejor no le molestaba coger ropa o toallas de la cesta de la colada, pero no le parecía mal encontrárselo todo doblado y en su sitio.

A los perros les gustaba. Una noche pasó por delante de la biblioteca a altas horas y la vio sentada a oscuras, llorando por su marido, con la cabeza de Harper en la rodilla y Lee repanchingado sobre sus pies.

Imaginaba que la llevaría al asentamiento una vez hubiera recuperado la calma y se la encomendaría a una de las mujeres que conocía. Cualquiera de ellas sabría más que él sobre cómo lidiar con una mujer embarazada y atender un parto.

En cuanto a su insistencia en que el bebé que llevaba era especial y un objetivo de las fuerzas de la oscuridad, se reservaba su opinión. Y aunque no podía negar que se había acostumbrado a cuidar solo de él mismo y de la granja, no podía echarla sin más.

Le habían educado mejor que eso. Era mejor que eso.

A Lana no le gustaba demasiado conversar, y eso también le parecía bien, pues se había acostumbrado al silencio.

Pensaba en ella como en una especie de jornalera temporal interina, que preparaba tres buenas comidas al día y se ocupaba de la casa, de modo que él no tenía que hacerlo.

Alguien que no buscaba que la entretuviesen, que era agradable a la vista, sobre todo porque al cabo de un par de días había desaparecido de sus ojos esa expresión de vivir en un estado de nerviosismo constante.

A decir verdad, tenía que reconocer que había echado de menos saber que al entrar en la casa después de realizar las primeras tareas del día se encontraría un desayuno caliente, y tener a alguien que supiera atender los cultivos.

No se acercaba al maizal y no le preguntó por qué.

Al cuarto día habían establecido una rutina tan cómoda que le resultaba preocupante. La rutina conducía a depender unos de otros.

¿La mejor solución? Animarla a mudarse al asentamiento y que se quedara allí hasta que tuviera a su hija.

Comenzó a empujarla con tacto en esa dirección durante la cena, consistente en pollo frito y ensalada de patata, lo que él había pedido.

—Voy a llevar un cargamento de productos al asentamiento mañana.

—Si vas a hacer un trueque, nos vendría bien más harina.

—Tú sabes mejor que yo lo que hace falta en la despensa. Tienes que venir conmigo. Así te formarás una mejor idea de todo.

Lana levantó la mirada y clavó sus profundos y tristes ojos azules en los de él.

—Puedo hacerte una lista.

—Podrías. Seguramente necesitas algunas cosas. Cosas personales.

—No necesito nada. Si estás listo para que me vaya...

—Yo no he dicho eso. —Tal vez lo hubiera pensado, pero eso era diferente—. Mira, allí hay mujeres que han pasado por lo mismo que tú. Que han tenido bebés, ya sabes. Además, por allí pasa gente. Algunos se quedan. Puede que llegue alguien con conocimientos médicos.

Lana toqueteó con nerviosismo la alianza que llevaba al cuello.

—Todavía falta tiempo. Puedo hacer más hasta que...

—Por Dios, Lana. —Raras veces usaba su nombre, y en ese instante lo hizo por pura frustración—. Dame un respiro. Lo que digo es que estarías mejor con gente que sepa lo que se hace cuando la niña decida que quiere salir. Si eso no te pone nerviosa, es que estás hecha de acero.

—Estoy muy asustada. Aterrada. A pesar de saber con absoluta certeza que está destinada a nacer, a vivir, a brillar y a hacer cosas asombrosas, estoy aterrada.

Simon se apoyó en el respaldo de la silla mientras estudiaba su rostro.

—Pues no pareces asustada.

Lana continuó sin bajar la mirada y posó una mano sobre su bebé.

—Antes de que viera la granja, cuando estaba cansada y hambrienta, no podía permitirme el lujo de tener miedo. Si se apoderaba de mí, tenía que expulsarlo, o de lo contrario me habría detenido. Me habría parado y me habría rendido. Me decía que tenía que encontrar un lugar seguro para traerla a este mundo. Entonces miré hacia abajo y vi la granja. La casa, los campos, los animales. Era como un cuadro de antes de que el mundo se detuviera. —Su mano empezó a moverse en círculos sobre su bebé—. Aun así, no me permití albergar esperanzas. Solo pensé en lo más inmediato. Tomates en las matas, abejas zumbando, gallinas cloqueando. Pensé en la comida porque la necesitaba. No me permití pensar en un refugio ni en descansar. Hasta que tú me hablaste. Me dijiste que entrara y comiera, y entonces empecé a albergar esperanzas. No es justo depositar en ti mis esperanzas, pero es lo que hay. Porque ella necesita que lo haga.

No, no parecía asustada, pensó Simon. Ni su voz ni su rostro le suplicaban. Jamás se resistiría a una súplica. En vez de eso, traslucía una serena e inquebrantable fortaleza.

Para él, eso era incluso más irresistible.

—¿Y si llegamos a un acuerdo? Traeré a una de las mujeres conmigo; se llama Anne. Es como una abuela, y seguro que me patea el culo por decir eso. Podrías conocerla y hablar con ella. Sé que ha tenido hijos. Cuando llegue el momento, podría ir a buscarla para que te ayude en el parto.

—Primero llegará a tus manos.

—¿Cómo?

Su mirada cambió, parecía atravesarle, y se tornó negra como la medianoche.

—A tus manos llegará en la ventosa noche. Y el rayo anunciará el nacimiento de la Elegida. ¿La enseñarás a cabalgar tan bien como si hubiera nacido sabiendo? Yo le enseñaré las antiguas costumbres, todo lo que pueda, pero ella posee mucho más. A salvo, en un tiempo fuera del tiempo, mientras la oscuridad brama. Hasta que en el Libro de los Hechizos, en el Pozo de la Luz, tome su espada y su escudo. Y con el levantamiento de los seres mágicos ocupará su lugar. Ella, esta preciosa hija de los Tuatha de Danann, lo arriesgará todo para cumplir su destino. Por esta razón ella crece en mí, por esto llegará a tus manos.

Se había puesto muy pálida y alargó una mano temblorosa para coger su vaso de agua.

—¿Qué ha sido eso?

—Es ella. —Lana bebió despacio, hasta que se le pasó el mareo—. No sé cómo explicarlo. A veces la veo con tanta claridad cono te veo a ti. Es muy hermosa. —Mientras bebía de nuevo, sus ojos se llenaron de lágrimas que no derramó—. Tan fuerte, valiente y hermosa. A veces la oigo, como una voz en mi cabeza. Creo que me habría rendido una docena de veces sin esa voz diciéndome que siga adelante. Y a veces, como ahora, habla a través de mí. O me dice lo suficiente para que hable por ella.

En ese momento, Simon la creyó. Por completo.

—¿Qué es ella?

—Es la respuesta. Cuando tengo miedo, tengo miedo por ella, por lo que se le va a exigir. Sé lo que te estoy pidiendo —comenzó. Entonces, los perros se levantaron de su siesta de la tarde.

—Sí, lo oigo. —Se levantó, con los ojos clavados aún en los de Lana—. Viene alguien. Deberías bajar al sótano hasta que compruebe quién es. Llévate la escopeta —agregó a la vez que cogía la 9 milímetros que había dejado encima de la nevera mientras comía.

Fue hacia la parte delantera de la casa y agarró el rifle apoyado junto a la puerta. Salió al porche para contemplar cómo la desconocida camioneta escupir gravilla mientras recorría el camino hasta la granja.

Ordenó a los perros que se sentaran y se estuvieran quietos, esperando hasta que dos hombres, ambos armados, se bajaron del vehículo.

—Buenas tardes —saludó tranquilo, sin dejar de observar sus andares, sus manos y sus expresiones.

Reconoció el problema y se preparó para enfrentarse a él.

Uno tenía la cara surcada de cicatrices, como si le hubieran pegado un zarpazo de derecha a izquierda, justo desde debajo del ojo derecho hasta la mandíbula, bajo la oreja izquierda.

Hacía que su boca se retorciese en una mueca grotesca.

—Bonita casa tiene aquí. —El de barba descuidada y canosa habló primero.

—Sí. Me gusta.

—Demasiado ganado, demasiados cultivos para que un solo hombre se encargue de ellos.

—Me mantiene ocupado. ¿Qué puedo hacer por ustedes?

—Estamos buscando a una mujer.

Simon esbozó una sonrisa.

—¿Quién no?

El barbudo rio, sacó un papel del bolsillo delantero y lo desdobló.

—A esta, en particular.

Simon miró el papel, un magnífico dibujo de Lana.

—Es guapa. A mí tampoco me importaría encontrarla.

—Está embarazada, de unos siete u ocho meses. Nos han dicho que podría estar deambulando por aquí.

—Creo que me acordaría si viera esa cara y a una mujer embarazada rondando por aquí. ¿Cómo la han perdido?

—No es asunto suyo —espetó el de las cicatrices.

—Solo charlaba. No tengo demasiadas visitas.

El barbudo se pellizcó la nariz.

—Debe de ser muy aburrido vivir aquí solo.

—Como he dicho, me mantengo ocupado.

—Aun así. Está muy apartado, muy aislado. Parece que tiene comida suficiente para alimentar a un ejército. Resulta que nosotros tenemos uno. Nos llevaremos ese remolque suyo, junto con dos de esas vacas.

—No quiero hacer ningún trueque, aunque se lo agradezco de todas formas.

—Nadie ha dicho nada de hacer ningún trueque. —El de las cicatrices sacó su arma—. Nos lo llevamos. Ahora vaya a enganchar el remolque a la camioneta.

—Eso no es muy amable por su parte, ¿sabe?

Simon actuó deprisa. El de las cicatrices sujetaba su arma como un vaquero de las películas de serie B; todo fachada y nada de sentido común. Simon le golpeó con el antebrazo, estrelló el otro codo en la cara del barbudo y con otros tres movimientos consiguió hacerse con la pistola del de las cicatrices.

—Os dispararía a los dos —dijo con tono afable y glacial—. Pero no estoy de humor para ponerme a cavar tumbas. Te conviene pensártelo mejor antes de intentar usar esa pistola —advirtió al barbudo—. Y ahora, cógela despacio, con dos dedos, y déjala en el porche. De lo contrario, dispararé a tu amigo en las tripas y dejaré que te lo lleves a rastras para que se desangre en tu camioneta.

—Yo no he dicho que sea mi amigo.

Simon podía haberse ocupado de la situación, pretendía ocuparse de ella. Pero entonces oyó la voz de Lana.

—A mí no me importa cavar tumbas.

Era la voz de Lana, pensó Simon, intentando no reaccionar, ya que la mujer que apuntaba con la escopeta a los inesperados visitantes no se parecía en nada a ella.

Una mujer de constitución robusta, aunque no la de una embarazada, de baja estatura y con el cabello oscuro en vez de aquella larga melena dorada. Lucía una expresión desdeñosa que encajaba en el rostro tosco y enjuto.

—No es que no lo hayamos hecho antes.

—Bueno, no les dispares a menos que tengas que hacerlo, cariño. —Insuflando cierto humor a su voz, Simon le quitó la pistola al segundo hombre—. Pintamos el puñetero porche en primavera. Ella es peor que yo —comentó Simon—. Y los hombres de arriba, los que están fuera del granero, los que os apuntan con sus armas, esos son todavía peores que ella, y ya es decir. Un ejército, habéis dicho. Sí, aquí comemos muy bien. Y habríamos estado encantados de daros algo para el camino, pero no se puede recompensar los malos modales. ¿Verdad, cariño?

—Ya sabes lo que pienso de eso, y ese ya se está desangrando en el puñetero porche. A lo mejor debería dispararle al otro en la pierna.

—Ya te dije que era mala. En fin, si yo fuera tú me montaría de nuevo en la camioneta y me marcharía por donde he venido. De lo contrario, se va a mosquear y te va a disparar. Eso hará que nos exaltemos y que os dejemos secos al estilo de Bonnie y Clyde.

—Me gustaría recuperar mi arma.

—Considera la pérdida como una consecuencia de tu mal comportamiento. Largaos de mis tierras de una puta vez o dejaré que mi mujer te pegue un tiro. Después te azuzaré a los perros.

Al oír aquello, los perros enseñaron los dientes y se pusieron a gruñir.

Los hombres bajaron de espaldas del porche y se montaron en la camioneta. Simon vio la jugada y aun así esperó a que el de las cicatrices sacara otra pistola por la ventanilla.

Le disparó en medio de la frente y luego apuntó al conductor. La camioneta dio marcha atrás con rapidez, levantando gravilla y humo, y giró para enfilar a toda velocidad el camino.

Cuando se detuvo, Simon cambió la pistola por el rifle, aguardó hasta que se abrió la puerta del pasajero y el conductor echó a su compañero muerto de un empujón.

—Joder, parece que al final tendremos que cavar.

Simon esperó hasta que la camioneta desapareció por la cuesta.

—No has dicho que fueras una cambiante.

—No lo soy. —Lana bajó la escopeta y después fue tambaleándose hacia el porche. Entonces se sentó de golpe en un escalón—. Es una ilusión —explicó mientras se desvanecía—. Igual que un disfraz. Nunca lo había intentado hasta ahora. Requiere mucho poder —explicó—. Le has matado.

—Su elección, no la mía.

Lana asintió.

—Estaban en Nueva Esperanza, participaron en el ataque. Su cara, la del muerto... Yo le hice eso a su cara. No sé cómo. Hace poco estuvieron a punto de encontrarme.

—Te dije que bajaras al sótano.

—¿Y que hiciera qué? —espetó con ferocidad al tiempo que levantaba la cabeza de golpe—. ¿Temblar y esperar sentada, pretender que alguien me proteja a mí y a los míos? Hace ya mucho tiempo que acabé con eso. Parece que haya pasado toda una vida. Se me ocurrió que si dejaba que me vieran, que vieran la ilusión, tendrían más razones para creer que no me habías visto. Que te dejarían en paz. Entonces oí lo que dijeron de llevarse tus cosas y supe que no iban a marcharse.

Guardó silencio cuando él liberó a los perros y se sentó a su lado mientras los animales se topaban contra ellos para llamar su atención.

—Me marcharé por la mañana. Antes quiero asegurarme de que ese tipo esté a una buena distancia.

Simon se había cuidado de no tocarla ni una sola vez desde que había llegado a su vida, pero en ese momento le asió la barbilla con una mano y volvió su rostro hacia él.

—Tú no te vas a ninguna parte. Te ofrecí quedarte en mi casa porque lo necesitabas. Bien sabe Dios que te lo has ganado. Pensaba que tú creías que la gente os perseguía a ti y a tu bebé. Pero he de reconocer que estaba convencido de que estabas paranoica. Me equivoqué.

—Ese hombre podría volver con más gente.

Simon cambió de posición para acariciar a los perros y meneó la cabeza.

—Los de su calaña buscan presas fáciles. Ahora sabe que nosotros no lo somos. Puedes confiar en mí. Puedo con ello. —Se levantó—. Igual que podría haberme encargado de esos dos —agregó.

—Lo sé. Ya lo he visto. ¿Qué hacías en el ejército?

Simon esbozó una sonrisa.

—Obedecía órdenes.

—Y las dabas. Dijiste que eras capitán.

—Ha pasado mucho tiempo. Ahora soy granjero. —Se sentó de nuevo en el escalón y contempló los campos, los cultivos—. Pero sé proteger mis tierras, mi casa. Lo que hay en ellas.

Había sido un guerrero, pensó Lana. Poseía ese peligro contenido bajo su actitud relajada. Había visto ese mismo control en Max, le había visto desarrollarlo mientras lideraba a la gente, cuando dependían de él.

Ahora estaba sentada junto a otro guerrero, otro líder.

—Las personas somos más fuertes juntas. Yo también sé defenderme.

—Tenía esa impresión. La he tenido desde que te encontré en el gallinero.

—No siempre fue así. En Nueva York me gustaba ir de compras, planear cenas. ¿De verdad han pasado solo unos meses? Soñaba con abrir mi propio restaurante algún día. Jamás tuve una pistola en la mano, mucho menos disparé un arma. Y mi poder era apenas un susurro.

—Pues parece que has encontrado tu voz interior.

—Todavía la estoy encontrando. Si no hubieras vuelto para ayudar a tus padres, ¿habrías seguido en el ejército?

—No, era hora de marcharme.

—¿Qué querías hacer?

Simon se dio cuenta de que estaban teniendo la conversación más larga y sin duda más relajada hasta la fecha. Con un hombre muerto a unos metros de distancia. Joder, se preguntó por qué no le resultaba raro.

—Pensé en montar un negocio en la ciudad que hay carretera arriba y que ya no es una ciudad.

—¿Qué clase de negocio?

—Fabricar muebles. Era una especie de hobby que tenía mi padre, y yo lo he heredado de él. Un pequeño negocio, trabajando con mis manos, dedicándole mi propio tiempo, a mi manera, cerca de casa, porque había estado mucho tiempo ausente.

El sol comenzaba a ponerse y Simon descubrió que era muy fácil sentarse a hablar con ella de los viejos sueños mientras anochecía.

—En fin, tengo que cavar un hoyo.

Se fue a coger una pala.

Lana se quedó donde estaba, con los brazos cruzados sobre su vientre. A pesar de la muerte, la violencia y el peligro, se sentía a salvo.

# 25

Al final, Lana se salió con la suya. No podía ir al asentamiento y nadie podía ir a verla. Pondría vidas en peligro si regresaban los guerreros de la pureza.

Su hija le había hablado a ella y a través de ella. Por el momento creía que las cosas eran como tenían que ser.

Cocinaba, atendía el huerto, recogía los huevos y hallaba consuelo en la vida sencilla y tranquila.

Cuando el verano dio paso al otoño, recogió verduras y preparó conservas de cara al invierno. También hizo mermelada y jalea de fruta mientras Simon cosechaba y empacaba heno, segaba trigo y transportaba maíz al silo o a la cocina.

Un día trajo unas semillas que había intercambiado; tres de naranjo enano y tres de limonero. A Lana le parecieron más valiosas que los diamantes.

—Podría funcionar —dijo él mientras las plantaban en macetas en el invernadero—. Limonada en el porche el verano que viene.

—Pato a la naranja el próximo otoño.

—A lo mejor encontramos limas. Chupitos de tequila —sugirió Simon y Lana se echó a reír, cubriendo la semilla con tierra con esmero—. Debe de gustarte el tequila . Es la primera vez que te oigo reír de verdad.

—Estoy plantando semillas de naranjo en tierra abonada con estiércol de gallina mientras me imagino bebiendo tequila. Es muy gracioso.

—Mi padre siempre decía que un poco de mierda de gallina ayuda a que crezca casi cualquier cosa.

—Supongo que lo vamos a averiguar.

Picada por la curiosidad, siguió su instinto e impuso las manos sobre la maceta. Dejó que su poder fluyera a través de ella, dentro de ella, y que saliera de ella.

Sintió que su poder se alzaba, lo sintió palpitar.

Un tierno tallo verde surgió de la tierra en busca de luz.

Lana rio de nuevo, un sonido que comenzó con asombro y terminó en júbilo. Se volvió hacia Simon con una sonrisa resplandeciente y descubrió que la estaba mirando.

—Eso es todo un logro —acertó a decir.

—Si prefieres que no...

—¿Te parezco tonto? —preguntó clavando en ella sus penetrantes ojos verdes y dorados—. El mundo es como es. Así pues, yo soy un granjero que tiene a una bruja que puede darles un empujón a los cultivos. ¿Tienes algún problema con lo que eres?

—No, pero...

—¿Por qué voy a tenerlo yo? Tal y como yo lo veo, el mayor problema que hemos tenido desde el principio es que la gente señale con el dedo y haga daño a las personas que no son como ellos. Tenemos que intentar hacerlo mejor esta vez. Podría ser nuestra última oportunidad de hacer bien las cosas. —Señaló otra maceta—. Hazlo en esta.

Lana dejó que saliera, llena ahora de júbilo. A continuación se apartó del tierno brote.

—No sé si lo hago yo, lo hace ella o lo hacemos las dos. Pero sí sé que ella me ha cambiado. Si mañana despertara y todos estos meses hubieran sido un sueño, aun así habría cambiado. ¡Oh! —Rio una vez más mientras posaba la mano en un lado de su vientre.

Esa clase de movimientos y de gestos hicieron que Simon se pusiera nervioso.

—¿Estás bien?

—Sí. Está dando patadas. —Lana le cogió una mano y, para sorpresa de ambos, la puso sobre su abdomen.

Simon sitió un golpe que le caló hondo. Una vida daba patadas contra su mano, y por razones que no alcanzaba a comprender, eso le llegó al corazón.

Alguien crecía ahí dentro, pensó. Alguien inocente, indefenso. Pero, a juzgar por la fuerza de la patada, feroz.

—Posee... cierto descaro.

Simon retrocedió mientras el rostro de Lana resplandecía casi tanto como cuando había creado vida de la tierra. Su expresión, audaz y radiante, despertó algo dentro de él, igual que la niña despertaba algo dentro de ella.

Había tenido cuidado, mucho cuidado, en evitar eso.

—Tengo trabajo por hacer. ¿Puedes ocuparte tú del resto?

—Sí.

Cuando se marchó, Lana guardó silencio, envuelta en el olor a tierra y a plantas florecientes.


Simon se mantenía ocupado y trataba a Lana como habría tratado a una hermana, si la hubiera tenido. Un par de grupos pasaron por allí en septiembre. Lana se quedó en la casa, escondida y alerta.

Simon les dio provisiones y les indicó el camino al asentamiento. Algunos se quedarían; sabía que otros seguirían adelante, buscando otra cosa, algo más. Buscando, simplemente.

Después de ver marchar al segundo grupo, entró en la cocina y la encontró removiendo el estofado al fuego, con la escopeta apoyada a su lado.

Fue a la puerta de atrás.

—Ocho personas. Una de ella tenía alas. No termino de acostumbrarme a ver algo así. Bordearon la ciudad de Washington hace unos días. —La mesa estaba puesta, algo que Lana solía hacer, así que se lavó en el fregadero—. Oyeron disparos y vieron humo. Uno de ellos se marchaba a toda leche de allí cuando se unió al resto. Se rumorea que... Dios, ¿cómo se llama? —Hizo una pausa y se frotó la sien—. Que MacBride sigue con vida y que lo que queda del Gobierno está intentando defender la ciudad. Cada vez que consiguen restablecer las comunicaciones, alguien se las carga de nuevo.

—Parece otro mundo. Un relato sobre otro mundo.

—Sí que lo parece. Pero no lo es. Corren rumores de que meten a la gente en campamentos y laboratorios.

—¿Gente con poderes mágicos?

—Sí, pero no solo a ellos. Se calcula que... —Había considerado la posibilidad de no contarle nada y casi se había convencido de seguir esa táctica. Pero no podía—. Te lo cuento porque no está bien que no lo sepas, pero no está confirmado, ¿vale?

Lana se volvió hacia él.

—Vale ¿qué?

—Dicen que la plaga ha terminado, que ha llegado a su fin. Esa es la buena noticia. La mala es que calculan que ha diezmado al ochenta por ciento de la población. De la población mundial. Eso son más de cinco mil millones de personas. Podrían ser más —agregó—. Necesito un trago. —Fue a la despensa, cogió una botella de whisky y se sirvió un par de dedos—. Oí lo mismo hace unos días. —Se bebió la mitad del whisky—. En el asentamiento hay un tío que tiene una radio y ha conseguido contactar con algunas personas, incluso con un par en Europa, y las cosas allí no están mejor. Si sumamos a los que se han quitado del medio y a los que han muerto en este puto infierno, el porcentaje aumenta. Nueva York... ¿Quieres oírlo?

—Claro que quiero. Pero, sobre todo, necesito oírlo.

—Nueva York está en manos de los sobrenaturales oscuros. Se habla de sacrificios humanos, de que queman en la hoguera a las personas como tú, las que no son como ellos. El ejército mantiene el control de algunas zonas al oeste del Mississippi, pero, por lo que he oído, la cadena de mando está bastante deteriorada. Hay facciones y están ofreciendo recompensas por todos los sobrenaturales, da igual que sean oscuros o de luz.

—Los guerreros de la pureza.

—Ellos dirigen el cotarro. Los saqueadores se mantienen en movimiento, dando golpes rápidos. Y hacen de cazarrecompensas.

Con sumo cuidado, Lana sirvió estofado con el cucharón en una de las fuentes elegantes de su madre; sí que le gustaba cuidar los detalles.

—Así que la cosa está mal para todos, pero más para alguien como yo. Nos persiguen por todas las partes. Cuesta creer que lo que dijiste el otro día, lo de hacer bien las cosas esta vez, vaya a ser posible.

Llevó la fuente a la mesa.

—Tengo que creer en ello.

Lana sirvió estofado en los cuencos. Acto seguido se sentó y esperó a que él también se sentara.

—Cuando estaba en Nueva Esperanza vi lo que las personas podían hacer juntas. Vi cómo otros intentaban destruir eso. Tú fuiste soldado.

—Sí.

—Max también, al final. Tomó la decisión de luchar, de ser un líder, porque había que hacerlo. Tú hiciste lo mismo, mataste para proteger a alguien a quien apenas conocías. A la gente que vino aquí le diste comida que has cultivado con tu esfuerzo, y eso fue una elección. Los que intentan destruir no ganarán, porque siempre habrá personas como Max, como tú, como las que dejé atrás, que toman esa decisión.

Lana tenía una visión más optimista que él en esos momentos. A Simon no le molestaba el equilibrio.

—He leído uno de sus libros. No el que tienes tú —dijo cuando ella le miró—. Uno de los otros. Era bueno. Era un buen escritor.

—Lo era. —Sonrió a pesar del dolor que le atenazaba el corazón—. Era bueno.


Por lo general, tras un largo día, Simon trabajaba en el granero después de cenar. Y antes de acostarse, solía relajarse con un libro en la biblioteca de su madre durante una o dos horas.

Echaba de menos la televisión y no le avergonzaba reconocerlo, pero los libros lo compensaban. También añoraba la cerveza, y tenía muchas esperanzas puestas en que el grupo que intentaba montar una pequeña destilería tuviera éxito. La mayoría de las noches se conformaba con el té y casi le había cogido el gusto.

Eso no compensaba la falta de cerveza.

Los perros acostumbraban a acomodarse con él, haciendo que fuera una manera relajada y agradable de poner el colofón al día. Antes de subir, los dejaba salir para hacer una última ronda.

El libro distraía su mente del trabajo, del mundo, de la mujer que dormía arriba. El trabajo siempre estaría ahí; no podía hacer una mierda por el mundo. Y limitaba sus pensamientos respecto a Lana a la mínima expresión.

Las últimas noches las dedicó a estudiar. Los libros valían para eso tanto como para entretener.

Había investigado muchas cosas en los meses transcurridos desde el fallecimiento de sus padres. Para sacar adelante la granja en las actuales circunstancias, tuvo que cambiar la perspectiva que tenía de cuando creció allí.

Había aumentado de forma considerable la biblioteca.

En los libros había aprendido a criar abejas, a hacer la matanza —aunque con sumo gusto había pasado esa tarea al asentamiento—, a hacer mantequilla, queso, medicinas y tratamientos naturales.

A cocinar... antes de la llegada de Lana.

Así que hacía lo que consideraba los deberes con una mezcla de fascinación y espanto, y con una buena dosis de pavor.

Cuando la oyó aproximarse, se sorprendió tanto que cerró el libro de golpe y se puso de pie. Nunca salía de su dormitorio una vez que se retiraba y cerraba la puerta.

Pero entró en la biblioteca, con el cabello suelto sobre los hombros y una camiseta grande y holgada que apenas le llegaba a la mitad de los muslos debido a su barriga de embarazada.

Tenía unas piernas preciosas, pensó, y acto seguido apagó esa parte de su cerebro.

—Lo siento. No podía dormir.

—No pasa nada. ¿Necesitas algo?

—He pensado que tal vez me vendría bien un libro. —Su voz se fue apagando al ver el que él tenía en sus manos—. *¿Guía del parto en casa?*

Simon se percató de que ella le había distraído. Sus piernas le habían distraído y había dejado la portada hacia delante.

—En el asentamiento tienen un montón de libros que puedes llevarte prestados. Este lo birlé porque no se me ocurría ninguna explicación para cogerlo prestado. He pensado que debería saber qué coño hacer cuando llegue el momento.

—Buena idea, porque así lo sabrá uno de los dos. —Se llevó una mano a la dolorida zona lumbar—. Hablé un poco con Rachel, la médica de Nueva Esperanza, e íbamos a empezar con las clases preparatorias para el parto en septiembre. Ese era el plan. En fin, he pensado que quizá un libro me ayudaría, y también se me había ocurrido prepararme un té.

—Yo lo haré. Tú pareces un poco cansada.

—Me sentiría ofendida si no fuera porque de verdad estoy agotada. ¿Debería leer eso?

—No si quieres dormir esta noche —añadió con una sonrisa que la hizo reír.

Y sujetarse el costado con la mano.

—¡Vaya!

—Debe de resultar difícil descansar mientras ella te da patadas.

—No sé, no lo creo. Rachel me explicó que las contracciones de Braxton Hicks son como un adelanto de lo que viene —dijo con voz entrecortada mientras se apoyaba en el respaldo del sillón.

—¿Te duele?

—Solo es... No es para tanto. Suficiente para mantenerme en vela. —Exhaló un suspiro y se enderezó.

—Puede que sea... eso.

—¿Eso? ¿El parto? Oh, no, solo son esas falsas contracciones. Yo lo sabría. Es decir, tendría que saberlo. Creo que una manzanilla y un libro me ayudarán. En realidad, puede que solo la manzanilla.

—Vale. —Simon dejó el libro y fue a la cocina con ella—. Puedo subírtela.

—Gracias, pero estar de pie me sienta de maravilla. Lo que pasa es que estoy inquieta. Parece que los perros también. ¿Debería dejarlos salir?

—Sí, adelante. —Simon puso la tetera al fuego mientras ella abría la puerta.

El viento se coló dentro.

—Sopla con fuerza —murmuró, deteniéndose un momento y dejando que el aire frío la azotase—. Puede que se acerque una tormenta.

Simon le dio la espalda para no ver su cabello agitándose al viento, la camiseta danzando en la parte superior de sus muslos, horrorizado por la atracción que sentía.

Era una mujer embarazada, se recordó. Una mujer que confiaba y dependía de él. Una mujer de duelo por el hombre al que había amado.

—Un sinfín de maravillas colman las noches oscuras cuando las criaturas mágicas se alzan. Max escribió eso, o algo parecido. Es lo que me inspira esta noche.

Se rodeó el vientre con un brazo y dejó escapar un grito ahogado de sorpresa. Entonces rompió aguas.

Se quedaron inmóviles; ella junto a la puerta, con el viento soplando; él junto al fogón, con la tetera humeando, y se miraron en uno al otro, presas del estupor.

—Ay, Dios mío. He roto aguas. ¿Has oído eso? ¿Lo has oído? ¿Lo has oído? Ha sonado. ¡Ay, por Dios! «No creo que sean contracciones falsas.»

—Vale, vale. Espera. —Bajó el fuego pero dejó la tetera. Iba a necesitar el agua hirviendo para esterilizar... «No pienses aún en eso.»

—No creo que esperar sea una opción.

—No quería decir que esperaras. Es decir... Vale. —El adiestramiento militar entró en juego. Se puso en modo combate sin más—. Voy a llevarte arriba.

—He mojado todo el suelo.

—Pasaré la fregona más tarde. Tengo lo que necesitamos arriba.

—¿Lo que necesitamos?

Simon zanjó la cuestión de subirla cogiéndola en brazos. Una carga pesada, pero podía con ella.

—Vale, me he leído el libro. Una cortina de ducha limpia, toallas, mantas y algo de material. Yo me ocupo de todo.

—Tengo que ocuparme yo.

—Tengo un cronómetro. Tenemos que cronometrar las contracciones. ¿Cuándo comenzaron?

—No lo sé. Creía que no eran contracciones de verdad. ¿Por qué estas son las de verdad? ¿De quién ha sido la idea?

Uno de ellos, al menos uno de ellos, tenía que conservar la calma.

—Dame una estimación aproximada.

—Supongo que desde hace un par de horas. Soy idiota.

—Ser novata no es ser idiota. —Simon la llevó a la habitación de sus padres y la dejó junto a la cama con dosel—. Voy a por las cosas. ¿Puedes aguantar?

—Sí. Me siento bien.

Simon se dio prisa, ya que no sabía cuánto duraría eso. Cogió los envases apilables, regresó con ellos, extendió la cortina de ducha y amontonó las toallas.

—Porque podemos manchar. Ah, voy a traerte otra camiseta. Esa está mojada.

Lana se miró y después le miró a él. Cerró los ojos solo un instante.

—Supongo que no es momento de avergonzarse.

Se la quitó y se quedó de pie bajo la tenue luz de gas, mirándole a los ojos como una especie de diosa de la fertilidad. Voluptuosa, hermosa, como de otro mundo.

Era una mujer de parto, se recordó.

Y él era el médico a cargo.

—Voy a ayudarte a tumbarte en la cama y después tengo que coger el resto de las cosas.

La tumbó en la cama, la tapó con una manta y encendió la pequeña chimenea de gas que tanto le gustaba a su madre.

—Enseguida vuelvo. Ah, respira, ¿vale? Inspira por la nariz y exhala por la boca. Espera aquí. —Le puso un cronómetro en la mano—. Cronometra la siguiente contracción. Calcula cuánto dura, y después empieza a cronometrar cuánto tiempo pasa entre una contracción y la siguiente.

Actuó con rapidez: esterilizó unas tijeras, cogió hilo resistente, una taza con hielo, una palangana con agua templada y paños. Se frotó bien las manos, entre las uñas, y deseó que se le hubiera ocurrido coger unos guantes médicos de alguna parte.

Lo organizó todo mientras ella respiraba hondo con cada contracción.

—Son más fuertes. Muy fuertes. Ha durado más o menos un minuto, y hay un intervalo de cuatro minutos entre una contracción y otra.

—Entendido. Bueno, en el libro pone que cuando estés a punto podré ver la cabeza del bebé presionando... ahí abajo. Debería... bueno... mirar. En la siguiente contracción.

Apoyada en las almohadas, le miró a los ojos.

—¿Cuándo es tu cumpleaños?

—¿Mi cumpleaños?

—Necesito saber algo más personal sobre ti.

—Es raro, pero es el 2 de junio.

—Tu segundo nombre.

Simon sonrió un poco.

—James.

—La primera vez que practicaste sexo.

—Venga ya.

—Hablo en serio. Estás a punto de examinarme la vagina. —Enarcó las cejas cuando Simon hizo una mueca—. Si vas a examinármela, no debería escandalizarte que la llame por su nombre. Y comparado con eso, te he hecho una pregunta muy normalita.

—Tenía dieciséis años. Y antes de que preguntes, se llamaba Jessica Hobbs y lo hicimos como pudimos una noche en la parte de atrás de mi camioneta mientras estábamos aparcados en un lado de la calle. La segunda vez fue mejor para ambos.

—De acuerdo. —Miró hacia la ventana—. ¿Has dejado entrar de nuevo a los perros? Afuera sopla un viento de narices.

—Sí, están dentro. Están durmiendo en mi habitación. ¿Quieres...?

Lana se impulsó hacia arriba mientras ahogaba un grito.

—Aquí viene.

Simon levantó la manta y, con cuidado, le colocó las piernas para que apoyara las plantas de los pies en la cama.

No pienses, no reacciones, se ordenó. Había visto parir a las vacas y a las yeguas. Había... ¡Madre del amor hermoso!

—No la veo todavía, así que tenemos tiempo.

Empapó un paño, se lo pasó por la sudorosa cara y se preguntó por qué las hembras aceptaban el proceso de perpetuar la especie.

Después de tres horas enloquecedoras estaba convencido de que tenía que haber un sistema mejor. La tecnología, la ciencia médica debería haber descubierto una manera de facilitar las cosas. A medida que las contracciones aumentaban en intensidad y frecuencia, le limpió el sudor con la mano buena. Lana prácticamente le había machacado los huesos de la otra al agarrársela cada vez que el dolor alcanzaba su cénit.

Le dio trocitos de hielo tal y como sugería el libro y corrió abajo a por más entre una contracción y otra. Cada pocas contracciones echaba un vistazo para ver si había llegado el momento crucial y se preguntaba si sería capaz de volver a mantener relaciones sexuales con una mujer.

Respiró con ella mientras el viento aullaba fuera y sus ojos, vidriosos por el dolor, se clavaban en los de él, al tiempo que sacrificaba el futuro uso de su mano derecha; por Dios, menuda fuerza tenía esa mujer.

Hacia la cuarta hora, Lana se derrumbó contra la montaña de almohadas, con el anillo que llevaba colgado de una cadena reluciendo entre sus pechos.

—¿Por qué no sale?

—En el libro explica que, sobre todo el primero, puede tardar un poco. —Sin saber qué más decir, le apartó de la cara el pelo empapado de sudor—. Recuerdo que mi madre contaba que yo tardé unas doce horas en nacer.

No le había dado las gracias lo suficiente a su madre, ni por asomo.

—¿Doce? ¿Doce? —Simon comprendió que se había equivocado de táctica cuando ella se incorporó enseñando los dientes, le agarró de la camisa para que se acercara y masculló con brusquedad—: ¡Haz algo!

—Tienes que mantener la calma. Vamos a superar esto.

—¿Vamos? ¿Vamos? Dame unas tenazas, dame unas puñeteras tenazas para que pueda arrancarte un par de dientes sin anestesia y entonces podrás decir «vamos». No me digas que mantenga la cama, jodido chiflado... Ay, Dios. ¡Ay, Dios, aquí viene!

—Respira, respira. Vamos, cielo. Voy a echar un vistazo. Sigue respirando. ¡La madre que me parió, le veo la cabeza! Le veo la cabeza. Tiene pelo. —Por algún motivo, aquello le encantó, y sonrió mientras levantaba la vista y Lana respiraba con fuerza de manera repetida.

—¡Pues sácala! ¡Sácala! —Entonces se tumbó de nuevo al tiempo que dejaba escapar un prolongado quejido. Cerró los ojos—. ¿De verdad le has visto la cabeza?

—Sí. Parece que tiene el pelo oscuro. Está mojado, pero parece oscuro. —Cambió de posición para poner un poco de hielo en un paño a fin de enfriarlo y se lo pasó por la cara—. Vale, escucha. Lo estás haciendo genial. Sé que duele. No sé por qué coño tiene que doler tanto. Este sistema es una mierda, pero la recompensa está cerca. Puedes hacerlo.

—Puedo hacerlo. Siento haberte llamado jodido chiflado.

—No pasa nada. Me siento como si lo fuera.

—Bueno, pues no lo eres, y por si acaso te lo llamo otra vez, o incluso algo peor, te digo que eres un héroe. Sí que lo eres —dijo al ver que él meneaba la cabeza—. Conozco a los héroes. ¡Ay, joder!

Simon había estado en combate. Había liderado a hombres, había perdido a algunos, había matado a varios. Nada le había preparado para los rigores de ayudar a una mujer de parto mientras luchaba por traer a un hijo al mundo.

Se puso de rodillas sobre la cama, sujetando los pies de ella y presionando mientras Lana empujaba una y otra vez.

En ese momento irradiaba una fiereza que hizo que sus ojos se agudizaran y su rostro resplandeciera; y sus gritos eran gritos de guerra, no de dolor. Cuando el sudor le empapó la camisa, se la quitó y la arrojó a un lado.

Al igual que Lana, llevaba una cadena con una medalla con la imagen del arcángel san Miguel.

—Respira, respira. —Se secó la frente con el antebrazo mientras ella se tumbaba y trataba de tranquilizarse—. Estamos muy cerca.

Lana se incorporó y cogió aire. Empujó mientras el estruendo de los primeros truenos se unía al aullido del viento.

—Ahí está la cabeza. Por Dios, Lana, mira. Ahí está la cabeza. No, respira, no empujes. Espera, respira, no empujes. Vale, sí. —Con cuidado, desenroscó el cordón de alrededor del cuello del bebé—. Vamos a sacar el resto. ¿Estás lista?

Las lágrimas se mezclaban con el sudor mientras Lana sobrellevaba los dolores de parto y veía a Simon guiar un hombro y después el otro.

Un fogonazo de luz estalló en la habitación, en el cielo nocturno. Las velas que había sobre la repisa de la pequeña chimenea de gas se encendieron.

El bebé se deslizó en las manos de Simon, con la feroz llamada de una madre. Y con su primer aliento, liberó un grito triunfal.

—La tengo. —Pasmado, sobrecogido, abrumado, Simon contempló a la pequeña, que no paraba de retorcerse—. La tengo. ¡Vaya!

—Es preciosa. ¡Oh, es preciosa!

Simon se la entregó cuando Lana tendió los brazos.

—Desde luego que lo es. En el libro pone que hay que sujetarla con la cabeza inclinada hacia abajo. Para drenar los fluidos. Voy a limpiarla un poco, ¿vale? Y hay que mantenerla caliente.

Lana reía y lloraba al tiempo que posaba los labios en la mejilla de su hija.

—Es mi bebé. Ya está aquí. Es preciosa. —Un relámpago restalló de nuevo mientras ella miraba a Simon—. Ha salido de mí a tus manos y a las mías. También es tuya.

Él asintió. No podía hablar.

Recuperó la serenidad mientras se ocupaba de los aspectos prácticos. Nacer era un asunto bastante sucio, y cuando terminó de limpiar, el sol emitía un resplandor rosado al otro lado de las ventanas. Y el bebé mamaba del pecho de su madre.

Era una imagen que llevaría en su cabeza durante el resto de su vida.

—¿Qué te parece si preparo unos huevos revueltos y te traigo el té que no llegaste a beber?

—Me vendría bien comer algo. —Acarició con el dedo el cabello de su hija. El cabello negro de Max—. No tengo palabras, Simon. Simplemente no tengo palabras.

—¿Qué nombre le vas a poner?

—Fallon. Se llama Fallon. Nacida en el Año Uno. Concebida y salvada por un hombre, llegó al mundo a las manos de otro. Sé que ella honrará a los dos. Lo sé.

Simon le llevó la comida y se aseguró de que estuviera cómoda antes de salir a atender al ganado. Los campos podían esperar.

Fue a ver cómo estaban y las encontró dormidas, de modo que aprovechó para darse una ducha. Apoyó las manos contra las baldosas mientras el agua le caía encima e intentaba entender sus sentimientos.

Demasiados para comprenderlos.

Luego se dirigió al granero y se llevó consigo el proyecto en el que había estado trabajando por las noches desde hacía semanas.

La cuna le llegaba a la cintura y estaba hecha de madera

de pino. La había pintado de un intenso tono marrón oscuro. Se mecía con suavidad al moverla con la mano.

La niña abrió los ojos. Los oscuros ojos azules de la pequeña criatura mágica parecieron atravesarle.

—Caramba —murmuró, acariciándole la mejilla con la yema de un dedo—. Da la impresión de que lo sabes todo, e incluso más. Yo también voy a dormir un par de horas. Así que...

¿Y si le necesitaban?

Se encogió de hombros y se tumbó en la cama junto a Lana.

Si le necesitaban estaría ahí, pensó mientras el sueño le vencía. El bebé gimoteó, haciendo que volviera a abrir los ojos.

—No la despiertes, ¿vale? —susurró, y le dio un par de torpes palmaditas en el diminuto trasero—. Yo en su lugar dormiría todo un mes.

Cuando la pequeña se quejó de nuevo y se movió inquieta, Simon cambió de posición.

—Vale, probemos así. —La atrajo contra él, la acurrucó contra su pecho y le acarició la espalda—. Sí, así está mejor. Así está mejor. Esa es mi niña.

Mientras Simon dormía, Fallon le observaba. Le conocía.

# Epílogo

El último día del Año Uno, Lana estaba junto a la ventana viendo caer una ligera y bonita nevada. Tenía a Fallon en brazos mientras se preguntaba qué les depararía el nuevo año.

Un año antes estaba con Max en una fiesta en el Soho, bebiendo vino, riendo y bailando mientras miles de personas se congregaban en Times Square para ver caer la bola.

Pensaba en Max muy a menudo. Solo tenía que mirar a Fallon, su abundante cabello negro, como ala de cuervo, los ojos que poco a poco pasaban del azul de un bebé a un color gris humo.

El agudo dolor había disminuido y la niña formaba parte de la recuperación.

Igual que Simon, era consciente de ello.

Del mismo modo que lo era de sus sentimientos hacia ella, de su amor incondicional por la niña.

Terminaría ese año, el primer año, recordando al hombre al que había amado, con recuerdos que siempre atesoraría. Y comenzaría el siguiente entregándole su corazón al hombre al que amaría.

—Tú eres el vínculo entre nosotros, pequeña mía. —Acarició con los labios el cabello de Fallon. Levantó a la niña en alto, haciendo que balbuceara y agitara las piernas—. Lo eres todo.

Oyó ladrar a los perros y, después de bajar al bebé, vio a un hombre a caballo por el camino que llevaba a la casa.

Lo primero que sintió fue miedo. ¿Sería siempre así?

Corrió a por el portabebés que había hecho y colocó a Fallon en él para tener las manos libres antes de coger la escopeta. Preparada para protegerla, para defenderla, observó mientras Simon se acercaba al jinete.

El hombre desmontó. Llevaba un abrigo largo y oscuro y sujetaba las riendas con una mano enguantada. No llevaba sombrero y la nieve caía sobre su rizada melena. En su barba, cuidada y oscura como el cabello, lucía un mechón blanco.

Los dos hombres hablaron. Simon miró hacia la casa y a continuación dejó al hombre en la nieve, con su caballo.

—¿Quién es? —preguntó Lana cuando Simon abrió la puerta principal—. ¿Qué quiere?

—Dice que se llama Mallick. Asegura que ha venido a presentar sus respetos a la Elegida y a su madre y que no entrará sin que le invites. Afirma que tiene cosas que decirte. No va armado.

—¿Sabe lo del bebé?

—Sabe qué noche nació Fallon, Lana. Sabe la hora. Sabe su nombre. Dice que le ha jurado lealtad. Yo le creo. —Simon le cogió la escopeta—. Pero le diré que se vaya si no quieres hablar con él.

—Tiene poder —dijo—. Lo percibo. Está dejando que lo note para que entienda que no lo utilizará para hacer ningún mal. Ojalá no tuviera que hablar con él. Ojalá Fallon fuera solo un bebé, mi bebé. Pero... —Lana fue hasta la puerta y miró afuera—. Por favor, pasa.

—Gracias. ¿Hay algún lugar donde mi caballo pueda descansar y guarecerse de mal tiempo? Hemos recorrido un largo camino.

—Te acompañaré. —Simon acarició el cabello de Fallon y después le dio a Lana un pequeño apretón en el brazo para tranquilizarla—. Nadie va a hacerle daño.

—Llévale luego a la cocina. Prepararé algo de comer.

Lana calentó sopa, preparó té y horneó pan. Y se puso en guardia cuando Simon hizo pasar a Mallick.

—Que Dios te bendiga —dijo Mallick—. Y a la luz que has traído al mundo.

—Hay comida.

—Y bondad. ¿Puedo sentarme?

Lana asintió, pero no apartó el brazo con el que rodeaba a la niña en el portabebés.

—¿Cómo sabes lo de mi hija?

—Su llegada estaba escrita, se ha cantado, estaba profetizada. Hoy hace un año que el velo se rasgó, que el equilibrio se alteró cuando la sangre de los condenados profanó tierra sangrada. Por eso llegó la purga y la magia contraataca. No tenéis nada que temer de mí.

—Entonces ¿por qué tengo tanto miedo?

—Eres madre. ¿Qué madre no temería por su hijo, sobre todo una madre que ve retazos del destino de su vástago? ¿Puedo comer? He hecho ayuno durante tres días en honor a la Elegida.

—Sí. Lo siento.

—Ven aquí. —Simon cogió a Fallon del portabebés. La niña balbuceó y le tiró del pelo. Después miró a Mallick con seriedad.

—Todavía recuerda algo del tiempo de espera, y ve algo de lo que está por venir. Conoce esta época tanto como el presente. Tú también lo ves —le dijo a Lana.

Lana se sentó, cargada con el peso del destino.

—¿No hay opción para ella?

—Oh, tendrá muchas opciones, igual que todos. Si Max hubiera elegido ir al norte en vez de al sur, si tú hubieras elegido quedarte en vez de pensar primero en la niña y en tus amigos, si Simon hubiera elegido darte la espalda, todos estaríamos en otra parte ahora. En cambio estamos aquí y yo rompo mi ayuno con esta riquísima sopa. —Estudió a Fallon mientras comía—. Poseerá una gran belleza, eso no es una opción, claro. En gran parte gracias a ti y a su padre biológico. Le enseñarás lo que sabes, al igual que le enseñará su padre de vida. Igual que yo, cuando llegue el momento.

—¿Tú?

—Es mi deber. Y mi elección. Antes deja que te consuele. Estará a salvo durante trece años. La buscarán, asolarán la tierra, pero no la encontrarán. Cuando vuelvas a verme, deberás confiármela durante dos años.

—No...

—Será tu decisión y la de ella. Dos años para enseñarle lo que sé, para adiestrarla a fin de que se convierta en aquello para lo que ha nacido. En esos dos años, el mundo arderá y derramará su sangre. Algunos construirán, otros destruirán. Es mucho más fácil destruir que arreglar. No puedo ver cuántos años más antes de que esté preparada, antes de que blanda la espada y el escudo. Pero sin ella y sin aquellos a los que lidere, el sufrimiento será eterno.

—Y si decimos que no —inquirió Simon—. ¿Ahí se termina todo?

—Tenéis trece años para meditar la decisión. Para prepararos para tomarla. Lo mismo que ella. Le traigo unos presentes. —Volvió la mano y sostenía una vela blanca como la nieve—. Solo ella puede encenderla, y la vela la guiará en la oscuridad. —La dejó y una vez más abrió la mano. Apareció una bola de cristal—. Solo ella puede ver lo que contiene, y la bola le mostrará el camino. —La dejó al lado de la vela—. Y... —En la mano tenía un osito de peluche de color rosa chicle—. Porque no todo debe ser trabajo. Espero que le traiga consuelo y alegría. Sabed que siempre tendrá mi espada, mis puños, mi poder. Me siento honrado de ser el tutor, el entrenador, el protector de Fallon. Gracias por la comida.

Y desapareció.

Simon dio un paso atrás con el bebé.

—Acaba de... ¿Quién hace eso? ¿Tú puedes hacerlo?

—Nunca lo he intentado.

—Mejor que no. A pesar de que haya desaparecido, nadie va a llevársela si decimos que le den por el culo a todo. Nadie nos va a obligar a entregársela a un mago para que pase un par de años en algún campamento mágico.

—Lo sabía cuando la llevaba dentro —murmuró Lana—. Ella lo sabía. Trece años. Estará a salvo.

—Yo la mantendré a salvo cada día de mi vida.

—Lo sé. Lo sé. —Se levantó y se volvió hacia él—. El día que nació, me desperté y tú dormías a mi lado, agotado, y la tenías entre tus brazos. Y lo supe. Le hiciste una cuna con tus propias manos, pensando en ella antes aun de que hubiera nacido. Y lo supe —continuó—. Él la ha llamado Fallon Swift. ¿Le darás tu apellido?

—Yo... claro. Se lo daría todo, pero...

—Amaba a Max. Y ella también lo hará. Le contaré todo lo que pueda sobre él.

—Por supuesto que sí.

—¿Qué me trajo aquí, Simon? ¿Fue ella? —Se acercó, sonriendo cuando Fallon le agarró el dedo y trató de mordérselo—. ¿Fui yo? ¿Fue Max, empujándome hacia alguien que nos amaría y protegería? Alguien en quien él podría confiar y al que podría respetar. A lo mejor fue todo eso. A lo mejor había algo en ti que nos atrajo hasta aquí.

»Tú también eres su padre. Eres el padre que la pasea por las noches, que la enseñará a andar y a hablar. Que se preocupará por ella, que se enorgullecerá de ella. Es muy afortunada por tener a dos hombres buenos por padres. Lleva el nombre de Max. Me gustaría que también llevara el tuyo.

—Suyo es. —La emoción casi le ahogaba—. Me siento orgulloso de dárselo.

—Fallon Swift. —Lana irguió la cabeza y se quitó del cuello la cadena con el anillo de Max—. Ahora lo guardaré para ella. —Lo dejó en la mesa junto a los regalos—. Y esto... —Se quitó la alianza de casada de la mano izquierda y se la cambió a la derecha—. Lo llevaré para honrar al hombre al que amé. ¿Puedes aceptar eso?

—No sé adónde quieres llegar.

Simon no trataría de acercarse a ella, no cruzaría esa línea, pensó. Porque él sabía lo que era el honor. Porque vivía de manera honorable.

Así que ella alargó el brazo, cruzó esa línea, ahuecó la mano sobre su mejilla al tiempo que se alzaba de puntillas, se acercaba y posaba los labios sobre los suyos.

—Soy afortunada por haber amado y haber sido amada por un buen hombre. Afortunada de amar y ser amada por otro. ¿Me amas?

Fallon apoyó la cabeza en su hombro y Simon no tuvo nada que hacer.

—Creo que te amo desde que te pillé con un huevo en la mano. Puedo esperar —comenzó, pero ella le besó de nuevo.

Esta vez Simon la atrajo hacia él, con el bebé entre ambos, y se permitió disfrutar.

—El año está acabando —le dijo—. Este año terrible, milagroso, amargo y dichoso. Quiero empezar el que viene contigo. Quiero vivir los que vendrán contigo. Quiero ser tu familia.

La invadió el júbilo de sentirse en sus brazos, la maravillosa tibieza de sus labios cuando se encontraron de nuevo con los suyos. Una vida que vivir.

La niña se movía entre ellos, haciendo gorgoritos. Feliz.

Y, agitando la mano, encendió la vela.